DU MÊME AUTEUR

Aux Éditions Gallimard

LA BLOUSE ROUMAINE, roman (Folio n°)
EN TOUTE INNOCENCE, roman (Folio, n° 3925)
À VOUS, roman (Folio n° 3900)
JOUIR, roman (Folio, n° 2777)
LE PROBLÈME AVEC JANE, roman (Folio, n° 3501)
LA HAINE DE LA FAMILLE, roman (Folio, n° 3725)
CONFESSIONS D'UNE RADINE (Folio, n°)
AMOURS TRANSVERSALES, roman (Folio, n° 4561)

UN BRILLANT AVENIR

CATHERINE CUSSET

UN
BRILLANT AVENIR

roman

nrf

GALLIMARD

À la mémoire de John Jenkins (né Bercovici)
et de Rubin Berkovitz

Pour Jérôme Cornette, 1969-2008

    Exilé sur le sol au milieu des huées,
    Ses ailes de géant l'empêchent de marcher.

À Ann, Vlad et Claire

J'ai de plus en plus l'impression que le temps n'existe absolument pas, qu'au contraire il n'y a que des espaces imbriqués les uns dans les autres [...], que les vivants et les morts au gré de leur humeur peuvent passer de l'un à l'autre, et plus j'y réfléchis, plus il me semble que nous qui sommes encore en vie, nous sommes aux yeux des morts des êtres irréels.

W. G. Sebald (*Austerlitz*)

PREMIÈRE PARTIE

Fille

CHAPITRE 1

2003

JUSTE LE SILENCE

Alors qu'Helen déplie le matelas gonflable, elle entend Jacob tirer la chasse et ouvrir la porte de la salle de bains. Elle lève les yeux et voit son mari dans son pyjama gris à rayures blanches qui la dévisage, debout à l'entrée du salon. Elle en est agacée. Non parce qu'il ne propose pas son aide — ce n'est pas difficile de gonfler le matelas, et Jacob est devenu si maladroit qu'il vaut mieux se débrouiller sans lui — mais parce qu'il ne pose pas la question qui le tracasse de toute évidence : pourquoi sa femme couche-t-elle dans le salon? Elle décide de garder le silence. Il peut encore articuler trois mots.

Elle ne lui demande pas non plus s'il a pris les médicaments qu'elle a laissés sur le bar de la cuisine avec un verre d'eau. S'il saute une dose, tant pis. Il n'en mourra pas. Parfois elle n'en peut plus de penser, parler, agir pour deux. C'est elle qui sort de leur emballage les vingt-quatre cachets quotidiens, et elle doit lui rappeler de les avaler. Aujourd'hui il a encore oublié de ramasser le courrier. Elle a patiemment attendu trois jours, multipliant les allusions aux factures qu'il fallait payer. En vain. Comme la boîte aux lettres était pleine, elle a fini par le lui dire. Il s'est excusé, mais ça ne change rien. Ce n'est pas seulement la maladie, ni l'âge. Soixante-douze ans n'est pas si vieux. Mais il ne fait plus aucun effort. Et ce sera de pire en pire. Elle n'a pas envie d'y penser. C'est trop triste.

Elle appuie sur le bouton et le lit se gonfle lentement avec un grondement de moteur. Les épaules tombantes, les bras pendant le long du corps, Jacob la regarde toujours, figé comme une statue de sel. Il croit peut-être qu'elle est fâchée à cause du courrier ou parce qu'il l'a empêchée de dormir la nuit dernière en allant dix fois aux toilettes. Ou il se demande ce qu'il a bien pu oublier d'autre. Un peu d'inquiétude secouera ses neurones et ne lui fera pas de mal. D'ailleurs, s'il veut savoir, il n'a qu'à demander : « Lenoush, pourquoi dors-tu ici ce soir ? » Elle lui répondra aussitôt, gentiment, et il verra que ce n'est pas à cause de lui. Elle n'est pas fâchée contre lui. Ce n'est pas sa faute s'il est malade, bien sûr. Elle voudrait juste qu'il fasse un petit effort. Un tout petit, tout petit effort.

Quand elle lève les yeux, Jacob n'est plus là. Il s'est retiré en silence. À moins qu'elle ne l'ait pas entendu dire bonne nuit. La porte de la salle de bains se referme. La chasse d'eau résonne, pour la deuxième fois en moins de dix minutes. Elle finit de gonfler le matelas, met les draps et la couverture, puis sort sur la terrasse.

À travers le rideau, elle peut voir que la lumière dans la chambre est éteinte. Jacob doit dormir. Il n'a aucun problème pour s'endormir. Elle s'appuie contre la balustrade, allume une cigarette et regarde le miroir noir de l'Hudson entre les tours Trump. C'est une belle nuit claire de la mi-septembre, pleine d'étoiles. Elle aspire sur la cigarette, tire de profondes bouffées, rejette la fumée. La terrasse est son royaume, où elle ne dérange personne, où personne n'est là pour la juger. C'est pour la terrasse et sa vue éblouissante sur la rivière, les tours de Midtown et les falaises du New Jersey qu'elle a choisi cet appartement quand ils ont emménagé à Manhattan il y a sept ans. Elle recule, s'assoit sur la chaise en plastique blanc, éteint sa cigarette et en allume une autre. À la télévision ce soir, elle a entendu dire que le vent soufflerait fort mercredi. Il faudra transporter les plantes à l'intérieur demain matin. Demain soir, Camille sera là et elle n'aura pas le temps. Elle boit un peu de Pepsi et se lève, enfonçant le mégot dans le cendrier plein. Juste avant de quitter la terrasse, elle va chercher sur l'étagère dans le coin la sirène en plastique bleu et rose qui fait des bulles automatiquement. Elle la pose près du cendrier. Camille adore les bulles.

Son bébé chéri. Mais ce n'est plus un bébé. Une grande fille de quatre ans. Pendant l'été son petit ventre a fondu, et depuis qu'elle est rentrée de France, elle n'utilise plus la poussette. Elle était si mignonne, dimanche, quand elle a pris la main de son grand-père et lui a dit en français : « Toi aussi, Dada : danse ! » Elle aime tant son grand-père ! Le silence de Jacob ne lui fait pas peur. Elle a sans cesse des choses à lui raconter. C'est vraiment une enfant spéciale — un gracieux et joyeux petit elfe.

Helen rentre dans l'appartement, marche droit jusqu'à la cuisine et appuie sur l'interrupteur. Rien sur le plan de travail. Pas de cachet ni de papier argenté. Elle ouvre le placard sous l'évier et vérifie la poubelle. Les emballages des médicaments s'y trouvent. Il n'a pas oublié. Elle soupire de soulagement, et un sourire éclaire son visage. Il y a donc encore de l'espoir. Elle aurait dû être plus gentille ce soir. Elle le félicitera demain matin.

Elle va se brosser les dents, éteint la lumière et se couche.

La porte de la salle de bains s'ouvre, puis se referme. Ce sera encore une nuit mouvementée. L'obscurité n'est pas complète grâce à l'écran lumineux de la télévision et aux lumières des tours Trump. Les yeux ouverts, elle regarde la pièce en l'imaginant d'ici six à huit semaines avec les nouveaux meubles, débarrassée de ces lourds canapés marron qui étaient parfaits pour le New Jersey, mais qu'elle ne peut plus supporter. Elle est surtout contente du fauteuil à trois positions. Elle a écumé tous les magasins de meubles de Manhattan avant de trouver ce qu'elle cherchait à un prix raisonnable. Jacob aura enfin un siège confortable pour lire, écouter de la musique et regarder la télévision. Quant à la banquette, elle a une structure en aluminium si légère qu'on peut la déplacer sans effort. Elle n'aura pas besoin de se pencher pour balayer dessous.

Helen ouvre les yeux. Elle a dû s'endormir. La télévision est toujours allumée, sans le son. Une femme blonde sourit, exhibant deux rangées de dents blanches éclatantes, et la caméra se rapproche de son cou jusqu'à montrer un petit pendentif en diamant. 29 dollars 99 seulement, et une parfaite imitation. Ce serait un bon cadeau de Noël pour Marie. Helen entend tirer la chasse d'eau et appuyer sur l'interrupteur, une fois, deux fois, trois fois. Il n'arrive pas à éteindre la salle de bains. Elle a pourtant mis ces plastiques fluorescents rouges et verts sur les interrupteurs, afin qu'il sache où appuyer. Dans la journée il y arrive sans problème, même avec ses mains tremblantes. La nuit, son trouble s'accroît.

Quand elle rouvre les yeux, il est quatre heures vingt. La pièce est silencieuse. Quelque chose a dû la réveiller. La chasse d'eau peut-être. Elle aussi a envie d'aller aux toilettes. Elle a du mal à s'extirper de son lit gonflable au niveau du sol et à se lever. Elle met ses chaussons. En sortant de la salle de bains, elle entre à pas de loup dans la chambre. Les meubles blancs se distinguent nettement dans la pénombre. La température s'est rafraîchie. Jacob a repoussé la couverture et dort découvert. Comme si tous ses maux ne suffisaient pas, il va attraper un rhume. Elle s'approche, attrape la couverture et le recouvre. Il ne peut vraiment rien faire sans elle. Même pas dormir. Elle s'éloigne quand la pensée l'effleure que le visage de Jacob est étonnamment blanc. Elle se retourne brusquement et s'avance vers le lit. Elle pousse un cri.

Il y a un sac en plastique sur sa tête.

Elle croit qu'elle hallucine. Mais ses yeux s'habituent à l'obscurité et elle distingue nettement le sac en plastique blanc marqué AS en grosses lettres vertes, du supermarché *Associated Supermarket* en bas de leur immeuble. Il couvre jusqu'au cou le visage de Jacob. Elle fait un pas en avant.

« Jacob ! Jacob ! »

Il ne bouge pas. Elle tend la main, s'empare d'une poignée, et tire. Mais le sac est coincé sous la tête. Elle s'arrête, paniquée. Elle a peur de voir ce qu'il y a dessous. Et elle laisse partout ses empreintes... Sa main reste suspendue. Impossible de poursuivre son geste et sa pensée. Trop menaçant, trop affreux.

Elle court hors de la chambre, jusqu'à la table d'ordinateur dans le salon sur laquelle est posé le téléphone. Malgré son tremblement, elle réussit à appuyer sur les touches 911. Une femme lui répond après deux sonneries.

« Mon mari ! Oh, oh, oh ! Il... il a un sac sur la tête, un sac en plastique !

— Il est conscient, madame ?

— Je ne sais pas ! Il dormait, je l'ai entendu aller aux toilettes, je couchais dans le salon, je me suis levée et comme il faisait froid je suis entrée dans la chambre... et il avait un sac... » Elle éclate en sanglots.

« Madame, calmez-vous. Donnez-moi votre adresse. Parlez clairement. »

Elle indique son adresse, le numéro de l'appartement, le numéro de téléphone.

« Vous avez ôté le sac ? demande l'opératrice.

— Non ! Je n'ose pas...

— Enlevez-le tout de suite.

— Il faut que j'aille dans la chambre, là je suis dans le salon, je...

— Allez-y. Enlevez le sac, revenez au téléphone et faites ce que je vous dirai. »

Elle pose le combiné près du téléphone et retourne dans la chambre. Elle a du mal à respirer. Contournant le lit, elle s'approche de Jacob. Sans le regarder, elle met ses mains sur le sac, près du haut de sa tête, prend le plastique entre ses doigts et tire. Le sac ne bouge pas, bloqué par le poids de la tête. Elle doit agripper le plastique de ses deux mains et bander ses muscles pour réussir à l'ôter. Jacob n'ouvre pas les yeux. Elle fait le tour du lit pour décrocher le téléphone sur la table de chevet de l'autre côté.

« J'ai enlevé le sac.

— Il respire ?

— Je ne sais pas, je ne sais pas, ooooh...

— Madame, tenez bon, j'ai besoin de vous. Il faut que vous basculiez sa tête en arrière. Vous m'entendez ? Mettez vos doigts sous son menton et basculez sa tête en arrière. »

Helen retourne de l'autre côté du lit. Elle ne peut toujours pas le regarder. Que doit-elle faire ? Elle revient prendre le téléphone.

« Je ne sais pas, je ne comprends pas ce que vous dites,
je ne peux pas le faire, je ne sais pas...

— Madame, écoutez-moi. N'ayez pas peur. Vous avez
déjà pris un cours de secouriste ?

— De quoi ?

— De secouriste. Vous devez basculer sa tête en arrière
pour qu'il n'avale pas sa langue. Ensuite, vous lui pincez
le nez et vous lui faites du bouche-à-bouche. Puis vous
appuyez très fort sur sa poitrine. »

Cette femme lui parle chinois.

« Je suis désolée, je ne sais pas, je ne peux pas, oh, s'il vous
plaît...

— Madame, j'entends les sirènes dans le téléphone.
Les secours arrivent. Ils seront à votre porte dans quelques
minutes. Ouvrez-leur. D'accord ? »

Les sirènes ? Helen n'entend rien. Juste le silence.

CHAPITRE 2

1941

LA PETITE FILLE DE BESSARABIE

Il y a l'avant et l'après.

L'avant. Pieds nus courant sur l'herbe. L'odeur de terre mouillée après la pluie. Les boutons-d'or qu'elle cueillait. Pour sa mère ? Elle imagine le visage aux pommettes écartées, le sourire, le fichu couvrant les cheveux châtain clair attachés en chignon, la robe bleu ciel et le tablier blanc. « Les enfants ! Venez goûter ! » L'image de mère qu'elle a dû voir, plus tard, dans un livre pour enfants.

Il y avait des animaux. Elle en est sûre. Les moutons contre lesquels elle se pelotonnait, les agneaux qui mangeaient des feuilles dans le creux de sa main. Elle les entend bêler. Et des vaches. Elle voit Bunica sur un tabouret de bois, en train de les traire. « Tiens, Nounoush. Bois. C'est bon pour toi. » Elle n'aimait pas le lait. Elle obéissait.

Elle se rappelle l'église en bois blanc avec sa longue flèche. Sur le banc elle était assise à côté de sa grand-mère. « Chuuut... » grondait Bunica. Qui faisait du bruit ? Les deux garçons ? Elle ne les voit pas, mais ils devaient être assis près d'elle sur le banc. Bunica avait une jupe large avec deux grandes poches où Elena jetait ses boutons-d'or en rentrant de la messe. Le dimanche, elle n'avait pas le droit de courir. Elle portait sa jolie robe et des chaussures. Le dimanche soir, Bunica préparait les raviolis au fromage. Les *koltunach*. Moelleux et sucrés dessus, presque acides dedans. Du fromage blanc crémeux dans une pâte à nouilles. Plus tard elle en mangerait aussi mais ils restent associés à l'herbe, à la terre mouillée, à la flèche blanche de l'église, à la robe d'été, aux boutons-d'or et aux bêlements des agneaux. Et aux cerises. Vertes mais sucrées, juteuses.

Les yeux clos, elle voit la lumière qui décline sur la ferme. Elle sent l'odeur écœurante du lait qu'on vient de traire. Elle voit sa grand-mère sur le tabouret de bois, sa jupe étalée autour d'elle. Il est probable que Bunica trayait les vaches à l'aube et pas au crépuscule. Alors pourquoi se rappelle-t-elle ce moment de la journée, quand la lumière dorait, bleuissait, devenait nuit?

Il y avait une grande cour. Un sol en terre battue. Les enfants jouaient là toute l'année. À cache-cache. À chat perché. *Unu, doi, trei...* Et une route sinueuse à travers la campagne. À la fin de la route, une maison vers laquelle elle se dirigeait. Sa maison? Quelqu'un à qui ils rendaient visite? Elle ne sait plus. Elle voit juste la route, et sait qu'il y avait une maison au bout.

C'est tout ce qui reste. Rien ne dit que ce soit de vrais souvenirs. Cette ferme, c'est peut-être celle de ses livres d'enfant.

L'après : la grosse villa rose à Kichinev, la capitale, où elle s'est retrouvée d'un jour à l'autre avec sa grand-mère, chez son oncle et sa tante. Des gens de la ville, qu'elle n'avait jamais vus à la ferme. Son oncle travaillait dans un hôpital. Sa tante, la sœur de sa mère, portait des chaussures à talons hauts. Bunica lui dit que sa mère avait eu un accident et qu'elle était au ciel, d'où elle voyait Nounoush à toute heure du jour et de la nuit. Pour plaire à maman il fallait être une petite fille très gentille et très sage. Elle était polie, gentille, calme, reconnaissante. Bonjour tata, bonjour tonton, merci beaucoup, de rien et s'il vous plaît.

En face de la chambre qu'elle partageait avec sa grand-mère se trouvait l'immense salon aux murs recouverts de soie bleue. Elle apprit à ne pas déranger les franges des tapis persans. Le revêtement des fauteuils Louis-XV était assorti aux rideaux. Elle admirait les ornements dorés de la commode et du secrétaire. « Style Empire », l'informa sa tante, flattée que la petite s'intéresse à ses meubles, à condition qu'elle n'abîme rien. Elle ne touchait à rien.

Il y avait un petit chien blanc, Papusha. Il grognait, aboyait et montrait les dents quand elle embrassait son oncle et sa tante avant d'aller se coucher. Un animal jaloux et possessif. En sortant de l'école, elle galopait pour avoir le temps de jouer avec lui avant que son oncle et sa tante rentrent de l'hôpital. Trente fois de suite elle jetait le ballon dans le jardin et le chien le rapportait, pantelant. Elle aimait sentir la boule de poils sous sa paume.

Un après-midi pluvieux, elle entra dans la maison en portant le chien dans ses bras quand Papusha lui échappa et bondit en aboyant dans le salon. Elle se précipita, craignant que le chien ne laisse la trace de ses pattes boueuses sur la soie des fauteuils.

« Papusha ! Ici !

— Elena ! »

Elle se figea. Sa tante, rentrée plus tôt que d'habitude. Papusha avait sauté sur ses genoux. Les yeux noirs de Iulia étaient fixés sur elle, durs et sévères. Elle baissa la tête.

« Qu'est-ce que tu fais, Elena ? On t'a dit de ne jamais courir dans le salon ! Tu aurais pu casser un vase. Des

Rosenthal ! Ils sont très précieux, très chers ! Ton oncle sera
furieux s'il l'apprend !

— Ne dis rien à mon oncle, tata Iulia ! Pardon ! Je ne le
ferai plus, c'est promis !

— Va dans ta chambre. N'en sors que quand je te le
dirai. »

Sa grand-mère qui pliait des vêtements dans la petite
chambre fronça les sourcils. Elena s'assit sur l'unique
chaise. Ses pieds ne touchaient pas le sol. Les aboiements
de Papusha et la voix de sa tante lui parvenaient du
salon.

« Papusha, ici, mon chien ! Assis ! Arrête de jouer. Assis !
Tiens, mon bébé, regarde ce que je t'ai apporté... »

Papusha avait le droit de courir, de sauter, de s'asseoir
partout dans la maison, même sur les fauteuils tapissés.
C'est sa maison, songea Elena. Pas la mienne.

1943

CHAPITRE 3

1943-1945

LA FUITE

Un train pour animaux. Ils étaient assis directement sur le plancher entre les valises. Les semaines précédant le départ, la villa rose s'était remplie de conversations sérieuses, de visites, de murmures, de disputes et de larmes. Son oncle et sa tante passaient leurs soirées à écouter la radio. Personne ne faisait attention à Elena, bannie du salon. Sa grand-mère avait fini par lui expliquer que la Bessarabie, son pays, allait être occupée par la Russie. Son oncle et sa tante ne voulaient pas devenir russes et vivre sous un gouvernement soviétique. Ils devaient quitter la Bessarabie avant qu'il soit trop tard, pour émigrer dans un pays voisin où l'on parlait la même langue, la Roumanie. Elena avait très peur. Elle se représentait les Russes comme des géants prêts à envahir son pays, à voler les enfants et à les manger.

Le voyage était long. Le train avançait lentement et s'arrêtait souvent. À chaque arrêt un homme ouvrait la porte de leur wagon pour qu'ils puissent respirer l'air frais et faire pipi. Des paysans des villages qu'ils traversaient leur apportaient du thé chaud et du rhum. Quelqu'un fourra un verre sous le nez d'Elena. L'odeur était si forte qu'elle se mit à tousser, et tout le monde éclata de rire. Les larmes lui montèrent aux yeux. Elle n'aimait pas qu'on se moque d'elle.

Avant de partir, son oncle avait réussi à envoyer leurs plus beaux meubles en camion à une connaissance vivant à Bucarest, la capitale de la Roumanie. M. Ionescu. Sa tante avait empaqueté chaque meuble avec précaution. Elena savait combien sa tante était inquiète sur le sort de son mobilier. Rien ne disait qu'elle le reverrait.

Ils descendirent du train dans une ville dont Elena déchiffra le nom sur un panneau : AIUD. Le nom aux sonorités rondes lui plut. Les rues de la nouvelle ville étaient boueuses après la pluie. Sa tante se plaignait : la ville était provinciale, la maison petite et mal meublée. Elena pensait à Papusha qu'ils avaient dû laisser à leurs voisins de Kichinev. Le chien était-il triste lui aussi ? Les chiens ont-ils une mémoire ? La maison était silencieuse sans ses aboiements.

Elle entra en CP dans une école catholique. Chaque matin les petites filles priaient une demi-heure dans l'église à côté de l'école. Elena n'avait aucun problème à rester silencieuse. Elle passait sa demi-heure de méditation à examiner une immense statue derrière l'autel, qui représentait Marie tenant Jésus sur ses genoux. Une « pietà », lui dit la sœur qui les surveillait. Elena s'agenouillait parfois devant la statue. Le bois avait une bonne odeur, et Jésus reposait si confortablement sur les genoux de sa mère qu'il n'avait pas du tout l'air mort. Marie avait des joues toutes rondes et un doux sourire. Une sœur qui savait sculpter le bois fabriqua une mini-pietà qu'elle lui donna le jour de sa fête. Les traits du visage et les plis de la robe n'étaient pas aussi raffinés que ceux de la grande statue, mais c'était Marie, douce et maternelle, tenant sur ses genoux son fils crucifié. Elena ne pouvait s'endormir sans sa petite statue. Chaque soir elle la posait sur son oreiller entre elle et sa grand-mère. Quand elle ouvrait les yeux, c'était la première chose qu'elle voyait. Elle lui parlait. Son adoration pour la Vierge faisait rire Bunica.

Mais ils repartirent. En rentrant de l'école un après-midi, elle vit toutes les valises dans l'entrée. Le lendemain matin, ils quittèrent Aiud, l'école catholique, les sœurs et la grande pietà. La nouvelle ville n'était pas loin : à peine une heure de train. Ils se précipitèrent pour descendre valises et paquets avant que résonne le coup de sifflet du chef de gare. Quand ils reprirent leur respiration, Elena ne retrouva pas sa statue. Elle fouilla dans son sac et dans celui de sa grand-mère, et les vida même sur le quai. En larmes, elle supplia sa grand-mère d'appeler le contrôleur, d'arrêter le train qui filait au loin.

« Arrête de pleurnicher, Elena. Je suis fatiguée et j'ai mal à la tête », dit sa tante.

Bunica l'embrassa.

« Si tu l'as perdue, on t'en trouvera une autre, ma chérie, ne t'inquiète pas. »

Elle s'accrocha en sanglotant aux jupes de sa grand-mère. Son oncle lui donna une fessée, pour qu'elle ait une raison de pleurer.

Elle n'aimait pas la nouvelle ville au nom de vache, Turda. C'était l'été. Leur maison était sombre et humide, avec une petite cour grise. « Va jouer dehors », lui disait Bunica. Elena s'asseyait dans un coin de la cour poussiéreuse. Elle entendait des enfants rire dans des jardins voisins. Pour la fête de l'Assomption, le 15 août, sa tante lui offrit une statuette en porcelaine de la Vierge Marie, peinte à la main par un artiste local, avec une robe bleu azur et des traits délicats. Elena la laissa sur l'étagère. Elle avait déjà perdu son intérêt pour la religion, conclut Iulia.

Ils déménagèrent à nouveau. Cette fois, elle fut contente de partir. Sa tante aussi. Le voyage dura toute une journée, avec deux changements de train et des heures d'attente. Ils roulaient vers l'est. Il faisait nuit noire quand ils arrivèrent. Craiova. Une ville au nom grave, noble. La gare était beaucoup plus grande que celle de Turda. Elena entra en CE1 dans une école privée. Elle devait porter un uniforme. Une robe bleu marine, un manteau bleu, un chapeau bleu, des chaussettes blanches et des chaussures vernies. Elle se trouvait jolie dans son uniforme. Elle avait une gentille maîtresse, avec un nom de fleur et de beaux cheveux noirs. Elle devint bonne élève. Toujours la première à lever la main. Une excellente mémoire en poésie. Elle courait vite malgré sa petite taille, et les autres filles voulaient « la nouvelle » dans leur équipe lors de la course-relais. Elle se fit une amie, une petite fille aux nattes brunes attachées par des rubans bleu clair. Elles jouaient à la marelle ensemble à la récréation. La petite fille l'invita à déjeuner un dimanche. Elle habitait une maison cossue du centre-ville, avec une chambre à elle pour dormir et une autre juste pour ranger ses poupées. Elles déjeunèrent dans une vaste pièce, servies par une domestique, autour d'une table ancienne qui rappelait à Elena la table de Kichinev. Quand la mère l'interrogea sur sa famille, Elena donna quelques réponses vagues. À huit ans, elle avait compris qu'il valait mieux ne pas dire qu'elle venait de Russie, qu'elle dépendait de la charité de son oncle et sa tante, et qu'elle avait changé de ville quatre fois. La bonne apporta un dessert qui arracha à l'amie d'Elena des cris de plaisir. Des beignets fourrés à la prune, une spécialité de leur cuisinier. Elena n'avait jamais rien mangé d'aussi bon, pas même les merveilleux raviolis sucrés au fromage de sa grand-mère. Elle aurait été capable de dévorer tout le plat, mais contrairement à son amie qui en avait déjà mis cinq ou six dans son assiette, elle attendit que la mère lui propose de se resservir. Elle souhaitait qu'on la réinvite.

Le jour où sa merveilleuse maîtresse annonça à ses élèves qu'elle passerait en CE2 avec elles, Elena rentra en courant de l'école pour proclamer la nouvelle. Elle vit les valises ouvertes sur les lits et fondit en larmes. Iulia, qui était en train d'empaqueter, leva la tête, irritée.

« Ne fais pas le bébé, Nounoush. Tu crois qu'on a le choix ? On doit aller là où ton oncle trouve du travail. C'est grâce à lui qu'on a un toit et de quoi manger, et que tu peux aller à l'école. »

Deux jours après, ils partirent. Brăila. Une grande ville près de la frontière avec la Russie. Son oncle avait un poste d'administrateur dans un hôpital et sa tante avait obtenu un emploi de secrétaire. Ils emménagèrent dans une maison agréable avec un petit jardin aux tonnelles couvertes de vigne. Pour la première fois depuis qu'ils avaient quitté la Bessarabie, ils recommencèrent à avoir une vie sociale. Elena aimait que son oncle et sa tante invitent des gens à déjeuner sous les tonnelles du jardin. Elle prenait des leçons de piano chez une vieille dame qui organisait deux fois par an des concerts dans son salon élégant. Elle était fière de marcher vers le piano à queue, vêtue de la robe noire que sa grand-mère avait cousue pour elle. Un après-midi, en rentrant du cinéma où elle avait le droit d'aller seule depuis ses neuf ans, elle aperçut de la fumée au bout de la rue, à l'emplacement de sa maison. Elle se précipita, le cœur galopant. Mais la maison était là, entière, et sa tante et Bunica n'étaient pas assises en larmes à côté d'un tas de ruines fumantes. Les volutes venaient d'un jardin voisin où l'on brûlait des feuilles. Elena rit de sa panique.

Le soir où son oncle et sa tante la convoquèrent dans leur chambre, elle y entra à reculons. Elle savait ce que ça voulait dire : un autre départ, une autre ville, une autre maison, une autre école. Sa tante était allongée sur son lit, entre son oncle assis dans un fauteuil et sa grand-mère sur une chaise de l'autre côté.

« Elena, lui dit son oncle, on a deux nouvelles importantes. La première, c'est qu'on va déménager à Bucarest, la capitale. J'ai obtenu ma mutation. Ta tante est ravie. »

Iulia sourit, rayonnante. Elena contint ses larmes et entendit à peine le reste :

« Et voici l'autre nouvelle. On ne voulait pas t'en parler avant d'avoir résolu tous les problèmes légaux. On a reçu une lettre officielle aujourd'hui. C'est fait. Ta tante et moi, nous t'adoptons. Dorénavant tu es notre fille.

— Tu dois nous appeler papa et maman », ajouta sa tante.

Un rayon de soleil passant par la fenêtre faisait briller l'oiseau d'or et de rubis piqué sur le chemisier blanc de Bunica, ses deux ailes pointées vers le haut comme s'il allait s'envoler. Sa grand-mère avait promis de lui donner le bijou quand elle serait grande et avait ri lorsque Elena lui avait dit avec conviction : « Je suis déjà grande. » Elle remarqua soudain une tache rouge à côté de la petite broche — de cerises, de sauce ou de vin. Bunica toujours si propre n'avait pas dû s'en apercevoir.

« Oui, tata Iulia.

— Petite cruche ! Qu'est-ce que je viens de te dire ? *Maman* ! Viens nous embrasser. »

Elena s'approcha. Sa tante lui prit la tête entre les mains et la serra à lui faire mal. Elle déposa un gros bisou bruyant sur le front de sa nièce, y laissant sûrement une trace de rouge à lèvres. Son oncle aussi l'embrassa. Sa grand-mère la pressa contre elle.

« Elle ne dit rien ! s'exclama son oncle. Ça ne te fait pas plaisir, Elena ?

— Bien sûr que si ! répondit Bunica. Elle est juste trop émue pour parler ! »

Le lendemain, pendant l'appel, la maîtresse passa directement de « Bucur Ottilia » à « Dumitrescu Antonia » en oubliant le quatrième nom sur la liste, « Cosma Elena ». Elena haussa les sourcils, trop timide pour l'interrompre. Aucun des autres enfants ne parut remarquer l'erreur. Vers la fin de la liste, la maîtresse prononça un nom qu'Elena n'avait jamais entendu, comme s'il y avait une nouvelle élève. « Tiberescu Elena. » Personne ne leva le doigt. Les deux autres Elena de la classe ne semblaient pas plus concernées qu'elle. « Tiberescu Elena », répéta la maîtresse en regardant Elena, qui s'avisa soudain que le nom aux sonorités vaguement familières était celui de son oncle, et donc le sien dorénavant. Elle leva une main tremblante, les joues rouges de honte. À la récréation, un cercle d'enfants curieux se forma autour d'elle :

« Elena, pourquoi t'es plus Cosma ? C'est quoi, ce nouveau nom ? »

Elena mit les mains sur ses oreilles et s'enfuit dans un coin de la cour. Elle ne voulait pas dire qu'on venait de l'adopter, qu'elle n'avait pas de parents, qu'elle n'était personne.

CHAPITRE 4

1988-1989

VOUS PENSEZ QUE VOTRE FILS EST QUELQU'UN DE FIABLE ?

Jeudi 16 juin, dix-huit heures vingt. Helen est en train de mettre la dernière main à la version finale d'un projet qu'elle doit rendre à son patron le lendemain — un programme en langage Assembler qui connectera les gros ordinateurs aux micro-ordinateurs, dont on prédit que l'usage va s'universaliser — quand le téléphone la fait sursauter. Ce n'est sûrement pas Jacob. Il sait que chaque minute compte ce soir et qu'elle a besoin de toute sa concentration. Elle décroche, agacée par l'intrusion.

« Helen Tibb.

— Maman ? »

La voix de son fils lui donne une joie instantanée, qui se teinte aussitôt de crainte. Il est rare qu'il l'appelle au bureau.

« Alexandru ? Tout va bien ?

— Oui. Je pensais venir demain, avec quelqu'un.

— Ce serait merveilleux ! »

Par discrétion, Helen évite de demander qui est ce « quelqu'un ». Mais le ton joyeux d'Alexandru semble indiquer qu'il s'agit d'une femme. Elle espère qu'après dix mois il sort enfin de son hibernation.

Elle raccroche et retourne travailler, le cœur léger. Quand elle rentre chez elle à minuit et que Jacob vient la chercher à la gare, c'est la première chose qu'elle lui dit en s'asseyant dans la Buick :

« Alexandru vient nous voir demain, avec quelqu'un.

— Avec quelqu'un. Ha ha ! » répète Jacob d'une voix suggestive.

Helen se fait du souci pour son fils. Il ne s'agit pas de son avenir professionnel, même si elle souhaiterait qu'il reprenne des études après avoir obtenu sa licence de Harvard il y a quatre ans. Il travaille comme reporter pour un journal local de Cambridge : sans un diplôme supérieur, ce poste ne débouchera sur aucune carrière. Mais il suffit qu'il se décide. Il est brillant : toutes les portes s'ouvriront devant lui. Jusqu'ici, il a fanchi toutes les barrières. Alors que l'anglais n'était pas sa langue et que sa mère n'était pas juive, il a été accepté comme boursier à l'excellente école orthodoxe juive de Queens en 1975. Deux ans plus tard, il a réussi l'examen d'entrée au lycée public le plus compétitif de New York, Stuyvesant. De là, la route était pavée jusqu'aux meilleures universités, mais encore fallait-il être sélectionné parmi les étudiants qui étaient la crème de la crème des États-Unis. Helen n'oubliera jamais le soir où Alexandru leur a lu la lettre de Harvard : « Cher Alex Franklin Tibb, nous sommes heureux de vous annoncer, etc. » Harvard : le sommet des sommets.

Ce sont les femmes qui inquiètent Helen. À vingt-six ans, Alexandru a vécu deux grands amours; deux fois il a eu le cœur brisé. « C'est une leçon de vie, Lenoush. Il s'en remettra », a dit Jacob la première fois, quand Alexandru avait vingt ans et que Lisa, son premier amour, l'a quitté au bout d'un an. Cet été-là il est rentré chez ses parents et a passé deux mois sans sortir de sa chambre, allongé sur le canapé-lit, à fumer et écouter de la musique sur son walkman, Helen n'a posé aucune question mais son cœur a saigné pour lui. Deux ans plus tard, après une série d'aventures sans suite, il a rencontré Ximena. Elle était argentine, divorcée, et plus vieille qu'Alexandru de cinq ans, mais si généreuse et chaleureuse que, dès le premier instant, son sourire radieux a conquis Helen. Elle était aussi blonde et lumineuse qu'Alexandru était brun et sombre. Ils formaient un beau couple. Elle avait des ancêtres allemands sur lesquels la taquinait Alexandru : « Ton grand-père nazi. » Son grand-père avait en fait quitté l'Allemagne pour l'Argentine trois ans avant la guerre parce que la politique de son pays ne lui plaisait pas. Helen a accueilli Ximena dans son cœur comme la fille qu'elle n'avait pas eue. Mais en septembre dernier, alors qu'Alexandru et Ximena sortaient ensemble depuis trois ans et que leur relation semblait destinée à durer — il était allé deux fois à Buenos Aires et avait rencontré toute la famille, qui l'adorait —, il a soudain cessé d'appeler ses parents. Helen ne s'est pas inquiétée de son silence jusqu'à ce qu'elle lui laisse un message, puis un autre, sans qu'il rappelle. Écoutant son instinct, elle a convaincu Jacob de se rendre à Cambridge le week-end suivant. À une heure de l'après-midi, ils ont sonné au rez-de-chaussée de la maison en bois gris sur Pearl Street, près de Central Square. Alexandru a fini par ouvrir. Il clignait des yeux comme s'il venait de se réveiller et que la lumière le gênait. Il avait une barbe de plusieurs jours et portait une chemise en flanelle fripée dans laquelle il devait dormir. Une odeur aigre émanait de son corps. Dans le salon, le futon à même le plancher devant la télévision était entouré de bouteilles de bière et de

whisky vides, de verres sales, de cartons de pizzas, de paquets
de Marlboro, et de cendriers si pleins que leurs cendres
débordaient sur le plancher. Il s'est excusé de ne pas avoir
rappelé. Il avait eu une forte grippe mais se sentait déjà
mieux. Il n'a pas prononcé une seule fois le nom de
Ximena. Il a mis sept mois à dire à ses parents qu'elle l'avait
quitté pour un très bon ami à lui, Jorge, argentin comme
elle. Il a recommencé à se raser et à prendre des douches, et
il est retourné travailler. Il a eu vingt-six ans. Mais pendant
dix mois la même tristesse a voilé ses yeux.

Le vendredi soir, Helen réussit à rentrer chez elle à sept
heures et demie après avoir achevé son projet. Elle se
change et met une élégante robe gris sombre sur laquelle
elle pique l'oiseau d'or et de rubis. Elle attache autour de
son cou le pendentif en verre de Murano que son fils lui
a rapporté d'Italie. De la cuisine, elle guette les bruits
de moteur dans la rue. Alexandru a dit qu'il arriverait vers
huit heures. À huit heures vingt, elle entend une voiture
ralentir et se précipite sur le porche. La petite Ford jaune
est déjà garée derrière la voiture de Jacob. La porte du côté
passager s'ouvre, et quelqu'un en descend. Une femme.
Helen sourit. Son instinct ne l'a pas trompée.

« Hello ! Bienvenue, s'écrie-t-elle de sa voix la plus chaleureuse. Vous avez fait bon voyage ? »

La jeune fille lève la tête. Elle a de longs cheveux blonds,
comme Ximena. Il fait très chaud et elle porte une tenue
légère, minijupe et débardeur turquoise. Alexandru sort
de voiture à son tour, vêtu d'un jean et d'un tee-shirt dont
le vert vif dénote son changement d'humeur. Ils montent
tous deux l'escalier vers Helen. Son grand fils se penche
vers elle pour l'embrasser, puis se redresse.

« Maman, je te présente Marie.

« — *Nice to meet you,* dit la jeune fille avec un accent qu'Helen identifie aussitôt.

— Vous êtes française ?

— Oui.

— Vraiment ! C'est merveilleux ! »

La France ! En un éclair lui revient la vision de la bibliothèque de Mme Weinberg, doublée de celle des jolies serveuses en minijupe de la cafétéria de Saclay. Alexandru est de toute évidence attiré par les étrangères. Une Française, c'est encore mieux qu'une Canadienne ou une Argentine.

Comme elle n'a pas eu le temps de cuisiner, ils vont au restaurant. Elle a réservé dans le meilleur du quartier, celui où Jacob et elle célèbrent leurs anniversaires. Ils se dirigent vers la voiture de Jacob, mais en apprenant que le restaurant est peu éloigné, la Française dit qu'elle préférerait marcher après toutes ces heures de route. Ils traversent l'autoroute en empruntant le pont pour les piétons et la longent sur cinq cents mètres. Le parking du restaurant est plein. Ils entrent dans la salle Art déco, d'une fraîcheur agréable grâce à la climatisation. Comme c'est vendredi soir, les tables recouvertes de nappes blanches sont déjà presque toutes occupées et les serveurs courent de tous les côtés.

« Quelle idée, cette climatisation ! s'exclame la Française. Il fait bon dehors, et dedans on gèle. L'été, ici, il faut toujours avoir un pull avec soi. »

Heureusement, elle a pris le sien. Helen est étonnée. Il ne lui était jamais venu à l'idée qu'on pût se plaindre de la climatisation. C'est un des conforts qu'elle apprécie le plus aux États-Unis.

« Marie est parisienne », leur apprend Alexandru après que le serveur a apporté les entrées.

« Quelle belle ville ! s'exclame Helen. J'y suis allée en 1968. »

La Française hausse les sourcils : « En mai 68 ? »

Helen sourit. « Non. En octobre. Paris était très calme. Il n'y avait aucune trace des événements de mai. J'ai marché partout. Et j'ai acheté des chaussures pour Alexandru. Tu te rappelles, Alexandru ?

— Bien sûr, maman. Les *mocassins*.

— En chevreau gris, fourrés de lapin. Personne à Bucarest n'avait de si belles bottines !

— Vous étiez libre de voyager à l'ouest ? demande la Française.

— J'étais invitée à un colloque international à Saclay. Vous connaissez Saclay ? »

Elle prend garde à prononcer le mot à la française, avec l'accent sur la dernière syllabe.

« Juste de nom. Un colloque de quoi ?

— Physique. J'étais physicienne nucléaire.

— Ah bon ! » La Française a l'air impressionnée. « Mais... je croyais que vous travailliez dans les ordinateurs ? »

Helen et Jacob se regardent en riant.

« C'est une longue histoire, dit Helen. Pour résumer, on s'est reconverti en arrivant ici. Il fallait la nationalité américaine pour être embauché dans une usine nucléaire.

— Ça n'a pas été si simple que ça, intervient Jacob avec un sourire. Lenoush pensait que l'informatique, ce serait trop difficile. J'ai eu du mal à la convaincre d'essayer. Et maintenant elle est la meilleure des programmeuses !

— Je croyais que le niveau de maths serait trop élevé. Mais pas du tout. C'était très amusant. Comme d'apprendre une langue étrangère. »

Le dîner se passe vraiment bien. Alexandru a l'air détendu et heureux, pour la première fois en dix mois. Discrète, Helen ne pose pas de questions, mais la jeune Française parle d'elle spontanément. Elle explique qu'elle vient de passer deux ans comme lectrice de français à Harvard et s'apprête maintenant à repartir pour la France, où l'attend un poste dans un lycée de la banlieue parisienne.

Ces informations renseignent Helen et Jacob sur l'avenir de la liaison de Marie et de leur fils : de toute évidence, il s'agit juste d'une aventure pour l'été. Helen en est soulagée. Quelque chose chez la Française la gêne. Sur le chemin du restaurant, les jeunes gens ont marché enlacés, et Marie a embrassé Alexandru sur les lèvres sans se soucier de ses parents qui suivaient juste derrière. Elle est maintenant en train de lui caresser la main, comme si elle ne pouvait pas se passer d'un contact physique. Il y a autre chose. Helen reconnaît dans les yeux de son fils la lueur qu'elle y a vue briller du temps de Lisa et de Ximena. Elle est contente qu'il s'amuse enfin après ses dix mois de deuil, mais elle sent intuitivement que la Française n'est pas la femme qu'il lui faut.

En juillet, Alexandru leur annonce qu'il part en vacances en Europe afin d'y retrouver Marie et de voyager en Grèce avec elle. Il a l'air amoureux. Vers la fin du mois d'août, Helen appelle son fils un soir à Cambridge, et tombe sur une voix féminine avec un accent : il est clair que la Française lui rend visite ou s'est même installée chez lui. Mais le mois de septembre arrive, puis octobre, et il ne parle plus jamais d'elle. S'il descend voir ses parents, c'est seul. Apparemment, ils ont rompu. Helen ne pose aucune question. Son fils semble malheureux.

Fin novembre, grâce au succès du programme en

Assembler auquel elle travaillait en juin, elle est promue *vice-président* de sa compagnie. Elle a maintenant le même statut que Jacob, et un salaire aussi élevé, ce qui n'est pas évident même en Amérique, où les femmes, comme partout dans le monde, sont souvent moins payées que les hommes pour le même travail. Jacob est très fier d'elle, Alexandru aussi. Ils fêtent l'événement dans le meilleur restaurant italien de Manhattan — elle aurait aimé un restaurant français, La Côte basque, ou La Grenouille, mais craignait de raviver chez son fils de mauvais souvenirs. Au bureau, il y a un cocktail en son honneur : on sert du champagne français et le P-DG de la compagnie prononce un discours flatteur. Ses collègues lui offrent une fleur de magnolia blanche et lui expliquent que c'est la fleur qu'on donne aux lycéennes américaines qui viennent de passer leur bac. Helen se sent aussi fière et émue qu'il y a huit ans, le jour où elle a ouvert la lettre des Services d'immigration leur accordant la nationalité américaine et le droit de porter le nouveau nom, Tibb. Elle garde la fleur plusieurs semaines dans son réfrigérateur. Elle est heureuse d'être appréciée, reconnue et aimée. Elle découvre les privilèges des vice-présidents : si elle travaille tard le soir, elle peut appeler une limousine avec un chauffeur pour l'accompagner à la gare — voire dans le New Jersey si elle reste au bureau après dix heures. Au dernier étage de l'immeuble où se trouvent les bureaux de la compagnie, il y a une cafétéria réservée aux cadres supérieurs : sous une cloche de verre, c'est un lieu spectaculaire avec des meubles ultramodernes, tout blancs, dessinés par Philippe Starck, et une vue panoramique de Manhattan, de l'East River à l'Hudson. Quand elle va y boire un café et fumer une cigarette, c'est un moment de pur bonheur.

Grâce à son augmentation de salaire, ils peuvent acheter une nouvelle voiture, leur première voiture neuve, afin de remplacer la Buick d'occasion qui leur a rendu de bons et loyaux services pendant dix ans, mais qui a déjà trois cent mille kilomètres au compteur. Jacob choisit le modèle — elle ne conduit pas et ne connaît rien aux voitures — et elle, la couleur, un bleu métallisé raffiné pour la carrosserie et un blanc crème pour le cuir des sièges. La Lincoln a une boîte de vitesses automatique, une climatisation bienvenue pendant les mois d'été, une chaîne stéréo avec un son excellent, et des dossiers merveilleusement confortables qui épousent la courbure du dos. « Madame la Vice-Présidente », lui dit Jacob avec un hochement de tête en ouvrant la portière du côté passager, et chaque fois Helen émet un petit rire joyeux.

Alexandru passe Noël avec eux, et leur annonce qu'il va reprendre des études. Helen s'en réjouit. C'est ce qu'elle attendait de lui. Il est en train de rassembler les pièces pour son dossier de candidature. Il n'est ni gai ni triste. Comme plusieurs mois se sont écoulés et qu'il n'a plus l'air de penser à la Française, sa mère lui demande un soir ce qu'elle est devenue. Quand elle voit son fils tressaillir comme si elle l'avait piqué avec une aiguille, elle regrette aussitôt sa question.

« Ça n'a pas marché, maman. Sa vie est à Paris. »

Une nouvelle année commence. Le téléphone sonne un dimanche matin de février vers dix heures. De la contre-allée où elle est en train d'aider Jacob à déblayer la neige qui est tombée dans la nuit, Helen entend la sonnerie et rentre en courant par la porte du garage. Elle monte vite l'escalier et décroche dans la cuisine, à bout de souffle.

« *Alo* ?

— Helen ? Bonjour ! »

Helen se demande à qui appartient cette voix féminine. Une assistante marketing ne l'appellerait pas par son prénom.

« Excusez-moi de vous déranger, continue la voix. Je suis Marie, l'amie d'Alex. Vous vous rappelez ? On s'est rencontrées cet été.

— Bien sûr ! »

Elle éprouve un malaise immédiat et pressent un danger.

« Alex m'a dit que vous aviez été promue vice-présidente. Félicitations. C'est formidable ! s'exclame Marie avec un enthousiasme forcé qui donne à Helen la chair de poule.

— Oh, merci. C'est très aimable à vous. »

Helen est interloquée. La peur envahit chaque particule de son corps. Sa paume sur le combiné est moite. Pourquoi la Française l'appelle-t-elle deux mois après sa promotion pour la féliciter ? Que veut-elle ?

« Vous sauriez où est Alex, par hasard ? dit la Française du même ton anodin.

— Chez lui, à Cambridge, sans doute, répond Helen, soulagée par la simplicité de la question. Je lui ai parlé il y a dix minutes, et comme il a la grippe, il n'avait pas l'intention de sortir. »

Cette fois-ci, le silence dure plus longtemps. Helen se demande comment raccrocher sans paraître impolie.

« Il était supposé me rendre visite à Paris il y a une semaine. Il n'est jamais arrivé et ne m'a pas appelée », reprend Marie, d'une voix trop calme.

Helen reste muette. Elle souhaiterait pouvoir interrompre sur-le-champ cette conversation. Elle ne veut pas savoir ce que son fils a fait. Elle ne veut pas entendre cette femme pleurer au téléphone.

Il s'écoule une minute avant que la Française ajoute :
« Vous pensez que votre fils est quelqu'un de fiable ? »
La flèche atteint Helen en plein cœur. Elle rit faiblement.
« C'est mon fils », dit-elle.

CHAPITRE 5

1950

MME WEINBERG

« Nounoush, réveille-toi. Il est sept heures moins le quart! »

Elle sursauta et ouvrit les yeux. Sa grand-mère lui secouait l'épaule.

« B'jour, Bunica », dit-elle d'une voix lourde de sommeil.

Sa grand-mère sortit lentement de la chambre en traînant derrière elle sa mauvaise jambe. Elle avait toujours mal au dos et aux jambes quand le temps changeait, surtout s'il pleuvait beaucoup comme au début du printemps. Elena s'assit dans son lit. Elle aurait souhaité que sa chambre eût une fenêtre pour voir le temps qu'il faisait. Mais, comme disait Bunica, elle avait déjà de la chance d'avoir sa propre chambre. Elle se leva, prit dans le placard un chemisier blanc et une jupe en lin bleu marine, et passa dans la chambre de sa grand-mère, sans fenêtre non plus, où une table à repasser était coincée entre le mur et le lit. Bunica avait déjà chauffé le fer. Elena répandit l'amidon sur sa jupe. L'odeur d'amidon sous le fer chaud était celle du matin. Elle s'habilla et sa grand-mère lui brossa les cheveux, séparant par le milieu la masse de cheveux frisés pour en faire deux couettes égales qu'elle noua avec des rubans bleu ciel. Elle les tirait fort et Elena dut serrer les dents pour ne pas gémir.

Il était sept heures vingt quand elle partit, tenant dans une main des sacs à provisions, un morceau de pain grillé dans l'autre, les tickets de rationnement dans la poche de sa jupe et l'épais volume en français sous son bras. Elle frissonna. Sa blouse et sa jupe étaient trop légères pour la saison. Peut-être ferait-il plus chaud dans une heure ou deux, si le soleil se levait. Malgré la grisaille, elle appréciait la promenade matinale dans les rues bordées d'arbres qui se couvraient de petites feuilles vert tendre. C'était dimanche mais il y avait déjà du monde dehors : des gens qui promenaient leur chien et des mères de famille qui se dépêchaient d'aller faire leurs courses pour la semaine avant que les magasins soient vides.

Elena traversa la place Bucur Obor où se trouvait le marché et où la foule affluait de toutes parts. Elle marcha dix minutes avant de parvenir à la boucherie. La queue était longue, même si le magasin n'avait pas encore ouvert. Elle prit sa place au bout de la file, s'assit sur le trottoir et mit *Les Misérables* sur ses genoux. Elle ne connaissait pas tous les mots, mais suffisamment pour comprendre l'histoire. Au début, elle avait trouvé le livre ennuyeux, mais l'histoire était devenue si fascinante qu'Elena oublia tout ce qui se passait autour d'elle. Elle ne vit pas le boucher arriver et lever son rideau.

« Ça bouge. Avance, lui dit la dame derrière elle en lui touchant l'épaule.

— Oh, pardon. »

Elle se leva rapidement et avança.

« Qu'est-ce que tu lis ? reprit la dame.

— *Les Misérables*.

— En français ! Ce n'est pas trop difficile ?

— Non. J'adore, dit-elle fièrement.

— Au moins tu auras l'esprit bien nourri. »

La femme qui se trouvait devant Elena se retourna et rit.

« Vous savez, les enfants sont pas tous mal nourris, ces temps-ci. Dans la classe de mon fils, y a des gosses qui mangent du beurre et du poulet. Du beurre et du poulet ! Vous vous rendez compte ? Ça fait belle lurette que j'en ai pas vu la couleur ! Mon fils comprend pas pourquoi on n'en a pas, nous. Ton père est pas tailleur, que je lui dis. Il est pas avocat, il est pas docteur, il a pas son magasin !

— Oui, approuva la dame derrière Elena. Vous avez raison. Il n'y a que les professions libérales qui s'en sortent.

— Vous voulez dire les Juifs. Ça, c'est sûr qu'ils sont pas à plaindre ! »

« Les Juifs. » Elena rougit. Elle n'avait jamais entendu le mot avant d'emménager dans la nouvelle maison. Maintenant, elle savait qui étaient les Juifs et ce qui leur était arrivé pendant la guerre — quoi exactement, elle l'ignorait, mais elle avait entendu dire que beaucoup d'entre eux avaient été tués. Sa mère parlait toujours à voix basse quand elle mentionnait ces événements, parce que les Weinberg et les Berstein avec qui ils partageaient la maison étaient juifs. Les deux filles cadettes et le mari de Mme Weinberg avaient été envoyés en 1943 dans un endroit d'où ils n'étaient jamais revenus. Mme Weinberg avait survécu en se cachant dans un sous-sol avec son fils Rubin, sa fille mariée, Doina, et le mari de cette dernière, Lev Berstein. La maison où Elena vivait maintenant avec sa famille avait été celle des Weinberg depuis des générations : la loi les contraignait à loger une autre famille, et Elena pouvait comprendre qu'ils se sentent envahis. Au début, ils n'adressaient même pas la parole aux parents d'Elena. Mais elle avait été assez maligne pour conquérir l'affection de la vieille Mme Weinberg.

Sa grand-mère la rejoignit au moment où elle passait sa commande. Elles firent leurs courses et rentrèrent ensemble. Les sacs laissaient des traces rouges sur les doigts d'Elena, qui devait s'arrêter souvent pour les poser et détendre ses bras.

« Tu as fait tes devoirs, Nounoush?

— Pas encore. J'ai le temps. Ne m'appelle pas Nounoush, c'est un nom de bébé!

— Fais-les dès qu'on sera à la maison. Qu'est-ce que tu as pour lundi?

— Je dois apprendre par cœur l'emploi du temps de la bonne ménagère. » Elle se mit à rire en voyant sa grand-mère hausser les sourcils. « Si, c'est vrai, je te jure! Je te montrerai mon cahier de texte.

— Quoi d'autre?

— Une composition française sur un sujet libre et les dix commandements pour le cours de religion. Facile. »

Alors qu'elle soulevait le loquet de la porte du jardin, Elena entendit quelqu'un crier son nom. Elle se retourna et vit Valentina, la fille qui habitait dans un sous-sol juste en face de chez eux, sortir avec sa mère et lui faire de grands signes. Elena les salua de la main.

« Nounoush, si tu veux venir prendre le thé cet après-midi, j'ai fait des beignets au fromage! proposa la mère.

— Elle n'est pas libre », répondit Bunica d'un ton sec.

Elena leur sourit pour compenser la réponse bourrue de sa grand-mère. Bunica ne voulait pas qu'elle les fréquente parce que la mère de Valentina était pauvre et célibataire.

La vieille décapotable n'était plus dans le petit garage que M. Tiberescu avait construit à côté de la maison. Les parents d'Elena étaient déjà partis. Elle avait devant elle un après-midi libre comme elle les aimait.

Après déjeuner, Bunica se retira pour la sieste. Elena se glissa dans la cuisine, coupa une part du gâteau au fromage qu'elle avait fait la veille avec sa grand-mère, sortit avec l'assiette blanche et s'arrêta dans sa chambre pour prendre *Les Misérables* et la paire de chaussettes. Elle alla jusqu'au bout du couloir et frappa à la porte de droite.

« Entrez ! »

Mettant le livre et les chaussettes sous son bras sans déséquilibrer l'assiette, elle réussit à tourner la poignée et à pousser la porte. La vieille dame assise dans son fauteuil près de la fenêtre sourit à Elena. Ses cheveux argentés étaient coiffés en un chignon que lui faisait sa fille chaque matin, et elle portait toujours une robe élégante de la mode d'avant guerre. Un peu de bave coulait au coin de ses lèvres qui ne bougeait pas.

« Te voilà, ma chère enfant. Tu es bien jolie avec ce chemisier et ces couettes. Tu m'as apporté du gâteau ! Tu n'aurais pas dû. Comment va ta grand-mère ?

— Bien, madame Weinberg. J'ai raccommodé les chaussettes de votre fils.

— Viens me montrer ça. Mais tu es une petite fée de l'aiguille, Lenoush ! Rubin sera enchanté. On ne trouve plus de chaussettes de cette qualité. Du pur fil d'Écosse. On les a achetées à Londres en 36 et elles tiennent toujours — grâce à toi. »

Elena rayonnait. Les compliments de la vieille dame la charmaient, même quand Mme Weinberg l'appelait « Sara » ou « Olga », qui n'étaient pas les noms de ses filles disparues comme Elena l'avait cru tout d'abord, mais ceux des domestiques qu'elle avait avant guerre. Sa mère disait que la vieille Mme Weinberg était sénile. Peut-être. Mais elle était si polie, bienveillante et raffinée. Elle racontait à Elena, que ses récits fascinaient, ses voyages d'autrefois à Paris et à Londres. Elle avait même été présentée au roi d'Angleterre ! La chambre qu'elle partageait avec son fils Rubin témoignait de son ancienne prospérité. Peu spacieuse mais lumineuse grâce aux portes-fenêtres qui ouvraient sur le jardin où fleurissaient les roses, les lis et les tulipes du temps où la famille Weinberg avait un jardinier, et où Bunica faisait maintenant pousser des carottes et des choux, la pièce était meublée de deux lits recouverts de courtepointes en velours bleu foncé, de deux fauteuils tapissés, d'une petite table ancienne et de quelques tableaux — une nature morte flamande et un portrait de la mère de Mme Weinberg, enfant, par un artiste anglais, en robe de dentelle blanche, près d'un chiot noir et blanc. Le meuble préféré d'Elena était la bibliothèque en bois blanc aux élégantes moulures, construite sur mesure tout le long d'un mur, aux étagères couvertes de livres. Presque tous des livres français : Balzac, Stendhal, Flaubert, Hugo, Voltaire, Rousseau, et des centaines d'autres volumes qui promettaient des milliers d'heures de lecture. Depuis qu'Elena était entrée dans les bonnes grâces de Mme Weinberg en lui rendant de menus services, celle-ci, ravie de découvrir que sa petite voisine apprenait le français, lui prêtait ses précieux livres. Elle lui demandait en échange de lui faire la lecture une ou deux heures par semaine, car ses yeux n'étaient plus assez bons pour déchiffrer les caractères imprimés.

Elena s'assit sur le lit et ouvrit le livre à la page où elle s'était arrêtée quand elle avait fait la lecture à Mme Weinberg la veille. Elle avait lu la fin du chapitre pendant qu'elle fai-

sait la queue au marché le matin. Sa compréhension en
étant meilleure, elle lirait mieux. Mme Weinberg appréciait
qu'Elena « *mette le ton* », qu'elle lise comme une actrice en
exprimant tous les sentiments imprimés sur la page. Elle-
même déclamait parfois, pour le seul bénéfice d'Elena, des
tirades de Racine ou de Corneille qu'elle avait apprises
autrefois à l'école.

Elena lisait avec passion, à nouveau fascinée par la lutte
intérieure qui se jouait dans l'âme de Jean Valjean, alias
Monsieur Madeleine, quand l'ancien bagnard, devenu un
maire riche et respecté, hésite à se livrer à la police et à se
condamner à la mort ou au bagne pour sauver un innocent.
La vieille dame avait fermé les yeux et sa respiration était
régulière. On aurait pu croire qu'elle dormait, mais Elena
ne s'y trompait pas. À peine trébucherait-elle sur un mot
que Mme Weinberg la corrigerait sans même ouvrir l'œil.
Elle savourait la lecture avec tant d'attention qu'il n'y avait
pas moyen de sauter un seul mot — comme si elle connaissait le texte par cœur, ou sentait si intimement le style de
l'auteur qu'elle reconnaissait aussitôt les libertés qu'aurait
prises sa lectrice. Contrairement à ce que croyaient les
parents d'Elena, elle avait toute sa tête.

« Tu pourrais relire ce passage ? » l'interrompit
Mme Weinberg.

Elena retourna au début du paragraphe.

« *On n'empêche pas plus la pensée de revenir à une idée que la
mer de revenir à un rivage. Pour le matelot, cela s'appelle la marée ;
pour le coupable, cela s'appelle le remords. Dieu soulève l'âme
comme l'océan.* »

La vieille dame soupira.

« Quelle belle métaphore ! Tu comprends ce que ça veut
dire ?

— Oui, je crois.

— Quel âge as-tu ?

— Quatorze ans.

— Quatorze ans... Oui, on comprend le remords à cet âge. J'aime Victor Hugo parce qu'il réussit à nous convaincre que les criminels ont une conscience. Quel écrivain puissant, et quelle grande âme ! Tu peux me retrouver cette autre phrase, sur le ciel et l'intérieur de l'âme ? »

Tout en feuilletant les pages précédentes, Elena pensa aux filles disparues de Mme Weinberg.

« *Il y a un spectacle plus grand que la mer, c'est le ciel ; il y a un spectacle plus grand que le ciel, c'est l'intérieur de l'âme.* »

La vieille dame hocha lentement la tête. « Ce doit être vrai puisque M. Hugo m'émeut suffisamment pour m'y faire croire. Ma chérie, il est presque trois heures ! Ton émission ne va pas commencer bientôt ? Je ne veux pas te chasser, mais je serais désolée que tu rates le début à cause de moi.

— J'y vais. Merci, madame Weinberg. »

Elena embrassa la vieille dame, sortit de la chambre, longea le couloir et se glissa dans celle de ses parents, dont elle ferma la porte derrière elle. Elle alluma la radio soviétique flambant neuve posée sur la commode entre les deux vases de Rosenthal, arrêtant la fréquence sur le mot « Vladivostok » écrit en lettres cyrilliques. Son émission venait de commencer. Le speaker annonçait que le morceau au programme d'aujourd'hui était *L'Oiseau de feu* d'Igor Stravinsky. Elena ôta ses chaussons et s'allongea sur le ventre sur le lit de ses parents. De sa voix nasillarde, le commentateur expliquait que *L'Oiseau de feu* avait été commandé par Diaghilev pour les Ballets russes en 1910, et que l'énergie de la musique était plus rythmique qu'harmonique. Elena nota mentalement les deux termes. Maintenant qu'elle ne pouvait plus faire de piano — il n'y avait pas de piano dans la maison, et les leçons privées coûtaient cher — elle complétait son éducation musicale en écoutant chaque dimanche cette émission de radio.

La musique lui donnait envie de danser. La vaste pièce était encombrée de tous les meubles que les Tiberescu avaient expédiés de Bessarabie et que M. Ionescu avait longtemps entreposés pour eux. Elena se leva et se mit à pousser la table, les chaises, le canapé et des fauteuils pour libérer le milieu de la pièce. Puis elle virevolta, la tête haute, se dressant sur ses orteils nus, sans cesser de sourire puisqu'une danseuse étoile ne montre pas son effort. Bunica ouvrit soudain la porte.

« Nounoush, ils arrivent ! Papa est en train de garer la voiture. »

Elena arrêta la radio et tira vite les fauteuils à leur place. Le canapé était plus difficile à déplacer. Elle entendait les voix de ses parents. Bunica leur demandait comment s'était passé le déjeuner et leur montrait les courses du matin pour gagner du temps. Elena venait de remettre en place la table quand ils entrèrent dans la chambre. Iulia regarda d'un air soupçonneux sa fille aux joues rougies par l'effort.

« Va éplucher des pommes de terre. Je vais préparer un gratin.

— Je m'en occupe, dit Bunica. Nounoush n'a pas fini ses devoirs.

— Elle avait toute la journée pour les faire, maman, répliqua Mme Tiberescu d'un ton sec. Tu la gâtes trop. Je veux qu'elle aide à la maison. »

Elena fila dans la cuisine. Quand elle eut fini d'éplucher

le kilo de pommes de terre, elle retourna dans sa chambre et prit le volume de Victor Hugo. Grâce à Mme Weinberg, elle venait de trouver le sujet de sa rédaction. Elle écrirait sur le remords et la lutte intérieure de Jean Valjean. Elle décida d'aller travailler dans le jardin pendant qu'il faisait encore jour. En passant devant la chambre de ses parents qui avaient fermé leur porte, elle entendit son père prononcer son nom en élevant la voix. Elena s'arrêta, et recula pour qu'on ne voie pas sa tête derrière le carreau de la porte. Son cœur battait vite. « *Tu n'espionneras point tes père et mère quand ils parleront de toi derrière une porte close.* »

« Mais ces lycées techniques ne sont pas surtout pour les garçons ? demandait Bunica.

— Bunica, vous voulez que votre petite-fille soit juste une ménagère ? répondit le père d'Elena d'une voix agacée. Ou une secrétaire ? Si elle sort d'un lycée normal, elle ne trouvera pas de travail, je vous le garantis.

— Mais pourquoi ? Elle a les meilleures notes partout !

— C'est vrai, intervint sa mère. Elle travaille dur. Elle est toujours première.

— Je ne dis pas le contraire, reprit son père. Mais c'est une fille et elle vient de Bessarabie, autrement dit de Russie. Si un employeur doit choisir entre un homme et une femme, il prendra l'homme. Et s'il doit choisir entre une pure Roumaine et Elena, il prendra la pure Roumaine. Ce sont les faits. De nos jours, une femme a besoin d'être indépendante. Avec la terrible situation économique de la Roumanie, il faut penser à son avenir. Je veux qu'elle puisse gagner sa vie. Je l'ai inscrite dans le meilleur lycée technique de Bucarest, celui où on fait de la chimie.

— De la chimie! s'écria Bunica. Pauvre Lenoush! Elle qui aime tant le roumain, le français et l'histoire!

— Iulia, tu peux dire à ta mère de se taire? Je sais ce que je fais, Alexandra. Plus tard, Lenoush pourra travailler dans un laboratoire au lieu d'une usine. Faites-moi confiance et réjouissez-vous pour votre petite-fille. »

CHAPITRE 6

1989

LA SAISON DES BOULEVERSEMENTS

Le réveil sonne. 6 h 5. Helen tend le bras et appuie sur le bouton. Les yeux fermés, elle écoute les oiseaux pépier dans les branches de l'arbre juste de l'autre côté de la fenêtre. Elle aime la toute fin de l'été, quand les nuits sont assez fraîches pour dormir sans climatiseur et que le jour éclaire la chambre dès son lever matinal. Elle ouvre les yeux et contemple la pièce, sa préférée, meublée d'un épais matelas posé à même le sol, de deux cubes en bois blanc, d'une table basse avec la télévision et d'un petit meuble blanc où sont rangés ses bijoux. L'esthétique minimaliste, lui a dit Alexandru. Elle est heureuse de pouvoir mettre un nom savant sur son goût instinctif.

Le corps à côté d'elle ne donne pas signe de vie.

« Jacob !

— Mmm... »

Il soupire et se redresse sur un coude, puis s'assied lentement et pousse un nouveau soupir. Helen se lève et sort du placard un tailleur et un chemisier. Elle se retourne. Jacob est assis sur le lit, les pieds à plat sur le plancher, les épaules basses. Il a l'air vieux tout à coup. Elle a une vision fugitive du père de Jacob dans la maison de Haïfa, avec ce même air las.

« Qu'est-ce que tu as ?

— Je sens quelque chose de bizarre.

— Où ?

— Là. » Il montre son épaule gauche. « Ça me pèse. J'ai mal dormi. »

Elle fronce les sourcils. Il est rare que Jacob se plaigne d'une douleur quelconque.

« Tu as porté quelque chose de lourd hier ?

— Non.

— Tu as peut-être dormi dans une mauvaise position ?

— C'est possible. Ça va passer, sans doute. »

Elle va prendre sa douche. Tandis que l'eau très chaude ruisselle sur son corps, l'énergie qu'elle sent d'habitude au petit matin fait place à une sourde inquiétude. Elle se dépêche de se sécher et d'enfiler ses sous-vêtements, puis retourne dans la chambre, où Jacob est en train de boutonner sa chemise.

« Comment tu te sens ?

— Pareil.

— Ça te fait très mal ?

— Non, pas très mal. C'est une gêne, comme quelque chose qui presse à l'intérieur. Bizarre. Je n'ai jamais rien senti de pareil.

— Appelle le docteur Goldberg.

— Il est six heures et demie, Lenoush. Ce n'est sans doute rien.

— Son cabinet ouvre à huit heures. Allons-y avant de prendre le train.

— On aura deux heures de retard.

— Je préférerais. Il te donnera quelque chose et tu n'auras plus mal. »

Il hoche la tête sans protester davantage. Helen sent son inquiétude croître.

Comme chaque matin, Jacob sort la voiture du garage en tenant le volant de la main gauche, le bras droit sur son dossier et le visage tourné vers l'arrière. Helen le guette du coin de l'œil. Il a les traits tendus. Un couinement d'atroce douleur leur déchire soudain les tympans. Elle sursaute. Jacob appuie brutalement sur le frein.

« Qu'est-ce que c'est? demande-t-elle d'une voix tremblante.

— Je ne sais pas. Je vais voir. »

Il met le frein à main et sort de la Lincoln. Il revient une minute plus tard.

« Un lapin. Il est passé sous la roue.

— Un lapin? Ici?

— Il a dû s'échapper d'une cage. Le petit Thomas, à côté, il n'a pas un lapin?

— Si. Oh, quelle horreur! Qu'est-ce qu'on fait?

— Il n'y a plus grand-chose à faire. Il faudra lui en acheter un autre. »

Le lapin leur donne un sujet de conversation jusqu'à ce qu'ils parviennent au cabinet médical près du centre commercial. Il est sept heures et demie, et la porte est encore fermée. Ils attendent dans la voiture en écoutant les nouvelles. Helen allume une cigarette. Ils voient arriver la voiture du généraliste. Le vieux médecin, qui les connaît depuis qu'ils se sont installés dans le New Jersey il y a neuf ans, les fait entrer tout de suite. Il demande à Jacob de décrire précisément la sensation et de pointer du doigt son emplacement. Elle retourne dans la salle d'attente pendant qu'il ausculte son mari. Le médecin la rappelle au bout de dix minutes.

« Helen, je souhaite que Jacob aille à l'hôpital maintenant faire quelques examens.

— À l'hôpital ! Pourquoi ?

— Calme-toi, Lenoush. C'est juste pour vérifier que tout
va bien. Le docteur Goldberg n'est pas inquiet.

— Oui, par mesure de prudence. Je vous appelle un taxi.

— Ce n'est pas la peine, dit Helen. On a la voiture.

— Laissez votre voiture ici et prenez un taxi. »

Helen pâlit. Elle n'ose pas demander pourquoi.

Par chance, l'attente aux urgences de l'hôpital n'est
pas longue. Peut-être est-ce grâce à la lettre du docteur
Goldberg. Une infirmière appelle Jacob au bout de dix
minutes à peine. Helen se lève pour l'accompagner, mais la
femme lui demande d'attendre. Elle s'assied et prend un
journal sur la table devant elle, un *Newsweek* qu'elle ouvre
au hasard. « *Trouble in the Nursery* », titre l'article, sous la
photo d'un bébé dans les bras de son père. Elle lit l'histoire
d'un prématuré né à vingt-quatre semaines, qui a survécu
mais est devenu aveugle à cause des lumières de l'hôpital.
En temps normal, une telle histoire l'horrifierait. Mais son
esprit est incapable de se concentrer sur ce bébé. Il ne cesse
de revenir à Jacob, à la porte par laquelle il est sorti et par
où sont entrées depuis un grand nombre de personnes. La
salle d'attente est pleine et il y a beaucoup de bruit autour
d'elle, mais elle ne s'en rend pas compte. Elle regarde sa
montre. Dix heures vingt. Elle sursaute en se rappelant
qu'elle avait une réunion qui commençait à dix heures
et qu'elle n'a toujours pas appelé le bureau. Elle vérifie
qu'elle a des pièces dans son sac à main. Il n'y a pas de
cabine dans la salle d'attente. Dans le hall d'entrée de l'hôpital, sans doute. Elle n'ose pas s'éloigner, ni pour téléphoner au bureau ni pour fumer la cigarette dont elle meurt

d'envie. L'angoisse monte en elle, si forte qu'elle en a le vertige. Une infirmière entre.

« Madame Tibb ? »

Elle se lève brusquement. Le *Newsweek* tombe par terre. Elle le ramasse et le pose sur la table basse.

« Suivez-moi. »

Elle suit sans un mot la femme en blouse blanche dans le couloir. Où est Jacob ? Que s'est-il passé ? Son cœur bat très vite. L'infirmière l'escorte dans une pièce où un jeune médecin indien en blouse blanche est assis derrière un bureau. Il lève la tête et lui sourit. Trop gentiment.

« Madame Tibb ? Veuillez vous asseoir. » Il attend pendant qu'elle s'assied sur la chaise en cuir. « Je suis désolé de vous apprendre que votre mari vient d'avoir une crise cardiaque. » Elle le fixe des yeux sans pouvoir proférer un son. « Il est vivant, rassurez-vous. Vous êtes arrivés à l'hôpital à temps. Mais ses artères sont entièrement bouchées. Nous allons l'opérer demain matin à cœur ouvert. Vous ne pouvez pas le voir pour l'instant. Il est en réanimation. Ça ne sert à rien de rester ici. Rentrez chez vous. Madame Tibb ? Vous voulez un verre d'eau ? »

Elle le regarde, les lèvres sèches et les yeux vides. Crise cardiaque, artères bouchées, réanimation, opération. Ces mots n'ont aucun sens. Il y a deux heures, Jacob entrait avec elle dans cet hôpital. Le lapin écrasé lui apparaît soudain, tel un présage funeste.

L'infirmière lui apporte un verre d'eau, lui prend le bras, lui montre le chemin de la sortie, lui suggère de faire appeler un taxi à l'accueil.

Le taxi la laisse devant chez elle. Elle tend au chauffeur vingt dollars et lui dit de garder la monnaie, puis monte les marches jusqu'au perron, pour ne pas emprunter le même trajet que le matin. À peine a-t-elle refermé la porte qu'elle compose le numéro du journal à Boston. Alexandru n'a pas de ligne directe : la secrétaire répond. Helen demande à parler à son fils.

« Alex Tibb n'est pas là aujourd'hui. »

Elle l'appelle chez lui. Est-il malade ? Après quatre sonneries, le répondeur se déclenche. Helen sait qu'Alexandru décroche rarement avant d'avoir entendu la voix de sa mère. Elle parle à l'appareil : « Alexandru, Alexandru ! Réponds-moi ! C'est urgent ! » Rien ne se passe. Est-il en train de fumer dans le jardin, n'entend-il pas le téléphone ? Elle essaie dix minutes plus tard. Sans résultat. Est-il malade, dort-il profondément ? La sonnerie devrait finir par le réveiller. Elle compose son numéro dix fois de suite, juste pour faire sonner le téléphone. Elle laisse d'autres messages. S'il était là, il décrocherait forcément. Où se trouve-t-il en un moment pareil ? Elle tourne en rond dans la cuisine. Elle fume. Elle boit du Pepsi. Elle pleure. Elle prie aussi. Elle n'a pas prié depuis qu'elle avait sept ans. Elle ne sait qui joindre d'autre. Entre deux appels à Alexandru, elle a téléphoné à Bill pour expliquer qu'elle ne viendrait pas au bureau aujourd'hui. Elle lui a raconté ce qui s'était passé. Bill a compati, a été très gentil et rassurant. Mais il travaille : elle ne peut pas le déranger quand elle n'a rien de nouveau à lui apprendre. Il faut attendre. Dans le cendrier, les mégots s'accumulent.

À six heures vingt, le téléphone sonne. Elle se précipite, se cogne le pied dans une chaise, se blesse l'ongle du petit orteil — elle verra le sang séché, ensuite — et ne sent pas la douleur. C'est Alexandru, heureusement, pas l'hôpital, qui pourrait n'annoncer qu'une mauvaise nouvelle. Elle voulait lui parler d'une voix calme mais n'y parvient pas. Elle s'effondre au téléphone, éclate en sanglots. Elle prononce le nom de son fils comme un bébé appelle sa mère. Elle le supplie de venir au plus vite. Sa voix d'homme, posée, calme, est si bonne à entendre.

« Je pars tout de suite, maman. Je serai là dans cinq heures. »

Les cinq heures suivantes se passent à attendre mais c'est une attente plus facile, tendue vers un but connu, l'arrivée d'Alexandru. Maintenant, son angoisse se double d'une autre, qui la distrait : elle craint qu'Alexandru, dans son désir de la rejoindre au plus vite, ne conduise avec imprudence.

Il a dû rouler extrêmement vite car il est à peine minuit quand elle entend le grondement de moteur dans la rue silencieuse. Elle se précipite dehors. Du perron, elle voit qu'il s'agit bien de la Ford jaune. Il se gare devant le garage, où ne se trouve pas la voiture de Jacob — la pensée effleure Helen qu'elle doit demander à son fils d'aller chercher la Lincoln devant le cabinet du généraliste, où elle occupe une des quatre places réservées aux patients. Il descend de voiture et elle voit distinctement dans la lumière du réverbère ses cheveux noirs, son visage qui se tourne vers elle et lui sourit. La portière côté passager s'ouvre. Quelqu'un en sort. Une fille en minijupe aux longs cheveux blonds. Helen hausse les sourcils. Elle ne se rappelle pas avoir entendu son fils dire qu'il viendrait accompagné. Elle ne lui connaît pas d'amie en ce moment. La fille marche derrière Alexandru. Helen l'identifie soudain. C'est la Française qui l'a appelée en février, sept mois plus tôt, pour lui demander si Alexandru était quelqu'un de fiable.

*

Marie a tout de suite reconnu la maison de brique construite sur un monticule planté d'herbe, qu'elle pensait ne jamais revoir. Elle monte derrière Alex l'escalier de béton. Helen attend sur le perron, comme il y a un an, mais elle n'a pas de sourire chaleureux ni de rouge à lèvres. Ses longs cheveux frisés gris, détachés, lui donnent l'air vieille. Elle a les yeux gonflés d'avoir pleuré, la peau blafarde et les traits tirés. Marie l'embrasse maladroitement, en essayant de lui communiquer sa sympathie.

« Bonjour, Helen. Je suis désolée.

— Merci, merci. »

Il n'est pas possible qu'Helen ait oublié leur conversation de février, quand Marie l'a appelée de Paris pour lui demander si elle pensait que son fils était quelqu'un de fiable. Mais le désarroi présent d'Helen est tel qu'elle ne semble pas remarquer l'incongruité de la présence de Marie. Elle pleure et parle à son fils en roumain. Il hoche la tête et pose des questions. Marie les suit dans la maison. Ils traversent le salon meublé de gros canapés en cuir marron. Dans la cuisine, ils s'assoient à la table ronde en verre fumé, recouverte de sets en tissu bleu clair. Alex ouvre le frigidaire, en sort du poulet et du coca. Ils ont quitté Boston le plus vite possible et n'ont pas dîné. Il lui explique en anglais ce qui s'est passé. Puis il l'accompagne dans la petite chambre où sa mère a ouvert le canapé et préparé le lit pour lui.

« Je vais parler un peu avec ma mère et je te rejoins. Bonne nuit. »

Elle entend la voix d'Alex, calme et rassurante, différente en roumain, avec ses « r » qui roulent et ses nombreux

« ou ». Sa mère sanglote. Marie imagine ce qu'Alex est en train de lui répéter : que son père va s'en sortir, qu'il a eu l'intelligence de comprendre à temps la gravité de sa douleur, que tout cela ne sera bientôt qu'un mauvais souvenir. Elle se lève pour regarder les photos sur les étagères en merisier, devant les livres reliés de cuir, aux tranches gravées de titres dorés. À côté d'une photo d'Alex adolescent en costume à carreaux avec une cravate vert vif, de grosses lunettes carrées et la raie sur le côté — un cliché si typique des années soixante-dix que Marie sourit — il y a celle, en noir et blanc, de ses parents en mariés. Jacob en costume noir, la peau foncée et les cheveux sombres, a l'air d'un tout jeune homme. Il est d'une beauté frappante. Helen a dû être passionnément amoureuse de lui, comme elle d'Alex aujourd'hui. Marie reconnaît à peine la jeune femme à côté de lui. Elle a de hautes pommettes, une bouche bien dessinée et de grands yeux écartés en amande — identiques à ceux d'Alex. Ses cheveux sont noués en chignon et elle porte une robe sans manches toute simple attachée aux épaules comme un péplum grec. Elle est mignonne et juvénile.

Demain Marie retourne à Paris. Quand elle a atterri à New York il y a un mois, elle ne pensait pas revoir Alex. C'était fini depuis qu'il avait disparu en février au lieu de venir à Paris, fini depuis qu'elle avait réussi à franchir le filtre de son répondeur, en mars, et qu'il lui avait asséné ces mots : « Désolé, Marie. C'est un mauvais timing. Quand je t'aimais, tu ne m'aimais pas. Et maintenant que tu m'aimes, je ne t'aime plus. » Mais en août elle est passée par Boston pour revoir une amie. Ou du moins, c'est le prétexte qu'elle s'est donné. En descendant du train, elle a impulsivement composé le numéro d'Alex, qu'elle savait encore par cœur, sur le premier téléphone qui a croisé son chemin.

Il a décroché. Elle a entendu sa voix, la tendresse l'a submergée, sa colère est tombée, ils se sont revus dans un café, et tout est reparti. Sans culpabilité, sans déchirement, sans haine, sans rage. En douceur, comme si leur année de séparation leur avait enfin permis de s'accepter. Ils viennent de vivre trois semaines ensemble.

Ce matin, il faisait si beau qu'ils ont décidé de passer la journée à la plage. Quand ils sont rentrés chez lui au coucher du soleil, leurs corps pleins de sable, de sel et de désir, le répondeur clignotait. Alex a appuyé sur le bouton. La voix paniquée de sa mère a résonné dans la pièce. « Alexandru! Alexandru! Réponds-moi! C'est urgent! » « Alexandru, appelle-moi, s'il te plaît! Tout de suite! C'est urgent! Je suis à la maison! » Helen avait laissé trois messages avec un affolement croissant. Alex a joint sa mère. Ils ont eu une brève conversation en roumain. À travers le combiné Marie a entendu pleurer. Il a raccroché.

« Mon père a eu une crise cardiaque, Marie. Il est à l'hôpital. Je dois partir tout de suite. Ma mère m'attend. »

Leur après-midi sur la plage semblait soudain terriblement frivole. Que pesait leur amour à côté de la vie de son père? Marie n'a pu réprimer une pensée égoïste. Elle avait désespérément besoin de cette dernière nuit avec Alex. Elle avait beau être sûre qu'Alex l'aimait, elle craignait encore sa disparition, comme en février. Et dans cinq minutes il serait parti. Parti, avant qu'ils aient eu le temps d'échanger des promesses et d'esquisser des plans d'avenir.

« Je peux venir avec toi, Alex? » a-t-elle demandé timidement.

C'était impossible, elle le savait. Elle était trop nouvelle dans sa vie pour qu'il la mêle au drame de sa famille. Sa mère l'attendait seul. Il a hésité.

« Oui. »

Il ne pouvait lui donner de plus grande preuve d'amour. Alex passe presque toute la nuit dans la cuisine à parler avec sa mère. À l'aube il se glisse dans le lit et la serre étroitement contre lui, son corps tremblant d'une émotion qui ne lui appartient pas. Il pleure.

« J'ai si peur que mon père meure, Marie. »

*

Novembre 1989. Tout le passé qu'Helen a laissé derrière elle tremble et menace de bouger, comme un gros bloc de glace du continent arctique qui se détache au moment de la fonte des neiges. L'un après l'autre, les pays d'Europe de l'Est se déstalinisent et deviennent paisiblement des démocraties. Un seul pays résiste : la Roumanie. La liesse des foules dont Helen observe à la télévision les visages joyeux et pleins d'espoir ne franchit pas les frontières. Ceauşescu tient son pays sous clef. Tout va bien, en Roumanie. C'est un État policier.

Jusqu'au jour où Jacob pousse une exclamation au petit déjeuner. Il est en train de lire le *New York Times* qu'un coursier dépose chaque matin au bas du perron et qu'Helen va récupérer en chaussons. Ce matin, les marches étaient couvertes de givre : elle a failli glisser. Après un automne doux, on entre enfin dans l'hiver. Le 20 décembre, c'est normal.

« Écoute ça, Lenoush. Il y a eu un incident à Timişoara. Un pasteur hongrois dissident a perdu son poste, ses paroissiens se sont regroupés pour le défendre, d'autres gens se sont joints à eux au nom de la liberté de religion, et c'est devenu une rébellion ! La Securitate et l'armée n'ont pas réussi à l'étouffer et Ceaușescu a envoyé les ouvriers d'une autre région avec des gourdins pour rétablir l'ordre. Incroyable. On dirait que les choses commencent à bouger chez nous.

— Oh, attends demain. Tu vas voir ce que Ceaușescu va trouver. Tu as pris tes médicaments ? »

Le lendemain soir, elle est en train de préparer le dîner quand Jacob l'appelle de la chambre à coucher : « Lenoush ! »

Il y a une telle urgence dans sa voix qu'elle accourt, affolée, le cœur battant à tout rompre, une cuiller en bois à la main, prête à appeler l'ambulance. Mais il est assis sur leur lit, tranquillement, et n'a pas l'air de souffrir. Il désigne du doigt la télévision. Elle se retourne et se fige, saisie, en voyant sur l'écran les visages en gros plan de Ceaușescu et de sa femme, celle qui lui a fait détester à jamais le prénom d'Elena. « *Codoi.* » Lui revient soudain en mémoire le surnom qu'avait trouvé le doyen Nenitescu pour Mme Ceaușescu, la chimiste usurpatrice qui volait les travaux des autres et ne savait même pas lire CO_2. Comme ils ont vieilli ! Une carte de Roumanie se substitue aux visages des tyrans : les villes de Bucarest et de Timișoara y forment deux points rouges. La carte de Roumanie est remplacée par une carte d'Europe, afin que le spectateur américain puisse se représenter l'emplacement du petit pays à l'extrémité orientale du petit continent européen, au bord de la mer Noire. Ceaușescu dans son manteau noir réapparaît à l'écran, la tête couverte d'un chapeau gris, debout à un balcon. Helen reconnaît l'immeuble du Comité central, au centre de Bucarest. Il est en train de faire un discours. C'est la première fois qu'Helen entend du roumain à la télévision sur le nouveau continent. Ceaușescu parle de la grandeur de la Roumanie et des bienfaits de l'austérité qui

lui a permis de rembourser entièrement la dette extérieure : les Roumains devraient être fiers et le remercier. Il
propose d'augmenter les salaires des travailleurs de cent lei
par mois (cinq dollars, calcule Helen). La voix de la com-
mentatrice de CNN, Christine Amanpur, recouvre celle du
dictateur, pour expliquer qu'il s'agit d'un rassemblement
de cent mille personnes organisé par Ceauşescu afin de
prouver à la Roumanie et au monde que le peuple roumain
soutient son gouvernement. Mais la manifestation a dégé-
néré. Au milieu de son discours, des pétards ou des coups
de feu ont été tirés au bout de la place. Les gens, comme
sortant d'un profond sommeil, se sont mis à chanter des
slogans anti-gouvernement.

Derrière Ceauşescu, sur le balcon, quelqu'un court.
Un rideau se soulève. Ceauşescu lève le bras, se tait une
demi-minute, puis crie dans le micro : « *Alo! Alo!* » comme
s'il était au téléphone. Helen perçoit à l'arrière-plan les
paroles de sa femme, qui ne sont pas traduites : « *Vorbeşte-le,
vorbeşte-le!* » « Parle-leur, parle-leur! » crie Elena Ceauşescu
comme si le peuple roumain était une classe d'enfants
d'école maternelle. « *Staţi liniştiţi la locurile voastre!* »
« Restez tranquillement à vos places! » hurle le dictateur
comme un instituteur incapable de contrôler un groupe
d'enfants indisciplinés. La révolution a commencé à
Bucarest.

À New York, ce sont les vacances de Noël. Six fois par
jour, à l'heure des nouvelles, Helen et Jacob se précipitent
devant la télévision, celle de leur chambre ou celle du sous-
sol. L'un d'eux monte la garde pour appeler l'autre dès
qu'il est question de la Roumanie. Six fois par jour, ils
revoient les mêmes images et entendent les mêmes commentaires, qui changent de jour en jour. La révolution se

répand comme le feu. Ils écoutent les slogans, anticommunistes, anti-Ceauşescu. Dans la cuisine où Helen passe des heures à préparer le festin qu'elle servira à ses invités, les mots résonnent dans sa tête. « *Jos dictatorul !* » « *Moarte criminalului !* » « *Noi suntem poporul !* » « À bas le dictateur ! » « Mort au criminel ! » « Nous sommes le peuple ! » Pour la première fois depuis quinze ans, elle se sent roumaine.

Dès qu'ils ouvrent les yeux, à sept heures, ils voient l'écran de la télévision qu'ils ont laissée allumée toute la nuit. Le 22 décembre, le centre de Bucarest est envahi par des centaines de milliers de gens. L'armée entre dans Bucarest. Les policiers massacrent à coups de matraque et tirent. Les forces de la sécurité passent du côté des protestataires. Le ministre de la Défense se suicide. Assassiné ?

Maintenant toutes les chaînes américaines, pas seulement CNN et NBC, couvrent l'événement. La sanglante révolution roumaine et la fuite du dictateur en hélicoptère avec sa femme et deux collaborateurs sont devenues les événements du jour. Le pilote de l'hélicoptère atterrit, refuse d'aller plus loin. Ceauşescu, sa femme et ses fidèles s'enfuient dans une voiture qu'ils arrêtent sur la route, comme de vulgaires criminels dans un téléfilm. Ils se réfugient dans un bâtiment près d'une usine d'acier. Un ingénieur appelle la police qui vient les chercher respectueusement et les conduit aux baraquements de l'armée. Là, Ceauşescu et ses proches apprennent qu'ils sont en état d'arrestation.

Son visage de vieil homme perdu et fou à la peau d'un gris maladif remplit l'écran de la télévision. Et sa femme, la fausse scientifique, comme elle est laide ! Une vieille institutrice méchante.

Le 24 décembre, Helen et Jacob reçoivent les Popescu,

les amis roumains qui leur ont fait découvrir la programmation d'ordinateur, et la sœur de Mme Popescu, Amanda Schor. Sont également présents Alexandru et son amie française, Marie. Helen a mis les petits plats dans les grands. Ses plus belles assiettes de porcelaine et ses verres à pied en cristal de Bohême ornent la table recouverte d'une épaisse nappe brodée. Elle a préparé des coupes aux crevettes, puis sert les *piftie* de poulet froid en gelée, les *vol-au-vent* au nom français — des feuilletés aux champignons et coquilles Saint-Jacques —, le caviar d'aubergine et les poivrons grillés ; en plat principal, le ragoût de porc, la semoule au fromage — la *mamaliga* — et les *sarmale*, les choux farcis longs à préparer et lourds à digérer, qu'Alexandru et Jacob adorent. Elle souhaite faire goûter à l'amie de son fils tous les plats roumains. Pendant le dîner, il n'est question que des événements. Jamais la conversation n'a été aussi animée. Marie confirme que, lorsqu'elle a quitté la France quatre jours plus tôt, la Roumanie était déjà le sujet brûlant de l'actualité. Les Popescu, Amanda Schor, Alexandru et Jacob prononcent des pronostics d'avenir. Le général Stanculescu vient de choisir Ion Iliescu comme chef du gouvernement. Y aura-t-il une épuration ou pas ? La révolution restera-t-elle au peuple ? Les vieux communistes seront-ils éliminés ? Qu'arrivera-t-il aux Ceauşescu ? Helen écoute et se tait. Elle est pessimiste. Elle craint de voir, dès demain, la révolution réprimée, et les Ceauşescu reprendre le pouvoir. Nicolae Ceauşescu : le visage du mal.

Mais le lendemain midi quand, après avoir rangé la cuisine, lavé et essuyé tous les verres en cristal, et nettoyé les traces du festin, elle retourne dans la chambre où la télévision est toujours allumée, elle plaque la main sur sa bouche puis appelle Jacob, qui est en train de sortir les poubelles. Pendant qu'ils dormaient, les Ceauşescu ont été jugés par un tribunal militaire et condamnés à mort. On vient de les exécuter, à Targovişte. La télévision montre les images. Une escouade leur tire dessus. On entend le bruit sec du tir. Ceauşescu s'affaisse. Les tyrans sont morts. Assis au bord du lit, Jacob et Helen se tiennent la main et regardent sans un mot.

« Appelle Alexandru ! » s'écrie Jacob.

Elle se précipite aussitôt vers la petite chambre en face de la leur.

« Alexandru ! Alexandru ! »

Elle ne pense à rien d'autre qu'à cette nouvelle extraordinaire qu'elle lui porte. Elle met la main sur la poignée, la tourne.

« Pas maintenant, maman », dit la voix calme mais impérative de son fils de l'autre côté de la porte.

Elle s'arrête net. Elle avait complètement oublié l'existence de Marie.

« Alexandru, ils ont tué les Ceauşescu ! s'écrie-t-elle en roumain. Ils les ont jugés ce matin et ils viennent de les abattre d'une balle dans la tête ! Nicolae et Elena Ceauşescu sont morts ! »

Elle entend un murmure. Sans doute Alexandru traduit-il à Marie.

« J'arrive », dit-il.

*

Les pas s'éloignent. Marie soupire de soulagement. Une minute plus tôt, elle a vraiment cru que la porte allait s'ouvrir et que la mère d'Alex allait les surprendre, nus sur le plancher, Alex sur elle, en elle. Ils ne peuvent pas fermer à clef : la porte n'a pas de verrou.

Morts, les tyrans qu'Alex a fuis avec ses parents et qui ont gouverné son pays pendant plus de vingt ans. Assassinés. C'est la nouvelle la plus excitante qu'elle ait jamais entendue. Elle qui a grandi dans un pays libre et ne s'est jamais intéressée à la politique se sent pour la première fois intimement concernée par l'Histoire. Par Alex, elle aussi est roumaine.

Elle s'attend qu'il glisse hors d'elle, s'habille et rejoigne ses parents devant le petit écran. Mais il la regarde dans les yeux avec cette intensité de désir qui suscite chaque fois le sien, et reprend lentement son mouvement en elle. L'acte est encore plus fort qu'il y a deux minutes, comme s'il disait « *fuck you* » aux Ceaușescu qu'on vient d'abattre d'une balle dans la tête, comme s'il affirmait la primauté du désir individuel sur le mouvement collectif de l'Histoire, comme s'il la choisissait, elle, contre sa mère qui l'attend. Il va et vient jusqu'à ce qu'ils jouissent ensemble en silence. Ensuite ils gloussent, comme deux gamins. Mais c'est un moment solennel : ils en sont tous les deux conscients.

CHAPITRE 7

1953

LE GENOU D'ELENA

C'était le fils d'un supérieur hiérarchique de son père. Il avait le même âge qu'elle : dix-sept ans. Il s'était incliné poliment, « *Cu plăcere* », puis n'avait plus ouvert la bouche. Il était grand et maigre comme un adolescent qui a grandi de trente centimètres en trois mois. Son pantalon noir était un peu court. La veste qu'il avait dû hériter de son père était trop large au niveau des épaules. Sa pomme d'Adam émergeait, pointue et proéminente, juste au-dessus du col de sa chemise. Il avait les oreilles décollées et la peau couverte d'acné. La crème au concombre de Iulia lui aurait été bien utile. Il portait des lunettes mais semblait aveugle à toute présence féminine près de lui. Elena se sentit très adulte. Le changement de son corps d'enfant à son corps de femme remontait à deux ans.

Elle avait mis une jolie robe d'été en lin bleu ciel, sans manches, avec un col bateau, qui tombait droite jusqu'aux hanches, et noué ses épais cheveux frisés en une queue-de-cheval avec un ruban bleu. Elle aurait aimé avoir les cheveux de Iulia, lisses, noirs et soyeux. Assise à l'autre bout de la table, sa mère était la plus élégante des femmes présentes, avec son chignon et sa robe en soie noire à pois blancs qui moulait sa taille mince.

« Elena, pourquoi ne montres-tu pas ton album de timbres à Teodor ? » demanda Mme Tiberescu en rappelant sa fille à ses devoirs d'hôtesse.

Elena se tourna vers son voisin de table : « Voudrais-tu voir mon alb... ? »

Elle n'acheva pas sa phrase quand elle le vit secouer la tête avec un petit sourire, comme s'il trouvait l'idée saugrenue. Elle possédait des timbres étrangers, rares, que lui avaient donnés au cours des années les collègues de ses parents, et qui auraient fourni un bon sujet de conversation. Ce garçon était un rustre. Elle se désintéressa de lui.

Il faisait chaud dans la pièce encombrée de meubles, où le lit de ses parents était recouvert d'une courtepointe en soie bordeaux et de nombreux coussins destinés à lui donner l'allure d'un canapé. Les fenêtres et la porte étaient ouvertes mais l'air ne circulait pas. Déjeuner dans le jardin aurait été plus agréable, mais on aurait mangé sous les fenêtres de Mme Weinberg, qui était malade. En dehors de Teodor et de ses parents, les convives comptaient Vera et son mari, M. Ionescu, l'ami de longue date, et un couple qui avait émigré de Bessarabie comme les Tiberescu, M. et Mme Botez. Ces gens possédaient une maison de campagne près de Sinaia où ils inviteraient sans doute Elena cet été pour qu'elle donne des leçons de chimie à leur fille de douze ans.

Sa mère et sa grand-mère apportèrent les petites assiettes blanches sur lesquelles reposait la nouvelle création culinaire d'Elena. Elle avait évidé les tomates, leur avait sculpté une anse, puis les avait remplies de radis, de carottes et de concombres coupés en fines lamelles et arrangés artistiquement comme des fleurs. Il en résultait un bouquet blanc, rose, orange et vert dans une petite corbeille rouge entourée d'arabesques de mayonnaise. Elle avait ajouté quelques pétales de fleurs ici et là, qui pouvaient être mangés et ajoutaient des touches de couleur. Tous les convives s'émerveillèrent, même le sévère M. Ionescu — sauf Teodor, qui se contentait de piquer des pétales avec sa fourchette et de les examiner. Elena garda les yeux baissés pendant que Iulia vantait les qualités domestiques de sa fille.

« Mais Elena est aussi une grosse tête, si je comprends bien, intervint Mme Botez. On a entendu parler de ses brillants résultats au lycée technique.

— Si brillants, renchérit son père, qu'elle a été acceptée à l'Institut polytechnique l'an prochain sur dossier, sans avoir besoin de passer l'examen.

— Oh! » s'exclamèrent en chœur les invités.

Elena n'aimait guère s'entendre décerner des éloges publics. La présence silencieuse de Teodor à côté d'elle accroissait encore son malaise. Il pétrissait des boulettes de mie de pain et semblait s'ennuyer.

« Et qu'est-ce que tu étudies, Elena? reprit Mme Botez.

— La chimie, la technologie, la mécanique, le dessin technique, l'électricité...

— Quelle est ta matière préférée? demanda M. Botez.

— La mécanique et la construction. On apprend comment fabriquer du ciment et des briques. On travaille l'or aussi, le plomb, et le zinc. C'est très amusant. »

Le sourire ironique sur les lèvres de Teodor ne lui échappa pas.

« Elle est excellente en chimie, dit son père. Elle a eu la meilleure note de sa classe. En maths aussi.

— En maths aussi! Quel cerveau! Elena, comme tu dois être intelligente!

— Oh, ce n'est pas une question d'intelligence. J'ai une méthode.

— Laquelle ? dirent en même temps la mère de Teodor et Mme Botez.

— Je mémorise. Je lis et relis jusqu'à ce que je connaisse par cœur toutes les formules. Je n'essaie même pas de comprendre. De toute façon, je n'ai pas le temps. »

Sa candeur fit rire tous les convives, sauf Teodor. Il devait la prendre pour une idiote.

« Tu crois que n'importe qui pourrait obtenir tes résultats en utilisant ta méthode ? demanda M. Botez

— Absolument.

— Vous avez de la chance, reprit M. Mihaelescu en s'adressant à M. Tiberescu. Notre Teodor, lui, est un rêveur. Il ne fait que lire. En français, bien sûr. »

Elena regarda avec curiosité son voisin de table, qui continuait à triturer la mie de pain sans réagir aux paroles de son père. Elle aurait aimé lui parler des livres qu'elle lisait autrefois à Mme Weinberg. Mais elle se rappelait à peine son français. La seule langue enseignée au lycée technique était le russe, qu'elle détestait.

Elle ôta les assiettes sales et aida sa mère à servir le ragoût de bœuf au chou, un peu lourd pour la saison, mais savoureux. Les dames commentaient le prix des denrées, tandis que ces messieurs écoutaient avec respect M. Ionescu, proche de Gheorghe Gheorghiu-Dej et membre haut placé du Parti du travail, leur expliquer comment la mort de Staline en mars épargnait à la cosmopolite Ana Pauker le procès qui lui aurait sans doute coûté la vie. Même Teodor avait levé la tête et semblait intéressé. Elena n'osa pas demander ce que signifiait « cosmopolite ». Elle alla remplir la carafe d'eau fraîche et chercher une nouvelle bouteille de cabernet sauvignon. Des protestations s'élevèrent quand le dessert arriva sur la table mais le savarin au rhum d'Elena était si moelleux et parfumé que les parts disparurent rapidement. Teodor honora son gâteau en acceptant d'être resservi deux fois. Le vin ayant délié les langues, les adultes conversaient avec animation. Teodor sortit un livre de sa poche et l'ouvrit.

« Qu'est-ce que tu lis ? » demanda Elena.

Il lui montra la couverture où elle déchiffra un titre inconnu : *Les Chants de Maldoror.*

« C'est bien ? »

Il eut un petit sourire. « Révolutionnaire. »

Elle ne sut qu'ajouter. Une question posée à voix haute par Vera à l'autre bout de la table la tira de son embarras.

« Lenoush, tu nous joues un morceau, s'il te plaît ? » Vera se tourna vers les autres convives. « Elena joue de l'accordéon.

— De l'accordéon ! C'est fantastique ! On veut l'entendre !

— Je vais chercher la bête », dit son père.

C'était reparti pour un tour. Chaque fois que ses parents donnaient un déjeuner, à la fin on lui demandait de jouer. Son père lui avait offert un accordéon l'année précédente, quand elle avait reçu le premier prix à la fin de l'année scolaire. Il ne lui avait pas laissé le choix de l'instrument. Les accordéons étaient à la mode. Il avait insisté sur le fait que ce cadeau coûtait cher et l'avait inscrite au conservatoire où il l'accompagnait chaque mercredi parce que l'accordéon était trop gros et trop lourd pour qu'elle le transporte seule.

Il revint avec l'énorme instrument. Les dames s'exclamèrent quand elles virent Elena réussir à le tenir en dépit de sa petite taille, debout, le pied posé sur un tabouret, sa jambe pliée lui permettant de soutenir le poids de l'instrument. Elle joua tous les morceaux qu'elle avait appris pendant l'année, Mozart, Schumann, Chopin et Donizetti, puis une gavotte au rythme entraînant. Les dames se balançaient sur leurs chaises.

« Ça donne envie de danser ! » s'exclama Mme Botez.

Elena rencontra les yeux de Teodor, posés sur elle avec la même expression sarcastique qu'elle y avait vue quand elle décrivait son amour de la mécanique. Elle lut sur son visage ce qu'il pensait : qu'elle n'avait aucun talent musical. Elle s'en moquait, car elle ne se faisait pas d'illusions. Elle répétait tous les jours, elle était disciplinée et avait bonne mémoire. Mais elle savait qu'elle n'avait pas l'oreille musicale. Au dernier concert du conservatoire, un jeune Gitan avait joué juste après elle. Il ne connaissait pas les notes comme elle. Il jouait avec passion, se donnant à la musique. Elle avait adoré son jeu et trouvé juste qu'il reçoive tous les applaudissements.

Mais les amis de ses parents étaient enthousiastes. Quand elle s'arrêta, ayant épuisé son répertoire, ils réclamèrent un bis. Ils applaudirent longuement. Teodor fit juste résonner quelques claquements polis. Après avoir remis l'instrument dans sa boîte, elle retourna près de lui, déterminée à ne pas se laisser atteindre par ses airs supérieurs. À peine fut-elle assise qu'il se pencha vers elle.

« Tu as de beaux genoux, tu sais. »

Elle rougit jusqu'aux oreilles. Sa position quand elle jouait la forçait à découvrir ses genoux. Le commentaire de Teodor était si vulgaire et manquait tant de respect qu'elle ne sut que répondre. Elle se leva et apporta de la cuisine le plateau avec les tasses de café. Elle espéra qu'elle ne le reverrait jamais.

CHAPITRE 8

1990

L'ANNÉE DES MARIAGES

D'abord, leur neveu Amit. Le 15 janvier, Jacob, Helen et Alexandru embarquent à bord du vol El Al 008 pour Tel-Aviv, après avoir montré à la douane leurs passeports bleu marine gravés d'un aigle doré — les passeports les plus convoités du monde. Comme Jacob et Helen n'ont pas pris de vraies vacances depuis la crise cardiaque de Jacob en septembre et qu'ils ont besoin de repos, et Helen de solitude après l'intensité des événements de décembre, elle a organisé pour après le mariage d'Amit une excursion de quelques jours au bord de la mer Morte, loin de la famille. Au retour, ils ont prévu de s'arrêter à Paris une nuit afin de rencontrer les parents de Marie, puisque Alexandru et Marie sont maintenant fiancés.

À New York, ils ont quitté l'hiver. Ils arrivent au pays du soleil et de la lumière. Elle revoit avec plaisir les frères de Jacob, leurs femmes, les enfants devenus des adultes, et la vive Zeruya, ravissante célibataire de vingt-neuf ans. Une nuée familiale les étourdit de questions sur l'Amérique, leur vie, les parents d'Helen à Bucarest, la nouvelle fiancée. « Française ! » s'exclament-ils, comme si le petit cousin chanceux, le Roumain devenu américain, avait décroché le

gros lot. Helen a pensé à apporter quelques photos de
Marie prises lors du réveillon de Noël. Les cousins una-
nimes la décrètent très belle et les yeux d'Alexandru
brillent de fierté. Le mariage est chaleureux, la jeune
épouse douce et jolie, Amit assez attentionné pour asseoir
Helen et Jacob à la table d'honneur et faire danser sa tante,
mais au bout de deux jours elle a le vertige. Elle est
contente d'avoir insisté pour aller à l'hôtel alors que les
frères de Jacob voulaient les loger. « Lenoush aime le luxe,
maintenant », disent-ils en se moquant gentiment. Elle a
réservé une chambre dans un bel hôtel sur la colline de
Carmen, pas loin de leur ancien appartement, avec vue sur
la mer. Mais le deuxième matin des coups frappés à leur
porte les tirent du sommeil que le décalage horaire rend
profond : Doru, toujours levé dès l'aube, est prêt à prendre
le petit déjeuner avec eux. Il voit son frère si rarement, surtout en Israël, qu'il veut profiter de sa présence. Pendant
tout le séjour à Haïfa il ne les quitte pas d'une semelle, ne
cessant de parler à Jacob, les suivant dans leur chambre et y
restant même quand Helen utilise la salle de bains.

« J'ai réussi à obtenir quelques jours supplémentaires de
vacances, leur annonce-t-il le troisième soir. Je vais partir
avec vous pour la mer Morte et vous emmènerai en voiture.
Ce sera plus confortable que le car. »

De toute la soirée Helen ne desserre pas les lèvres. Dans
un bref moment de tête-à-tête entre deux portes, Jacob
murmure :

« Qu'est-ce que je peux faire, Lenoush ? C'est mon
frère ! »

Elle hausse les épaules et ne répond pas.

Sur les rives de la mer Morte, sur les montagnes où ils
vont voir les ruines de Massada, dans la salle à manger de

l'hôtel, pendant trois jours la voix de Doru ne cesse de résonner, rendant folle Helen et lui gâchant l'extrême beauté du paysage, sans qu'il semble remarquer un instant le mutisme et la tension de sa belle-sœur. Enfin Doru les conduit à l'aéroport. L'avion a un retard de deux heures. Ils arrivent à Paris dans l'après-midi. Ils retrouvent l'hiver, la grisaille, le froid, l'humidité. Ils ont à peine le temps de s'installer à leur hôtel place de la Sorbonne et d'enfiler d'élégantes tenues adaptées à la saison avant de se rendre en métro chez les parents de Marie. Alexandru, qui a rejoint directement sa fiancée, a noté sur une feuille toutes les indications. Ils descendent à la station au bout de la ligne, suivent le boulevard, traversent une avenue, parviennent à la résidence moderne et trouvent l'entrée cachée au fond d'une allée. Ils sonnent à l'interphone, montent au huitième étage. La porte est ouverte. Un homme grand aux yeux bleus, avec une barbichette et des cheveux châtains, leur sourit. Marie lui ressemble.

« *Hi! I am Jean-Pierre. Please come in. How do you do?* »

Helen est impressionnée par son accent britannique raffiné. Il tend la main à Jacob et se penche pour embrasser Helen qui, surprise, recule d'un pas. Il porte un pantalon de velours bleu marine à grosses côtes, une belle chemise blanche bien coupée avec de fines rayures bleu ciel, et un foulard de soie d'un bleu lumineux qui met en valeur le bleu de ses yeux. Son élégance fait paraître fade le costume gris foncé de Jacob. Une jolie femme au teint mat et aux cheveux bruns bien coupés accourt.

« *Helen! Jacob! I am so much pleased to meet you finally! Did you had good trip? And to find our place, it was not too difficult? This suburb is so far of everything, right? The entrance is hidden, one can be lost! Lots of friends are lost. You are not too much tired?* »

Elle pose tant de questions à la fois qu'on n'a pas le temps d'y répondre. Malgré son fort accent français et ses fautes de grammaire, elle ne craint pas de s'exprimer en anglais, alors qu'Helen ne se hasarderait pas à prononcer un mot de français. Ils s'assoient dans le salon, et le père de Marie ouvre le champagne. La mère leur apprend qu'elle a étudié à Harvard en 59, comme leur fils, grâce à une bourse Fulbright, qu'elle est juive comme Jacob et qu'elle a l'impression de les connaître depuis toujours. Elle est gentille et chaleureuse, mais intimidante aussi. Et terriblement mince. Helen n'a jamais vu une femme de cet âge aussi mince. Et aussi élégante. Une vraie Parisienne. Elle porte une longue jupe évasée en soie blanche avec un imprimé de fleurs grises, vertes et bleues, d'allure japonaise. Le chemisier assorti est noué à la taille, ouvert sur la gorge où brille un épais collier d'or. Au doigt, un gros diamant serti de saphirs. Hormis la petite broche en or et en rubis héritée de sa grand-mère, Helen n'a pas un seul bijou précieux. Elle préfère les bijoux de fantaisie, qu'elle n'a pas peur de perdre ou de se faire voler. La mère de Marie demande à Helen et à Jacob de les appeler par leurs prénoms. Helen sent qu'elle n'y arrivera pas. On sonne à la porte et trois nouvelles personnes font leur entrée : les deux petits frères de Marie et l'amie du cadet, une grande fille aux longs cheveux noirs. Tous ces jeunes gens parlent français entre eux, rient, font des blagues. Alexandru semble parfaitement à l'aise.

Pendant le dîner, la mère assaille de questions Jacob et Helen. Elle veut tout savoir : comment ils ont réussi à quitter la Roumanie de Ceauşescu, comment était leur vie en Israël, comment ils ont pu émigrer aux États-Unis et recommencer leur vie là-bas. Pour une fois, c'est Jacob qui parle. Il prend visiblement plaisir à raconter leur histoire. La mère de Marie écoute attentivement et ne cesse de poser de nouvelles questions. Les souvenirs qui reviennent finissent par angoisser Helen. Elle revoit Rome, la petite chambre sordide, les casseroles poisseuses, les marches épuisantes dans les rues polluées, l'attente, le sourire poli de l'employé leur disant : « Rien de nouveau. Revenez demain. » Et la salle de bains.

« C'était terrible, dit-elle à voix basse, comme pour elle-même.

— Terrible, oui ! s'écrie la mère de Marie. Je vous comprends ! Comme vous avez dû souffrir ! »

À onze heures et demie, Jean-Pierre les raccompagne en voiture jusqu'à leur hôtel. Il emmène aussi Alex et Marie, qu'il va ensuite conduire chez Marie, dans le XVIIIᵉ arrondissement. Devant l'hôtel, Helen rappelle à Alexandru qu'ils doivent partir très tôt pour l'aéroport le lendemain matin.

« Pourquoi ne dors-tu pas à l'hôtel cette nuit ? dit-elle. J'ai réservé une chambre pour trois. »

Marie a les yeux fixés sur lui, et Helen devine la réponse de son fils.

« Non, maman. Je viens vous chercher en taxi à six heures et demie.

— Pas plus tard !

— Ne t'inquiète pas. »

À six heures vingt, le lendemain matin, Helen et Jacob attendent sur le boulevard Saint-Michel désert à côté de leur valise. Il fait encore nuit, et très froid. Helen frissonne dans son manteau trop léger. Jacob lui donne son écharpe. Elle allume une cigarette, et sursaute quand un mendiant, seule autre présence humaine sur le boulevard, s'approche pour lui en demander une. Elle lui tend le paquet et lui fait signe de le garder. Il s'éloigne. Il est six heures et demie. Elle guette les voitures qui passent sur le boulevard, sort un nouveau paquet, allume une autre cigarette. Il est six heures quarante, puis six heures cinquante. Aucune voiture ne s'arrête à leur hauteur. À sept heures, il faut se rendre à l'évidence : leur fils ne s'est pas réveillé.

« Jacob, retourne vite à l'hôtel appeler Alexandru !

— Tu as le numéro de Marie ? »

Ils se regardent.

« J'en étais sûre ! s'écrie Helen. C'est pour ça que j'avais réservé une chambre pour trois. Tu aurais dû insister pour qu'Alexandru reste avec nous ! Qu'est-ce qu'on va faire ? »

Agenouillé sur le trottoir, Jacob ouvre leur valise et cherche le pantalon dans la poche duquel se trouve le bout de papier avec le numéro de téléphone des parents de Marie. Il est sept heures vingt-cinq. Un taxi stoppe brusquement devant eux. La portière s'ouvre et Alexandru en sort échevelé, l'air mal réveillé et contrit.

« Désolé. Le réveil n'a pas sonné. Je ne comprends pas ce qui s'est passé. »

En une minute il a mis la valise dans le coffre et le taxi repart. Ils filent vers Roissy. Ils y arrivent à huit heures et quart : largement à temps pour avoir leur avion à neuf heures cinquante, mais cet heureux dénouement n'efface pas l'heure d'attente sur le trottoir parisien.

De retour aux États-Unis, Helen est épuisée. Tant de voyages en une semaine, de décalage horaire, de famille, de paroles et d'émotions. Elle a besoin de silence et de tranquillité. Ce n'étaient pas des vacances. Jacob a trouvé charmants les parents de Marie. Helen est d'accord : ils sont charmants. Le père est plus silencieux que la mère, mais si

courtois, un vrai gentleman. Toutefois, dès que sa pensée
se tourne vers eux, vers Paris, vers son fils et Marie, vers
le mariage qui aura lieu début juillet en Bretagne et dont
le père leur a déjà glissé quelques mots puisqu'ils ne se
reverront pas d'ici là, quelque chose en elle se crispe. Une
sombre prémonition la terrasse par moments. Elle se rappelle avoir éprouvé cette sensation le 31 décembre, quand
Alexandru leur a annoncé ses fiançailles. « *Mazel tov!* » s'est-
elle exclamée aussitôt, si troublée qu'elle en a renversé son
verre. Une peur panique a fondu sur elle. La seule personne à qui elle en a parlé est son collègue Bill. Il lui a dit
que toute mère d'un fils unique se sentait menacée quand
il se mariait : l'angoisse d'Helen était parfaitement natu-
relle. Mais ce n'est pas seulement la peur de perdre son fils.
Helen en est sûre. Elle n'a pas éprouvé cette terreur quand
elle pensait qu'il épouserait Ximena. Au contraire. Elle
espérait que le mariage aurait lieu. Il y a une différence
importante, objective, entre Ximena et Marie. Ximena est
argentine et son avenir professionnel se trouve aux États-
Unis. Elle n'avait aucune intention de retourner dans son
pays. Marie est française. Toute sa famille est en France. Son
monde est là-bas. Elle a une volonté forte qu'elle impose de
toute évidence à Alexandru.

Helen n'en dort plus. Quand elle est allongée la nuit,
même quand elle regarde la télévision, l'avenir de son fils
lui apparaît de plus en plus clairement. Que peut-on faire
en France si l'on n'est pas français? La France est un pays
fermé et élitiste. Si vous n'êtes pas né français, si vous ne
parlez pas couramment la langue sans une pointe d'accent
étranger, si vous n'êtes pas allé à l'école en France, ce pays
ne vous ouvre pas ses portes, même si vous êtes l'homme le
plus intelligent de la terre. Alexandru ne le sait pas encore.

Il a vingt-sept ans, il est aveuglé par l'amour. Quand il s'apercevra qu'il a manqué le coche, il sera trop tard. Tout ce que ses parents ont fait pour lui depuis vingt ans sera gâché. Pourquoi ont-ils quitté la Roumanie et émigré aux États-Unis, pourquoi ont-ils passé leur vie à travailler, sinon pour lui donner le meilleur avenir ? Elle décide de parler à Jacob. Il ne se moque pas d'elle. Il l'écoute attentivement, hoche la tête. Il admet que ses craintes sont fondées. Son regard est soucieux. Le mariage est prévu début juillet. Ont-ils le droit d'intervenir ? Faut-il se taire ? Peuvent-ils, sans rien dire, laisser leur fils s'engager sur une voie sans issue ?

*

Quand le téléphone sonne et qu'Alex répond en roumain, Marie devine que ses parents l'appellent, sans doute pour lui souhaiter bon anniversaire. Il a vingt-huit ans aujourd'hui. Ce sont les vacances de février en France et elle passe deux semaines chez Alex à Cambridge. En train de corriger des copies sur le vieux canapé du salon, elle ne prête guère attention à sa conversation jusqu'à ce qu'elle s'aperçoive que celle-ci dure longtemps et qu'Alex se contente de répondre « hum » et « *da* » (« oui » en roumain) de temps à autre. Quand il prononce plus de deux mots, c'est avec colère. Elle l'entend faire les cent pas de la chambre au salon. Que se passe-t-il ? Un problème de santé de son père ? Ça ne justifierait pas ce ton énervé.

Il finit par raccrocher. Sans la regarder, il va directement dans la salle de bains. Elle entend couler l'eau. Il en ressort le visage humide et les cheveux mouillés. Il lui fait face, les lèvres pincées, l'air extrêmement contrarié.

« Qu'est-ce qui se passe, Alex ?

— C'était mon père.

— J'avais compris. Il va bien ?

— Il est fou. Mes deux parents sont fous.

— Pourquoi ? Qu'est-ce qui s'est passé ?

— Ils me demandent de ne pas t'épouser.

— Quoi ? Pourquoi ? Parce que tu veux reprendre tes études ? Vingt-huit ans, ce n'est pas trop jeune pour se marier !

— Non. Ils ne veulent pas que je t'épouse, *toi.*

— Moi ? Pourquoi ? »

Il hausse les épaules.

« Je croyais que tes parents m'aimaient bien ! C'est complètement fou !

— C'est ce que je t'ai dit. »

Ils se taisent. Les pensées défilent dans l'esprit de Marie.

« Mais pourquoi maintenant, Alex ? Ils étaient si heureux quand on leur a annoncé nos fiançailles ! Tu te rappelles comme ta mère était émue ? Et ils sont venus à Paris en janvier pour rencontrer mes parents ! Pourquoi auraient-ils fait ça s'ils étaient opposés à notre mariage ? Tout s'est bien passé à Paris, non ?

— Ils pensent que je vais gâcher ma vie.

— Pourquoi ?

— Parce que tu es française.

— Française ? ! Mais les Roumains sont francophiles !

— Ils sont convaincus qu'on va déménager en France et que je ne trouverai pas de travail à cause de mon accent.

— D'où sortent-ils cette idée ? C'est moi qui viens vivre aux États-Unis ! C'est un malentendu, Alex. Tes parents n'ont pas dû comprendre que j'allais m'installer et travailler ici. Il faut qu'on aille dans le New Jersey et qu'on leur explique calmement qu'on s'aime et qu'on n'a aucune intention de déménager en France. »

Alex s'approche d'elle et l'enlace.

« Merci, Marie. Pardon de t'entraîner dans ce psychodrame roumain. »

Marie n'est guère inquiète. Elle a déjà remarqué que l'extrême discrétion d'Alex et de ses parents pouvait entraîner une mauvaise communication. Elle est sûre que quelques mots suffiront à apaiser la peur des parents d'Alex.

Ils quittent Boston le vendredi après-midi, deux jours avant son retour en France. Sur le chemin du New Jersey, ils répètent leurs arguments. Alex lui recommande de ne pas s'énerver et de le laisser parler. Il est dix heures et demie quand ils quittent l'autoroute, tournent dans la rue tranquille et se garent dans la contre-allée. Cette fois, Helen n'est pas sortie les accueillir en entendant la voiture. Ils doivent sonner. Ils se saluent sans s'embrasser. Les parents d'Alex portent des chaussons mais sont restés habillés, Helen en longue jupe et sous-pull mauve plus décontractés que ses tenues de bureau, Jacob en chemise blanche bien repassée et pantalon marron. La chaleur de leur maison contraste avec le froid vif de cette nuit de février. Ils s'assoient tous les quatre autour de la table en verre fumé. Helen leur sert quelque chose à manger, car Alex et Marie n'ont pas dîné. Elle enlève les assiettes. Ne restent plus sur la table recouverte de sets bleu clair que les verres bleus transparents, la bouteille de Pepsi Cola et le large cendrier en céramique bleue, déjà à moitié rempli de mégots. La discussion est ouverte.

Alex prend la parole le premier. Il explique leurs plans à ses parents. Marie leur sourit chaleureusement. Les visages de Jacob et Helen restent figés comme des masques. Ils évitent de la regarder. Quand le père d'Alex répond, on dirait qu'il n'a pas entendu un mot de ce qu'a dit son fils.

« Nous pensons que tu commets une erreur, Alex. C'est notre devoir de parents de t'en avertir. Nous avons une expérience de la vie que tu n'as pas. Nous ne pouvons pas te regarder gâcher ta vie sans intervenir.

— Mais je ne gâche pas ma vie ! Je...

— Ne m'interromps pas ! Si on ne peut pas t'empêcher de te marier, on peut encore s'exprimer sans que tu nous coupes la parole. »

Alex s'appuie sur le dossier de sa chaise et, les lèvres pincées, allume une des longues cigarettes de sa mère.

« Marie est française », continue Jacob, sans un regard pour Marie, comme si elle n'était pas là. Mais c'est à cause d'elle qu'il s'adresse à son fils en anglais, lentement et avec un accent prononcé. « Un jour ou l'autre elle retournera en France. Aucun Français ne choisirait d'émigrer aux États-Unis. C'est compréhensible. La France est un pays merveilleux. Pourquoi le quitterait-on ? Mais c'est aussi un pays où l'on doit parler sans accent pour réussir socialement et professionnellement. Ta mère et moi parlons anglais avec un fort accent roumain parce que nous avons appris l'anglais tard. En Amérique, ce n'est pas un problème. Ici, tout le monde vient d'ailleurs. Et toi, Alexandru, tu n'as même pas d'accent quand tu parles anglais, parce que tu es venu ici assez tôt. Tu es devenu un vrai Américain. Notre vie n'a pas d'autre but : faire de toi un homme libre dans un pays libre. Nous avons tout sacrifié pour ton avenir. Et maintenant tu veux le gâcher en quittant ce pays qui a été si généreux envers nous ? Tu brises le cœur de ta mère. »

Jacob fait une pause pour s'éclaircir la gorge et boire un peu d'eau. Alex tient entre les longs doigts de sa main gauche une cigarette dont il aspire de profondes bouffées qui la consument à toute allure, et, de la main droite, ouvre et ferme mécaniquement le paquet de cigarettes de sa mère. Marie sent la tension de son dos : il bout intérieurement mais réussit à garder son calme. Helen a le regard fixé sur son mari et la bouche crispée. Elle écrase nerveusement son mégot dans le cendrier et cherche le paquet, que son fils lui tend.

« Je ne dis rien de personnel contre vous, Marie, reprend Jacob en s'adressant à elle pour la première fois. Vous êtes une charmante jeune femme. Mais vous êtes française. Un jour, vous retournerez en France. Vous voudrez que vos enfants soient français et qu'ils grandissent avec votre famille. Vous êtes trop jeune pour comprendre ce que je veux dire. Alexandru, il est affligeant que tu ne puisses voir ton avenir avec la même lucidité que nous.

— Mais c'est moi qui viens vivre aux États-Unis, Jacob ! Je n'aurai aucun mal à trouver un poste ici avec ma thèse, alors qu'en France c'est très difficile. Pour un Français, c'est le rêve, d'enseigner ici.

— Vous faites bien d'aborder ce sujet, reprend Jacob en se tournant vers son fils. J'allais en parler. Quelle sorte de mariage est-ce donc, quand la femme a un doctorat et pas le mari ? Vous trouvez que c'est équilibré ? Comment le mari peut-il être heureux quand la femme le domine deux fois, en étant plus diplômée que lui et en étant française ?

— *Le domine ?* Mais de quoi parlez-vous ? C'est absurde ! »

Alex, des yeux, lui fait signe de se taire. De toute façon, son père ne prête aucune attention à l'interruption. Sa voix recouvre celle de Marie tandis qu'il dit à son fils :

« En signe de respect, nous te demandons une chose : de reculer ce mariage d'un an. »

Il se tait. Il a fini son discours et boit à nouveau quelques gorgées d'eau. Helen fume et le regarde. Alex se mordille les lèvres et allume une nouvelle cigarette. Dans la tradition d'Europe de l'Est, Jacob parle tandis que sa femme n'ouvre pas la bouche, mais Marie les sent tous deux soudés contre elle et Alex. Elle se demande même si les arguments de Jacob ne viennent pas de sa femme. La présence d'Helen a beau être passive et silencieuse, son hostilité se reflète dans la tension de son visage et le pli craintif entre ses yeux.

« Nous ne voulons pas reculer notre mariage, répond Alex en articulant lentement comme s'il s'adressait à de petits enfants. Nous nous aimons. Rien ne peut nous en faire douter. N'est-ce pas la condition du bonheur ? Marie émigre aux États-Unis et n'a aucune intention de vivre en France, comme elle vient de vous le dire.

— Ce sont mes parents qui devraient s'opposer au mariage, ajoute-t-elle en riant pour détendre l'atmosphère. Ils perdent une fille. Pas vous ! »

Ça ne les fait pas sourire.

« Comment vous, entre tous, pouvez-vous vouloir nous empêcher de nous marier ? demande Alex. Vous ne vous rappelez pas votre propre histoire ? » Il se tourne vers sa mère. « Maman, tu ne te rappelles pas ta colère et ta tristesse quand tes parents t'ont demandé de ne pas épouser papa ? Comment pouvez-vous nous faire la même chose ? »

Les yeux d'Helen s'écarquillent et le pli entre ses sourcils se creuse plus profondément.

« Comment oses-tu manquer de respect à ta mère ! riposte Jacob d'une voix furibonde. Tais-toi ou sors d'ici ! Ce n'est pas du tout pareil ! Et de toute façon c'est notre devoir de parents de te dire ce que nous pensons. Ceux qui nous ont avertis autrefois avaient raison. Ils parlaient pour notre bien.

— *Pour votre bien* ? s'exclame Marie, incapable de se contenir plus longtemps. Qu'est-ce que vous voulez dire ? Vous regrettez de vous être mariés ? »

Ils la regardent tous, même Helen dont le visage est livide. L'œil noir d'Alex est fixé sur elle avec intensité : elle y lit l'ordre impératif de se taire. Jacob pose son poing sur la table. Ses muscles sont si tendus qu'il semble prêt à frapper le plateau et briser le verre. Il dit quelque chose en roumain à sa femme.

« Je sais que ce n'est pas pareil, intervient Alex avec un calme remarquable. Je comprends que vous essayez de faire ce que vous pensez être le meilleur pour moi, et que ce n'est pas facile de me dire toutes ces choses. Je sais que vous m'avertissez parce que vous vous souciez de moi, parce que vous m'aimez. Je vous en suis reconnaissant. Mais Marie et moi sommes sûrs de notre amour l'un pour l'autre.

— Fais ce que tu veux, répond Jacob d'un ton amer. Vas-y, épouse-la, gâche ta vie. Nous n'avons plus de fils. »

Il est quatre heures du matin. Ils viennent de passer cinq heures dans la cuisine, à fumer, boire du Pepsi et répéter les mêmes arguments. Le calme d'Alex accroît l'admiration de Marie pour lui à mesure que les heures passent. Jacob n'a jusqu'ici admis qu'une chose : que son fils et lui ne se parlaient pas suffisamment. Mais au bout du compte, les parents d'Alex sont autant opposés au mariage qu'au début de la soirée : c'est un échec.

Alex et Marie s'allongent quelques heures avant de repartir pour Boston. Les adieux sont froids.

Marie craint que la désapprobation des parents d'Alex ne lui gâche la joie du mariage. Il la rassure : il est désolé pour ses parents, mais ils ne peuvent l'empêcher d'être heureux. Elle espère qu'Helen et Jacob changeront d'avis après avoir reçu l'invitation en mai. Elle a rédigé elle-même le faire-part imprimé sur papier vélin, où elle a écrit l'un sous l'autre le nom des grands-parents maternels d'Alex, M. et Mme Ion Tiberescu, et de ses parents, M. et Mme Jacob Tibb, suivis de la phrase traditionnelle : « sont heureux de vous faire part du mariage de leur petit-fils et fils Alex Franklin Tibb avec Mlle Marie T... » En bas de la page, à droite, elle a noté l'adresse des grands-parents d'Alex à Bucarest, celle de ses parents dans le New Jersey, et celle d'Alex à Cambridge. Elle est fière de ce faire-part qui reflète le cosmopolitisme de leur mariage et montre qu'elle n'a pas oublié la famille d'Alex, même si le mariage aura lieu en France et que ni ses grands-parents roumains ni sa famille israélienne ne pourront y assister parce que le voyage jusqu'au fin fond de la Bretagne serait trop long et trop cher. Marie est si sûre que les parents d'Alex mettront fin à leur résistance en recevant le faire-part qu'elle a demandé à son père de leur réserver une chambre dans le meilleur hôtel du village breton, avec vue sur la mer. Mais deux semaines avant le mariage, Jacob et Helen ne se sont toujours pas manifestés. Alex met sa fierté de côté et appelle ses parents, qu'il n'a pas vus depuis février. Il leur dit que le mariage ne sera pas complet sans eux et qu'il a besoin de leur bénédiction. Il les supplie de venir.

« On est vieux, réplique sa mère. On est trop fatigués pour prendre l'avion. »

*

« Lenoush », dit Jacob alors qu'elle entre dans la chambre en chemise de nuit après s'être lavé les dents et avoir appliqué sa crème antirides.

Elle lève la tête. Il est assis dans le lit en pyjama, un magazine sur les genoux, qu'il ne lit pas. Comme elle, bien sûr, il pense à la même chose jour et nuit. Pendant des mois ils n'ont fait qu'en parler. Maintenant ils évitent le sujet. Que peuvent-ils dire de plus ? Il y a un mois, alors qu'elle commençait presque à regretter leur intervention, le faire-part est arrivé par la poste. Quand Helen a ouvert l'enveloppe carrée timbrée en France et vu noir sur blanc, dans une élégante écriture cursive, le nom et l'adresse de ses parents à Bucarest, elle a eu l'impression d'une gifle. Elle l'a jeté à la poubelle.

« On a dit à Alexandru ce qu'on pensait, continue Jacob d'un ton réfléchi. C'était notre droit, et même notre devoir. Mais peut-être qu'on devrait maintenant accepter, puisque c'est son choix.

— Accepter... et aller au mariage ?

— Oui. »

Elle fond en larmes. Elle s'assied contre lui, qui a toujours su trouver les mots pour la réconforter. Tout semble si simple, soudain.

Le 3 juillet, vêtue de la robe pourpre lamée d'argent qu'elle a achetée en solde chez Lord and Taylor en février, après le voyage en Israël, avec un chapeau à large bord assorti, elle avance fièrement au bras de son fils dans l'allée de la petite chapelle bretonne entre les invités, tandis que résonne le *Stabat Mater* de Vivaldi.

Le lendemain du mariage, elle remet à Marie le présent qu'elle lui a apporté.

« La tradition veut que la mariée reçoive quelque chose

de nouveau et quelque chose d'ancien. Voici quelque chose d'ancien, Marie.

— C'est une tradition roumaine ?

— Oh non. Américaine. »

Marie ôte le papier de la petite boîte, l'ouvre, et en sort la broche en or sertie de rubis.

« C'est joli ! Qu'est-ce que c'est ? Oh, un oiseau ! On dirait qu'il va s'envoler !

— Elle appartenait à ma grand-mère », explique Helen.

Marie pique le bijou sur son pull marin.

Grâce à la voiture qu'ils ont louée à l'aéroport de Brest, six jours de suite Helen et Jacob explorent la péninsule bretonne d'où le père de Marie est originaire et où leur belle-fille passe tous ses étés depuis qu'elle est née. Ils découvrent des hameaux en pierre du pays, des paysages sauvages, des côtes découpées, des églises anciennes, des enclos paroissiaux. Ils visitent Quimper, Concarneau, Pont-Aven, Saint-Thégonnec, Sizun. À Camaret, Helen achète une aquarelle qui représente le fort de Vauban, à Locronan une sculpture en bois de la Madone, peinte, qui ressemble à la pietà aux joues rondes qu'elle possédait enfant. Six soirs de suite ils invitent au restaurant ou à la crêperie les amis d'Alexandru et Marie qui sont restés pour quelques jours après le mariage. Une bonne dizaine d'entre eux sont venus d'Amérique : Ximena et Jorge qu'Helen est heureuse de revoir après trois ans, Guillermo, le meilleur ami d'Alexandru, Kate et Hillary, et d'autres.

Entourée de ces jeunes Américains qui parlent anglais entre eux et s'adressent à elle affectueusement, Helen se rappelle l'époque où son fils, étudiant de licence à Harvard, amenait ses amis dormir dans le New Jersey après une fête tardive à Manhattan, sans même prévenir ses parents. Elle se réveillait le dimanche matin et trouvait sa maison, tel le château de la Belle au Bois dormant, peuplée de jeunes gens endormis sur les canapés du salon, sur la moquette de la salle à manger, ou au sous-sol. Elle en était heureuse. Tandis qu'ils lèvent leurs verres aux jeunes mariés rayonnants, elle oublie les mois d'insomnie et d'angoisse. Après tout, peut-être une épouse française n'empêchera-t-elle pas Alexandru d'avoir un brillant avenir.

DEUXIÈME PARTIE

Amante

CHAPITRE 9

1958

JACOB

Ses plus belles robes étaient étalées sur le lit de ses parents : la rouge en jersey de laine à manches longues avec la ceinture et la jupe évasée qu'elle avait mise pour la fête de Noël de l'Institut polytechnique ; la jupe en laine couleur chocolat qui irait parfaitement avec la nouvelle création de Vera, le chemisier beige dans un coton très fin que l'amie de sa mère avait entièrement plissé et cousu à la main ; enfin, la robe en taffetas noir à rayures dorées, sans manches, avec un profond décolleté, qu'elle avait prévu de porter pour la remise des diplômes en juin. C'est celle qu'Elena choisit : la plus estivale.

Après avoir enfilé la robe, des collants de soie et ses chaussures noires à petits talons — elle n'en possédait pas d'autres —, elle se fit un chignon, puis prit sur la commode le rouge à lèvres que sa mère l'autorisait à utiliser depuis ses vingt-deux ans et le passa soigneusement sur ses lèvres. Elle se regarda dans le miroir en essayant de surprendre son visage de trois quarts comme si elle était quelqu'un d'autre. Elle vit une jeune fille plaisante aux pommettes hautes et aux grands yeux bruns écartés. Elle tamponna ses aisselles du parfum au muguet de sa mère. À la pensée du voisin âgé qui, le soir de la fête de Noël de l'Institut polytechnique, avait conseillé à ses parents de ne pas laisser leur fille sortir parfumée comme une cocotte, elle tira la langue dans le miroir.

« Qu'est-ce que tu fais ? »

Debout dans l'embrasure de la porte, sa grand-mère fronçait les sourcils. Elena rit.

« Rien. Tu me trouves comment ?

— Belle, répondit sa grand-mère avec un tendre sourire. Tu veux ma broche ? Elle sera très jolie sur le bustier.

— Oh oui ! Merci, Bunica. »

Bunica détacha l'oiseau d'or qu'Elena piqua sur sa robe, juste au-dessus du sein droit.

« Tu n'auras pas froid ? C'est le 21 mars, mais pas encore le printemps. Il gèle dehors.

— La fête est à l'intérieur. Je vais danser tout le temps. Je n'aurai pas froid.

— Fais attention en sortant. Quand on a transpiré, on est sûr d'attraper la fièvre.

— Je ne transpire pas, Bunica. »

Elena déposa un baiser sur la joue de sa petite grand-mère et enfila son manteau, un autre miracle de Vera. Celle-ci avait retourné un vieux pardessus du père d'Elena, épais et de très bonne qualité, qu'il avait acheté en Bessarabie du temps où ils étaient riches, pour recouper dans sa doublure en tartan de laine à carreaux rouges et bruns un manteau de femme élégant et chaud. Aucune étudiante à l'Institut polytechnique n'en avait d'aussi beau. Elena noua la ceinture, mit son chapeau et prit un petit sac en cuir marron, cousu par Vera et assorti à ses chaussures. Elle était prête. Bunica la regarda avec fierté.

« N'oublie pas de demander à Valentina de te raccompagner jusqu'à la porte quand vous rentrez cette nuit.

— Mais oui, Bunica. Ne t'inquiète pas. »

Dehors, le vent glacé faillit emporter son chapeau. Elle le maintint d'une main. Elle n'avait pas ses gants mais ne sentait pas le froid. Elle traversa la rue et descendit les marches qui menaient à la porte des Ionita. Elle n'eut pas le temps de sonner que Valentina avait déjà ouvert. Le manteau boutonné, elle semblait guetter Elena.

« Attends ! cria sa mère derrière elle. Je veux voir la robe de Lenoush !

— Maman, on va rater le tram !

— Une minute. S'il te plaît ! Nounoush, montre-moi vite. »

Elena retira rapidement son manteau.

« Splendide ! Quelle robe, ma chérie ! Et j'aime beaucoup tes cheveux tirés en arrière comme ça. Tu vas faire tourner la tête de tous les hommes !

— Surveille tes paroles, maman. Lenoush est plus prude qu'une vieille fille.

— Ce serait bien qu'elle te donne un peu de sa sagesse. Lenoush, ma chérie, chaperonne Tina et si tu vois son cœur accroché au portemanteau, rapporte-le. Elle l'oublie partout. »

Elena remit son manteau en riant. Elle se sentait bien chez Valentina et sa mère. Elle aimait la chaleur qui émanait de leur relation, la liberté avec laquelle elles se parlaient. Mme Ionita savait que sa fille avait déjà couché avec un homme et n'était pas furieuse contre elle. Si les parents et la grand-mère d'Elena avaient été au courant, ils lui auraient interdit d'accompagner Valentina à la fête de ce soir. Elle avait pris garde de leur présenter Valentina sous son meilleur jour : une brillante étudiante de l'école de commerce, qui travaillait maintenant à plein-temps pour l'Institut de recherches économiques où avait lieu la fête. Cette nouvelle image servait à effacer celle de la petite voisine pauvre vivant seule avec sa mère célibataire dans un sous-sol, qu'ils avaient empêché Elena de fréquenter par peur d'une mauvaise influence.

« Lenoush, ma chérie, lui dit Mme Ionita alors qu'elles franchissaient la porte, j'ai appris pour Mme Weinberg. Je suis désolée. Tu l'aimais beaucoup, je sais. Elle était très vieille, n'est-ce pas ?

— Oui. Et très malade.

— Maman, si on n'y va pas tout de suite, on devra attendre une heure le prochain tram !

— Allez-y, allez-y. Mais vous n'avez pas faim ? J'ai fait...

— On mangera là-bas ! Au revoir ! »

Elles montèrent les marches à toute allure et coururent vers l'arrêt de tram au bout de la rue. De loin, elles le virent approcher. Elena, la plus rapide malgré sa petite taille, réussit à atteindre le tram avant que les portes se referment. Essoufflée, elle supplia le conducteur d'attendre son amie.

Pendant le trajet, Valentina confia à Elena qu'un de ses collègues lui plaisait, et qu'elle pensait l'attirance réciproque. Elle espérait qu'il serait là ce soir mais n'en était pas sûre car sa femme, dont il était en train de se séparer, venait d'avoir une dépression nerveuse. Elena était horrifiée. Comment son amie pouvait-elle se mettre dans une situation si compliquée ? Marié et père de famille ? Il devait être vieux ! Valentina rit.

« Je veux te présenter quelqu'un ce soir, Elena. Un de mes collègues. Dorin.

— Encore un homme divorcé ?

— Et pourquoi pas ? Elena, tu as besoin d'un petit ami. Tu ne vas quand même pas attendre le mariage ! Mais rassure-toi, Dorin n'est pas marié. Il est aussi timide que toi. Vous ferez la paire.

— Valentina, je n'ai pas besoin d'un petit ami. Je n'ai pas le temps pour ça, sûrement pas avant d'avoir fini mes études. Tu me vois dire à mon père : "Papa, ce soir je sors avec un garçon!"? »

Elles rirent.

« Tu n'aurais pas besoin de le lui dire.

— Tu me connais, Valentina : je ne sais pas mentir! Arrête de m'embêter. Je suis venue pour danser, un point c'est tout. »

Elles descendirent du tram au bout de la rue Moşilor et se dirigèrent vers les rues bien éclairées du centre-ville. Valentina prit le bras d'Elena pour avoir plus chaud. Elles arrivèrent en face du bâtiment où travaillait Valentina et montèrent les marches. Laissant leurs manteaux au vestiaire, elles pénétrèrent dans un hall immense. C'était une magnifique salle avec des boiseries, un haut plafond décoré de fresques et deux énormes lustres en cristal de Bohême qui projetaient un millier de lumières. Elena était allée à de nombreuses fêtes mais n'avait jamais vu d'endroit aussi élégant. Sur une estrade à une extrémité du hall, un orchestre de six musiciens fonctionnaires du gouvernement était en train de jouer des chants traditionnels. À l'autre bout, sur de longues tables couvertes de nappes blanches, se trouvaient des centaines de verres et de bouteilles de vin, et des assiettes pleines de petits sandwiches. Deux garçons en costume noir avec des gants blancs servaient un vin blanc pétillant. Elena et Valentina allèrent chercher un verre. Elles mangèrent des sandwiches au concombre et à la tomate. Les gens ne cessaient d'arriver et remplissaient peu à peu le vaste hall. Valentina fut bientôt entourée de collègues.

Elena n'avait pas l'habitude d'assister à une fête où elle ne connaissait personne. Elle sortait toujours avec ses amies Eugenia et Monica. Leurs camarades à l'Institut polytechnique les appelaient « la trinité ». Dans cette salle immense, entourée de cette foule, elle se sentait minuscule et très seule. Le Dorin que lui avait présenté Valentina en insistant sur le fait qu'Elena adorait danser ne l'avait pas invitée. Debout près d'un pilier derrière Valentina qui la dominait d'une tête, elle s'efforçait de garder le sourire, quand un homme s'approcha.

« C'est une grande fête, dit-il. Je ne connais personne ici, sauf Dorin.

— Moi aussi, répondit-elle. Je suis venue avec Valentina.

— Vous voulez danser ? »

Elle accepta avec reconnaissance. C'était une valse. Il la menait doucement, avec une certaine hésitation au début, comme s'il avait peur d'aller trop vite. Mais dès qu'il se fut rendu compte qu'elle était une danseuse chevronnée, il se laissa aller et la fit tourbillonner. La jupe évasée de sa robe volait autour d'elle, parfaite pour une valse. Ils tournèrent si vite autour du grand hall qu'ils étaient à bout de souffle quand l'orchestre s'arrêta.

« Merci. C'était un plaisir. »

Il la reconduisit près du pilier où se trouvait toujours Valentina avec son groupe d'amis. Il avait l'air plus âgé, comme la plupart des hommes ici présents. Vingt-sept ou vingt-huit ans, peut-être. Il était vêtu d'un costume marron foncé qui n'était pas dernier cri à Paris. Il s'inclina devant elle et retourna vers ses amis avant de se diriger vers le buffet. Un autre collègue de Valentina, qui l'avait vue danser, l'invita. Un tango argentin, qu'elle adorait. La soirée démarrait. Quand la musique s'arrêta, elle n'eut pas le temps de se retourner. L'homme de la valse lui tendait les bras, l'enlevant à son partenaire.

« Je peux ? »

Encore un tango argentin, qui fut suivi d'un autre. Il semblait impressionné par la précision de ses pas. Sa petite taille n'empêchait pas Elena de se tenir très droite, la tête haute, la posture d'une danseuse de tango, le sourire aux lèvres. Elle dansait mieux que lui, mais ça n'avait pas d'importance. Elle s'amusait. Après trois tangos, l'orchestre entama une musique différente : un fox-trot, auquel elle excellait. Ils restèrent ensemble naturellement, changeant de rythme. Elle bougeait si vite, avec tant d'énergie, que ses joues étaient cramoisies. Elle s'en rendit compte à la chaleur qui s'en dégageait. Quand le fox-trot prit fin, l'orchestre se mit à jouer un morceau qui la surprit de la part de musiciens fonctionnaires : un nouveau tube de jazz des Platters, un groupe américain qu'elle avait entendu une fois à la radio et tout de suite aimé. Personne ne savait comment danser sur cette musique, et de nombreuses personnes quittèrent la piste. Elena et son partenaire se regardèrent avec hésitation, mais les pieds d'Elena battaient déjà la mesure et ses hanches bougeaient en rythme : il lui sourit, haussa les épaules comme pour s'excuser de son ignorance et lui tendit la main. Il la menait avec douceur, lui donnant de petites impulsions pour la faire tourner sur elle-même. Elle appréciait la souplesse de ses gestes. Quand l'orchestre revint à une valse, les couples retournèrent sur la piste. Son partenaire lui tendait le bras lorsque Elena s'aperçut qu'elle ne sentait plus la broche de sa grand-mère : le bijou avait dû se décrocher et tomber pendant qu'elle dansait. Paniquée, elle porta la main à sa poitrine. Sa paume effleura le métal, chaud comme sa peau. Elle soupira de soulagement.

« Vous vous sentez mal ? demanda le jeune homme.

— Non. Je... »

Elle rougit. Le bras de son danseur était déjà retombé. Il s'inclina et la remercia. Le charme était rompu. Il était temps de retourner vers leurs amis. Ils avaient dansé ensemble cinq fois de suite.

Alors qu'ils se dirigeaient vers le groupe autour de Valentina, Elena lui expliqua d'où elle connaissait son amie. Valentina leur présenta une de ses collègues, que le danseur d'Elena invita poliment. Dès qu'ils se furent éloignés, Valentina pouffa.

« On dirait que tu t'amuses bien, Elena !

— Oui, répondit-elle avec candeur.

— C'est un bel homme, même avec ce grand nez.

— Valentina ! On danse, c'est tout !

— Ça ne l'empêche pas d'être beau. Ne rougis pas comme ça, Lenoush ! »

Parmi les nombreux couples qui tournoyaient sur la piste derrière Valentina, Elena repéra, de loin, la silhouette en costume marron qui tenait dans ses bras la femme en robe rouge vif, mince et plus grande que lui. Un grand nez ? Elle n'avait pas remarqué. Elle n'aurait pas su dire, non plus, s'il était beau. Il était de taille moyenne, il avait des cheveux noirs et la peau mate. Il avait l'air gentil, et surtout très sérieux. La blonde dansait moins bien qu'Elena, mais il savait clairement s'adapter à chaque style et la mettre à l'aise. Quand la valse s'acheva, au lieu de revenir, il enchaîna avec sa partenaire sur un tango. Elena éprouva une sensation désagréable, comme un pincement. Sans sa peur d'avoir perdu la broche, elle danserait encore avec lui. C'était sa faute : elle n'aurait pas dû mettre le bijou de Bunica. Elle était trop coquette. Elle suivit du regard le couple qui traversait la salle d'un pas vif et rythmé. Elle aurait dû choisir la robe en jersey rouge. Le rouge était une couleur si vive et si gaie. Mais peut-être n'avait-il pas aimé sa façon de danser, maîtrisée et technique? Parce qu'ils avaient dansé ensemble six fois, elle s'était attendue qu'il soit son partenaire pour toute la soirée. Sa vanité méritait d'être punie. De toute façon, les hommes étaient suffisamment nombreux ici ce soir pour qu'elle trouve un autre danseur.

Elle les chercha du regard sur la piste et ne les vit plus. Ni l'homme en costume marron foncé, ni la blonde en robe rouge. Elle poussa un soupir. C'était ainsi que cela se passait, donc, dans la réalité comme dans les romans Harlequin de son adolescence. On dansait, puis on sortait ensemble sur la terrasse, ou l'on disparaissait dans un coin. Elle s'approcha de Valentina en s'efforçant de sourire et aperçut soudain la femme blonde un peu plus loin, entourée d'amies. Le soulagement qu'elle en éprouva l'agaça. L'homme à l'air sérieux avait disparu. À l'instant même il fut devant elle.

« Vous avez soif? »

Il tenait deux coupes de champagne. Elle lui sourit. Leur brève séparation avait créé entre eux comme une intimité. Ils bavardèrent. Il était ingénieur à Radio Popular, et enseignait le soir dans une école technique. Intimidée par leurs quelques années de différence, elle ne lui posa guère de questions. Elle parla d'elle, de ses études à l'Institut polytechnique. Elle avait le même âge que Valentina, qui travaillait déjà parce que les études à l'école de commerce duraient quatre ans et à l'Institut polytechnique, cinq. Elle obtiendrait son diplôme en juin, et espérait ensuite trouver du travail dans un laboratoire. Il l'écoutait avec un regard intense, hochait la tête et semblait intéressé par tout ce qu'elle racontait. Elle était tellement à l'aise qu'elle lui parla même de sa grand-mère, de son père, de sa mère, dont c'était aujourd'hui l'anniversaire.

« C'est l'anniversaire de votre mère, vraiment?

— Oui. Mes parents sont allés au Théâtre national ce soir, pour le fêter.

— Voir la pièce de Caragiale?

— Oui! Vous l'avez vue?

— Elle est excellente. Vos parents seront contents. Je suis heureux de vous rencontrer à une date spéciale. »

Son regard avait glissé du visage d'Elena à sa poitrine, et il regardait ses seins avec insistance. Elle rougit, terriblement gênée. Il avait pourtant l'air d'un jeune homme bien élevé. Leur conversation l'avait-elle induit en erreur?

« C'est très joli. »

Elle comprit qu'il parlait de la broche.

« Oh, merci. C'est à ma grand-mère, dit-elle platement.

— Un bijou des années vingt, n'est-ce pas? Il est d'une extrême finesse.

— Je ne sais pas. »

Il ne parlait pas de lui ni de sa famille et elle se retint d'aborder ce sujet, de crainte de paraître indiscrète. Il avait quelque chose de mystérieux et d'intimidant. Peut-être à cause de l'expression sérieuse de ses yeux noirs. Il lui prit son verre vide, le posa sur une table et lui tendit la main, dont elle remarqua les longs doigts et les ongles blancs. Elle n'aimait pas ses mains à elle, soignées mais trop rondes, aux doigts trop courts.

« Vous voulez danser? »

Ils dansèrent ensemble le reste de la soirée. Quand ils s'arrêtèrent pour se rafraîchir, son ami Dorin les regarda en souriant. Elena se demanda si l'homme au costume marron foncé avait déjà passé d'autres soirées, en compagnie de son ami Dorin, à danser exclusivement avec une jeune fille. Ils repartirent pour une nouvelle valse. Valentina se trouva soudain derrière elle à la fin d'un tango. Elle avait mis son manteau et portait celui d'Elena sur son bras.

« Lenoush, si on n'y va pas tout de suite, on ratera le dernier tram. »

Il était une heure moins le quart. Elena ne pouvait pas le croire. Tandis qu'elle enfilait son manteau, son danseur lui demanda son numéro de téléphone. Il n'avait ni papier ni crayon, et elle devait partir à l'instant. Il dit qu'il s'en souviendrait.

Dès qu'elle ouvrit les yeux dans sa petite chambre sans fenêtre, le lendemain matin à neuf heures, elle aperçut, dans la faible lumière qui entrait du couloir par le carreau de sa porte, la robe en taffetas noir qu'elle avait laissée sur une chaise. Selon toute probabilité, elle n'entendrait plus parler de l'homme aux cheveux noirs, au regard intense et à l'air sérieux. C'était sans importance. Elle avait passé une belle soirée et, pour une raison qu'elle ne s'expliquait pas, se sentait différente. Sereine, paisible. Elle se réveillait toujours de bonne humeur les lendemains de fête, parce que la danse lui permettait de dépenser son énergie et qu'elle appréciait l'admiration des gens qui la regardaient danser. Mais c'était une autre sensation. Elle avait l'impression de briller de l'intérieur.

Elle nettoya sa chambre, aida sa mère à préparer le déjeuner et passa une heure à étudier. Quand le téléphone sonna à midi, son père l'appela.

« Lenoush ! »

Elle courut dans la chambre de ses parents et prit d'une

main tremblante le combiné que lui tendait son père. C'était l'homme du bal, comme elle l'espérait. Il lui demanda si elle était bien rentrée. Au téléphone, sa voix semblait différente. Moins grave et plus chaleureuse, comme s'il la connaissait depuis longtemps. Il lui dit qu'il avait passé une excellente soirée grâce à elle.

« J'ai des billets pour *Le Prince Igor* à l'Opéra, dimanche prochain à trois heures. Voudriez-vous m'accompagner, Elena ?

— J'en serais ravie. »

Son père n'avait pas quitté la chambre. Elle sentait son regard sur elle. Quand elle eut raccroché, il lui demanda :

« C'était qui ?

— Jacob, un garçon que j'ai rencontré hier soir. »

Elle ne savait même pas son nom de famille. Son père fit la moue. Elle sut ce qu'il allait dire avant qu'il eût ouvert la bouche.

« Jacob... il est juif ? »

CHAPITRE 10

1990
L'OUEST S'ENVOLE

L'avion se pose peu avant six heures du matin. Ils récupèrent leurs sacs à dos, puis Alex change de l'argent dans le petit aéroport presque vide et laisse Marie dans un coin avec les bagages. Il revient cinq minutes plus tard suivi d'un vieil homme aux cheveux blancs qui baise la main de Marie et lui adresse des paroles de bienvenue dans un français châtié. Ils montent dans son taxi et roulent vers Bucarest. Ils traversent la ville, vide et silencieuse dans la lumière de l'aube.

« Voici la place où a eu lieu la révolution », dit le chauffeur.

Elle ouvre de grands yeux. La place est tranquille et déserte. Le chauffeur roule encore dix ou quinze minutes avant d'entrer dans un quartier de HLM soviétiques alignées des deux côtés d'une large avenue. Il s'arrête. Ils descendent de voiture. Alex examine les immeubles et les guide entre les rectangles de béton tous pareils. Il tourne à gauche, puis à droite, et s'arrête devant l'un d'eux. Le carreau de la porte est brisé, et des éclats de verre jonchent le sol poussiéreux, entre les mauvaises herbes qui poussent çà et là.

« Attention aux bouts de verre, Marie. »

Le hall d'entrée a l'air décrépit avec ses boîtes aux lettres métalliques cabossées et sa peinture grise écaillée. Il appuie sur le bouton de l'ascenseur sans qu'aucun bruit se produise. Il appuie encore, et soupire. Ils montent les marches de béton en portant leurs sacs à dos. Fatiguée, elle sent le poids du sien. Il s'arrête devant une porte au quatrième étage, et sonne. Ils attendent une ou deux minutes.

« Tu es sûr que c'est là, Alex ?

— Oui.

— Peut-être qu'ils dorment et n'entendent pas la sonnette ?

— C'est possible. »

Il tambourine au risque de réveiller les voisins de palier.

« Mais comment peux-tu être sûr qu'ils sont là, Alex ? C'est l'été : ils sont peut-être chez des amis à la campagne ? Tu aurais vraiment dû les appeler pour leur dire qu'on allait venir !

— Ne t'inquiète pas. Ils ne vont jamais nulle part. Si je les avais appelés, ils n'auraient pas fermé l'œil jusqu'à notre arrivée. »

Il sonne et frappe encore. Plusieurs minutes s'écoulent. L'absence de communication dans la famille d'Alex est quelque chose que Marie n'arrive pas à comprendre. Il n'a pas vu ses grands-parents depuis sept ans et s'attend à les retrouver là où il les a quittés.

« Mais qu'est-ce qu'on va faire maintenant, Alex ? C'est absurde ! On est venus pour les voir ! »

Juste à ce moment-là ils entendent un son. Des pas. Quelqu'un derrière la porte. Une voix âgée pose une question en roumain.

« *Sunt Alexandru !* » crie Alex.

On murmure derrière la porte. Les pas s'éloignent.

« Qu'est-ce qu'ils font ? Pourquoi ils n'ouvrent pas ?

— Ils ont dû aller s'habiller. »

Ils attendent encore dix minutes, Alex debout sur le palier et Marie assise sur les marches en ciment. La porte s'ouvre. Ils se retrouvent face à deux petits vieux : une femme fluette avec un chignon blanc, des boucles d'oreilles en or et une robe-tablier à fleurs, et un homme à large carrure avec une grosse tête et de grandes lunettes. La vieille femme se jette sur Alex et l'étreint en pleurant. Elle serre Marie contre elle aussi, fort, et prononce son nom comme si elle la connaissait. Marie suit Alex et ses grands-parents dans un salon étroit, rempli de meubles et d'objets. Alex dit à ses grands-parents, en roumain, qu'ils n'ont pas dormi de la nuit et que sa femme est fatiguée. Sa grand-mère disparaît dans la chambre. Cinq minutes plus tard, Marie est couchée entre des draps propres.

« Dors, lui dit Alex. Je reste un peu avec eux et je te rejoins. »

Le grand lit aux montants de bois sculpté, une commode avec des ornements dorés et une grosse armoire du même bois que les montants du lit, couverte jusqu'au plafond de boîtes en carton, remplissent la petite chambre. L'air n'y circule pas, malgré la fenêtre ouverte. Il fait extrêmement lourd et Marie transpire, écrasée par la chaleur. Elle finit par s'endormir et, quand elle ouvre les yeux, Alex est allongé près d'elle. Sa main à la peau mate et aux longs doigts repose entre eux. La bague en or qui orne maintenant son annulaire le féminise. Il se plaint que ça le chatouille. Elle contemple son visage, beau même dans le sommeil. Cet homme est son mari. Ils sont à Bucarest. Elle ressent un bonheur fou.

Il est une heure de l'après-midi quand ils se lèvent. Ils passent directement à table. La grand-mère d'Alex a déplié une table qui remplit le petit salon, entre le canapé et les fauteuils. Elle a dû passer son temps à cuisiner pendant qu'ils dormaient. La table est chargée de victuailles : tomates et concombres coupés en tranches fines, caviar d'aubergine, poivrons grillés, pain, gâteaux...

« Où a-t-elle trouvé tout ça, Alex ? Je croyais que c'était la pénurie à Bucarest ?

— Au marché noir. Elle est allée faire les courses après notre arrivée, tôt ce matin. »

Une salade de crudités et plusieurs parts d'un gâteau moelleux ont déjà rassasié Marie quand la grand-mère apporte de la cuisine une oie rôtie et un gratin de pommes de terre, et lui sert une large portion. Marie avale lentement, morceau après morceau. À peine son assiette est-elle vide que la grand-mère d'Alex s'en empare, la cuiller à la main. Marie secoue énergiquement la tête.

« Non, non ! Merci ! Je n'ai plus faim ! »

Mais la vieille femme l'a déjà resservie.

« Alex, s'il te plaît, dis-lui que c'est délicieux, mais que vraiment je ne peux plus. »

Après un échange en roumain avec sa grand-mère, il se tourne vers Marie.

« Désolé, Marie. Elle pense que tu as besoin de reprendre des forces après le voyage. Je ne peux rien faire. »

Le grand-père d'Alex sort une bouteille poussiéreuse du fond du placard. C'est de la tsuica artisanale, de l'alcool de prune, la boisson nationale. Elle n'aime guère l'alcool, surtout fort, et surtout le matin, mais elle lit dans les yeux d'Alex qu'elle offenserait gravement ses grands-parents si elle refusait de trinquer. Elle boit en retenant sa respiration. Ce repas se transforme en torture. Alex raconte leur mariage en Bretagne et montre des photos. Ils trinquent à chacun des membres de leur famille, dans le New Jersey, à Paris, à Haïfa, en Bretagne. Après le cinquième toast, Marie connaît les mots par cœur.

« *Sănătate lui tata şi mama lui Alex şi lui Marie, şi casă de piatră, şi fericire...* »

Elle apprend l'expression « *casă de piatră* », qui signifie « maison de pierre, » un toast adressé aux jeunes mariés pour leur souhaiter un mariage solide et durable.

La grand-mère la regarde, porte deux doigts à sa bouche et dit : « *Papă, papă, papă!* »

C'est le mot utilisé pour faire manger les petits enfants. Elle trouve Marie trop maigre. Elle demande à Alex quand ils auront un bébé. Marie comprend des mots ici et là. Alex lui traduit le reste. Elle a mal au ventre et un sentiment d'irréalité. Quand elle va aux toilettes, elle comprend pourquoi Alex a mis dans ses bagages des rouleaux de papier hygiénique : par terre il y a des morceaux de papier journal déchiré.

Ils restent dans le salon tout l'après-midi. Après le café, la grand-mère débarrasse la table et le grand-père sort ses cartes. Il leur apprend quelques jeux. Ils ont à peine eu le temps de jouer une heure que la grand-mère revient mettre le couvert. C'est l'heure du dîner. Ils se remettent à manger et à boire. La nuit tombe. Ils ouvrent les cadeaux. Des dizaines de cadeaux que la grand-mère a préparés depuis des années pour Alex et sa future épouse. Marie se rend compte qu'elle remplit un rôle qui existait longtemps avant qu'elle rencontre Alex. « *Frumos!* » répète-t-elle après avoir demandé à Alex comment on dit « beau ». Elle a des crampes dans les zygomatiques à force de sourire. Il y a des pulls beiges informes que sa grand-mère a tricotés avec de la laine de mauvaise qualité. Un pour lui, un pour elle. Des sandales trop grandes, où il suffira de fourrer des boulettes de papier journal pour les ajuster, des napperons brodés main, des nappes qu'il faut laver et repasser après chaque usage alors qu'ils n'ont même pas de fer à repasser, un grand tapis synthétique d'un vert électrique à suspendre au mur du salon l'hiver pour conserver la chaleur, et toutes sortes d'objets kitsch, parmi lesquels une affreuse sculpture de poulbot grandeur nature, si lourde qu'on dirait du plomb.

« Un *gamin*, dit la grand-mère en utilisant le mot français.

— En pierre », ajoute en riant le grand-père, qui les a mis au défi de deviner la matière.

Il est onze heures du soir quand ils se retirent enfin dans la chambre à coucher que leur laissent les grands-parents, qui vont dormir sur les canapés du salon. Mais quand Alex et Marie se réveillent, à neuf heures du matin, la table est déjà mise. Il faut s'asseoir, manger, boire et porter des toasts.

Marie ne sait pas ce qu'elle attendait d'un voyage à Bucarest, dans le passé d'Alex, dans un pays où vient de se produire une révolution. Mais pas ça. Pas ces deux petits vieux qu'elle n'arrive pas à relier à Alex et qui ont l'air d'ignorer qu'une révolution a eu lieu dans leur propre pays. Elle n'arrive pas à croire qu'ils sont ses grands-parents maternels, les parents de sa mère. « Voilà donc d'où il vient », se dit-elle en regardant le petit appartement rempli de photos et de souvenirs de l'enfance d'Alex qui forment comme un autel où on l'adore, écho ironique de l'autel qu'elle porte en son cœur. Dans le salon, sur la télévision, il y a même une vieille couronne de roses en plastique poussiéreuse qu'il a reçue comme jeune pionnier quand il creusait un lac dans le parc Cişmigiu : le prix du meilleur bêcheur. Ceauşescu lui a serré la main, révèle fièrement la grand-mère.

« Tu as serré la main de Ceauşescu, vraiment? Tu ne me l'avais jamais dit ! »

Elle rit. Alex hausse les épaules, crispé, sans sourire.

Le troisième jour, ils quittent enfin l'appartement pour aller voir la ville. Ils prennent le métro jusqu'au centre. Le trajet dure presque une heure. Ils émergent sur un boulevard où se succèdent des bâtiments bétonnés et laids, puis empruntent une large avenue sans ombre bordée d'immeubles neufs en pierre blanche étincelante sous le soleil, et traversent de vastes pelouses desséchées avant de parvenir au monumental palais du Peuple, blanc comme un gâteau recouvert de glaçage.

« C'est plutôt beau, dit Marie.

— Tais-toi », ordonne Alex.

Elle le regarde avec surprise.

« Ceauşescu a rasé tout un quartier pour construire ce palais de mégalomane, Marie. Il a détruit des églises baroques qui étaient de petits bijoux, des synagogues, un labyrinthe de ruelles et de maisons anciennes. Ne dis jamais que c'est beau. Les gens parlent français, ici. »

Elle lui fait ses excuses, mais le ton abrupt d'Alex l'a blessée. Est-ce sa faute à elle s'il est né dans un pays gouverné pendant vingt ans par un tyran? Pourquoi lui reproche-t-il son insensibilité? Après avoir tourné autour de l'énorme palais encore inachevé, ils retournent place de l'Université, où quelques croix blanches avec des photos érigées au milieu du boulevard sont les seules traces de la révolution. Elle déchiffre une inscription : « *Jos dictatorul!* » Alex lui montre les trous creusés par les balles dans les murs de la bibliothèque. La marche sous le soleil d'août est épuisante. La température s'élève au moins à quarante degrés. Elle le suit jusqu'à un square vide entre deux tours en béton. Il pointe du doigt un étage élevé.

« On habitait ici, au neuvième. »

Elle s'assied sur une balançoire rouillée.

« J'avais une collection de maquettes d'avions, continue Alex d'une voix mélancolique, la tête levée vers son ancienne fenêtre. Les collègues de mes parents me les rapportaient d'Europe de l'Ouest. J'ai dû les abandonner quand on est partis. »

Elle cherche quelque chose à dire. La soif a tari son imagination.

« Tu jouais ici, dans ce square ?

— Oui. Quand j'avais six ans, je suis tombé du toboggan. Ma mère a couru jusqu'à l'hôpital. Je pissais le sang. J'ai une cicatrice sur la tempe, là. »

Il lui montre le petit trait rose sur sa tempe, qu'elle n'avait jamais remarqué.

« Alex, on peut aller boire quelque chose ? Je meurs de soif. »

Il s'assombrit. Il a dû entendre la pointe d'impatience dans sa voix.

« Je t'avais prévenue que c'était une mauvaise idée de venir à Bucarest, Marie. »

C'est vrai : c'est elle qui a insisté pour découvrir la ville où il est né, où ses grands-parents vivent, où une révolution a eu lieu cet hiver. Il lui a dit qu'elle fantasmait et qu'il n'y avait rien à voir. Elle se lève.

« Allons boire quelque chose, s'il te plaît. »

Ils marchent en silence, lui devant, elle derrière, jusqu'à

un café proche avec des tables dans un jardin. Ils s'assoient à l'ombre d'un arbre. Quelques couples boivent de la bière. Le serveur passe à côté d'eux sans leur prêter attention.

« Pourquoi tu ne l'appelles pas, Alex ?

— Il nous a vus. On doit patienter. C'est comme ça, ici. »

Il semble en colère, pas contre le serveur qui les ignore mais contre elle qui ne comprend pas les coutumes de son pays. Elle se tait, malgré son irritation. Le passé d'Alex est un terrain miné où un simple mot d'elle peut provoquer l'explosion. Ils attendent un quart d'heure sans même se regarder, plus éloignés l'un de l'autre qu'ils ne l'ont été pendant toute cette année où ils ont été séparés par un océan. Le serveur finit par s'approcher de leur table. Il y a un rapide échange en roumain entre Alex et lui. Alex se lève.

« Tu as commandé un coca pour moi, Alex ?

— Ils ferment. On doit partir.

— Quoi ? On attend depuis une demi-heure ! Il n'en est pas question ! Je vais lui parler ! »

Alex la retient par le poignet. Ses doigts l'enserrent comme une pince en fer.

« Ils ferment parce qu'il n'y a plus rien à boire, Marie.

— Plus rien ? Qu'est-ce que tu veux dire ?

— Plus rien. Plus de coca, plus de jus de fruits, plus de bière, même plus d'eau. »

Il a l'air résigné. Elle se rend compte qu'il n'est pas fâché, mais triste. Ils sortent et marchent à nouveau en silence l'un derrière l'autre dans les rues étouffantes. En Roumanie, Alex a l'air roumain. Il a les mêmes cheveux noirs et les mêmes pommettes larges que ses compatriotes. Il n'est plus l'étranger exotique dont elle est passionnément amoureuse. Quand ils repassent devant la bibliothèque, elle

regarde les trous dans les murs. Impossible d'imaginer
quelqu'un mourir ici sous les balles. Sa gorge est en feu.
Ils entrent dans un autre café où la seule boisson à vendre
est une sorte de sirop à l'eau qu'Alex refuse qu'elle boive,
de crainte que l'eau ne soit pas purifiée. Dans le métro,
pendant une heure, ils ne disent pas un mot. Elle apprécie
le verre d'eau fraîche dès qu'ils arrivent chez ses grands-
parents.

Le lendemain, elle est contente de passer la journée à
manger et jouer aux cartes sans sortir du petit appartement
propre et presque frais, contrastant avec les rues poussiéreuses
du centre. La gentillesse du grand-père a quelque chose
d'apaisant, et elle dévore avec appétit tous les plats délicieux
qu'a préparés la grand-mère, comme si son estomac s'était
agrandi en trois jours. L'après-midi, Alex et elle se retirent
dans la chambre, désireux de dissiper la tension entre eux. Ils
sont en train de faire l'amour, Marie chevauchant Alex, quand
la grand-mère entre sans frapper. Elle continue à babiller sans
que le spectacle des deux corps nus la trouble le moins du
monde.

« Sors de cette chambre ! » hurle Alex en roumain.

Elle le fait, mais sans se presser. Alex repousse Marie,
roule sur le côté, se relève et se rhabille. Il a l'air furieux.
Marie est étourdie de désir et très gênée d'avoir été surprise
dans une position si obscène, mais se met à rire en revoyant
la grand-mère debout au pied du lit, bavardant sans aucun
embarras comme s'il était naturel d'assister à la fabrication
du bébé.

« C'était drôle, quand même.

— Non. Elle a toujours été comme ça. Elle ne respecte
pas l'intimité des autres. J'aime bien mon grand-père, il est
gentil, mais elle me tape sur les nerfs. Quand j'étais petit,

c'était pareil. Celle que j'aimais, c'était mon arrière-grand-mère.

— Celle dont tu portes le nom.

— Oui.

— De toute façon, ce n'est pas ta vraie grand-mère, puisque ta mère a été adoptée.

— En fait, on ne sait pas.

— Comment ça ?

— Une amie de mes grands-parents a dit autrefois à ma mère qu'ils étaient ses vrais parents. Elle aurait été conçue avant le mariage et sa mère aurait sauvé l'honneur en allant accoucher chez sa sœur à la campagne, en Bessarabie. Quand sa sœur a eu un accident de voiture, elle en aurait profité pour récupérer sa fille et l'adopter. »

Marie est éberluée. Elle n'arrive pas à imaginer la petite vieille répétant « *Papă, papă, papă!* » en héroïne romantique donnant secrètement naissance à un enfant au fin fond d'une campagne.

« Quelle histoire ! Mais alors, c'est sa mère ou pas ?

— Ma mère n'a jamais pu lui poser la question. Elle ne sait pas. C'est une des raisons pour lesquelles elle ne veut pas la revoir. »

Marie se rappelle avec gêne le moment où elle a demandé à sa belle-mère si elle comptait retourner dans son pays en touriste, maintenant que les frontières étaient à nouveau ouvertes. « Non », a répondu Helen sans une hésitation, le visage dur. Un regard d'Alex a signalé à Marie de ne pas insister. Pour Marie, l'attitude d'Helen était un mystère. Comment pouvait-on n'avoir aucune nostalgie pour son pays natal ? Comment pouvait-on en vouloir à ses parents au point de ne pas souhaiter les revoir une fois avant leur mort ? Helen leur téléphone et leur envoie régulièrement de l'argent et des médicaments, mais sa dévotion filiale s'arrête là. Marie commence à comprendre.

Le soir, ils vont rendre visite à l'amie d'enfance d'Alex, Pusha, qui habite toujours avec sa famille, ses parents et ses grands-parents dans la maison voisine de celle où Alex a vécu avec ses grands-parents et son arrière-grand-mère jusqu'à l'âge de cinq ans. Ils mangent les mêmes gâteaux, goûtent le même alcool de prune et portent les mêmes toasts à la santé de tous les membres de leurs familles respectives. La jeune femme allaite un bébé de quelques mois emmailloté comme une momie pour l'empêcher de sucer son pouce, qui a les joues pourpres à force de hurler et de tenter de bouger ses bras attachés. Comme toute sa famille et les grands-parents d'Alex, Pusha pense que la vie était meilleure sous les Ceauşescu. Avant, au moins, les Gitans n'envahissaient pas leur quartier. Ils approuvent la décision d'Iliescu, le nouveau président élu en mai avec une majorité de 85 % que l'Ouest a dénoncée comme une mascarade, d'envoyer les mineurs casser la tête des voyous de Bucarest. Alex essaie de leur expliquer que ces « voyous » sont en fait les étudiants et les intellectuels qui réclament la démocratie et refusent que la révolution soit escamotée.

« Ils feraient mieux de travailler au lieu de traîner dans les rues », conclut le grand-père de Pusha, approuvé par celui d'Alex.

Quand ils rentrent ce soir-là, Alex est profondément déprimé.

Le dernier soir, ils boivent un verre à l'hôtel Interconti-nental avec son meilleur ami de l'école primaire, Razvan, maintenant un grand jeune homme marié et père de deux petits garçons. En le regardant, Marie imagine ce qu'aurait été Alex s'il n'avait pas quitté son pays. Razvan et sa femme

se sont mis sur leur trente et un. Leurs vêtements en tissu
synthétique aux motifs multicolores et aux coupes asymé-
triques sont si laids qu'ils masquent la grâce de leurs
visages. La jeune femme aux cheveux trop jaunes leur parle
de ses sept avortements illégaux, de ses ruses pour obtenir
du lait en poudre au marché noir, et surtout de sa haine
pour son deuxième fils, âgé de six mois :

« Il est né le jour de la révolution. Je n'ai pas pu descendre dans la rue. L'événement le plus important de ma
vie, je l'ai raté à cause de ce bébé. Je sais que ce n'est pas sa
faute, mais je ne peux pas le lui pardonner. Je ne l'aime
pas. »

Elle a une telle candeur et ses yeux brillent d'un tel feu
qu'il est impossible de trouver cet aveu horrible. La liberté
nouvelle la rend folle de joie. Elle n'attend plus qu'une
chose : les passeports qui leur permettront, à son mari et à
elle, de franchir les frontières et de découvrir l'Europe de
l'Ouest, en laissant les enfants chez ses parents pendant
quelques mois. Ils ont réussi à économiser trois cents
dollars. Alex et Marie leur écrivent une lettre d'invitation
en France qui les aidera à obtenir leur visa, mais n'ont pas
le cœur de leur dire que le moindre problème avec leur
vieille Dacia sur la route leur coûtera plus cher que trois
cents dollars.

À l'aéroport de Bucarest, juste avant de reprendre
l'avion, ils se débarrassent de presque tous les cadeaux.
Ils vont voyager pendant deux semaines en Espagne et ne
peuvent pas porter un tel poids dans leur sac à dos. Aux
États-Unis, ils n'auront ni l'espace ni l'usage pour toutes
ces choses. La statue incroyablement lourde du *gamin* fait
un « ploc » sonore en tombant au fond de la poubelle
métallique. Ils rient. Le tapis vert, les pulls, les napperons,

les sandales, tous les objets fabriqués par la grand-mère ou achetés avec les économies d'une vie suivent le même chemin. C'est un geste violent, mais il n'y a pas de place ici pour la sentimentalité. L'Ouest s'envole en laissant l'Est au fond d'une poubelle.

« Je suis content de partir, dit Alex.

— Moi aussi. Mais ils me manquent déjà, ton grand-père avec ses jeux de cartes et ta grand-mère avec ses gâteaux. *Papă, papă, papă!* Peut-être qu'on ne les reverra pas. »

Il hausse les épaules.

« Peut-être. »

CHAPITRE 11

1958

GUERRE ET PAIX

Elena sursauta sous le coup de la douleur. Eugenia pin-çait son bras nu.

« Aïe ! Mais qu'est-ce qui te prend ?

— Tu dors, Lenoush ? C'est ton tour ! »

Elle entendit distinctement son nom sortir d'un haut-parleur qui grésillait et l'écho résonner dans tout l'amphi-théâtre. « Tiberescu, Elena ! »

Elle bondit et se glissa vers le bout de la rangée en pre-nant garde de n'écraser aucun orteil. Parvenue dans l'allée, elle se hâta vers l'estrade, tandis que le haut-parleur cra-chait son nom pour la troisième fois. Elle aurait voulu dis-paraître sous terre. Ses parents et sa grand-mère, assis au fond de l'amphithéâtre avec les familles, se demandaient sûrement ce qui lui était arrivé. Elle ne s'était pas endormie mais rêvait éveillée. De Jacob et de leur longue promenade le samedi précédent au parc Floreasca. Il faisait si beau qu'il avait suggéré de louer une barque. Elena n'était jamais montée dans un bateau avec ses parents. Jacob lui avait appris à ramer. Ils avaient laissé la barque dériver pendant qu'ils bavardaient en se regardant. Comment était-il pos-sible d'être plus heureuse ? Elle avait le meilleur ami du monde et obtenait aujourd'hui son diplôme, à vingt-deux ans, avec les meilleures notes possible.

Elle grimpa les marches de l'estrade où M. Nenitescu, le doyen du département de chimie, était assis derrière une large table couverte d'une nappe verte et chargée de piles de dossiers. Les épaules courbées, vêtu d'un costume gris, il tenait entre ses mains le dossier portant le nom d'Elena. C'était un vieux monsieur de plus de soixante ans, petit, avec des cheveux blancs et des lunettes aux verres épais. Au lieu de lui remettre son diplôme avec les félicitations habituelles, il passa quelques minutes à lire et fronça les sourcils. Il n'y avait pourtant rien à redire. Elle était première dans toutes les matières. Elle avait obtenu dix sur dix à l'examen final et dix sur dix à son projet de fin d'études, la description d'un processus chimique basé sur l'aspirine. Elle était la seule étudiante à avoir obtenu deux dix.

« On vous envoie à Giurgiu, finit par articuler le doyen en haussant les sourcils et en la regardant par-dessus ses lunettes.

— Oui, monsieur. »

Elle avait appris la nouvelle une semaine plus tôt. Son stage serait à l'usine de sucre de Giurgiu. Travailler en usine ne l'enchantait guère. Mais Giurgiu, heureusement, n'était qu'à une centaine de kilomètres au sud de Bucarest. S'il fallait passer un an loin de sa famille et de Jacob, mieux valait un endroit suffisamment proche pour qu'elle puisse rentrer chez elle le week-end.

La tête levée vers elle, le doyen l'examinait des pieds à la tête. Elle remarqua la touffe de poils blancs qui sortait de ses oreilles. Le regard du vieillard la mettait mal à l'aise.

« Pourquoi donc vous envoie-t-on dans une usine de

sucre ? s'exclama-t-il d'une voix tonitruante. Vous êtes assez appétissante comme ça ! »

Il y eut un silence de trois secondes avant que l'amphithéâtre entier explose de rire. Le doyen semblait satisfait de son petit effet. Elena rougit violemment et se mordit les lèvres pour ne pas éclater en sanglots. Elle réussit à esquisser un sourire. Elle n'avait jamais entendu le sévère doyen se livrer à une seule plaisanterie. Elle ne pouvait croire qu'il faisait rire l'assistance à ses dépens. Elle regretta d'avoir mis sa robe de taffetas noir. Jamais ses épaules n'avaient été aussi nues. Heureusement que Jacob n'assistait pas à son humiliation. Elle lui avait demandé de ne pas venir aujourd'hui, certaine que son père, sans l'avoir jamais rencontré, le repérerait parmi la centaine de jeunes hommes présents dans l'amphithéâtre. Elle prit le diplôme des mains du doyen, fit une petite révérence en tremblant et descendit les marches sans regarder personne, les yeux baissés.

Mais ce que Jacob avait à lui dire le lendemain midi à l'élégant restaurant Capşa où il l'avait invitée pour célébrer son diplôme était infiniment pire.

« Elena, j'ai reçu un coup de fil de ton père.

— De mon père ? »

Elle ne pouvait imaginer le moindre contact entre les deux hommes. Ils appartenaient à deux planètes différentes. Comment son père avait-il obtenu le numéro de Jacob ? Avait-il regardé dans l'agenda de sa fille ? Cette indiscrétion la choqua.

« Il me demande de te laisser tranquille. »

Elle pâlit. « Pourquoi ?

— Tu le sais. Parce que je suis juif. »

Le serveur s'approcha et prit leur commande. Elle n'avait plus d'appétit et choisit le même plat que Jacob. Sa main droite jouait machinalement avec une fourchette. Jacob la fixait de son regard noir, intense et doux.

« Elena, tu veux que je te laisse tranquille ? »

Des larmes coulèrent silencieusement sur ses joues.

« Jacob ! Sans toi je me sentirais si seule ! »

Il lui prit la main et la serra. Ils se regardèrent. Elle réussit à sourire.

« J'ai fini le premier volume de *Guerre et Paix*.

— Déjà ! Je te l'ai donné samedi dernier, Lenoush. Tu lis vite !

— Il n'y avait pas de travail cette semaine, juste les préparatifs de la remise des diplômes. »

Elle se rappela soudain l'incident avec le doyen et le lui raconta. Jacob rit.

« Tu ne trouves pas que c'est insultant ?

— Non. Je pense que le vieux bonhomme doit être un peu amoureux de toi. Par ailleurs, il a raison. Tu es bien trop délicieuse pour qu'on t'envoie à Giurgiu ! »

Après déjeuner, il lui proposa une promenade au parc Cişmigiu. Il faisait encore plus chaud que le samedi précédent, mais ils n'avaient pas le temps de louer une barque : elle devait rentrer avant cinq heures. Ils marchaient main dans la main autour du lac et parlaient de *Guerre et Paix*. Elena avait hésité à commencer le roman de deux mille pages, alors qu'elle avait dévoré *Anna Karenine*. Elle n'aimait pas le titre et craignait que le sujet ne l'ennuie. Mais la guerre vue par les yeux du prince André Bolkonsky lui semblait fascinante. Il n'y avait pas un seul livre que Jacob lui avait prêté jusque-là qu'elle n'eût pas aimé. Il lui avait fait découvrir les géants de la littérature russe, Pouchkine, Gogol, Tolstoï, et le plus grand d'entre tous, Dostoïevski. Il l'avait emmenée voir des pièces de Tchekhov à l'Athénée.

Jacob avait tout lu, la littérature et la poésie du monde entier. Il avait fait ses études dans un lycée normal et étudié les humanités comme les sciences. Elle n'avait jamais rencontré personne d'aussi cultivé et n'arrivait pas à comprendre pourquoi il perdait son temps avec une ignorante comme elle. Il la trouvait jolie — il aimait son visage, ses pommettes larges et ses grands yeux, et même ses cheveux frisés qui lui rappelaient, disait-il, les peintures des primitifs flamands —, ce qu'elle avait déjà du mal à concevoir : il y avait tant de filles plus jolies qu'elle, et il était si beau ! Mais aussi, il semblait ne jamais s'ennuyer avec elle. L'aisance qu'elle avait éprouvée le premier soir s'était confirmée à chacune de leurs rencontres. Depuis mars, ils se retrouvaient presque chaque samedi pour aller au cinéma, écouter un concert ou se promener. Pendant toute la semaine, Elena pensait à lui et anticipait leur conversation du samedi. Il lui demandait si elle voulait qu'il la laisse tranquille ? Elle ne pouvait plus imaginer sa vie sans lui. Il lui semblait que sa vie d'avant était une vie morte.

Alors qu'ils marchaient dans une allée déserte conduisant à l'entrée du parc, il passa le bras autour de sa taille. Elle s'appuya contre lui. Le contact de leurs corps la fit frissonner. La minute suivante, il mit sa main sous le menton d'Elena et tourna sa tête vers lui. Elle sut qu'il allait l'embrasser, ce qu'il n'avait jamais tenté en trois mois. Elle était prête. Pendant le déjeuner, quand il lui avait demandé s'il devait la laisser tranquille, quelque chose en elle avait cédé, comme une barrière intérieure. C'était la première fois qu'elle pleurait pour lui.

Elle ferme les yeux, la tête levée comme les héroïnes de ces romans à l'eau de rose qu'elle lisait à quatorze ans. Les lèvres de Jacob sont contre les siennes. Elle frémit. La langue de Jacob pointe et pénètre doucement l'intérieur de ses lèvres. Elle le laisse faire, la bouche entrouverte. Ils sont immobiles au milieu de l'allée, debout l'un en face de l'autre sans presque se toucher, pris d'un tremblement violent. Elle sent un feu se répandre dans son corps. Ils entendent les aboiements d'un chien. Des gens s'approchent. Le visage de Jacob se sépare du sien. Ils reprennent leur marche lentement, en se tenant le bras. C'est leur premier baiser.

Le samedi suivant, Elena s'apprêtait à sortir pour retrouver Jacob quand son père l'arrêta dans le couloir.

« Où vas-tu ?

— À l'Athénée, écouter la troisième Symphonie de Rimski-Korsakov.

— Avec ce Jacob ? »

Elle rougit. « Oui.

— Je ne veux pas que tu sortes. Tu restes ici et tu aides ta grand-mère à faire la lessive.

— Mais...

— Appelle ce garçon tout de suite et dis-lui de venir déjeuner demain. J'ai à lui parler. »

Horrifiée, elle fit demi-tour vers la chambre de ses parents, son père sur ses talons. Il était très rare qu'il lui donnât un ordre. Désobéir eût été inconcevable. Au domicile de Jacob, quelqu'un répondit. Elle espéra qu'il serait déjà sorti. Mais il se trouvait dans sa chambre. Elle l'informa qu'elle ne pouvait pas venir au concert.

« Tu es malade ? demanda-t-il avec inquiétude.

— Non. Pourrais-tu venir déjeuner demain, chez moi, avec mes parents ? »

Elle parlait d'une voix neutre, presque froide. Il y eut un silence.

« Tu n'es pas seule dans la pièce, Lenoush ?
— Non, murmura-t-elle.
— Je viendrai avec plaisir. Remercie ton père de ma part.
À quelle heure ? »
À midi pile, il sonnait à la porte. Elle alla lui ouvrir. Il
portait son plus beau costume — celui de la fête en mars,
beaucoup trop chaud pour la saison actuelle — et tenait une
bouteille de feteasia alba de Cotnari qu'il avait dû payer
cher, parce que Elena lui avait dit que sa mère aimait le vin
sucré. Il avait l'air très à l'aise, interrogeant les parents sur
leurs vies professionnelles et félicitant Bunica sur l'exquis
ghivetch de légumes qu'elle avait préparé pour le déjeuner.
Il n'était pas du genre à se laisser intimider. L'admiration
d'Elena s'en accrut. Même son père semblait apprécier la
culture du jeune homme. Sa mère lui souriait, remplissait
son assiette, flirtait presque avec lui. Quand sa grand-mère
servit les verres de café mazagran glacé, délicieux par cette
chaleur, son père aborda enfin le sujet pour lequel il avait
convié Jacob.

« Où se trouve votre famille ?
— En Israël », répondit Jacob tranquillement, en souriant à Elena qui le regardait avec inquiétude.

Elle savait qu'un duel venait de commencer. Elle se rappelait les pièces de Corneille dont Mme Weinberg lui réci-
tait autrefois des tirades. Il ne pouvait y avoir de fin heureuse.

Jacob raconta brièvement l'histoire de sa famille. Ses
parents avaient émigré en Palestine en 1948. Comme il
entrait à l'université, il avait décidé de rester à Bucarest
pour y faire ses études d'ingénieur. Mais ensuite la frontière
s'était fermée. Il n'avait pas vu ses parents et ses frères
depuis dix ans.

« C'est horrible ! s'exclama Bunica. Vous n'avez personne ici pour s'occuper de vous ? »

Le père d'Elena regarda Bunica, la sommant de cesser son babillage, puis reprit calmement :

« Vous êtes juif, Jacob. Nous sommes chrétiens. Vous êtes né juif, nous sommes nés chrétiens, aucun de nous n'a choisi, c'est comme ça. Les chrétiens et les Juifs ont une longue histoire difficile. Je ne suis pas antisémite. Elena pourra vous dire que j'ai de nombreux collègues et amis qui sont juifs. Le lycée technique où j'ai mis Elena était surtout fréquenté par des Juifs. Nous vivons avec une famille juive. Nous les respectons. Ainsi, ne croyez pas que ce que je vais vous dire soit contre vous. Je pense seulement à ma fille.

— Bien sûr. Je vous comprends.

— Vous voulez faire son malheur ?

— Pourquoi ferais-je son malheur ?

— Parce qu'il est clair qu'un jour vous partirez en Israël. Vous aurez plus d'opportunités dans un pays qui est celui des Juifs. Vous voudrez revoir votre famille. Vous voudrez que vos enfants connaissent leurs grands-parents et grandissent avec leurs cousins. Vous ne voudrez pas que quiconque puisse les montrer du doigt et dise : "Ce sont des Juifs." Vous ne le savez pas encore, Jacob, mais j'en suis sûr : vous irez en Israël. Moi, je pense à ma fille, ma Lenoush. Je ne pense ni à moi ni à sa mère et sa grand-mère qui auront le cœur brisé si elles perdent leur fille et petite-fille unique. S'il s'agissait de la rendre heureuse, nous serions prêts à tous les sacrifices. Non. Je pense à ma petite fille roumaine qui a grandi dans un pays civilisé et fréquenté les meilleures écoles. C'est une fille de la ville. Elle a l'habitude d'aller au théâtre et au concert. Toutes ses amies sont ici. Qu'ira-t-elle faire dans un désert ? Quelle sera sa place dans un pays dont elle ne parle pas la langue et ne partage pas la religion, quand la religion est précisément le ciment de ce pays ? »

Appuyé contre le dossier de sa chaise, Jacob laissait parler le père d'Elena sans l'interrompre, tout en tirant de longues bouffées sur sa cigarette. Elena sentait dans son propre corps la tension émanant du jeune homme. Ce qu'elle éprouvait ne pouvait se décrire. De sa vie elle n'avait jamais été aussi malheureuse. Elle n'arrivait pas à croire qu'elle soumettait un homme qu'elle aimait à une attaque aussi féroce. C'est elle qui avait attiré Jacob dans ce traquenard, pour le regarder se faire déchirer vivant par les griffes de son père. Elle écoutait ce dernier et entendait pour la première fois des idées qui ne lui étaient jamais venues à l'esprit. Il y avait un pays là-bas, loin à l'est. Israël. Elle ne savait rien sur ce pays sinon que c'était, comme le disait son père, un désert. Même si Jacob était né en Roumanie, même s'il avait grandi ici, son vrai pays, c'était Israël. Un jour, il voudrait rejoindre son peuple. Oh, elle n'hésiterait pas à le suivre au bout du monde. Elle n'avait pas peur du désert, de la chaleur, du froid, des scorpions, du manque de confort et de la langue inconnue. Mais sa grand-mère la regardait maintenant avec une telle tristesse, semblait l'accuser d'une telle trahison, qu'elle n'osait plus lever les yeux. Quelle sorte de fille était-elle donc ? Depuis que ses parents adoptifs l'avaient recueillie après la mort de sa mère, ils n'avaient pensé qu'à une chose : son avenir. Pendant toutes ces années où ils avaient dû se déplacer de ville en ville, ils avaient toujours trouvé pour elle la meilleure école, la meilleure nourriture, et les vêtements les plus chauds. Elle était leur priorité. Encore aujourd'hui. Dès que sa mère avait réussi à économiser quelques sous, elle achetait un coupon de tissu pour une nouvelle robe destinée à sa fille. Et elle n'hésiterait pas à briser le cœur de tels parents, pour un homme par qui elle voulait être encore touchée et embrassée ?

Elle ne savait pas depuis combien de temps ils se trouvaient dans le salon. Maintenant, tout le monde parlait en même temps, son père, Jacob, sa mère. Sa grand-mère et sa mère pleuraient. Elena était la seule à ne pas verser de larmes et à ne pas ouvrir la bouche. Elle évitait le regard de Jacob. Elle gardait les yeux baissés. Les voix s'échauffaient. Elena n'aimait pas le tour enflammé que prenait la conversation. Jacob avait d'abord tenté de calmer les inquiétudes de son père. Il lui avait dit qu'il n'avait aucune intention d'émigrer en Israël et ne pratiquait pas la religion juive. Il était juif de naissance, en effet, mais cela ne l'empêchait pas de vivre en Roumanie, d'y gagner sa vie comme n'importe qui, de tomber amoureux d'une Roumaine, d'avoir une famille roumaine, d'être roumain. Ses mots devenaient de plus en plus provocateurs devant l'hostilité du père d'Elena, furieux que Jacob résiste à des arguments pourtant rationnels et humains.

« Je vous ordonne de laisser ma fille tranquille ! finit par hurler M. Tiberescu. Je suis son père ! J'ai un droit sur elle ! C'est encore moi qui décide de ce qui vaut mieux pour elle ! Vous m'entendez ? »

Jacob pâlit. Il se leva.

« Pardonnez-moi, monsieur Tiberescu. Je suis sûr que vous agissez dans ce que vous croyez être l'intérêt de votre fille. Mais nous ne sommes plus au XIXᵉ siècle. Dans ce genre d'affaires, il n'y a que deux personnes aptes à décider de ce qui vaut mieux pour elles : votre fille et moi. Si Elena me demande de la laisser tranquille, elle ne me reverra pas. »

Tout le monde tourna la tête vers elle. Elena crut qu'elle allait s'évanouir. Ces paroles, c'étaient celles du héros qui se transperce lui-même de son épée pour ne pas être tué par l'adversaire.

« Elena! Dis-lui de te laisser tranquille! » hurla son père en la dévisageant.

Sa mère pleurait bruyamment et tenait d'une main, contre son nez, un large mouchoir brodé déjà trempé de larmes, portant l'autre main à sa poitrine comme si elle ne pouvait plus respirer. Sa grand-mère la fixait de ses yeux tristes. Toute ratatinée, accablée, Bunica avait l'air si vieille et vulnérable qu'elle semblait avoir pris dix ans en une heure.

« Elena, a-t-on jamais rien fait qui ne soit pas pour toi? Comment peux-tu ainsi torturer ton père qui se sacrifierait pour toi? demanda sa mère d'un ton théâtral.

— Oh, Elena, Elena! » sanglotait sa grand-mère.

Elle était paralysée. Elle avait l'impression de se tenir au bord d'un abîme où la terre s'affaissait sous ses pieds. Elle voulait résister, s'accrocher à quelque chose, mais il n'y avait aucune branche autour d'elle et la terre glissait inéluctablement, l'emportant vers le vide. Elle mit ses mains sur ses tempes. Elle avait si mal à la tête qu'elle était sûre que son cerveau allait exploser. Elle était épuisée et ne voulait qu'une chose : effacer ce déjeuner, les trois derniers mois, la fête où elle avait rencontré Jacob. Revenir au temps où tout allait bien. Elle se leva.

« Va-t'en, s'il te plaît », dit-elle d'une voix faible.

Elle courut dans sa chambre. Jacob se dirigeait déjà vers la porte d'entrée, seul. Elle le rattrapa sur le perron juste avant qu'il descende les marches.

« Jacob! »

Il leva la tête et il y eut dans ses yeux une telle lueur d'espoir et de joie qu'elle se figea. Il vit les quatre volumes de *Guerre et Paix* qu'elle tenait dans ses mains. La lueur s'éteignit.

« Tu n'as pas fini, Elena. Garde-les. »

Elle secoua la tête en lui tendant les livres, incapable d'articuler un son, le suppliant muettement de les prendre. Il obéit. Elle ne put supporter l'expression de ses yeux. Elle fit demi-tour et rentra, fermant la porte derrière elle. Elle sentait une douleur aiguë, comme si on lui écrasait la tête entre deux pinces d'acier jusqu'à ce qu'elle perde conscience.

CHAPITRE 12

1992-1993

ON A TOUJOURS BESOIN
D'UN DOCTORAT

Helen prend son courage à deux mains et compose le numéro du Connecticut. Elle vient de rentrer du bureau et n'a même pas encore ôté son tailleur. Elle n'appelle jamais Alexandru et Marie, à moins qu'elle n'ait entendu à la télévision l'annonce d'une tempête de neige et ne souhaite les en avertir. Elle a horreur de faire intrusion dans la vie de quiconque et encore plus dans celle de son fils et de sa belle-fille. Mais elle n'a pas le choix. Depuis qu'elle a ouvert l'enveloppe hier, elle ne cesse d'y penser. Elle n'a pas dormi de la nuit. Elle n'a pas appelé hier soir, sachant qu'Alexandru passe la nuit du mardi à Cambridge. Jacob se chargerait du coup de fil s'il était là, mais il a été retenu au bureau par une réunion. Ça ne peut pas attendre.

« Allô ? répond Marie d'une voix absorbée qui donne à Helen l'impression d'appeler au mauvais moment.

— C'est Helen. Je suis désolée de te déranger, Marie...

— Vous ne me dérangez pas. Je travaille, mais ça va. Merci encore pour la chemise de nuit. Elle est si douce ! Je la porte en ce moment.

— De rien, répond Helen d'une voix crispée. Alexandru est là ?

— Il n'est pas encore rentré. Vous voulez que je lui dise de vous rappeler ?

— Oui. C'est... c'est important.

— Qu'est-ce que c'est ?

— Il a reçu une lettre, dit Helen d'un ton hésitant. Je ne suis pas du genre à lire son courrier, Marie, tu me connais, mais je n'ai pas fait attention au prénom et j'ai ouvert l'enveloppe en croyant que c'était pour nous. Et... »

Sa voix s'étrangle.

« Helen ! De quoi s'agit-il ? Vous pouvez me le dire !

— Oh, Marie ! » Elle pousse un soupir. « C'est une lettre d'une agence de recouvrement.

— Une agence de quoi ?

— De recouvrement. Ce sont les agences chargées de récupérer l'argent quand on n'a pas payé ses factures. Elles ont le pouvoir de vous envoyer en prison. Alex... Alexandru n'a pas payé ses factures, il a des dettes, il...

— Je vais le lui dire dès qu'il rentrera, Helen. Il a dû oublier. Ça lui arrive souvent. Il est très distrait pour ce genre de choses. Parfois il est convaincu d'avoir payé une facture et le mois suivant on reçoit la facture avec le montant du mois précédent et en plus des intérêts et une amende ! C'est frustrant. »

La nonchalance avec laquelle Marie avoue l'irresponsabilité d'Alexandru rentre des aiguilles sous la peau d'Helen.

« Dis-lui de payer tout de suite, Marie. C'est très dangereux ! Que mon fils ait des dettes ! Je ne l'ai pas élevé comme ça ! Il pourrait être expulsé de ce pays !

— Expulsé, vraiment ? »

Après avoir raccroché, Helen va fumer dans le jardin. C'est la mi-octobre et l'air est frais le soir, mais elle ne sent pas le froid, même sans son châle. Elle ne voit pas non plus les potirons sculptés qui illuminent le jardin des voisins polonais, ni les feuilles rousses qui s'accumulent dans le leur et qu'il faudra ratisser le week-end prochain. Elle voit la police débarquant chez son fils, le menottant, révoquant sa nationalité, l'expulsant — où ? En Roumanie ? En Israël ? Quand Jacob rentre, ses paroles raisonnables ne suffisent pas à apaiser l'angoisse d'Helen. Elle se demande si Marie pensera à transmettre son message. Elle n'ose pas rappeler. Elle se prépare à une deuxième nuit sans sommeil, mais le téléphone finit par sonner à dix heures. Alexandru. Il parle d'une voix mûre et réfléchie.

« Le risque n'est pas de se faire expulser, maman, mais de ne plus pouvoir contracter un emprunt bancaire. Ce serait très embêtant. Je n'ai jamais reçu cette facture. Donne-moi l'adresse. Je vais envoyer un chèque tout de suite. Oui, dès que je raccroche. »

Il semble conscient du danger. Helen sent le monde se ressouder, former à nouveau un tout compact, cohérent et solide, auquel elle peut s'agripper sans qu'il se délite entre ses doigts. Son fils, futur docteur en économie et élève de l'ancien président du groupe des conseillers économiques de Reagan, sait évidemment ce qu'il fait. Elle est folle d'avoir eu si peur.

Ses sombres prémonitions ont été démenties. Alexandru et Marie sont mariés depuis plus de deux ans et leur vie s'est fixée aux États-Unis. Marie a trouvé un poste dans le Connecticut et ils ont déménagé dans une maisonnette à cinquante mètres de la mer et dix minutes en voiture de l'université où elle enseigne. Helen regrette Cambridge où elle a passé les meilleurs week-ends de sa vie pendant les dix ans où son fils y a vécu comme étudiant puis comme journaliste, mais maintenant qu'Alexandru et Marie habitent beaucoup plus près du New Jersey, à deux heures de voiture au nord, il est possible de leur rendre visite pour la journée et de les emmener déjeuner au restaurant sans les déranger plus longtemps. Helen se flatte d'être une belle-mère discrète. Elle offre à Marie des cadeaux soigneusement choisis dans des boutiques françaises de Madison Avenue. Sa maison est toujours ouverte à son fils et à sa belle-fille. Chaque fois qu'ils viennent dans le New Jersey, Helen passe des heures à cuisiner et les renvoie chez eux avec des provisions pour les nourrir une semaine. Elle a remarqué que sa belle-fille préférait lire, écrire, ou se promener le long de la mer que s'occuper de la maison. Helen ne la juge pas ; elle essaie simplement d'aider. Elle leur a acheté une couette très chaude, parce qu'il fait froid chez Alexandru et Marie qui, par souci d'économie, laissent le thermostat bas. « Vous ne risquez pas de tomber malades ? » a demandé Helen d'un ton soucieux le jour où sa belle-fille lui a dit en riant que l'hiver elle devait mettre un bonnet et des gants quand elle passait la journée assise à son bureau. « Au contraire, a répondu Marie. On s'habitue au froid. C'est très sain. » Helen offrirait volontiers de payer la facture de chauffage, si elle ne craignait de vexer son fils et sa belle-fille.

Mais sa principale raison de se réjouir, c'est qu'Alexandru a repris ses études. Il y a un an et demi, il a obtenu un Master, et ses professeurs lui ont proposé de s'inscrire dans un programme accéléré de doctorat : encore six mois et il sera docteur en économie. Ses parents paient ses frais d'inscription. Cette dépense importante les force à quelques sacrifices maintenant que Jacob, pour des raisons de santé, a décidé de prendre sa retraite en juin et que leur revenu en sera diminué : ils n'ont acheté ni le réfrigérateur ni la chaîne hi-fi qu'ils convoitaient et ont renoncé à leur voyage en Italie — à Florence et Venise qu'ils n'ont jamais vues — ainsi qu'à leur abonnement aux concerts philharmoniques du samedi à Carnegie Hall. Mais c'est sans importance. À peine Alexandru leur parle-t-il de sa thèse et de ses professeurs qui fréquentent les grands de ce monde que le cœur d'Helen s'épanouit. À trente ans, son fils atteint enfin le but auquel elle a aspiré pour lui les trente dernières années.

*

Marie est en train d'écrire face à la fenêtre qui donne sur le carré vert vif du jardin et les buissons des voisins qui se couvrent de fleurs, quand le téléphone sonne. Elle est étonnée d'entendre sa belle-mère, qui n'appelle que rarement. D'une voix craintive, Helen lui demande des nouvelles d'Alex. Il vient de passer deux mois alité à cause d'une pneumonie. Il n'a pas joint ses parents depuis dix jours et Helen, inquiète, souhaite s'assurer qu'il est rétabli.

Il l'est. Après les deux mois de maladie, Alex et Marie recommencent enfin à vivre et à s'aimer. L'arrivée du printemps rend possible de s'allonger nu sur un lit sans frissonner au contact d'une paume glacée. Pour les trente ans de Marie, il y a trois jours, Alex lui a préparé une surprise : il l'a emmenée dîner dans un restaurant français de Manhattan où les plats étaient servis sous des cloches d'argent. C'est là qu'ils ont convenu d'arrêter la pilule et de faire un bébé, et qu'Alex lui a annoncé une importante décision : au lieu de terminer sa thèse, il va chercher du travail maintenant. Marie est certaine qu'Alex n'a pas encore informé ses parents de ce changement de programme. Ils sont concernés, puisqu'ils paient depuis trois ans des frais d'inscription universitaire très élevés. Elle se sent tenue de mettre Helen au courant.

« Alex vous a dit qu'il cherchait du travail ? À New York, sans doute.

— Ah. » La nouvelle ne semble pas réjouir Helen particulièrement. « Il a fini sa thèse ? ajoute-t-elle timidement.

— Non, mais dans son domaine, c'est l'expérience qui compte. Il vaut mieux qu'il trouve du travail le plus vite possible. »

Helen ne répond pas. Marie devine les pensées qui traversent l'esprit de sa belle-mère — les mêmes qui lui sont venues quand Alex, au restaurant, lui a dit qu'il n'avait pas besoin d'un doctorat, de la voix pleine d'assurance avec laquelle il avait déclaré deux ans plus tôt que le doctorat n'était qu'un bout de papier, mais qui impressionnait les gens et ouvrait les portes. Il semblait se contredire.

« Helen, ne croyez pas qu'il renonce parce qu'il a été malade et n'a pas le courage de s'y remettre. Sa thèse est presque finie. En un mois il pourrait la boucler. Mais pendant ses deux mois au lit, il a eu le temps de réfléchir : il a compris que ça ne servait à rien et qu'il perdrait même un temps précieux, parce qu'il vaut mieux chercher du boulot tout de suite qu'à l'automne. Il y aura plus d'opportunités maintenant. Helen ? Vous m'entendez ? »

Helen se met à pleurer. C'est la deuxième fois seulement que Marie entend pleurer sa belle-mère. La première fois, c'était lors de la crise cardiaque de Jacob il y a quatre ans. Marie sait qu'Helen panique vite et a tendance à dramatiser — en octobre, en ouvrant par erreur une lettre d'une agence de recouvrement adressée à Alex, elle a vu son fils expulsé des États-Unis — mais cette réaction disproportionnée la stupéfie et l'effraie. Elle craint qu'Alex ne la blâme d'avoir pris l'initiative de parler à sa mère.

« Marie, il faut qu'il finisse sa thèse ! Dis-le-lui !

— Alex est un adulte, Helen. Faites-lui confiance !

— J'ai toujours cru qu'il aurait un doctorat. C'était mon espoir. J'aurais été si fière de lui ! C'est pour ça qu'on a émigré aux États-Unis, qu'on a payé ses études à l'université, qu'on l'a envoyé à Harvard. Son père et moi voulions qu'il obtienne le meilleur diplôme possible. Il est si intelligent ! Il pourrait faire n'importe quoi ! »

Marie se rappelle ce qu'Alex lui a dit un jour : il aurait préféré étudier dans une petite université du New Hampshire qui lui octroyait une bourse. Mais il avait été accepté à Harvard : le rêve de ses parents.

« Helen, écoutez-moi : si Alex avait besoin d'un doctorat, il terminerait sa thèse tout de suite. Mais le titre de docteur en économie ne lui servirait que s'il voulait devenir professeur. Il ne veut pas enseigner, mais travailler dans le privé. »

Helen sanglote au bout du fil. Il est clair qu'elle est convaincue que tout est la faute de Marie.

« Oh, Marie, tu ne comprends pas. Tu ne peux pas comprendre. On a toujours besoin d'un doctorat. J'ai honte pour mon fils, honte qu'il n'ait même pas un diplôme égal à celui de sa femme. Ce n'est pas ainsi que je l'ai éduqué. »

CHAPITRE 13

1958

À LUI JE DOIS CE CŒUR
OÙ EST NÉE LA PITIÉ

Mme Tiberescu entra dans la petite chambre où Elena était assoupie à trois heures de l'après-midi et s'assit au bord de son lit.

« Comment va ton mal de tête, Lenoush ?

— Pareil.

— Tu aurais dû sortir avec moi au lieu de rester enfermée. Je te l'avais dit. Tu as besoin d'air frais. Et c'est distrayant de faire des courses. Regarde ce que j'ai trouvé. »

Sa mère alluma la lampe de chevet. Elle parlait du ton joyeux qui annonce une surprise. Elena cligna des yeux et s'assit sur son lit. Sa mère sortit de son sac une grande pièce de tissu brillant, couleur pêche.

« Tu sais ce que c'est ? »

Elena secoua la tête.

« De l'organdi ! Cinq mètres ! Une trouvaille. Très cher, crois-moi. Deux autres femmes se battaient pour l'avoir. Mais tu me connais. Quand je veux quelque chose, je suis une tigresse. Tu devines ce qu'on va faire avec ?

— Une robe, dit Elena avec un faible sourire.

— Pour le mariage de Monica !

— Je croyais que la robe en taffetas ferait l'affaire puisque le mariage a lieu en septembre ?

— J'ai changé d'avis. Tu es témoin de la mariée, Lenoush. Tu dois porter quelque chose de nouveau et de splendide. Je veux que tous les hommes te regardent. »

Elena rougit. Bien sûr, voilà la vraie raison de cette robe. Lui trouver un mari convenable.

« Je suis passée chez Vera avant de rentrer. Elle m'a donné ce numéro de *Marie Claire*. Elle suggère ce modèle-ci, regarde. Il est très amincissant grâce au haut qui moule la taille jusqu'aux hanches et à la jupe évasée qui arrive aux chevilles. Vera fera de petites manches ballons avec de la mousseline orange, et un décolleté rond. Tu seras splendide. Cette couleur pêche va à ravir avec tes cheveux. Tu es contente ?

— Oui, maman. Très contente.

— Sur quel ton tu me réponds, Lenoush ! On dirait une martyre ! Ton attitude en ce moment est vraiment lassante. Ton père a raison : on t'a trop gâtée. Fais un effort. Il y a des limites à notre patience. »

Elena pâlit.

« Je suis fatiguée, maman. C'est normal. Je viens de finir cinq années d'études où j'ai travaillé tous les jours de la semaine et du week-end, tous les dimanches, toutes les fêtes, même le jour de Noël. J'ai besoin de me reposer un peu, et ce mal de tête s'en ira.

— Je sais que tu as travaillé dur, ma pauvre chérie. Ces vacances à Mangalia te feront du bien. Heureusement qu'on part vendredi. Maintenant, sois gentille. Appelle Monica, va te promener avec elle au parc Cişmigiu. »

Le nom du parc fit frémir Elena comme une craie crissant sur un tableau noir.

« Monica est trop occupée avec les préparatifs de son mariage.

— Alors Eugenia.

— Elle est partie à Sinaia.

— Alors je ne sais pas, la fille qui habite en face, Valentina?

— Elle travaille. »

Mme Tiberescu fit la moue comme si sa fille faisait exprès de la contrarier. Elena se leva.

« Je vais aller me promener au parc toute seule, maman. C'est une bonne idée.

— Oui! Tu verras, ça te fera du bien. »

Le visage de sa mère se détendit. Elena mit ses sandales, prit son sac et son chapeau de soleil, et quitta la maison. Elle ne se dirigea pas vers l'arrêt de tram. L'idée de se retrouver enfermée dans un petit espace près de gens qu'elle risquait de connaître et qui voudraient bavarder lui était insupportable. Elle tourna à gauche, puis à droite, mettant un pied devant l'autre sans rien voir autour d'elle. Elle passa devant son ancien lycée sans s'en rendre compte. Au bout d'une heure de marche le long des rues Toamnei, Popa Petre, Vasile Lascar et Batiştei, elle atteignit le parc Cişmigiu. C'était un mardi, mais avec les vacances et le soleil étincelant, le parc était rempli d'enfants. Perdue dans ses pensées, elle ne les voyait pas, ne savait même pas s'il faisait froid ou chaud. Elle s'assit sur un banc à l'ombre d'un arbre, non loin du lac où de jeunes couples et des familles voguaient dans des barques et ramaient en riant — comme elle l'avait fait dans une autre vie.

Elle rougit à l'idée que son père la critiquait dans son dos. Se comportait-elle vraiment en enfant gâtée? Le reproche lui semblait injuste et cruel. Elle avait rompu avec

Jacob comme ses parents l'avaient exigé. Elle aidait à la
maison et ne pleurait jamais devant eux. Qu'y pouvait-elle
si elle n'avait aucun désir de s'amuser ni de voir qui que
ce soit? La seule chose qu'elle avait envie de faire, c'était
de s'allonger et dormir. Depuis trois semaines elle avait
un constant mal de tête. Ses parents l'avaient envoyée
voir un médecin, qui l'avait examinée et conclu qu'elle
n'avait aucun problème médical. Mis au courant par la
mère d'Elena, il l'avait tapotée sur l'épaule en la raccompagnant : « Une jolie fille comme vous trouvera vite
un autre fiancé. » Elle avait rougi de honte. Un travail quo-
tidien dans un bureau l'eût distraite. Malheureusement,
c'était le premier été depuis cinq ans où elle ne travaillait
pas. Ses parents lui ayant conseillé de prendre des vacances
bien méritées avant d'entrer dans le monde professionnel,
elle n'avait pas demandé le poste de secrétaire qu'elle avait
obtenu trois étés de suite, et maintenant quelqu'un d'autre
l'occupait.

De toute façon, il n'y en avait plus pour longtemps. À la
fin de la semaine, elle allait à Mangalia avec sa mère. Elle se
réjouissait de revoir la mer Noire. Elle passerait seule une
partie de la journée pendant que sa mère travaillait à la maison de retraite. Quand elles rentreraient de Mangalia, il ne
resterait plus que deux semaines à Bucarest avant de partir
pour Giurgiu. En fin de compte, cet exil sur les rives du
Danube serait une bonne chose. Après avoir reçu sa nomi-
nation à Giurgiu, un mois plus tôt, elle avait écrit à l'Institut de physique atomique de Bucarest à la suggestion de
M. Ionescu qui, en tant que membre du parti communiste,
avait le bras long. Elle n'avait jamais reçu de réponse et
n'en avait pas parlé à l'ami de ses parents pour ne pas
le vexer en lui révélant que son nom n'avait pas le pou-

voir qu'il croyait. Elle était maintenant soulagée de cet échec.

Elle se dirigea vers le lac. Elle se sentait un peu mieux que le matin et les jours précédents. Non parce qu'elle était sortie se promener, mais parce qu'elle venait de prendre une décision. Avant de partir pour Mangalia, elle appellerait Jacob. Dès qu'elle y avait pensé, elle avait su que c'était la chose à faire. Depuis trois semaines, elle sursautait chaque fois que sonnait le téléphone, surtout le matin quand elle était seule chez elle avec sa grand-mère. Ce n'était jamais Jacob. L'avait-il déjà oubliée ? Pendant qu'elle allait vers le parc, tout à l'heure, elle s'était rendu compte qu'elle était injuste. Il la respectait. Elle lui avait demandé de la laisser tranquille. Elle l'admirait d'avoir la force d'obéir. Elle téléphonerait juste pour savoir s'il allait bien. Un simple geste d'amitié. À cette idée, elle se sentait déjà mieux.

Il y avait un homme en train de lire sur un banc au bord du lac. De loin, il ressemblait beaucoup à Jacob. Son cœur se mit à battre plus vite. Elle haussa les épaules. Depuis trois semaines, elle croyait le voir partout, dans les rues ou les magasins. Une fois, elle avait même sauté du tram derrière un étranger aux cheveux noirs de la même taille que Jacob, qui s'était retourné en l'entendant courir derrière lui : c'était un affreux bonhomme avec une grosse moustache et des bajoues. L'homme assis sur le banc ne pouvait pas être Jacob, qui travaillait le mardi et ne portait jamais de chemise noire. Elle poursuivit quand même dans cette direction. L'homme leva la tête. Jacob.

S'il fut saisi, il ne le montra pas. Il lui jeta un regard interrogateur. Sa chemise noire rendait ses yeux encore plus sombres et plus intenses. Elle fit un pas en avant et lui sourit. Il ne lui rendit pas son sourire.

« Bonjour, Elena. Comment vas-tu ? » dit-il d'une voix distante comme s'il s'adressait à une vague connaissance. Il l'appelait « Elena », pas « Lenoush ».

« Bien, merci. Qu'est-ce que tu lis ?

— Mihai Eminescu. » Il lui montra la couverture. « Tu connais ? »

Elle secoua la tête.

« J'étais en train de lire un poème intitulé *Une prière dacienne*, reprit-il. Écoute : *À lui je dois ces yeux qui regardent l'aurore,/ À lui je dois ce cœur où est née la pitié;/ Quand souffle la tempête, résonne sa voix d'or / parmi toutes les voix qui chantent l'hymne sacré...* »

Sa voix grave et chaude atteignit Elena en ce lieu où « naît la pitié ». Ils rougirent en même temps, comme s'il se rendait compte de l'effet du poème et de sa voix sur elle.

« C'est beau, dit-elle. Je peux m'asseoir ? »

Il s'écarta pour lui laisser de la place. Elle s'assit au bout du banc. La pensée l'effleura qu'elle avait dû transpirer en marchant et ne sentait pas bon.

« Comment se fait-il que tu sois ici un mardi, Jacob ? Tu ne travailles pas aujourd'hui ? »

Il sourit. « C'est une longue histoire, Lenoush.

— Je ne suis pas pressée. »

Il lui expliqua qu'il avait reçu trois semaines plus tôt un coup de fil d'Israël : sa mère venait de mourir.

« Oh, mon Dieu ! » Elena comprit soudain pourquoi il portait du noir. Trois semaines : ce devait être juste après le déjeuner chez elle. « Comment ?

— Une crise cardiaque. Il fait extrêmement chaud en Israël en ce moment. Son cœur n'a pas supporté la chaleur. »

Il n'avait pas vu sa mère depuis dix ans et, bien sûr, n'avait pu se rendre en Israël pour l'enterrement. Ne pas

pouvoir assister à l'enterrement de sa propre mère après
avoir été chassé comme un chien de la maison de sa
meilleure amie ? Les yeux d'Elena se remplirent de larmes.
« C'est terrible, terrible », répétait-elle.

Quelle fille gâtée et égoïste elle était ! Son père avait raison. Elle avait la migraine parce que le monde ne tournait
pas comme elle le souhaitait, et pas une seule fois elle
n'avait pensé à Jacob qui n'avait pas de famille et qui était
dix mille fois plus seul qu'elle. Jacob qui venait d'apprendre que sa mère était morte, sa mère qu'il n'avait pas
vue depuis dix ans et ne reverrait jamais. Toutes les larmes
qu'Elena contenait depuis trois semaines jaillirent de ses
yeux comme si un barrage s'était effondré. Elle pleurait à
la fois la froideur de son père, la dureté de sa mère qui
lui déniait le droit au chagrin, le souvenir du jour où ils
l'avaient adoptée, et un autre souvenir, plus ancien et plus
vague, une sensation plus qu'un souvenir, celle d'un lieu
avec des animaux de ferme, une lumière douce et décli-
nante, le sourire d'une femme à la tête couverte d'un fichu
fleuri. Elle pleurait la mère de Jacob s'écroulant dans un
désert israélien sans avoir revu son premier-né. Elle pleurait
ce fils, l'orphelin qui n'avait même pas le droit de quitter
Bucarest pour honorer une dernière fois celle qui lui avait
donné le jour. Jacob lui prit la main et la caressa doucement
du pouce.

« Lenoush, Lenoush, calme-toi. »

Il sortit de sa poche un mouchoir en coton blanc, propre
et repassé, et le lui tendit. Elle s'essuya les joues, se moucha
et le pria de l'excuser. Il continua son histoire. Une semaine
après avoir reçu la nouvelle de la mort de sa mère, il avait
entendu dire que le gouvernement ouvrait temporaire-
ment les frontières pour permettre aux Juifs qui le souhai-

taient d'émigrer en Israël. Il avait décidé d'en profiter. Pourquoi rester à Bucarest quand toute sa famille était là-bas et qu'il ne pouvait même pas être avec eux en un moment pareil? Il était allé au consulat israélien un dimanche après-midi, pour être sûr de passer en premier quand le consulat ouvrirait le lundi matin à neuf heures. Le dimanche à trois heures de l'après-midi, la queue faisait déjà le tour du pâté de maisons! Les gens avaient apporté de la nourriture, de l'eau, des couvertures pour la nuit. Il avait dû attendre jusqu'au lundi après-midi pour déposer sa demande d'immigration. Une semaine après, il avait été licencié de ses deux postes, celui d'ingénieur à Radio Popular et celui de professeur dans un lycée technique. Elena poussa une exclamation. Licencié! Elle ne connaissait personne à qui une chose si grave et honteuse fût arrivée.

« Pourquoi?

— Le consulat israélien doit donner à la Milice les noms de tous ceux qui déposent une demande d'immigration. Une fois que la Milice a nos noms, on n'appartient plus à ce pays. Je vis dans les limbes, pour l'instant.

— Quand pars-tu?

— Je ne sais pas encore. J'attends mon passeport. Ça peut prendre du temps. »

Le soleil déclinait par-dessus les arbres. Elena se leva. Ses parents s'inquiéteraient si elle ne rentrait pas avant la tombée du jour.

« Il faut que j'y aille, Jacob. Tu veux qu'on se voie demain?

— Je croyais que tu ne voulais plus me voir. Tu m'as rendu les livres. »

Elle haussa les épaules. Elle ne souhaitait pas aborder ce sujet.

« Demain midi devant la tour de l'horloge ? » proposa-t-elle.

Ils se serrèrent la main, et elle s'éloigna vite. Elle prit le tram afin de ne pas être en retard, même si elle aurait préféré marcher pour penser tranquillement à cette stupéfiante rencontre qui remplissait son cœur de bien-être. Son mal de tête avait disparu. Le soir, à dîner, elle fut si gaie que ses parents et sa grand-mère se regardèrent surpris. Sa mère avait heureusement une explication toute prête : la pièce d'organdi qu'elle avait achetée au marché. Rien ne pouvait rendre une jeune fille plus heureuse qu'une belle robe.

Ils se revirent chaque jour jusqu'à son départ pour Mangalia. Ils se retrouvaient en fin de matinée, quand les parents d'Elena travaillaient. Ils retournèrent faire de la barque au parc Floreasca. Ils ne pouvaient s'arrêter de parler, comme s'ils avaient été séparés pendant des années et pas juste quelques semaines. Jacob lui lisait les poèmes d'Eminescu. Ils parlaient de leur relation comme d'une « amitié ». Ils se tenaient parfois la main en marchant, mais ne s'embrassaient pas. Jacob partirait bientôt en Israël. Peut-être même avant le retour d'Elena de Mangalia. Il partirait pour toujours. Ils savouraient chaque heure ensemble après la souffrance des trois dernières semaines. Jacob lui parlait de sa mère et de son enfance dans une petite ville près de Iasi peuplée de Juifs et décimée par la guerre. Sa famille avait déménagé à Bucarest en 41, juste avant le pogrom. Ses deux petits frères, Joseph et Doru, lui manquaient beaucoup. Elle essayait d'imaginer ce que c'était d'avoir deux frères et d'être séparé d'eux. La veille de son départ, le vendredi, elle lui dit en le quittant qu'il pourrait lui écrire poste restante à Mangalia. Il lui donna le livre de poèmes d'Eminescu.

Le samedi, Elena et sa mère prirent le train pour Mangalia. Elle se sentait si légère que le babillage de sa mère ne la dérangeait pas. La chambre qu'elles partageraient pendant deux semaines à la maison de retraite était petite, mais propre et blanche, et en se penchant à la fenêtre on voyait un triangle de mer bleue au loin. Le troisième matin, pendant que sa mère travaillait, Elena alla à la poste. Elle donna son nom à l'employé derrière le guichet, qui disparut dans une pièce adjacente et revint quelques minutes plus tard avec une enveloppe. Le cœur d'Elena se mit à tambouriner. L'employé aux lunettes à verres épais lui remit l'enveloppe et lui montra le registre à signer, sans répondre à son sourire radieux. Elle sortit de la poste, les yeux fixés sur l'adresse, *Mlle Elena Tiberescu, Poste restante, Mangalia,* tracée d'une écriture régulière, élégante, penchant vers la gauche. Elle n'ouvrit pas l'enveloppe tout de suite mais attendit d'avoir trouvé un coin à l'écart sur la plage, où elle s'assit sur le sable et écouta le bruit des vagues avant de déchiffrer lentement, comme si elle dégustait une orange, la première lettre qu'elle recevait de l'homme le plus cher à son cœur. Ses mots écrits lui donnaient vie comme s'il s'était trouvé debout devant elle. Elle entendait sa voix, grave, chaude et douce. Elle ne pouvait s'empêcher de sourire. Sa lecture finie, elle sortit aussitôt du papier et un crayon de son sac à main. « Cher Jacob... » Elle craignait que son propre style ne parût à Jacob peu sophistiqué, mais c'était sans importance, elle le savait.

Elle déjeunait avec sa mère. Après déjeuner, sa mère faisait la sieste et Elena se promenait dans un jardin public, où elle relisait les lettres de Jacob, lui écrivait, ou lisait les poèmes d'Eminescu. Dans une de ses lettres, elle avait copié une définition de l'amour qu'elle avait trouvée dans un poème intitulé « *Ce e amorul ?* », « Qu'est-ce que l'amour ? » : *Une vie tout entière / De jours que remplit la douleur, / Que mille larmes ne peuvent assouvir, / Mais qui réclame des larmes encore.* Alors même qu'elle était extrêmement heureuse et qu'il ne s'agissait pas d'amour entre Jacob et elle, cette définition lui semblait la plus vraie possible. L'amour était ce puits que des milliers de larmes ne pouvaient combler. La lecture des poèmes d'Eminescu lui procurait les mots pour donner forme à des pensées et des sentiments qu'elle n'aurait jamais pu exprimer sans eux — un désir, une tristesse, une nostalgie, un manque, une aspiration, mais aussi une joie de vivre qui l'habitaient. Elle était reconnaissante à Jacob de lui avoir donné le livre.

L'après-midi, Elena et sa mère allaient aux sources pour y boire les eaux minérales et se baigner dans la boue sulfureuse. Elles retournaient à la maison de retraite, prenaient une douche froide et s'habillaient. Elles échangeaient des conseils sur leurs vêtements et leur maquillage, se complimentaient, riaient comme deux jeunes filles. Pour la première fois Elena sentait une complicité avec sa mère. Après avoir enduit leurs jambes d'une crème à base de citron que Iulia avait fabriquée à Bucarest pour les protéger des moustiques, elles allaient se promener en se tenant par le bras, longeant la mer au coucher du soleil ou contournant les ruines de la citadelle Callatis. Le soleil disparaissait dans leur dos, derrière les maisons de Mangalia et le dôme de la mosquée turque. Au crépuscule, elles arrivaient au kiosque du parc et s'asseyaient près des amis qu'elles avaient rencontrés la veille. Tous les soirs il y avait un concert.

La première semaine, Elena reçut des lettres tous les deux jours, puis ce fut tous les jours. Le mercredi de la deuxième

semaine, elle poussa une exclamation quand elle lut ces
mots : « Je suis allé au consulat israélien ce matin, et j'ai
retiré ma demande d'immigration. » Un sourire illumina
son visage. Jacob ne lui demandait rien en échange, ne
soulignait pas qu'il avait fait cela pour elle. Il se contentait
de dire que quitter la Roumanie, maintenant, n'avait plus
aucun sens. Elle n'aurait pu trouver de termes plus justes : il
y avait des choses qui avaient du sens, et d'autres qui n'en
avaient pas. Jacob n'était pas près de voir sa situation régu-
larisée. Il devait trouver du travail. Ce ne serait pas facile.

Il était toujours au chômage quand elle retourna à
Bucarest, si bien qu'ils purent se voir tous les jours. Ils se
rencontraient seulement dans les parcs, Cişmigiu, Floreasca, Herastrau et Carol, car elle avait peur de tomber sur
une connaissance qui rapporterait à ses parents qu'elle
avait vu leur fille se promener main dans la main avec un
beau jeune homme brun. Elle ne savait même pas de quoi
ils parlaient, mais le temps passait si vite qu'elle était
chaque fois stupéfaite de constater qu'il était trois heures
et qu'elle devait partir si elle voulait être rentrée avant son
père, dont elle craignait l'intuition. Elle racontait à sa
mère qu'elle allait rendre visite à Monica ou à Eugenia.
Ses parents s'accordaient à dire que l'air iodé de Mangalia,
les eaux minérales et les bains de boue avaient opéré un
miracle. Elena avait de la chance. Toutes les jeunes filles de
Bucarest n'avaient pas une mère assez habile pour trouver
du travail l'été au bord de la mer afin de pouvoir se faire
loger gratuitement et offrir des vacances à sa fille.

Le jour de son départ pour Giurgiu, le 23 août, Elena
déjeuna en famille. Sa grand-mère avait préparé tous ses
mets préférés, dont les délicieux *koltunach*, et empaqueta
les restes dans de petites boîtes bien ficelées. En début

d'après-midi, ses parents l'accompagnèrent à la gare. Elena portait une robe en lin crème, décolletée et sans manches, que Jacob aimait beaucoup. Pendant les deux heures du voyage, elle ne fit rien d'autre que rêver à lui. Sur le quai de la gare de Giurgiu, un gros homme attendait avec une pancarte. Elle le suivit jusqu'à une carriole attachée à un cheval. Elle monta à côté de lui. Il sentait la transpiration et l'alcool de prune. Il lui expliqua que l'essence était chère et difficile à trouver. Le cheval allait au pas dans les rues désertes qui n'étaient même pas goudronnées, comme les rues des petites villes où habitait Elena enfant. Ils sortirent de la ville et roulèrent en pleine campagne trois ou quatre kilomètres avant d'arriver à l'usine. L'homme arrêta la carriole devant un bâtiment de béton à deux étages. Il la conduisit à une chambre au deuxième étage. L'usine organisait une réception pour la fête nationale : il viendrait la chercher quinze minutes plus tard.

Elena examina la chambre qui serait la sienne pendant un an. La fenêtre donnait sur le ciel gris et sur un champ. La pièce était meublée d'un lit en fer, d'un bureau et d'une armoire en bois. Il y avait un lavabo dans un coin avec un miroir au-dessus. L'homme ne lui avait pas indiqué les toilettes et les douches. Une ampoule nue pendait du plafond. Elle appuya sur l'interrupteur, et la lumière ne se fit pas. Elle ouvrit la fenêtre. Un insecte entra. Elle posa sa valise sur le lit et sortit ses robes. Il n'y avait pas assez de cintres. Elle se demanda soudain comment elle survivrait à la journée du lendemain : elle avait choisi d'arriver un jour avant le début de son stage pour prendre le temps de s'installer. Elle sortit le livre d'Eminescu de son sac à main et l'ouvrit au hasard : *Ton sourire d'enfant si doux, quand je le vois, / Je sens alors s'éteindre une vie de douleurs / Et brûler mon regard et s'agrandir mon âme.*

Quand l'homme de la carriole frappa à sa porte, quinze minutes plus tard, il était accompagné d'un petit homme d'une cinquantaine d'années dont le ventre débordait de son costume gris. Il se présenta comme le contremaître et posa sur Elena un regard critique en fronçant les sourcils. Parce que sa robe était chiffonnée à cause du voyage ? Avait-elle une trace de rouge à lèvres sur les dents ?

« Vous devez vous changer, dit-il. Ici, on ne peut pas s'habiller comme ça. »

Elle rougit, soudain consciente de ses bras nus et de sa poitrine que soulignait la robe ajustée. Les deux hommes l'attendirent dans le couloir pendant qu'elle remplaçait la robe en lin blanc par une tenue plus stricte.

La fête avait lieu sur une pelouse d'herbe sèche au bord du Danube, dont la couleur marron et sale brisa les rêveries que le nom du fleuve inspirait à Elena. On la présenta à ses futurs collègues, des hommes plus âgés qu'elle qui parlaient de gens qu'elle ne connaissait pas et riaient à gorge déployée. À huit heures et demie, alors que la nuit tombait, l'homme de la carriole la raccompagna au dortoir. Il lui donna une petite lampe à gaz : il n'y avait d'électricité qu'entre sept et huit heures du soir. Elle lut quelques poèmes à la faible lueur de la lampe. L'odeur d'humidité dans la chambre la gênait. Elle ouvrit la fenêtre. Le temps changeait. Elle avait eu froid tout à l'heure sur la pelouse au bord du fleuve, où les talons pointus de ses sandales s'enfonçaient dans la terre. Elle se gratta les chevilles piquées par les moustiques, se glissa sous la couverture, éteignit la lampe mais ne put s'endormir. Toute la nuit elle entendit le vent siffler et les chiens hurler, même après avoir fermé la fenêtre.

À cinq heures et demie, elle se leva. L'aube blanchissait

le ciel. Elle ouvrit sa valise et y remit ses robes. Elle prit une des boîtes de Bunica et mangea quelques raviolis froids. À six heures vingt, elle se mit en route, sa valise dans une main et son sac dans l'autre. Elle avait peur d'être attaquée par des chiens errants, mais par bonheur n'en rencontra pas. La route jusqu'à la ville était toute droite, bordée d'arbres et entourée de champs. En ville, elle retrouva la gare en suivant la voie ferrée. À huit heures et demie, il y avait un train pour Bucarest. Il avait du retard, mais roula lentement et sûrement vers la capitale. À midi, elle sonna à la porte de ses parents. Ils écarquillèrent les yeux.

« Je ne peux pas rester là-bas », dit-elle.

Elle répondit calmement à leurs questions. Elle avait pris sa décision, quelles que soient les conséquences : elle ne retournerait pas à Giurgiu. Sa mère et sa grand-mère semblaient se demander ce qui était arrivé à l'enfant docile.

« Je suis sûre que cette usine de Giurgiu n'est pas un endroit pour une jeune fille, finit par déclarer sa mère.

— Je vais appeler M. Ionescu », conclut son père.

Il était chez lui, mais recevait des amis. Le père d'Elena s'excusa de le déranger et lui expliqua la situation. Il y eut un silence, suivi d'exclamations de surprise et de questions posées sur un ton joyeux. Après avoir raccroché, le père d'Elena annonça à sa famille rassemblée dans le salon que son ami n'avait rien compris tout d'abord, parce qu'une place était réservée depuis longtemps pour Elena à l'Institut de physique atomique. Elle était supposée commencer le lendemain. M. Ionescu était très étonné qu'elle n'ait pas reçu de réponse de l'Institut et désolé du malentendu.

Iulia et Bunica rayonnaient. Elena remercia son père et alla défaire sa valise dans sa chambre. L'affaire était close.

Elle savait qu'elle ne s'était pas enfuie de Giurgiu parce qu'elle avait eu peur, comme une fille de la ville qui n'a jamais vu la campagne. Elle était partie parce qu'il n'était pas question de passer là-bas un an, une semaine, ou un jour de plus. Ça n'avait aucun sens. Pour la première fois de sa vie, elle savait avec certitude ce qui avait du sens et ce qui n'en avait pas, ce qu'elle voulait, et ce qu'elle ne voulait pas. Cette lucidité, elle en était consciente, lui venait de Jacob — de son amour pour Jacob.

CHAPITRE 14

1993

VADE RETRO, SATANA !

Le week-end, plus question de prendre la Lincoln pour aller se promener dans la campagne ou visiter une ville d'un État voisin. Ils n'ont même plus le temps d'aller écouter un concert en plein air dans le parc de Montclair, où ils se rendent d'habitude tous les samedis de juillet. Ils se contentent d'une expédition au supermarché d'où ils rentrent chargés de victuailles. Helen passe son dimanche à cuisiner. Elle prépare des mets qui se conservent plusieurs jours au réfrigérateur : le caviar d'aubergine, les poivrons grillés, les champignons à l'aneth, le poulet farci. Au bureau, du lundi au vendredi, elle travaille le plus rapidement, le plus efficacement possible afin de rentrer chez elle avant sept heures et demie. Elle se change vite, enfile une vieille jupe et un tee-shirt, et se retrouve devant ses fourneaux.

Quand Alex a appelé en mai pour savoir si Marie et lui pouvaient passer quelques mois chez ses parents parce qu'il avait trouvé du travail à New York pour l'été et préférait ne pas dépenser son salaire en loyer, Helen n'a pas hésité. Il n'avait même pas besoin de lui poser la question, a-t-elle répondu. Elle ne souhaitait qu'une chose : que chez ses parents, il se sente à jamais chez lui. Il avait la clef, il pouvait aller et venir et rester aussi longtemps qu'il le voulait. Elle était flattée que son fils et sa belle-fille choisissent d'habiter avec eux.

Le 1er juin, Alexandru a débarqué, seul, avec une voiture remplie de bagages. Dans l'après-midi, il avait conduit sa femme à l'aéroport. Le matin, ils avaient quitté la maison du Connecticut où ils ne retourneraient pas et transporté toutes leurs affaires dans un garde-meubles au bord de l'autoroute. Marie partait pour la France, où sa sœur aînée se remariait début juin lors d'une cérémonie intime en Bretagne. Alex ne pouvait l'accompagner, n'ayant pas un seul jour de congé. D'abord surprise d'apprendre que Marie passerait plusieurs semaines en France au lieu de rentrer tout de suite après le mariage, Helen s'est ensuite réjouie d'avoir son fils pour elle tout un mois. Les mères ont rarement l'opportunité de profiter ainsi de leurs fils mariés. Alexandru n'avait pas vécu chez eux depuis l'été de ses vingt ans. Ils partaient ensemble au bureau à sept heures du matin. Elle était fière de s'asseoir dans la Ford jaune à côté de son fils fraîchement rasé, si beau avec son costume sombre, sa chemise blanche et sa cravate en soie. Chaque soir, ils dînaient dans la cuisine et se racontaient leur journée. Jacob pouvait enfin parler en détail de leur nouvelle assurance médicale et de leurs fonds d'investissement pour la retraite. Leur fils était de bon conseil. Le 30 juin, il est allé chercher sa femme à l'aéroport Kennedy. Marie a débarqué chez ses beaux-parents.

C'est du travail, mais Helen est heureuse. La présence d'Alexandru et de Marie est bienvenue en cette époque de changement. Jacob a pris sa retraite six mois plus tôt et il a du mal à s'adapter à sa nouvelle vie. Il lit, écoute de la musique, s'occupe de la lessive et du repassage, fait les courses, répare ou remplace ce qui est abîmé dans la maison, et gère toute la paperasserie, les impôts, les formulaires d'assurance médicale, les factures à payer, mais les journées sont longues. Il est sans cesse inquiet pour son cœur, même plus que lorsqu'il travaillait. Plus d'une fois il a réussi à faire peur à Helen : ils ont appelé un taxi et filé aux urgences de l'hôpital. Chaque fois, c'était une fausse alerte. Ils ont découvert que Jacob avait des brûlures d'estomac, dont les symptômes pouvaient se confondre avec ceux d'une douleur cardiaque. Il ne jardine plus car il craint que l'effort physique ne soit mauvais pour lui. Elle a essayé de le convaincre d'aller se promener une heure par jour, comme le médecin l'a recommandé, mais il refuse catégoriquement. Il a acheté un tapis roulant qu'il a installé au sous-sol, et il marche dessus vingt minutes par jour en regardant les nouvelles à la télévision. Il a peur de sortir seul à pied, comme s'il risquait de s'effondrer au détour d'une rue. C'est un homme têtu, dont on ne peut combattre facilement les idées irrationnelles. Avant qu'Alexandru s'installe chez eux, il regardait tristement Helen partir au bureau chaque matin. Quand elle rentrait le soir après une journée de travail intense entrecoupée de quelques pauses-café avec Tatiana ou Bill, elle trouvait son mari qui l'attendait, comme frappé d'apathie devant la télévision éteinte. De toute la journée il n'avait parlé à personne. Elle se sentait coupable, mais aussi agacée par sa résignation à devenir un vieil homme sans lutter.

Avec Marie, il y a une nouvelle jeune personne dans la maison, une présence féminine qui égaie leur table. Comme elle ne parle pas roumain, ils communiquent en anglais et c'est un bon exercice pour Jacob, qui n'a personne d'autre avec qui pratiquer cette langue. Marie a installé son ordinateur et ses livres dans la salle à manger, qui donne sur le jardin. Elle est en train de traduire un gros roman américain en français — un travail pour lequel elle a obtenu un contrat avec un éditeur français et une bourse qui lui permet de prendre un an de congé et de suivre Alexandru là où il trouvera du travail. Avant son retour, il est allé lui chercher son vélo dans le garde-meubles du Connecticut. La vieille bicyclette est là, dans le jardin, appuyée contre le mur de la maison. Marie l'utilise pour se rendre chaque après-midi à la piscine municipale. La seule inquiétude d'Helen, c'est de voir sa belle-fille rouler sans casque. Elle s'est permis de lui en faire la remarque. Marie a répondu avec un haussement d'épaules :

« Je suis très prudente et je ne prends que des rues peu fréquentées, Helen.

— Il suffit d'une voiture, est intervenu Jacob de sa voix pondérée.

— Mon père a raison, Marie », a surenchéri Alex.

Elle s'est contentée de sourire. Helen est sûre qu'elle ne changera pas ses habitudes. Marie aussi est têtue.

Ils dînent dans la cuisine, autour de la table en verre fumé. Helen prépare le repas avec Alexandru, quand ils rentrent du bureau. En dehors de la vinaigrette qui est sa spécialité et d'un fondant au chocolat dont son beau-père est friand, Marie ne participe guère. C'est aussi bien : Helen aime régner dans sa cuisine et passer du temps aux fourneaux à côté de son fils, excellent cuisinier et vrai féministe. L'appétit creusé par la piscine, Marie fait honneur aux plats de sa belle-mère. Après le dîner, Jacob lave la vaisselle et Marie l'essuie.

« On forme une équipe », a fièrement dit Helen à son

collègue Bill, en lui apprenant que son fils et sa belle-fille française habitaient chez elle pour l'été.

Il a secoué la tête en faisant la moue.

« Ton fils et ta belle-fille ? C'est la recette du désastre, Helen. »

Quand elle rapporte à sa famille les paroles de Bill, ils rient tous de bon cœur.

« Il faut une exception à la règle », conclut Alexandru.

Un soir de la mi-juillet, il rentre du bureau avec une bouteille de Veuve Clicquot et un large sourire : le magazine économique qui l'a embauché pour l'été vient de lui offrir un poste permanent d'éditeur. Helen sort les coupes évasées en cristal de Bohême. Alexandru ouvre la bouteille. Pop ! Ils lèvent leurs coupes et le félicitent. Il relate en détail son entretien d'embauche et le moment délicat où son futur patron lui a demandé quel salaire il attendait. Il fallait viser juste : ni trop peu — il se sous-estimait — ni trop — il montrait de l'arrogance. Comme Helen n'a rien mangé depuis le matin, le champagne lui monte à la tête et elle raconte à son tour d'une voix excitée ses nombreux entretiens d'embauche : en treize ans, elle a changé de compagnie six fois.

« Ta mère est une vraie professionnelle de l'entretien », dit Jacob avec un sourire en regardant tendrement sa femme.

Helen éclate de rire. Les yeux brillants, elle avoue à son fils qu'elle aime le voir en costume, chemise et cravate, au lieu des jeans et tee-shirts qu'il portait pendant ses années d'études. Elle n'a pas souvenir d'avoir été depuis longtemps si heureuse.

Alexandru et Marie savent maintenant qu'ils vont vivre à New York : ils passent le week-end à visiter des appartements à Manhattan. Le dimanche soir, pendant le dîner, ils en font la description à Jacob et à Helen : la plupart étaient affreux, sombres et à petits, mais ils ont vu en dernier un lumineux trois-pièces au vingtième étage d'une tour neuve dans Murray Hill, avec deux salles de bains en marbre blanc, un balcon tout autour et une vue panoramique sur New York.

« Merveilleux ! s'écrie Helen. Je suis vraiment contente que vous vous installiez à Manhattan. Ne vous méprenez pas sur ce que je veux dire, ajoute-t-elle en se tournant vers sa belle-fille : vous ne nous dérangez pas du tout et vous êtes les bienvenus aussi longtemps que vous voulez. Mais ce sera mieux pour vous, et beaucoup moins fatigant pour Alexandru. En trois ans, vous avez déménagé trois fois. Vous ne pouvez pas continuer comme ça !

— En fait, reprend son fils, si ça ne vous dérange pas, on préférerait attendre le début de l'automne pour déménager. On voudrait économiser un peu plus pour payer les deux mois de caution et la commission d'agence. Et comme Marie repart en France dans dix jours, ça ne rime à rien de s'installer maintenant.

— Marie repart en France dans dix jours ? » répète Helen en ouvrant des yeux ronds.

Jacob aussi hausse les sourcils.

« Vous ne saviez pas ? s'étonne à son tour Marie. Je passe toujours le mois d'août en Bretagne avec ma famille. »

Pour la première fois depuis trois semaines, Helen éprouve une crispation — comme lorsqu'on entend une fausse note dans une symphonie. Sans un mot, elle tend le bras et attrape son paquet de cigarettes. À peine se retrouve-t-elle seule avec Jacob dans leur chambre qu'elle lui demande ce qu'il pense du fait que leur belle-fille passe

deux mois sur trois en France sans son mari. Jacob hausse
les épaules.

« C'est Alexandru que ça regarde, Lenoush. Pas nous. »

Le 1ᵉʳ août, Marie part. Helen profite à nouveau de son
fils en célibataire, mais n'en retire pas le même plaisir et
la même légèreté qu'en juin. Elle n'ose parler à Alexandru
de sa femme. Il lui semble triste, même s'il ne se plaint pas.
Il a l'air fatigué. Ils sont tous les trois fatigués. La chaleur de
ce mois d'août est accablante.

Début septembre, Marie est de retour. Elle a minci et
blondi. Dans son visage bronzé, ses yeux sont d'un bleu
perçant. À dîner, le premier soir, elle ne parle que de la
Bretagne.

« Les couleurs sont si belles ! Il y a tous les verts, d'abord :
le vert foncé des pins, le vert vif des buissons, de l'herbe et
des fougères après la pluie, le vert pâle des champs de
hautes herbes qui frémissent au vent. La terre est d'un brun
rouge, la bruyère mauve, les ajoncs jaune vif, le sable blanc,
la mer bleu turquoise ou bleu de Prusse... Même le gris
n'est pas gris, là-bas. Il est lumineux comme une perle, et
plein de nuances. À neuf heures du soir, juste avant le coucher du soleil, toute la campagne baigne dans une lumière
dorée. C'est la plus belle heure. » Elle ajoute avec un sourire d'excuse : « Pardon d'avoir l'air si nostalgique. Chaque
fois que je quitte la Bretagne, j'ai du mal à me réadapter à
la civilisation. Quand j'étais adolescente, à la fin de l'été
j'étais toujours complètement déprimée. Je détestais Paris.

— C'est vraiment beau là-bas, dit Alexandru en hochant
la tête. Très sauvage. Un petit coin de paradis. »

Jacob sourit, mais Helen se crispe sans savoir pourquoi.
Au dessert, Marie leur parle d'une vieille maison à vendre :
« Juste en face de la chapelle où on s'est mariés. Vous

vous rappelez le village ? Plus un hameau qu'un village. C'est mon endroit préféré sur la presqu'île. Tout au bout des terres, entouré de champs et de falaises, et très tranquille parce que la seule route qui le traverse est une impasse conduisant à d'anciennes carrières d'améthyste. La maison est une ruine, pas chère du tout. Elle est en pierre du pays, avec un toit d'ardoise un peu penché. Je l'ai visitée. Du grenier, on voit la mer. J'installerais mon bureau sous une lucarne. Ce serait mon rêve, d'acheter cette maison. On pourrait y habiter quand on serait vieux, Alex. »

Helen se sent si mal à l'aise qu'elle ne peut même pas lever les yeux. Elle est frappée par le nombre de fois où Marie a utilisé les mots « mon » et « je ».

« C'est un rêve qui pourrait se transformer en cauchemar, observe Jacob avec un sourire. Une maison donne beaucoup de travail, Marie, surtout quand on habite à des milliers de kilomètres. La rénovation coûterait très cher. Il faudrait probablement refaire le toit. Vous auriez de nouveaux problèmes chaque année.

— Je sais. C'est juste un rêve. De toute façon, on n'a pas l'argent. »

Helen se demande si Marie a décrit la maison en détail dans l'espoir que ses beaux-parents lui donneraient cet argent.

Dès le troisième jour, Helen décide de dîner tôt, seule avec Jacob, et de se retirer dans la chambre à coucher en abandonnant la cuisine à sa belle-fille et à son fils. Elle a besoin de calme et de silence après ses journées de bureau. Elle n'a pas envie d'entendre Marie chanter les louanges de la Bretagne ou se plaindre parce que la piscine découverte où elle allait chaque après-midi en juillet a fermé pour l'année après Labor Day, alors qu'il fait encore chaud.

« Vous ne voyez jamais d'amis le week-end ? » lui demande Marie un samedi matin.

Helen tressaille. Elle a une impression de déjà-vu.

« Je suis fatiguée, dit-elle. Le week-end, j'ai besoin de me détendre.

— Mais ce n'est pas fatigant de voir des amis, non ? renchérit Marie d'un ton qui n'admet pas le doute. Ici tout est tellement centré sur le travail ! En France, la vie sociale est beaucoup plus importante. Mes parents ne passent pas un samedi soir sans sortir ou inviter des amis. Et vos amis, les Popescu, ceux que vous voyez à Noël ? »

Helen pâlit. La vie en France est bien supérieure, évidemment. Que Marie sait-elle de la vie « ici » ? Il lui est facile de traiter avec condescendance cette Amérique qui a donné à Helen sa liberté et son identité ! Comment lui expliquer qu'on ne se fait pas des amis à quarante ans comme à vingt, et que sa belle-mère préfère aller au cinéma avec Jacob ou passer le week-end à explorer avec lui les petites villes de Pennsylvanie ou de la côte du New Jersey que de préparer un dîner pour de vagues connaissances ou des collègues de bureau ?

« Il y a quelques années, répond Helen comme si elle était obligée de se défendre, quand on venait d'emménager ici, j'ai invité les Popescu à une garden-party. On l'avait organisée "à l'américaine", avec des assiettes en carton et des verres en plastique. Le patron de Jacob, qui est un homme très riche, nous avait invités à un barbecue dans sa maison de Greenwich et c'est comme ça qu'il nous avait reçus. Mais le lendemain de ma garden-party, Mme Popescu m'a appelée ; au lieu de me remercier, elle m'a dit que ça ne se faisait pas de servir un repas dans des assiettes en carton : je devais traiter mes invités mieux que

ça ! Depuis, terminé : je les invite une fois par an, formelle-
ment, dans la salle à manger, avec le service en porcelaine
et les verres en cristal. »

Marie sourit sans rien dire. Même son silence résonne
comme une critique insidieuse. Helen comprend soudain
d'où lui vient sa sensation de déjà-vu : la visite de ses parents
en 1981. Le premier et dernier séjour de ses parents aux
États-Unis.

Elle appréhendait tant leur venue qu'elle l'avait retardée
sous divers prétextes : la petitesse de l'appartement de
Queens, le manque de temps quand Jacob et elle étaient
retournés à l'école pour apprendre la programmation
d'ordinateur, le manque d'argent à cause des nombreuses
dettes... Six ans avaient passé. Ils avaient des postes stables
et bien rémunérés, ils avaient remboursé leur dette aux
frères de Jacob, Alexandru avait été accepté à Harvard, ils
avaient obtenu la nationalité américaine, ils venaient
d'acheter la maison du New Jersey. Il n'y avait plus de
raison valable pour empêcher ses parents de venir.

À l'aéroport, quand la porte automatique s'ouvrit et
qu'Helen les vit sortir de la zone réservée aux bagages, elle
fut très émue. Ils semblaient plus petits qu'elle ne se les rappelait, même son père. Il avait les cheveux gris, et ceux de
Iulia étaient complètement blancs. Deux vieillards. Tout en
eux — leurs chaussures usées, leurs manteaux élimés, leur
peau blafarde, leurs grosses valises marron ficelées avec de
la corde pour empêcher tout employé de la compagnie
aérienne de voler leur misérable contenu — criait leur
origine est-européenne. Helen se vit soudain arriver avec
sa famille à New York six ans plus tôt. L'émerveillement
sincère de ses parents devant le beau manteau d'Helen,

la grosse voiture américaine de Jacob, et la maison du New Jersey qui, sans être spacieuse, avait tout le confort moderne, la climatisation, un chauffage à thermostat, une douche et une baignoire dans la salle de bains, et un four et un réfrigérateur plus grands que les Tiberescu n'en avaient jamais vu, jouait le rôle d'un miroir qui reflétait tous les acquis qu'Helen et Jacob n'avaient pas pris le temps de contempler en six ans. « C'est un vrai Eldorado, cette Amérique ! » s'exclama Iulia, et quand sa fille répondit qu'ils travaillaient très dur, mais que l'Amérique était un pays où l'on recevait la juste rétribution de son labeur, elle complimenta même son gendre : « C'est Jacob qui a eu l'idée des ordinateurs, n'est-ce pas ? Changer de métier comme ça, à quarante ans, c'est incroyable ! Il est vraiment malin ! » Elena se dit que la distance, à la fois spatiale et temporelle, permettait enfin une relation fondée sur le respect.

À la fin du dîner, le premier soir, sa mère s'éclipsa pour revenir dans la cuisine avec un tout petit paquet enveloppé de papier journal.

« Tiens, Lenoush. J'allais oublier ! »

Quand Helen déchira le papier et vit briller l'oiseau d'or serti de rubis, elle éclata en sanglots. Sa mère l'embrassa.

« La mort la plus douce possible, Lenoush. Elle était en train de peler des pommes de terre, et l'instant d'après elle était partie. Elle n'a pas souffert. »

Helen épingla la broche sur son chemisier. Sa grand-mère n'avait pas oublié. Bunica était avec elle, dans sa cuisine, en Amérique.

Le premier week-end, ils visitèrent Manhattan et dévalisèrent Macy's : sa mère avait emporté une valise vide à remplir pendant son séjour. Le lundi matin, Jacob et elle retournèrent au bureau. Elle ne pouvait pas prendre un seul jour de congé parce qu'elle venait de commencer un nouveau travail, mais ses parents la rassurèrent : « On est venus pour vous aider, pas pour vous encombrer ! » Le deuxième week-end, ils firent le voyage jusqu'à Cambridge. Iulia trouva Alexandru encore plus beau que sur les photos et elle fut ravie de rencontrer Lisa, qu'elle mariait déjà avec son petit-fils. La pluie ne les empêcha pas de se promener dans les rues pavées autour des bâtiments en brique rouge recouverts de lierre du campus le plus prestigieux du monde, le lieu sur terre où Helen se sentait le plus heureuse et le plus légitime. Elle regardait passer les jeunes gens athlétiques à l'air pressé, les bras pleins de livres, qui gouverneraient un jour l'Amérique, et sa poitrine se gonflait de fierté et de joie à la pensée que son fils, né en Roumanie, était l'un d'eux.

« J'ai une idée, dit le père d'Elena quand ils rentrèrent le dimanche soir dans le New Jersey. Le matin, je pourrais vous conduire à la gare. On garderait la voiture pendant la journée, comme ça on serait indépendants, Iulia et moi.

— J'aurais été content de vous laisser la voiture, mais mon contrat d'assurance n'autorise qu'Alexandru et moi à la conduire, répondit Jacob.

— On n'aura pas besoin de le dire ! reprit le père d'Elena avec un petit rire.

— Ce n'est pas possible, papa. En cas d'accident, nous serions responsables. Ça pourrait nous coûter une fortune.

— Tu connais ton père, Lenoush. C'est un excellent conducteur, il est très prudent, il n'aura pas d'accident.

— Maman, je suis désolée, mais ce n'est pas possible. Ça n'a rien à voir avec papa.

— Mais puisque personne n'en saura rien ! Ne sois pas égoïste, Lenoush ! Qu'est-ce que tu veux qu'on fasse ici toute la journée, ton père et moi ? Je n'ai jamais vu un endroit pareil. Sans voiture, on est prisonniers ! Même pour aller faire les courses il faut une voiture ! On est au milieu de nulle part ! On n'en peut plus de passer la journée à vous attendre ! C'est d'un ennui ! Tu ne te rends pas compte ! »

Helen baissa les yeux et respira un grand coup pour réprimer la colère qui montait en elle. Égoïste, alors qu'elle ne refusait rien à sa mère et que le séjour de ses parents, entre les billets d'avion, les distractions et tous les cadeaux à rapporter en Roumanie, leur coûtait plus qu'ils n'avaient dépensé pour eux-mêmes en six ans ? Égoïste, quand depuis dix jours elle n'avait plus une seconde à elle ? En critiquant le New Jersey où elle avait choisi de vivre justement parce que c'était la vraie Amérique, sa mère lui avait planté un couteau en plein cœur.

D'une voix calme, Jacob proposa de prendre son mercredi après-midi pour emmener ses beaux-parents à Manhattan ou au centre commercial près de chez eux. Helen domina sa colère et suggéra d'inviter à déjeuner le samedi suivant un couple de Roumains qui habitaient Queens, des amis de ses parents qu'elle n'aimait guère. Les deux offres apaisèrent ses parents, et Iulia passa plusieurs jours à se préparer pour le déjeuner. M. et Mme Petrescu étaient aussi déplaisants qu'Helen se les rappelait. Chacun des compliments de Mme Petrescu décochait une flèche.

« Quelle bonne idée d'avoir acheté dans le New Jersey ! C'est loin de Manhattan, mais sûrement bien moins cher que Queens. C'est une jolie maison. Oh, il faut traverser la cuisine pour accéder à la salle à manger ? Ça, c'est bizarre ! Comment vous faites quand vous avez des invités ? »

Tandis que ses parents et leurs amis, bien installés à table,

échangeaient des propos animés sur des gens de leur
connaissance à Bucarest, Helen et Jacob ne cessaient de se
déplacer de la cuisine à la salle à manger pour apporter du
vin, du pain, de nouveaux plats, du sel, de l'eau. Helen eut
l'impression de se retrouver chez ses parents à Bucarest.
Elena. Assise dans la cuisine, elle se reposait cinq minutes en
fumant une cigarette quand la voix forte de M. Petrescu lui
parvint de la salle à manger. Elle reconnut le mot « shekel »
et tendit l'oreille. M. Petrescu racontait une histoire sur deux
hommes en train de prier devant le Mur des lamentations,
un riche et un pauvre. Le pauvre suppliait Dieu de lui permettre de gagner cent shekels pour nourrir sa famille et
soigner sa femme malade. Le riche demandait à Dieu de
lui faire gagner des millions de shekels et de faire croître sa
compagnie. Le pauvre à côté de lui continuait : « Par pitié,
Dieu, juste cent shekels... » Le riche finissait par sortir cent
shekels de sa poche et se tournait vers le pauvre : « Tiens,
voilà ton fric. Maintenant, laisse Dieu s'occuper de mes
affaires ! »

Les Tiberescu et les Petrescu éclatèrent de rire. Quand
Helen entra dans la salle à manger avec les assiettes à dessert, Jacob lui sourit et elle lut le message dans ses yeux :
« Ne t'inquiète pas, Lenoush. Ça n'a pas d'importance. »
Bouillant de rage, elle tendit aux convives leurs parts de
gâteau sans desserrer les lèvres jusqu'à la fin du repas.
Après le départ des Petrescu, elle entra dans la petite
chambre où son père se reposait sur le canapé-lit et où sa
mère commençait à empaqueter leurs nombreux achats.

« Comment avez-vous pu rire quand Domnul Petrescu a
fait cette blague antisémite ?

— C'était juste une blague, Lenoush, répondit Iulia.
Rien de méchant.

— Comment oses-tu dire ça ? C'est pour ça qu'on a quitté la Roumanie ! On veut du respect ! Ces gens savent que Jacob est juif, ils mangent chez nous et ils font cette blague ! Si je ne les ai pas jetés dehors, c'est seulement par respect pour vous. Mais jamais plus. Vous m'entendez ? Jamais plus ! »

Son père ouvrit de grands yeux, et sa mère secoua la tête.

« Tu devrais te reposer, Lenoush. Tu travailles trop. L'Amérique ne te fait pas du bien. Doamna Petrescu a remarqué que tu avais l'air fatiguée. »

Sur le chemin de l'aéroport, le lendemain, sa mère babillait comme si aucun mot n'avait été échangé. Avant de passer la sécurité, elle embrassa sa fille.

« Maintenant que vous êtes américains, vous pouvez voyager comme vous voulez ! La prochaine fois, c'est vous qui viendrez à Bucarest, hein ? Pour Noël dans un an ? Avec Alexandru et Lisa ?

— On verra », répondit Helen.

Mais elle savait déjà qu'elle ne retournerait jamais en Roumanie et n'inviterait plus ses parents aux États-Unis. Elle les embrassait pour la dernière fois. Elle ne laisserait plus personne menacer l'équilibre du monde qu'elle avait construit avec Jacob de ses mains.

Helen remarque maintenant tout ce qui ne la dérangeait guère en juillet. Après une longue journée de bureau et deux heures de trajet en voiture, c'est Alexandru qui va faire les courses au supermarché, qui cuisine pour Marie et lui, et qui remplit la machine de linge. Marie ne range même pas leur chambre. Le canapé-lit est toujours ouvert et le simple effort de faire le lit semble trop grand pour elle : la couette reste en boule, chiffonnée. Helen change les draps une fois par semaine.

« Vous voulez que je vous aide ? dit Marie en voyant sa belle-mère passer l'aspirateur dans la chambre.

— Ce n'est pas la peine. J'en ai pour cinq minutes », répond Helen sans lever la tête.

Marie reste en chemise de nuit toute la journée pour travailler à sa traduction, et prend rarement sa douche avant cinq heures du soir. Quand Marie était en France, en août, Helen a sorti tous ses vêtements des placards de la petite chambre et les a passés à la machine, même les chaussettes et les slips. Elle ne pouvait pas supporter l'idée d'avoir dans sa maison des placards remplis de vêtements moyennement propres.

« Merci d'avoir lavé mes habits, lui a dit Marie le matin de son retour. Il ne fallait pas, vraiment. Vous les avez même repassés ! Je n'avais jamais porté de tee-shirt repassé. Quel luxe !

— C'est Jacob qui a fait le repassage », a répondu Helen en détournant les yeux.

Le pire, ce sont les Kleenex. Marie laisse traîner dans toute la maison, sur sa table de nuit, sur la table de salle à manger près de son ordinateur, même dans la cuisine parfois, des Kleenex usagés qu'Helen attrape du bout des doigts et jette avec dégoût.

Pendant la semaine, Marie dort encore quand Alexandru et sa mère quittent la maison. Tôt le matin, Helen peut se détendre dans sa cuisine avec un bon café et une cigarette. Mais le week-end, à peine Marie débarque-t-elle dans la cuisine où sa belle-mère fume et bavarde avec Alexandru qu'elle se met à tousser pour indiquer que la cigarette la dérange. En juillet, Helen éteignait immédiatement sa cigarette ou se réfugiait dans le jardin. Maintenant elle n'a plus envie. Il fait trop frais dehors. Et après tout, c'est sa maison. Sa cuisine. Le seul endroit du monde où elle est libre de faire ce qu'elle veut sans que personne y trouve à redire. Pourquoi Marie imposerait-elle sa règle ?

Le week-end, Alexandru est épuisé. Helen sait comment il se sent après cinq jours où il s'est réveillé à six heures et quart, a roulé jusqu'à Manhattan et travaillé dix heures de suite : il ne désire rien d'autre que rester tranquillement à la maison, lire et se reposer. Mais Marie s'ennuie. Elle n'a rien fait de toute la semaine. Elle veut aller à Manhattan, se balader, sortir, voir des amis, aller à des fêtes. Alexandru doit reprendre la voiture, retourner en ville, se coucher tard.

Fin septembre, Marie tombe malade. Une bronchite. Helen l'entend tousser jour et nuit et se sent coupable chaque fois qu'elle allume une cigarette, même au sous-sol, car la fumée semble traverser les plafonds et les murs pour atteindre sa belle-fille. Quant à Alexandru, il suffit que Marie sente à distance sur son haleine ou ses vêtements l'odeur de tabac pour qu'elle lui crie après.

À cause de la maladie de Marie, Alexandru a déménagé au sous-sol, sur le vieux canapé jaune trop court pour ses jambes. Il dit que ça ne le dérange pas, que le canapé est très confortable. Quand Marie n'a plus de fièvre, il continue à dormir en bas parce qu'elle tousse beaucoup pendant la nuit. Helen ne peut s'empêcher de penser que Jacob et elle ont toujours partagé le même lit, même si l'un d'entre eux était malade. C'est cela, un couple : deux personnes qui partagent le même lit.

Mi-octobre, Helen apprend que Marie s'apprête à repartir en France où elle va passer tout le mois de novembre, afin d'assister au mariage d'un cousin au début du mois et de participer à un colloque sur la traduction à la fin : ses pires craintes se confirment. De toute évidence, Marie compte profiter de son congé pour aller en France le plus souvent possible. Elle va dépenser en France le salaire que son mari gagne aux États-Unis. Il est probable qu'elle achètera la vieille maison bretonne dès qu'ils auront suffisamment d'argent pour l'apport initial. Peut-être est-ce dans ce but qu'ils n'ont pas encore emménagé à Manhattan : elle veut économiser plus vite en vue de la maison en France.

Deux jours plus tard, au bureau, Helen se lève et tombe à la renverse. Quand elle ouvre les yeux, Bill, Tatiana et les deux secrétaires sont penchés au-dessus d'elle.

« Helen ? Helen ? »

Ils veulent appeler une ambulance. Elle les supplie de n'en rien faire. Elle va bien, dit-elle. C'est juste un coup de fatigue. Elle n'a pas mangé depuis la veille parce qu'elle n'avait pas faim ce matin, c'est tout. Elle s'abstient de préciser qu'elle ne mange rien d'autre, depuis plusieurs jours, que de la glace allégée en sucre et en matière grasse, tout autre aliment lui donnant mal au cœur. Bill lui apporte un verre d'eau, un cracker et un morceau de sucre. Elle leur assure qu'elle se sent déjà mieux. Elle va rentrer à la maison se reposer.

Jacob vient la chercher à la gare à trois heures et demie. Ils entrent chez eux par le garage. Jacob reste en bas tandis qu'Helen monte se déshabiller. En passant devant la petite chambre, elle entend Marie parler français, glousser, rire. Helen s'arrête et l'écoute. Il y a quelque chose de trop familier, de presque intime dans le rire de Marie. La porte s'ouvre soudain et Helen se retrouve face à sa belle-fille. Elles sursautent en même temps. Marie est encore en chemise de nuit. Elle ne s'est même pas peignée. Elle rougit.

« Bonjour, Helen ! Vous rentrez tôt ! Ça va ?

— Oui, merci. »

Il y a un silence.

« J'étais au téléphone avec un ami de Paris qui vient de s'installer à New York, reprend Marie en rougissant encore plus. C'est un vieux copain, Frédéric. Il était à notre mariage. Vous vous rappelez ? Il commence un doctorat en histoire de l'art à Columbia. C'est un mélomane, comme Jacob. Il faudra que je l'invite ici un jour. »

Helen a une vision fugitive d'un très grand jeune homme dansant avec Marie le soir du mariage et la serrant de trop près. Frédéric ? Elle ouvre la porte de sa chambre sans répondre.

« Vous êtes sûre que tout va bien, Helen ?

— Je suis fatiguée », dit-elle avant de refermer la porte derrière elle.

Elle s'endort aussitôt. Quand elle se réveille, elle a le vertige. Toute la pièce tourne autour d'elle. Elle ne peut pas se lever. Le lendemain matin, Jacob l'emmène chez son médecin. Il ne trouve rien d'anormal, et lui prescrit une série de tests sanguins. Helen a tout le temps mal à la tête. Elle ne peut rien faire, ni se lever pour préparer un repas ou manger, ni même regarder la télévision. Elle reste au lit toute la journée, les yeux clos. Le vertige l'empêche de dormir. Les examens sanguins ne décèlent aucune anomalie. Au bout d'une semaine de repos, comme elle a toujours le vertige, le généraliste l'envoie chez un neurologue, qui l'envoie chez un oncologue. Médicalement, elle n'a rien. Mais elle ne peut pas travailler. Elle ne tient pas debout. Son patron lui demande d'aller voir un psychiatre. Seul un psychiatre peut prolonger son congé maladie, puisqu'il n'y a aucune explication physique à son mal. Aux yeux d'Helen,

tous les psychiatres et psychologues sont des charlatans.
Elle n'a aucun problème de ce côté-là. Elle est fatiguée et se
fait du souci pour son fils, voilà tout. Elle est mère : c'est
normal. Elle a juste besoin de repos. Mais elle n'a pas
le choix. Il lui faut prendre rendez-vous et aller voir un
psychiatre. Elle en choisit un au hasard sur la liste des
médecins conventionnés. Docteur Michael Levi. Pas complètement au hasard. Elle choisit la meilleure adresse possible, sur la Cinquième Avenue, dans Greenwich Village.
Le bureau sombre et vieillot au rez-de-chaussée d'un
immeuble ancien ne l'impressionne guère. Les canapés de
la salle d'attente sont fatigués et recouverts d'un tissu à
fleurs de mauvais goût. Le médecin la reçoit. De petite
taille, il doit avoir la cinquantaine et la scrute derrière des
lunettes épaisses. Il ne porte pas de blouse blanche mais un
pantalon en velours beige et une chemise Oxford bleue —
pas de cravate. Elle regarde les diplômes sur ses murs. Il
n'est même pas interne des hôpitaux. Le soir du rendez-
vous, elle raconte la visite en ricanant.

« Et il se croit plus intelligent que moi ? J'ai été excellente. Je ne lui ai rien dit qu'il puisse récupérer et utiliser
contre moi. »

Elle remarque le coup d'œil significatif que Marie jette à
Alexandru, comme si elle était folle.

Cela fait maintenant deux semaines qu'elle est en congé
maladie. Elle passe toute la journée à la maison avec Jacob
et Marie. Le matin, elle quitte la cuisine avant que Marie se
lève, et attend que sa belle-fille ait fermé la porte de la salle
à manger derrière elle pour sortir de sa chambre. L'après-
midi, elle regarde la télévision ou se repose sur le canapé du
sous-sol, à côté de Jacob qui écoute de la musique, lit ou fait
ses comptes. Quand Marie sort faire un tour à vélo, en fin

d'après-midi, c'est le seul moment où Helen se sent libre d'aller et venir chez elle.

Un soir, elle est dans la cuisine, en train de fumer une cigarette, lorsqu'une dispute éclate au sous-sol entre Alexandru et Marie. Sa belle-fille crie si fort qu'Helen perçoit chaque mot alors que la porte de l'escalier est fermée.

« C'était mon sac préféré ! Tu m'as dit que tu l'avais rentré et tu l'as laissé dans le jardin ! Je t'ai fait confiance et je n'ai pas vérifié ! Ce matin, je l'ai retrouvé trempé par la pluie ! Il est fichu !

— Pardon, Marie. J'étais sûr de l'avoir rentré. Je t'en achèterai un autre.

— Je ne retrouverai pas le même ! Je l'ai acheté à Boston il y a trois ans !

— On ira à Boston, ce week-end si tu veux.

— La boutique a fermé !

— Tu peux parler moins fort, s'il te plaît ?

— Je me fiche pas mal qu'ils nous entendent ! Tu ne fais pas attention à mes affaires ! Tu ne fais plus du tout attention à moi !

— Tu vas la fermer ? »

Marie éclate en sanglots. Helen sent sa migraine qui recommence. Elle se lève et retourne dans la chambre où dort déjà Jacob. Elle ne veut pas entendre un mot de plus. Pourquoi Marie n'a-t-elle pas mis son sac à l'abri elle-même ? Et comment Alexandru peut-il la laisser s'adresser à lui sur ce ton ?

*

Marie se réveille en toussant. Elle voit les chiffres fluorescents du radio-réveil sur l'étagère en merisier face au canapé-lit : 03.10. Il fait si chaud et sec dans la petite chambre qu'on peut à peine respirer. Elle ouvre toujours la fenêtre avant de se coucher, mais l'air qui entre par le carreau étroit qu'on pousse en tournant une manivelle ne suffit pas à contrebalancer la chaleur exhalée par le radiateur. Helen règle le thermostat sur trente degrés, sinon elle a froid. Marie allume la lumière, s'assied et prend son livre sur la table de nuit. Ses yeux ont beau se fermer malgré elle, rien ne sert d'éteindre et de se recoucher : elle va se mettre à tousser aussitôt. Même si la bronchite est finie depuis plusieurs semaines, elle se réveille chaque nuit en toussant malgré le puissant sirop à la cortisone que lui a prescrit le deuxième médecin qu'elle a vu. Cette toux est-elle une réaction psychosomatique à l'atmosphère délétère de la maison ? Ou bien quelqu'un essaie-t-il de l'empoisonner en versant une substance mortelle dans sa nourriture ou son eau, comme dans *Soupçons*, le film de Hitchcock ? Qui ? Sa belle-mère, bien sûr. C'est l'Amérique, après tout. On lit de tels faits divers dans les journaux tous les jours. À qui pourrait-elle exprimer ses soupçons ? Alex penserait qu'elle est devenue folle.

Elle deviendrait folle, à coup sûr, sans ces coups de fil quotidiens à Frédéric, l'ami de longue date, français comme elle, avec qui elle peut rire et parler librement. Elle se sent si seule dans cette maison qu'elle partage avec deux personnes âgées qui semblent avoir des antennes pour l'éviter. Ça ne la dérange pas de prendre son petit déjeuner toute seule, même son déjeuner. Mais jusqu'au soir, la journée est longue, et dans l'après-midi la solitude commence à lui peser. La maison a l'air vide, et c'est encore pire de savoir qu'ils sont là, tapis dans leur chambre dont la porte reste constamment fermée. Elle attend Alex. Elle désire désespérément le voir et lui parler. Quand il finit par revenir, fatigué et stressé, il préfère se reposer au sous-sol devant la télévision qu'écouter les plaintes de sa femme sur sa mère déprimée et la banlieue déprimante où ses parents vivent. Ils se disputent. Il y a deux jours, quand elle a retrouvé son sac trempé par la pluie, elle lui a fait une scène terrible. Elle était injuste, elle le savait, mais ne pouvait se retenir. Elle a pleuré de façon hystérique. Hier soir, il ne lui a pas adressé la parole.

De toute évidence, ils auraient dû déménager. Quand elle est rentrée de France début septembre, ils n'étaient pas pressés : le mois de juillet s'était très bien passé, et l'idée d'économiser un autre mois de loyer ne leur déplaisait pas. Marie a mis moins d'une semaine à comprendre que quelque chose avait changé. Ses beaux-parents étaient froids à son égard. Ils l'écoutaient distraitement parler de ses vacances et de sa famille. Quand elle a demandé à Alex pourquoi ses parents ne dînaient plus avec eux, il lui a dit qu'ils mangeaient plus tôt d'ordinaire, qu'en juillet ils avaient fait une exception, mais reprenaient maintenant leur horaire normal. Marie a senti qu'il y avait autre chose. Au moment où elle s'est décidée à dire à Alex qu'ils devaient chercher un appartement, elle a attrapé une bronchite. Et ensuite, avec cette toux qui la réveille toutes les nuits, elle s'est sentie si fatiguée qu'elle n'a pas eu le courage d'aller jusqu'à la gare à pied et de prendre le train pour Manhattan afin d'y visiter des appartements. Elle retourne en France dans quelques jours : ce n'est plus la peine. Ils déménageront dès son retour.

Elle tousse à nouveau et prend le Kleenex sur la table de nuit pour se moucher. Elle rougit en se rappelant soudain ce que lui a dit Alex il y a une semaine alors qu'elle lui demandait s'il ne pensait pas que leur présence prolongée dérangeait ses parents :

« Pas du tout. La seule chose qui dérange ma mère, ce sont tes Kleenex sales qui traînent partout dans la maison. Tu pourrais les jeter, s'il te plaît?

— Mes Kleenex? Ils ne traînent pas dans toute la maison! J'en laisse un sur la table de chevet et un autre près de mon ordinateur!

— Pourquoi n'en prends-tu pas un nouveau à chaque fois? Ma mère n'a pas tort. C'est dégoûtant. »

Il ne lui était jamais venu à l'idée qu'on pourrait trouver son habitude répréhensible — ni qu'Alex se ferait le porte-parole de sa mère pour la critiquer.

Elle a soif et prend son verre sur la table de nuit. Il est vide. Elle se lève silencieusement, ouvre la porte et va vers la cuisine dans le noir. Ses pieds nus sur le parquet tiède ne font aucun bruit. Par la porte entrouverte de la chambre de ses beaux-parents, elle entend le léger ronflement de Jacob. La télévision allumée projette une lumière bleue. Le son est au minimum. Elle traverse la cuisine obscure sur la pointe des pieds jusqu'au réfrigérateur. Au moment où elle l'ouvre, son bras effleure quelque chose : un fantôme immobile, assis à table. Elle bondit.

« Aaaah! »

Son cri fait sursauter le fantôme — Helen, bien sûr, en chemise de nuit. Le cœur de Marie bat la chamade. Helen ne l'a pas entendue non plus. Elle semble perdue dans ses pensées. Depuis combien de temps est-elle assise dans cette cuisine? Est-ce la toux de Marie qui l'a réveillée?

« Vous m'avez fait peur, Helen! Je suis venue prendre un verre d'eau. »

Le fantôme ne répond pas. Marie sort du réfrigérateur la carafe d'eau filtrée, verse l'eau dans le verre et remet la carafe en place.

« Ça va, Helen ? »

Sa belle-mère hoche la tête.

« Bonne nuit », dit Marie avant de retourner dans sa chambre.

Assise sur le canapé-lit, elle allume la lampe de chevet et ouvre son livre. Une odeur subtile de cigarette pénètre dans la pièce et la fait tousser. Elle finit par se rendormir et quand elle se réveille, la maison est silencieuse comme si les parents d'Alex l'avaient désertée. Peut-être Jacob avait-il rendez-vous chez le médecin. Marie prend son petit déjeuner dans la cuisine rutilante où les tasses sur le plan de travail ont l'air d'avoir séché depuis longtemps. Elle se lave les dents puis se retire comme d'habitude dans la salle à manger dont elle ferme la porte derrière elle. Dix minutes plus tard, elle ressort de la pièce pour aller chercher un livre et tombe sur le fantôme de la nuit dernière, habillé, assis devant une tasse de café et un cendrier plein de mégots. Avant qu'Helen ait eu le temps d'éteindre sa cigarette et de quitter la pièce, Marie s'assied à la table ronde.

« Je peux, Helen ? »

Helen lève des yeux craintifs et hoche la tête. Elle a l'air nerveuse. Marie l'est aussi.

« C'est un moment difficile pour Alex et moi, Helen », dit-elle maladroitement.

Sa belle-mère sursaute comme si Marie avait touché un nerf.

« Alex ne peut pas dormir avec moi à cause de ma toux : il a peur de ne pas tenir au bureau s'il est fatigué. J'espère que cette fichue toux va s'arrêter bientôt. Ça me manque vraiment de ne pas coucher dans le même lit que lui.

— Je ne sais pas, dit Helen d'une voix hésitante.

— Vous ne savez pas quoi, Helen ? demande aussitôt Marie, soulagée que sa belle-mère ouvre enfin la bouche.

— S'il te plaît, répond Helen à voix basse, d'un ton mi-suppliant, mi-menaçant. Ne m'oblige pas à parler. » Marie rougit. Elle a compris. Ce n'est pas qu'Helen a mal à la tête. Mais elle a tant de choses à dire que, pour son bien, sa belle-fille ferait mieux de ne pas l'interroger.

Son instinct lui dit qu'une crise s'approche comme celle qui a précédé leur mariage, et qu'elle doit alerter Alex avant de repartir en France dans deux jours. Ce soir-là, il rentre du bureau tard, vers dix heures. Il se change au sous-sol pendant que Marie lui parle quand la voix d'Helen leur parvient de la cuisine.

« Alexandru ! »

Elle interrompt Marie, en roumain, pour demander à son fils s'il désire manger quelque chose. Le message est clair : avec une épouse qui ne se soucie même pas de le nourrir après une longue journée de travail, Alex a besoin d'une mère pour s'occuper de lui.

« Merci, maman ! répond-il d'une voix forte. Pas pour l'instant.

— Je crois que ta mère ne m'aime pas, dit Marie à voix basse.

— Elle est malade, Marie. Elle a d'autres soucis que toi. Cesse de tout prendre personnellement.

— Dans la journée, je ne vois jamais tes parents, Alex. Je suis sûre qu'ils m'évitent. Hier, je travaillais, je suis allée aux toilettes cinq minutes et quand je suis retournée dans la salle à manger, ta mère avait éteint toutes les lumières, alors que mon ordinateur était allumé. C'était un geste agressif. Elle ne veut pas de moi ici. »

Il fronce les sourcils, soucieux.

« Ne sois pas paranoïaque. Elle a dû éteindre la lumière par pur réflexe. Elle et toi avez passé un peu trop de temps dans la même maison, c'est tout. De toute façon, tu t'en vas après-demain, ça tombe bien.

— Quand je rentre, fin novembre, il faut vraiment qu'on déménage.

— Oui. C'est promis. »

Le jour de son départ, Marie est seule comme d'habitude. Alex est au bureau, et ses beaux-parents dans leur chambre. Quand elle entend le taxi klaxonner, elle se poste devant la porte close de la chambre :

« Jacob, Helen, je m'en vais. Au revoir ! »

Silence. Elle sait qu'ils sont là car la voiture de Jacob est garée dans la contre-allée. Elle descend l'escalier qui va de la cuisine au sous-sol. Peut-être dorment-ils, mais elle en doute. Elle appuie sur le bouton qui ouvre la porte automatique du garage adjacent au sous-sol, et sort de la maison en tirant sa valise à roulettes. Le chauffeur pakistanais l'aide à la mettre dans le coffre. Elle s'installe sur le siège arrière lorsqu'elle se rappelle avoir laissé une fenêtre ouverte dans la salle à manger. Sa négligence risque d'accroître les griefs d'Helen.

« Vous pouvez m'attendre une minute ? »

Elle ressort du taxi et court dans la maison par la porte du garage encore ouverte. Du sous-sol, elle monte quatre à quatre l'escalier de la cuisine. Au moment où elle fait irruption, elle voit sa belle-mère debout devant la porte ouverte du réfrigérateur. Helen se fige comme un voleur pris la main dans le sac. Il est tellement clair qu'elle est sortie de sa tanière à la minute même où elle s'est crue enfin libérée de sa belle-fille que c'en est embarrassant pour elles deux.

« J'ai oublié quelque chose, Helen. »

Marie entre dans la salle à manger et ferme la fenêtre. Quand elle retourne dans la cuisine, Helen est toujours debout devant le réfrigérateur ouvert, immobile comme une statue de sel. Marie s'approche pour l'embrasser — un geste normal entre une belle-mère et une belle-fille qui s'en va. Alors qu'elle fait un dernier pas, Helen tend impulsivement son bras droit, dressant sa paume ouverte contre Marie.

« Non. »

Elle a l'air terrifiée. Sa main et sa voix stoppent l'élan de Marie, qui rougit violemment.

« Au revoir, Helen. »

Elle fait demi-tour, redescend l'escalier et ressort par le garage. La scène n'a pas pris plus d'une demi-minute. Elle s'assied dans le taxi. Le chauffeur démarre lentement. À mesure que la voiture prend de la vitesse, quelque chose en Marie se dégèle. Elle pleure. Elle se rend compte qu'Helen la hait au point d'être révulsée par un simple contact physique entre elles. Un instinct aussi fort que la terreur a poussé la mère d'Alex à tendre la main pour repousser Marie comme si c'était un démon. *Vade retro, Satana!*

CHAPITRE 15

1959

LA DOUBLE VIE

Mener une double vie n'était pas plus difficile qu'enfiler sa combinaison juste avant de commencer sa journée de travail. Six fois par semaine, vêtue de ses habits de ville, elle attendait à six heures et quart, devant chez elle, le car privé qui l'emmenait avec ses collègues à l'Institut de physique atomique, situé dans un parc magnifique et bien gardé au cœur d'une forêt à quinze kilomètres de Bucarest. Elle descendait au premier arrêt, le réacteur nucléaire, et le car continuait jusqu'à sa destination finale à quelques kilomètres, le laboratoire de recherche. Elle entrait dans le bâtiment moderne, devait passer deux fois la sécurité et montrer sa carte, puis descendait au vestiaire des femmes, neuf et confortable comme le reste de l'Institut, un joyau du gouvernement que l'on montrait à tous les chercheurs internationaux de passage. Elena se déshabillait à côté de ses collègues en échangeant des nouvelles et des anecdotes. Elle enfilait la combinaison faite d'une matière résistante aux flammes et à la radiation, qui couvrait chaque centimètre de son corps, cheveux, doigts et orteils inclus, et attachait à sa ceinture le petit appareil à mesurer les degrés de radiation, le Geiger. Elle mettait son masque transparent, puis prenait l'ascenseur jusqu'au laboratoire. Son travail consistait à tester l'effet de la radiation sur différentes substances chimiques. Elle n'entrait pas directement en contact avec ces substances mais travaillait derrière une vitre de verre spécial protégeant contre les radiations. Elle insérait ses bras dans des niches et, de l'intérieur de ces niches, opérait un bras mécanique avec des doigts articulés en métal. Elle excellait à cette tâche méticuleuse qui requérait toute son attention mentale et physique ; ses doigts étaient d'une extrême agilité. Les sept heures passaient vite, avec juste une courte pause pour avaler le yaourt que le gouvernement leur offrait parce que les yaourts, avait décrété un homme de sciences communiste, renforcent les défenses du corps contre les radiations. Puis elle retournait au sous-sol, enlevait la combinaison qu'elle rangeait dans son vestiaire, remettait sa robe de ville et redevenait Elena. Son travail était entièrement séparé du reste de sa vie. Elle ne pouvait même pas en parler, d'abord parce que c'était strictement interdit, ensuite parce que personne n'aurait compris ce qu'elle faisait. Et sa vie de famille était complètement séparée de sa vie avec Jacob. Cela durait depuis plus d'un an ; le système fonctionnait parfaitement.

Au début, quand Jacob ne travaillait pas, ils se voyaient tous les jours. En rentrant de l'Institut de physique atomique, Elena descendait au centre-ville et passait une ou deux heures avec lui. Même s'il n'avait pas encore trouvé de poste à plein-temps, il faisait maintenant toutes sortes de petits boulots dans les coopératives ou les magasins qui avaient besoin d'un homme à tout faire pour réparer des machines défectueuses, et n'était plus libre l'après-midi. Une routine s'était établie : ils se retrouvaient le samedi après le travail et le dimanche, pour déjeuner quand les parents d'Elena étaient absents, sinon dans l'après-midi. Elena s'était inventé de nouvelles amitiés et avait même invité chez elle certaines de ses collègues pour donner plus de réalité aux prétextes qu'elle donnait à ses sorties du dimanche. Ses parents ne cherchaient pas à en savoir plus. Ils n'auraient jamais soupçonné leur fille d'un mensonge si constant et si long.

Quand l'hiver était arrivé et qu'un déluge de pluie s'était abattu sur la ville, Jacob avait proposé à Elena de venir chez lui. Le froid ne leur permettait plus de se promener longuement dans les parcs ou les rues du centre. Ils n'étaient pas assez riches pour aller toutes les semaines au concert, au théâtre ou au restaurant. Elena recevait un vrai salaire pour la première fois de sa vie, mais remettait le chèque à Iulia qui le déposait sur un compte d'épargne au nom de sa fille en lui laissant juste un peu d'argent de poche. Jacob gagnait très peu. Il était généreux mais n'avait plus les moyens d'inviter Elena comme auparavant. Quand il suggéra sa chambre comme lieu de rencontre, elle accepta tout de suite. Elle savait qu'il n'avait d'autre idée que de leur procurer un lieu chaud et confortable où ils pourraient boire du thé et bavarder tranquillement.

Un dimanche de début décembre, donc, quatre mois après leurs retrouvailles de l'été au parc Cişmigiu, il l'emmena chez lui. Elle entra pour la première fois dans la maison qu'elle avait si souvent imaginée, dans un quartier juif à dix minutes à peine du centre, près de l'élégant boulevard Maraşeşti. C'était la demeure familiale de Jacob avant le départ de ses parents en 1948. Une de ses tantes y vivait avec son fils, et un vieux couple occupait une autre chambre. La règle officielle étant de deux personnes par chambre, Jacob aurait dû partager sa pièce, mais l'administration l'avait miraculeusement oublié. Elena fut impressionnée dès qu'elle vit du dehors l'imposante maison jaune. Côté rue, de hautes fenêtres en ogive ornaient la façade. De l'autre côté, des portes-fenêtres à petits carreaux, à la française, ouvraient sur un vaste jardin planté de hêtres dont les feuilles jonchaient le sol. La chambre de Jacob donnait sur la rue. C'était une grande pièce au plancher roux, avec trois fenêtres en ogive, des moulures sur les murs vert pâle et, dans un coin, un poêle allemand couvert de carreaux bleus et blancs peints à la main. La chambre était mal meublée mais elle se sentit chez elle dès le premier instant. Elle ôta son manteau et s'assit sur le lit une place. Il n'y avait pas d'autre siège, sinon une vieille chaise près d'une fenêtre, sur laquelle s'empilaient des livres. Il attendait, inquiet. Elle lui sourit.

« C'est une belle pièce. »

Il alla dans la cuisine préparer du thé tandis qu'elle restait dans la chambre pour ne pas risquer de rencontrer d'autres habitants de la maison. Il rapporta la théière, déplaça la pile de livres et s'assit sur la chaise, face au lit. Ils burent leur thé en silence, tandis que naissait un étrange embarras. Dans les parcs, ils s'embrassaient librement et se prenaient la main. Mais c'était la première fois qu'ils se trouvaient dans un lieu privé où rien ne mettait obstacle à l'intimité. Leur conversation même en était paralysée.

« Je peux m'asseoir près de toi, Lenoush ? »

À peine fut-il à côté d'elle qu'un feu traversa le corps d'Elena. Il passa le bras autour de ses épaules, et ils échangèrent un long baiser langoureux qui les fit tomber sur le lit. Les mains de Jacob se glissèrent sous son chemisier, effleurèrent son ventre, dégrafèrent son soutien-gorge. Elena tremblait comme si elle avait froid, et pourtant le poêle chauffait bien. Des frissons la secouaient de décharges électriques. Elle s'abandonnait à la vague qui l'emportait, incapable de penser à rien d'autre qu'au mouvement de cette paume qui découvrait son corps. Quand la main descendit vers ses cuisses, un gémissement s'échappa de ses lèvres, et sa main à elle agrippa l'épaule de Jacob. Il se leva brusquement, renversant la chaise au passage, tituba jusqu'à la fenêtre et l'ouvrit en grand, malgré le froid. Il aspira à pleins poumons l'air glacé de décembre. Haletante, étourdie, Elena s'assit sur le lit et se passa la main sur le front. Jacob se retourna et lui sourit. Ses yeux brillaient comme des braises. Une mèche noire tombait sur son front. Il était d'une beauté qu'elle fixa dans son esprit à jamais. Elle comprit qu'il ne s'était pas interrompu par manque de désir — elle en avait la preuve — mais parce qu'il l'aimait assez pour dominer ses pulsions. Il savait qu'un moment de faiblesse suffirait à diminuer son estime d'elle-même et son estime pour lui.

Elle passa chez lui tous les samedis et les dimanches de l'hiver. Ils lisaient côte à côte, elle allongée sur le lit, lui assis sur le plancher, au pied du lit. Ils s'embrassaient passionnément, sans jamais se laisser aller complètement. Ils buvaient du thé ou du vin chaud, mangeaient le gâteau qu'elle apportait, et parlaient de leur semaine, de leurs collègues, d'un livre qu'ils venaient de lire, d'un morceau de musique, et, à sa surprise, même de politique, un sujet qui ne l'intéressait guère et qu'on n'abordait pas chez elle. Ses parents se contentaient de répéter la version officielle des événements qu'ils entendaient à la radio ou de M. Ionescu. Comme ses parents et la plupart de ses compatriotes, elle était fière que leur président, six mois plus tôt, eût obtenu le retrait des troupes soviétiques du territoire roumain, évitant ainsi une crise à la hongroise. Sa naïveté fit sourire Jacob. Elle voulait savoir comment Gheorghiu-Dej avait gagné la confiance de Khrouchtchev? En purgeant le Parti de tous les Juifs et intellectuels. Voilà ce que recouvrait la fameuse accusation de cosmopolitisme. Si Ana Pauker avait été écartée du pouvoir en 53, ce n'était pas parce qu'elle était trop ou pas assez stalinienne, mais simplement parce qu'elle était juive, fille de rabbin, née Hannah Rabinsohn. Et tout étudiant rebelle, à Bucarest ou ailleurs, était arrêté par la police et jeté en prison. Voilà la réalité de leur pays. Elena l'écoutait et se rendait compte qu'elle, la fille de Bessarabie, n'avait jamais été du mauvais côté de la barrière.

Avant de repartir, elle cherchait un article dans le journal sur une pièce de théâtre, un film ou un concert qui se donnait ce jour-là et le lisait avec attention, pour construire une fiction plausible sur son emploi du temps. Le 21 mars, jour du premier anniversaire de leur rencontre, elle se précipita chez Jacob en sortant de l'Institut. Il avait réussi à se libérer et acheté chez un boucher dont il avait réparé un réfrigérateur un os de porc sur lequel il y avait plus de viande que de gras. Ils cuisinèrent une délicieuse soupe au chou qu'ils dégustèrent après avoir mis une nappe blanche sur la table bancale et allumé deux bougies. Puis Elena courut jusqu'à l'arrêt de tram, rentra chez elle le plus vite possible et prétendit avoir encore faim pour avaler le ragoût de bœuf au vin et le gâteau au fromage que sa grand-mère avait préparés pour l'anniversaire de sa mère.

Quelques mois plus tard, à l'Institut de physique atomique, Elena avait les bras à l'intérieur des niches et manipulait délicatement les doigts des bras mécaniques quand une explosion violente la fit bondir et la rendit sourde momentanément. Trois niches plus loin, des éclats de verre tombaient et jonchaient le sol de débris. Le masque de son collègue était tout noir. Une sirène se déclencha à l'intérieur du réacteur nucléaire, très forte, qu'elle n'entendait même pas. Ses collègues et elle se précipitèrent hors du laboratoire et coururent dans la pièce spécialement isolée où ils devaient attendre d'être décontaminés. Sur le moment, Elena trouva l'aventure excitante. Après coup, elle pensa aux conséquences possibles. Chaque semaine, elle devait faire un test sanguin. Jacob était extrêmement soucieux. L'accident leur fit perdre leur sentiment d'invulnérabilité. Ils se rendirent compte que la double vie d'Elena ne pourrait durer toujours. Tôt ou tard, et sans doute plus tôt que tard, il faudrait affronter les parents d'Elena. Mieux valait le faire avant qu'un accident se produise et provoque l'explosion : avant que quelqu'un les voie et les dénonce, ou même qu'ils tombent en ville, au détour d'une rue, sur les Tiberescu. S'ils apprenaient ainsi le mensonge de leur fille, ce serait terrible. L'honnêteté serait le seul argument en faveur d'Elena et de Jacob. Ils décidèrent de parler aux Tiberescu avant Noël — et de se marier l'été suivant.

Ils réfléchissaient à la façon d'annoncer la nouvelle quand un événement inattendu se produisit. Les parents d'Elena lui organisèrent une sortie avec un collègue de son père, un homme de trente ans qui appartenait au parti communiste et qui était très désireux de connaître une jeune fille dont on lui avait dit tant de bien. Si elle avait refusé, elle aurait offensé son père. Un dimanche de novembre, elle dut renoncer à son après-midi chez Jacob pour sortir avec le jeune communiste. Elle souriait en repensant à l'inquiétude que Jacob avait exprimée la veille. Comment, après un an et demi, pouvait-il ne pas être sûr d'elle ?

« Mais si cet homme est beau, Lenoush, en plus d'être communiste, pas juif, et riche ?

— Écoute, Jacob, s'il est aussi beau que mon père le dit et qu'il n'est toujours pas marié à trente ans alors qu'il a un bon salaire et qu'il est communiste, il y a forcément un problème. »

Elle proposa à Jacob de s'arrêter chez lui le lundi en rentrant de l'Institut pour lui raconter son aventure.

Ce lundi-là, ils passèrent une heure à rire sans interruption. Le jeune homme, dit Elena, était grand et svelte, avec des yeux bleus, plutôt bien même s'il avait des lèvres trop minces et un front qui se dégarnissait déjà. Il était vêtu avec élégance d'un costume gris clair. Il était venu la chercher chez elle, avait bavardé aimablement avec les parents et la grand-mère d'Elena, et ils étaient sortis sous les regards bienveillants de ses parents — ce qui avait suffi à monter Elena contre lui, même si ce n'était pas sa faute. Elle ne savait pas où il l'emmenait. Une surprise. À l'Opéra, espérait-elle, où se donnait *La Traviata.*

« Votre père m'a dit que vous collectionniez autrefois les timbres, lui avait-il dit en attendant le tram. Je suis également un collectionneur — pas de timbres, mais de pièces de monnaie. J'ai pensé vous montrer le musée de Numismatique. Vous le connaissez ?

— Non. » Elle n'avait jamais entendu le mot.

« J'en étais sûr ! C'est un musée extraordinaire. Il est là, en plein Bucarest, et personne ne le connaît, alors que nous avons une collection étonnante, qui mérite vraiment d'être vue. Vous pourrez en parler autour de vous et amener plus de visiteurs. »

Pendant quatre heures il ne lui avait pas posé une seule question personnelle — sauf sur sa collection de timbres —

mais avait disserté sur la numismatique, alternant des commentaires sur les pièces qu'ils voyaient avec une description plus générale de cette science. Oh, elle savait maintenant ce qu'était la numismatique. Pas juste une science de la monnaie, non non non, même si le mot dérivait du grec « *Nomisma* » qui voulait dire « monnaie ». Cette science traitait de la nature historique, artistique, sociale et commerciale de la monnaie dans tous les pays du monde. Inutile de dire que c'était une science universelle et probablement la seule digne de ce nom. Les pièces de monnaie permettaient de parler de tous les aspects de la vie — et surtout de la mort, gloussa Elena comme une gamine de douze ans. Elle était morte d'ennui en le suivant de salle en salle dans le musée mal éclairé où de petites pièces rondes grises ou jaunes étaient exposées vitrine après vitrine, toutes semblables aux yeux d'Elena — mais pas de son compagnon. Ils avaient traversé les salles grecques, romaines, françaises, russes, roumaines, etc. À force d'écouter le jeune homme qui lui montrait avec passion le profil de Néron sur un sesterce de l'an 66, celui de Catherine II sur un rouble, une poltina avec l'aigle bicéphale, des lei du début du siècle, elle avait presque fini par s'y intéresser et examinait un design Art nouveau sur un banu de 1921 quand il avait poussé un cri. Il était penché sur une vitrine, les yeux exorbités comme s'il avait vu une apparition :

« Un aureus 240 avec le visage de Gordien III le Pieux ! C'est une pièce rarissime ! Je n'avais aucune idée qu'on en possédait une ! Inouï ! Fantastique ! »

Au bout de trois heures, il l'avait invitée, non pas à dîner mais à boire une bière.

De cette sortie, elle tira deux conclusions. La première, qu'elle ne retournerait jamais dans un musée de numismatique — et s'enfuirait dès qu'elle entendrait le terme. La seconde, qu'elle devait dire la vérité à ses parents le plus tôt possible pour éviter de subir à nouveau cette torture.

Elle le fit deux semaines plus tard, un dimanche de la mi-décembre. Le samedi, elle avait répété son discours avec Jacob, parce qu'elle savait qu'elle aurait tellement peur qu'elle n'entendrait même pas le son de sa voix, comme pour un examen. Elle voulait articuler clairement, sans avoir l'air effrayée ou troublée. Jacob et elle n'avaient pas ri tandis qu'elle parlait d'une voix ferme en le regardant dans les yeux. Jacob redoutait pour elle la réaction de son père. Il aurait souhaité pouvoir aller chez ses parents et demander directement sa main à M. Tiberescu. Mais Elena avait repoussé cette idée. Un aveu fait par elle en l'absence de Jacob serait moins provocateur et moins humiliant pour son père. En dehors de quelques fessées quand elle était petite, son père ne l'avait jamais frappée. Il n'allait pas commencer quand elle avait vingt-quatre ans.

Sa grand-mère avait apporté deux tasses à café et servait son père. Sa mère babillait en racontant quelques incidents au travail. Il y eut un silence, et Elena respira un grand coup.

« J'ai quelque chose à vous dire.

— Quoi ? Vas-y, parle », répondit son père, agacé par son ton mystérieux et solennel.

Sa mère leva la tête, curieuse.

« J'ai revu Jacob. Nous... nous nous sommes rencontrés par hasard il y a deux mois, et depuis nous sommes sortis ensemble plusieurs fois. »

Sa mère poussa un cri étouffé. Sa grand-mère renversa du café sur la table.

« Depuis quand exactement ? demanda son père d'une voix calme, mais où couvait la menace.

— Fin août. Je suis tombée sur lui un jour où je me promenais au parc Cişmigiu. »

Elle avait décidé de ne révéler qu'une partie de la vérité. Quelques mois semblaient moins graves qu'une double vie d'un an et demi.

« Tu l'as vu combien de fois ?

— Presque tous les dimanches depuis septembre. Nous nous aimons. Nous voulons nous marier. »

Un silence glacial accueillit la déclaration.

« Va dans ta chambre, dit son père. Reviens quand je t'appellerai. »

Elle se leva et sortit, en fermant la porte derrière elle. Dans sa chambre, elle s'allongea sur son lit. C'était fait, mais ce n'était pas fini. Elle entendait des éclats de voix et le bruit d'une dispute dans le salon. La voix de son père s'élevait au-dessus de celles des femmes. Il y eut un bruit sec et violent, comme si son père avait frappé du plat de la main la table ou un autre meuble. Il devait être fou de rage.

« Lenoush ! »

Sa grand-mère l'appelait. Elle se releva et retourna dans la chambre de ses parents. Les chaises avaient été disposées en demi-cercle à côté de la table, avec une chaise vide face à celles où étaient assis ses parents et sa grand-mère, tels les juges dans un tribunal. Elle prit place.

« Pourquoi veux-tu l'épouser ? demanda son père.

— Parce que je l'aime, papa. »

Il haussa les épaules avec impatience comme si c'était un argument ridicule.

« Tu es allée chez lui ?

— Oui », répondit-elle d'une voix claire, heureuse de pouvoir leur montrer que Jacob et elle ne vivaient pas d'amour et d'eau fraîche mais planifiaient concrètement l'avenir. « Il habite tout près du centre, rue Ion Prokopiu, dans une maison qui était à sa famille autrefois. Il a une grande chambre pour lui tout seul. Après notre mariage, on pourra y vivre ensemble.

— J'en étais sûre ! » s'exclama sa mère.

M. Tiberescu se tourna vers sa femme :

« C'est ta faute, Iulia. C'est l'éducation que tu lui as donnée, en la traitant comme une princesse. »

Sa mère pleurait. Son père regarda Elena dans les yeux.

« Tu as couché avec lui ? »

Elle sursauta mais répondit d'une voix ferme :

« Non. »

Il rétorqua avec mépris :

« Tu mens.

— Non.

— C'est pour ça que tu veux l'épouser, c'est ça ? Parce que tu as couché avec lui et qu'il t'a engrossée ? »

Elena écarquilla les yeux. Elle n'avait jamais entendu l'expression mais en comprit aussitôt la signification. La vulgarité de son père la fit frissonner de dégoût. Elle se sentit déshabillée par lui, exposée sous son regard dans sa nudité.

Elle ne répondit pas, ni ne baissa la tête. Son père et elle se dévisageaient. Ses joues étaient brûlantes.

« Réponds ! hurla-t-il, si fort que les deux autres femmes sursautèrent. Si ça fait moins de trois mois, on peut t'en débarrasser !

— Non ! Non ! cria-t-elle sans pouvoir retenir ses larmes.

— Tu ne veux pas dire la vérité ? Demain, on t'emmène chez le médecin. Ton corps la dira pour toi. »

Elle était révulsée que son père pût proférer de telles obs-
cénités, ne la crût pas, la menaçât, n'eût aucun respect pour
sa pudeur de vierge. Elle comprit en cet instant que ses
parents n'avaient aucune idée de ce qu'était l'amour, puisqu'ils ne pouvaient concevoir d'autre raison à son désir
d'épouser Jacob qu'un acte physique portant à consé-
quence. Elle sentit plus fort que jamais que ces gens
n'étaient pas ses parents. Il n'y avait aucune relation entre
eux et elle. Ils étaient brutaux et vulgaires. Qu'ils acceptent
ou non sa décision d'épouser Jacob, cela n'avait aucune
importance. Elle pourrait ne jamais les revoir. Même
Bunica, qui ne disait rien mais prenait parti pour eux en
ne défendant pas sa petite-fille. Jacob était le seul dont
l'âme répondît à la sienne. Il était tout : son ami, son père,
sa mère, sa grand-mère, son amant.

CHAPITRE 16

1993

ILS NE T'AIMENT PAS BEAUCOUP, TU SAIS

Marie a beau savoir qu'un danger s'approche, elle oublie de prévenir Alex. Quand elle atterrit à Paris, elle est si heureuse de voir la haute silhouette et la barbichette de son père à l'aéroport, d'arriver dans l'appartement familier où sa mère élégante et vive lui sert dans la cuisine un café au lait, de retrouver ses parents qui l'écoutent, abasourdis, décrire l'atmosphère dans la maison du New Jersey, que la scène qui a eu lieu la veille dans la cuisine entre Helen et elle se nimbe d'irréalité. Elle n'en parle même pas à Alex quand il l'appelle à Paris ce soir-là pour savoir si elle est bien arrivée.

Deux jours après, elle va au mariage de son cousin dans le sud-est de la France. Les parents de la fiancée possèdent un petit hôtel au bord d'un lac au-dessus d'Aix-les-Bains, où la fête a lieu. Le soir, au dîner où chaque détail est parfait, Marie est assise à la table des mariés avec leurs meilleurs amis, qui assaillent « la cousine américaine » de questions. Cela fait longtemps qu'elle ne s'est pas sentie si vivante. À côté d'elle est assis un grand jeune homme timide aux cheveux frisés noirs. Il a récemment connu une rupture douloureuse, et ils ont une longue conversation sur l'amour et la trahison. Quand elle apprend qu'il est étudiant en médecine, elle ne peut s'empêcher de lui parler de sa toux nocturne, même si elle sait qu'il n'est rien de plus ennuyeux pour un médecin qu'un convive profitant de sa présence à un dîner pour énoncer le détail de ses maux. Le jeune homme écoute attentivement et pose des questions. Une musique rythmée retentit soudain. Elle lui sourit.

« Vous dansez le rock ? »

Marie a grandi avec le rock. C'est la danse associée aux émotions les plus intenses de son adolescence. L'étudiant est le type de danseur qu'elle préfère, doux et gracieux : il n'essaie pas d'impressionner, il ne la brusque pas. Un rock au rythme rapide succède à un autre. Elle est essoufflée mais ne sent pas la fatigue.

À cinq heures et demie du matin, elle est assise sur une chaise, fatiguée. Le jeune homme brun avec qui elle a dansé presque toute la nuit a disparu. Il est parti sans lui dire au revoir. En dehors des parents des mariés, la génération plus âgée s'est retirée, laissant la place aux jeunes, qui, peu à peu, quittent la salle. Marie se lève. Au moment où elle franchit la porte, elle se cogne contre l'étudiant. Il lui tend une boîte de médicaments.

« Essayez ça. Trois cachets avant de dormir. »

Elle s'endort à six heures dans une chambre sous les toits de l'hôtel, un chalet alpin. Pour la première fois depuis six semaines, elle dort sans interruption. Au réveil, elle regarde par la lucarne les montagnes couronnées de blanc, le lac d'un bleu pur et les alpages vert vif. Le paysage est si parfait, les couleurs si vives et contrastées, qu'on dirait une illustration sortie d'un livre d'*Heidi* qu'elle lisait petite.

Au déjeuner, la fête continue, puis les invités vont se promener au bord du lac. Marie remercie l'étudiant pour les médicaments si efficaces. Elle marche à ses côtés et parle avec lui sans interruption. Le soir, il repart pour Lyon. Elle lui souhaite bon retour. Ils s'embrassent sur la joue et rougissent.

Elle passe presque une semaine au chalet avec sa famille, les mariés et leurs amis les plus proches. Le ciel reste étonnamment bleu pour novembre. Ils font de longues marches dans la montagne et mangent de délicieux repas préparés par le père de la mariée, qui est chef cuisinier, et ses aides.

De retour à Paris, elle appelle Alex au bureau. Dès qu'elle entend sa voix, tendue et fatiguée, elle se rend compte que rien n'a changé là-bas. Elle lui décrit le mariage, la beauté de la montagne, le désir qu'elle a d'y retourner avec lui, et lui dit qu'un ami de son cousin, étudiant en médecine, a trouvé la cause de sa toux nocturne.

« Pas une bronchite, mais une hernie hiatale ! C'est pour ça que je toussais seulement quand j'étais allongée.

— Mmmm.

— Ça va, Alex ? J'ai l'impression que tu ne m'écoutes pas.

— Je suis occupé, Marie. Je travaille dans un bureau toute la journée. En ce moment, j'ai trois crises à la fois à gérer. Je suis désolé mais, en effet, je n'ai pas le temps de t'écouter. »

Quand elle raccroche, elle est en colère. Puisqu'il n'a pas le temps de l'écouter, elle ne le rappelle pas. Il ne l'appelle pas non plus. Est-il jaloux de la semaine merveilleuse qu'elle a passée sans lui ? C'est possible. Mais pourquoi n'est-il pas venu avec elle ? Pourquoi n'y ont-ils même pas pensé ? Pourquoi ne pouvait-il prendre juste deux jours de congé pour passer le week-end en France ? Pourquoi n'était-il pas assis à côté d'elle à la table des mariés, pourquoi n'était-il pas là pour danser avec elle et faire ensuite l'amour dans la petite chambre sous les toits ? Pourquoi Alex, comme ses parents, a-t-il parfois tant de mal à se détendre et à jouir de la vie ? Que ce soit l'effet du puritanisme américain ou de son histoire personnelle comme fils unique d'immigrants sur qui pèse le sens du devoir, elle ne voit pas pourquoi elle devrait se sentir coupable de s'être amusée alors qu'elle n'a rien fait de mal.

Le samedi soir, elle va voir un film avec une amie. Un acteur chinois aux épaules musclées, dont la beauté sombre lui rappelle celle d'Alex, assassine des dizaines de gens à la mitraillette avec une parfaite nonchalance, un cure-dents entre les lèvres. Le sang gicle. Il est incroyablement sexy. Quand elle quitte le cinéma, à minuit, elle est pleine de désir pour Alex. De retour chez ses parents, elle brûle d'entendre sa voix mais renonce à l'appeler dans le New Jersey : elle est sûre qu'Helen va décrocher. Il faut attendre lundi, quand il sera au bureau. Cela fait une semaine qu'ils ne se sont pas parlé. Elle prend soudain conscience qu'elle a été injuste. Est-ce la faute d'Alex si les mois passés sous le toit de ses parents lui ont fait oublier la notion de plaisir ? Quelle idée d'avoir mentionné l'étudiant en médecine et d'avoir dit qu'elle avait dansé le rock avec lui ! Toute la nuit, elle se tourne et se retourne dans son lit, tourmentée par la pensée qu'elle a laissé Alex seul à New York, en colère contre elle et exposé au hasard des rencontres. Au téléphone, lundi, elle s'excusera auprès de lui et réparera son indélicatesse.

Le lendemain après-midi, elle est en train de boire le café chez son frère à Belleville quand le téléphone sonne. Il décroche et lui passe le combiné.

« Pour toi, Marie.

— Pour moi ? C'est qui ?

— Je ne sais pas. »

La voix d'Alex la surprend agréablement.

« Comment sais-tu que je suis là, Alex ?

— J'ai appelé chez tes parents. Ton père m'a donné le numéro de ton frère. »

Sa voix sonne étrangement distante et fatiguée. Pour qu'il l'appelle chez son frère, il faut qu'il y ait une urgence. Elle pense aussitôt au cœur de Jacob.

« Tout va bien ? » Il ne répond pas. « Tu as l'air fatigué, Alex.

— Je le suis. Je n'ai pas dormi de la nuit.

— Tu as eu une insomnie ? Moi aussi !

— Après le dîner, mes parents m'ont dit qu'ils devaient me parler.

— De quoi ?

— De toi. »

Un frisson lui parcourt l'échine.

« De moi ? Pourquoi ?

— Ils ne t'aiment pas beaucoup, tu sais. »

Elle a l'impression d'un couteau s'enfonçant lentement dans sa poitrine. Elle revoit la paume d'Helen dressée contre elle : « *Non.* »

« Qu'est-ce que tu veux dire ?

— Ils pensent que je ne suis pas un homme si je ne divorce pas.

— Qu'est-ce que j'ai fait ?

— Tu as parlé de nous à ma mère, Marie ?

— Non, pourquoi ?

— Tu lui as dit qu'on ne faisait pas suffisamment l'amour ?

— Quoi ? Absolument pas ! Je n'ai jamais dit ça !

— Elle n'a pas pu l'inventer. »

Marie a une vision éclair d'Helen assise à la table ronde en verre, chuchotant d'une voix menaçante : « *Ne m'oblige pas à parler.* »

« Je sais ! Ta mère n'a pas compris ce que je lui disais, Alex ! Je voulais la rassurer parce que toi et moi ne dormions pas dans la même chambre à cause de ma toux, et je lui ai dit que ça me manquait qu'on ne partage plus le même lit ! C'est tout ! »

Il ne répond pas tout de suite. Elle parle trop vivement. Elle a l'impression de rater le test d'un détecteur de mensonge.

« Peu importe ce que tu lui as dit. Je ne sais pas ce qui t'a pris de lui faire des confidences, reprend-il du ton sec d'un procureur. Ce n'était pas très malin. »

Il y a un silence. Marie avale sa salive.

« Et toi, Alex, comment tu te sens ?

— Pas terrible. Tu peux l'imaginer. »

Il ricane.

« Je t'aime, Alex. » Mais les mots sonnent faux. Depuis deux mois, ils n'ont fait que se disputer. « Qu'est-ce que tu vas faire, Alex ?

— Je ne sais pas.

— Tu veux que je rentre à New York ?

— Je ne sais pas. » Il a l'air épuisé. « Je te rappellerai. » Il raccroche. Elle repose lentement le combiné.

« Qu'est-ce qui se passe ? » demande son frère.

Marie raconte. Son frère est stupéfait.

« Ça ne les regarde pas ! s'exclame-t-il. C'est complètement fou ! »

De retour chez ses parents, elle attend un coup de fil d'Alex. Son inquiétude croît à mesure que les heures passent. À onze heures du soir, elle sait qu'il n'appellera plus, pour ne pas réveiller les parents de Marie. À minuit, elle compose à contrecœur le numéro du New Jersey, en priant pour qu'Alex réponde. Mais c'est Helen qui décroche.

« *Alo ?* »

Marie ne peut ouvrir la bouche. La voix de sa belle-mère lui donne la chair de poule.

« *Alo ? Alo ?* » répète anxieusement Helen.

Marie raccroche sans un mot, le cœur battant. Tout en se lavant les dents, elle pleure à l'idée qu'elle ne peut joindre son mari parce qu'une barrière infranchissable se dresse entre eux : sa mère. Allongée sur le lit qui fut le sien entre quatorze et vingt ans, elle ne peut s'endormir. « *Ils ne t'aiment pas beaucoup, tu sais.* » Les paroles d'Alex l'affectent de plus en plus, comme une chute dont on se relèverait sans se rendre compte sur le coup qu'on s'est fracturé le crâne. Elle sent chaque vibration de leur haine. Quand la lueur de l'aube pénètre dans la chambre à travers les volets de métal, elle sait ce qu'elle doit faire : partir pour New York. Elle ne peut pas laisser sa vie se dérober sous ses pieds.

Helen est déterminée à l'éliminer. Maintenant tout est clair. Son silence, sa façon de fuir Marie, sa répulsion physique. Elle la hait au point de déformer, volontairement ou non, ce que sa belle-fille lui a dit pour la rassurer. Elle a dû raconter à son fils que sa femme le cocufiait. Puisque Alex « *ne lui fait pas suffisamment l'amour* », c'est la prochaine étape logique. Helen a osé déclarer qu'il n'était pas un homme s'il restait marié avec Marie. Encore mieux : elle a laissé Jacob le dire. Elle a humilié son fils.

À trois heures de l'après-midi, neuf heures du matin pour lui, Marie compose le numéro d'Alex au bureau.

« Alex Tibb », répond-il.

Elle sent un immense soulagement en entendant sa voix calme et professionnelle.

« C'est moi.

— Oh, bonjour. «

Il a l'air aussi fatigué et distant qu'hier.

« Tu as pu dormir, Alex?

— Pas vraiment. »

Il ne lui retourne pas la question.

« Ça s'est passé comment avec tes parents hier soir?

— Je ne les ai pas vus.

— Ils n'étaient pas là?

— Je suis parti après t'avoir parlé.

— Ah bon! Où?

— Dans un motel du New Jersey. »

La nouvelle la rassure. Elle se demande pourquoi Alex ne l'a pas appelée pour le lui dire. Peut-être ne pouvait-il pas téléphoner outre-Atlantique du motel.

« Alex, je veux rentrer à New York.

— Non. Ne viens pas. J'ai besoin d'être seul pour réfléchir et décider ce que je dois faire. C'est entre mes parents et moi. Ce n'est pas ton problème. »

Il parle d'une voix ferme, sans tendresse. Il est clair que leur couple est un des sujets sur lesquels il doit réfléchir et prendre une décision.

« J'ai une réunion, dit-il. Il faut que j'y aille. Je te rappelle plus tard. »

Assise près du téléphone raccroché dans le bureau de son père, tandis que son regard erre par la fenêtre sur l'horizon de collines et de petits immeubles de la banlieue ouest de Paris, Marie se voit soudain du point de vue d'Helen : elle est cette femme qui passe ses étés sur les

plages sauvages de Bretagne et danse le rock avec des étudiants en médecine dans le sud-est de la France pendant
que son mari sue à New York. Pour Helen, Marie aurait sans
doute dû renoncer à ses vacances puisque Alex ne pouvait
pas en prendre. L'idée ne lui en est même pas venue. Elle
n'est pas capable d'un sacrifice. Alex ne le lui a pas
demandé : il respecte trop la liberté d'autrui. Le résultat est
là, sous ses yeux : elle va perdre l'homme qu'elle aime.
Pendant qu'elle est assise près de ce téléphone à Paris, son
avenir se décide à New York. Les faits parlent contre elle.
Elle est en France, comme l'ont prédit ses beaux-parents,
alors que son mari passe ses nuits seul dans un motel du
New Jersey avec ses démons. Helen n'est pas folle. Elle a un
instinct qui lui permet de voir en transparence l'égoïste
qu'est Marie.

Elle ne peut même pas pleurer. Elle sait que c'est fini.
Elle se lève brusquement, sort en courant, se précipite dans
l'agence de voyages sur le boulevard et réserve une place
sur un vol Paris-New York pour le lendemain. De retour
chez ses parents, elle compose le numéro d'Alex au bureau.
Il décroche.

« C'est moi, Alex. J'ai acheté un billet d'avion. Je rentre à
New York demain.

— Je viens de te demander de ne pas le faire, réplique-
t-il avec colère.

— Alex, je ne peux pas rester ici à me tourner les pouces
à côté du téléphone alors que tu es seul et malheureux là-
bas. Je ne te dérangerai pas. Je vais chercher un studio à
louer à Manhattan. Tu ne peux pas vivre dans un motel du
New Jersey. En attendant, mon frère a un copain à Alphabet
City qui peut nous loger. »

Elle a rarement été aussi convaincue et déterminée.

« D'accord, répond-il lentement. Mais ne me demande rien, Marie. Je ne peux pas te rassurer. Je ne peux pas te dire que je t'aime. Je ne sais plus rien. Tu comprends ? »

Elle arrive à New York le lendemain soir. Alex la rejoint Avenue C à dix heures du soir, quatre heures du matin pour elle. Il ne l'embrasse pas. Il est fatigué. Elle aussi. Ils s'allongent côte à côte sur le matelas par terre. Elle entend la respiration d'Alex devenir régulière. Il a pu s'endormir. Dans l'obscurité qui n'est pas complète à cause des lumières de la rue, elle regarde son corps revêtu d'un tee-shirt et d'un caleçon, et ses avant-bras couverts de fins poils noirs. C'est son mari. Elle n'a pas le droit de tendre la main et de le toucher. Ils sont deux étrangers qui dorment dans le même lit. Mais il est là.

Le lendemain matin à sept heures, elle achète le *Village Voice*. Elle encercle les annonces, passe des coups de fil, parcourt Manhattan du nord au sud et d'est en ouest. Du matin au soir elle visite des trous à rats donnant sur des murs de brique avec des cafards courant dans tous les sens ou gisant morts dans l'évier sans que le propriétaire se soucie de cacher les cadavres. Même ces appartements-là sont loués sur-le-champ. Alex reste au bureau le plus tard possible et la rejoint la nuit. Ils dorment côte à côte sans s'effleurer. Le cinquième jour elle trouve miraculeusement un studio propre, tranquille et lumineux. La locataire palestinienne doit rentrer chez elle de toute urgence et n'emporte pas ses meubles. Alex pourra emménager ici avec juste une valise. Marie l'appelle au bureau ; elle a du mal à le convaincre de sauter dans un taxi pour apporter un chèque et réserver l'appartement. Le studio lui plaît. Pour la première fois depuis cinq jours, il la remercie. Le lendemain, Marie doit repartir en France pour participer au col-

loque sur la traduction. Le matin de son départ, il l'enlace
pour lui dire au revoir. Elle sent dans son étreinte que leur
amour est là, enfoui mais vivant, ses ailes repliées comme
celles d'un oiseau meurtri.

Une semaine plus tard, elle retourne à New York. Avec
ses quelques meubles et sa lumière douce, le studio respire
la sérénité. Elle est chez elle. Chez eux. Ce soir-là, ils font
l'amour sur le lit de la Palestinienne.

Le dimanche suivant, ils vont en voiture dans le New
Jersey récupérer le vélo de Marie. Alex a téléphoné à son
père pour s'assurer que ses parents ne seraient pas là. Il
ne veut plus les voir, ni leur parler. Marie est désolée pour
eux, parce qu'elle les devine terriblement malheureux.
Mais sa pitié reste modérée : ces deux vieux fous ont bien
failli lui prendre Alex. Il se gare dans la contre-allée devant
la maison de brique. Ils entrent dans la maison par la porte
automatique du garage et le sous-sol adjacent. Marie a le
cœur qui bat tandis qu'elle monte l'escalier qui débouche
dans la cuisine, étincelante comme d'habitude. La salle à
manger a retrouvé son ordre originel : plus de livres, de
papiers, d'ordinateur et de Kleenex sur la longue table couverte d'une nappe blanche. Dans la petite chambre, le
canapé-lit est replié. Rien n'a changé, sinon que les photos
du mariage d'Alex et de Marie ont disparu des étagères en
merisier. Alex à dix-huit ans dans son costume à carreaux
avec sa cravate vert vif et sa coupe de cheveux des années
soixante-dix sourit seul dans son cadre en argent, près de
ses parents en jeunes mariés. Marie a été effacée.

TROISIÈME PARTIE

Épouse et mère

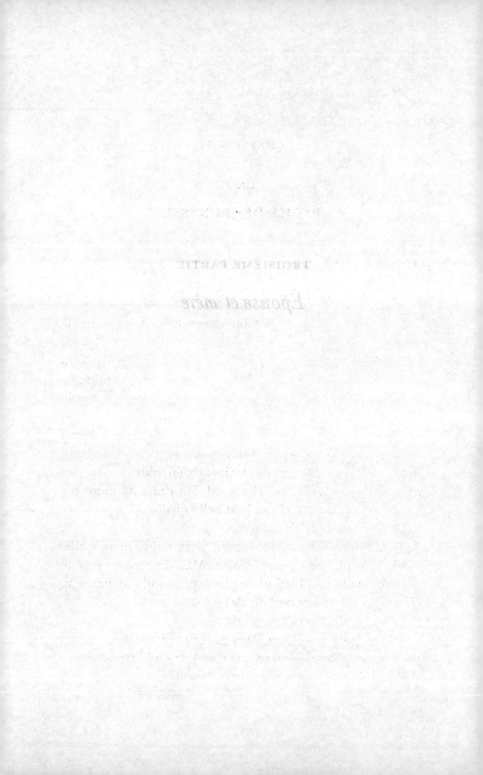

CHAPITRE 17

1960

PÉCHÉ DE JEUNESSE

« Tu aimes ce modèle, Lenoush ? »

Elena s'approcha de la table encombrée de papiers, de dessous-de-plat, de napperons et de bobines de fil dans lesquelles étaient piquées des aiguilles. L'atelier de Vera servait aussi de chambre à coucher et de salle à manger. Derrière elle, il y avait un mannequin revêtu de soie blanche. Elle était penchée sur un *Marie Claire*.

« Je préférerais quelque chose de plus simple. » Elena tourna quelques pages. « Plutôt comme celle-ci. Une ligne droite, avec deux points d'attache aux épaules.

— Style péplum grec. D'accord. Dis donc, ta mère n'a pas lésiné sur la soie. C'est de la belle qualité.

— C'est moi qui l'ai achetée.

— C'est vrai que tu gagnes bien ta vie maintenant, mademoiselle la physicienne nucléaire ! Mais dis-moi, ils vont te laisser travailler à l'Institut de physique atomique quand tu auras épousé un ennemi de classe ? »

Le visage d'Elena s'assombrit.

« Je ne sais pas, Vera. Mes parents disent que je vais perdre mon poste. C'est ce que tout le monde me répète. »

Vera lui prit la main par-dessus la table.

« Pardon, ma chérie ! Je plaisantais ! C'est stupide de ma part. Ne les écoute pas. On ne doit pas vivre dans la peur. Il n'y a que l'amour qui compte. »

Elena sourit. Vera était la seule qui la comprenait et ne passait pas son temps à la mettre en garde. Elle regarda l'amie de sa mère ôter au mannequin la robe cousue au point de bâti, s'asseoir à la machine à coudre, mettre ses lunettes et appuyer sur la pédale tout en faisant glisser la soie blanche. Pour la première fois elle se demanda si cette femme aux cheveux gris, aux yeux qui louchaient légèrement et aux jambes enflées avait elle aussi vécu une passion.

« Raconte-moi, reprit Vera sans lever la tête. Samedi la mairie, c'est ça ?

— Oui, avec les amis de Jacob. On sera une dizaine.

— Et tes amies ?

— Je n'en ai pas.

— Tu n'as pas d'amies ? Première nouvelle ! Monica ? Eugenia ? Valentina ?

— Valentina est en Allemagne de l'Est avec son mari. Monica et Eugenia ont dit à maman que j'allais commettre l'erreur de ma vie.

— Tu ne crois pas que ta mère a inventé cette histoire pour t'influencer ?

— Ça m'étonnerait. Depuis, ni Monica ni Eugenia ne m'ont téléphoné. Je ne leur reparlerai jamais.

— Tu es trop fière, Lenoush. Tu devras apprendre à mettre de l'eau dans ton vin. » Elle arracha le fil avec ses dents et se redressa. « C'est gentil de la part de tes parents d'organiser cette cérémonie. Ta mère m'a dit qu'elle avait trouvé un prêtre libéral. »

Elena haussa les épaules.

« Tu sais très bien pourquoi ils le font, Vera. Pour sauver

la face et pouvoir dire à leurs amis que je me suis mariée "dans l'intimité". Tu sais ce que je dois répondre si M. Ionescu me pose la question ? Que Jacob est arménien ! Il y a un Arménien qui a emménagé dans notre rue avec sa famille. Il a la peau mate et les cheveux noirs comme Jacob. Quelle hypocrisie !

— Et Jacob, qu'est-ce qu'il en dit ?

— Il a horreur du conflit. Il est prêt à apprendre l'arménien s'il le faut. Mon père exige qu'on utilise mon nom de famille après le mariage, parce que celui de Jacob est juif. Jacob dit : pas de problème. Il pense que ce n'est pas la faute de mes parents si la société roumaine est antisémite, et qu'ils sont juste inquiets pour moi, que c'est normal, que ça prouve qu'ils m'aiment.

— Il me plaît, ton Jacob. Il est sage. Viens essayer ça. »

Elle tendit à Elena la robe où elle venait de coudre une fermeture Éclair. Des fils pendaient çà et là. Dans le coin éloigné de la fenêtre, Elena ôta sa robe d'été pour enfiler le fourreau de soie blanche, et s'approcha de Vera qui remonta la fermeture Éclair. Vera sourit.

« Très chic ! Je suis contente. Elle est parfaitement ajustée. »

Elena se regarda dans le miroir de l'armoire. Une robe de mariée originale, courte et moderne, adaptée à son style et à son mariage, pas un de ces déguisements pleins de dentelles et de fanfreluches. Vera fit glisser la fermeture Éclair et Elena enleva avec précaution la robe inachevée avant de se rhabiller.

« De toute façon, tes parents ne sont pas des saints ! » dit Vera de but en blanc.

Elena enfila ses sandales.

« Pourquoi ?

— Ton père a une maîtresse. » Elena rougit et se pencha pour attacher la boucle de sa sandale. Ce n'était pas la première fois qu'elle entendait parler des frasques de son père. À une soirée chez des amis de ses parents, elle avait surpris deux femmes qui échangeaient des potins sur M. Tiberescu et une jeune femme parmi les invités. Elle s'était éloignée. L'image de son père en séducteur le rendait encore plus étranger. Elle ne l'imaginait même pas faire la cour à sa femme il y avait vingt-cinq ans. C'était encore un bel homme avec son visage large et ses cheveux châtain clair que l'âge n'avait pas raréfiés. Il était élégant, et toujours tiré à quatre épingles. Elena se redressa.

« Je dois y aller, Vera. Merci !

— Et ta mère, à ton âge elle a fait exactement pareil !

— Quoi ? » demanda-t-elle machinalement, regrettant aussitôt sa question car elle avait déjà deviné la réponse.

« Elle était amoureuse et n'a pas attendu la bénédiction de ses parents pour coucher avec son petit ami. »

Elena baissa les yeux. Vera la décevait. Pourquoi les adultes ne concevaient-ils l'amour que comme un acte charnel ? Elle se dirigea vers la porte. Vera la suivit.

« Bon, son petit ami est devenu son mari, c'est-à-dire ton papa, Lenoush, mais quand même, elle n'a pas attendu le feu vert légal ! Alors pourquoi te font-ils la leçon ? D'autant plus que tu es le résultat de leur *péché de jeunesse* et qu'ils t'ont toujours menti.

— Pardon ? dit Elena, la main sur la poignée de la porte.

— Oui, ce sont tes vrais parents. Tu ne le savais pas, hein ? Ta mère a caché sa faute en allant accoucher chez sa sœur à la campagne, assez loin de Kichinev pour que personne en ville ne soit au courant. Elle t'a laissée là-bas. Et quand sa sœur a eu cet accident de camion providentiel, ils en ont profité pour te rapatrier et t'adopter. »

Elena pâlit et s'appuya contre le mur. Iulia, sa mère ? Elle serait sortie du ventre mince et plat de Iulia ? Toute sa vie aurait été fondée sur un mensonge ? Impossible. Des ragots, voilà tout. Elle ouvrit la porte. Vera ne connaissait même pas les Tiberescu à l'époque où ils vivaient en Bessarabie. Ce n'est pas Iulia qui lui aurait confié cette histoire. Elle l'avait peut-être inventée pour discréditer la mère aux yeux de la fille. Elena avait remarqué que la bonne Vera, qui n'avait pas d'enfant, l'écoutait avec gourmandise chaque fois qu'elle avait une dispute avec Iulia à lui raconter.

Elle n'arrivait pas à se retourner pour lui dire au revoir. Elle ne pouvait plus la regarder en face. Sa mère avait raison. Il y avait quelque chose de vulgaire chez Vera. Elle était toujours en train de colporter des ragots et de médire des gens dans leur dos. Elle était mal éduquée. Elena ne lui ferait plus aucune confidence. Leurs échanges se limiteraient aux essayages de la robe de mariée.

Un homme qui n'avait jamais eu un mot gentil ou un geste tendre pour elle ne pouvait être son vrai père.

CHAPITRE 18

1993-1994

LE FILS PERDU

Ils passent un Noël solitaire, déclinant l'invitation à déjeuner des Popescu à Queens le 25 décembre : ils sont trop fatigués. Tout au long de cette journée de fête familiale, Helen ne peut s'empêcher de guetter le bruit des voitures qui ralentissent dans leur rue tranquille. Mais la porte ne s'ouvre pas, et Alexandru n'entre pas avec le sourire, débarquant à l'improviste comme il en avait l'habitude. Cela fait plus d'un mois qu'il a disparu sans un mot en emportant sa valise Samsonite noire, ses deux costumes, ses quatre chemises et ses trois cravates. Il a appelé une fois, un après-midi où Helen était au bureau, pour demander à ses parents de s'absenter quand il viendrait chercher le vélo. En rentrant du centre commercial le dimanche soir, Helen a cherché en vain une trace de son passage : aucune, sinon l'absence du vélo qui était resté appuyé contre le mur de la maison, exposé à la pluie et au vent, depuis le départ de Marie début novembre. Ensuite, plus rien. Le soir de Noël, Helen pleure en se brossant les dents.

« Pourquoi ? Qu'est-ce qu'on lui a fait ? » dit-elle en entrant dans la chambre où Jacob est déjà couché.

Il se redresse sur un coude et rougit de colère.

« Tu ne comprends pas, Lenoush ? On n'a plus de fils ! »
C'est la dernière mention d'Alexandru entre eux.

Il n'y a qu'au bureau, quand elle se concentre sur un projet, qu'Helen parvient à oublier la douleur qui lui noue le
ventre. Elle ignore comment Jacob arrive à tenir, seul dans
la maison. Au moins, il ne se plaint plus de sa santé ni de la
solitude. À la fin de la journée, quand elle quitte la tour
en acier et verre sur Beaver Street et prend le train pour le
New Jersey à la station de Fulton Street — ou à celle de
Christopher Street, dans le Village, à trois quarts d'heure
de marche, les soirs où elle redoute particulièrement de
rentrer dans la maison silencieuse —, elle sursaute dès
qu'elle voit par-derrière un grand jeune homme aux
épaules larges et aux cheveux noirs. Une fois dans sa vie
déjà elle s'est moquée de pareilles illusions optiques, et
l'étranger en chemise noire sur le banc s'est trouvé être
Jacob. Mais elle a sans doute épuisé son capital de chance.
Peut-être y a-t-il un dieu, là-haut, qui redresse la balance, et
que la perte d'Alexandru est le prix à payer pour la survie
de Jacob après sa crise cardiaque.

Alors que commence la nouvelle année et que s'écoulent
les semaines, puis les mois, de janvier à février, de février à
mars, la réalité s'installe : ils n'ont plus de fils. Il a choisi la
Française contre eux. Helen est bien placée pour savoir
qu'une rupture définitive est possible. Il suffit d'aller de
l'avant et de ne jamais se retourner. Le passé sombre dans
l'oubli. Ils ne verront plus Alexandru. Jusqu'à la mort de
l'un d'eux, quand ils l'appelleront pour l'inviter aux funérailles ? Selon toute probabilité elle survivra à Jacob, malgré
la cigarette. Elle est d'une famille de solides paysans mol-
daves. Elle imagine la maison funéraire où s'avance son fils
qu'elle n'a pas vu depuis dix ans. Il embrasse sa mère, se

tient à ses côtés pendant la cérémonie. Puis repart. Elle reste seule à jamais, sans son mari, sans son fils. C'est une vision d'une tristesse si insoutenable qu'elle la chasse aussitôt en allumant une autre cigarette ou en balayant sous le canapé.

Un lundi de la mi-mars elle déjeune avec sa collègue Tatiana dans un café du Winter Garden quand une dispute éclate à la table voisine. Les choses se passent très vite. Une jeune femme se lève abruptement. Son compagnon bondit de sa chaise et la gifle en hurlant. Dans le restaurant, les convives lèvent la tête et froncent les sourcils. La jeune femme se précipite vers la sortie et l'homme lui court après, suivi d'une femme noire en tailleur violet qui le tape violemment sur l'épaule en criant :

« On ne frappe pas une femme ! Vous m'entendez ? On ne frappe pas une femme !

— Fous-moi la paix, connasse ! gronde l'homme, le visage jaune de rage.

— Papa ! S'il te plaît ! S'il te plaît ! supplie la jeune femme, les joues ruisselantes de larmes.

— Va-t'en ! s'époumone-t-il au point d'en perdre la voix. Tu n'es plus ma fille ! »

Les hurlements continuent à l'extérieur du restaurant, puis le son de la dispute s'éloigne et disparaît. La femme noire retourne s'asseoir, tandis que ses voisins la regardent et lui sourient en signe d'approbation.

« Waouh ! s'exclame Tatiana en secouant la tête. Je me demande ce que la fille a fait. Elle se drogue, peut-être ? On aurait dit que le père allait avoir une crise cardiaque. Tu as vu comment il l'a frappée, Helen ? C'est dingue. Cette dame a raison : on ne traite pas une femme comme ça. Helen ? Tu ne te sens pas bien ?

— J'ai une migraine qui commence.

— Tu es toute pâle. Bois un peu d'eau. Tu devrais rentrer chez toi. »

La nuit suivante, Helen fait un rêve. D'Alexandru, bien sûr. Depuis trois mois, elle rêve de lui presque tous les soirs, à chaque âge de sa vie. Des cauchemars et de beaux rêves, elle a eu toutes les nuances. Dans ce rêve-ci, elle se trouve sur une plage de la mer Noire avec Alexandru et Jacob, à Constanza où ils passaient deux semaines chaque été quand ils vivaient en Roumanie. Alexandru a dix ans mais lui apparaît dans le rêve avec l'allure et la taille de l'adulte qu'il est devenu. Il va nager. Sa mère lui dit de rester près du rivage et de ne pas perdre pied. Elle le surveille depuis la plage. Comme il reste longtemps dans l'eau et qu'elle a peur qu'il attrape froid, elle se lève et marche jusqu'au bord de l'eau. « Alexandru ! Reviens ! Il est temps de sortir ! » Elle voit la petite tête brune de l'autre côté des vagues, trop loin à son goût. Elle s'aperçoit soudain qu'il essaie de revenir et n'y arrive pas. Le cœur battant, elle fait quelques pas dans l'eau avant de s'aviser qu'elle ne sait pas nager. Désespérée, elle regarde autour d'elle et repère Jacob, en train de ramasser des coquillages derrière un rocher. Elle court vers lui, le visage baigné de larmes. « S'il te plaît ! S'il te plaît ! » supplie-t-elle, en lui montrant Alexandru au large. « Ne t'inquiète pas », répond-il avec un sourire avant de la suivre et d'entrer dans la mer. Elle se rend compte à ce moment-là de leur erreur : le même courant l'empêchera de revenir vers le rivage. Debout sur le sable, elle assiste impuissante à la catastrophe qu'elle a anticipée trop tard. Elle va perdre à la fois son fils et son mari. Elle n'a plus qu'une chose à faire : suivre Jacob et mourir avec eux. Elle se réveille juste avant.

Jacob dort près d'elle, le corps sec. L'angoisse oppresse

Helen. Quelque chose est-il arrivé à Alexandru? Les mères n'ont-elles pas un instinct? Si elle connaissait son numéro de téléphone, elle l'appellerait tout de suite, au milieu de la nuit, juste pour entendre sa voix. Elle pense à réveiller Jacob, mais y renonce. Il n'y a rien d'autre à faire qu'attendre, les yeux grands ouverts dans le noir, en essayant de penser au projet informatique qui l'occupe en ce moment, tout en jetant des coups d'œil réguliers au réveil électronique où les chiffres fluorescents des minutes bougent si lentement. À six heures elle se lève, prend son café, se douche, part. À sept heures elle est dans le train qui roule vers Manhattan. À huit heures et quart elle est assise à son bureau. À neuf heures pile elle compose le numéro direct d'Alexandru. Après une sonnerie, on décroche.

« Alex Tibb », dit la voix familière, pas entendue depuis quatre mois.

Elle raccroche. Un mot lui vient à l'esprit, celui qu'elle chantait dans les églises où l'emmenait sa grand-mère quand elle était petite : Alléluia. Alexandru est vivant. Sa mort serait la seule tragédie. Tout le reste n'est que vaudeville, comme la scène du café.

L'acceptation de la perte est plus facile à supporter que l'attente d'un appel. Elle se sent plus calme. Un mois s'écoule avant que les mots sortent. Elle décide de parler à Bill, son collègue. Marié et père d'un petit garçon, il aura plus d'expérience humaine et familiale que Tatiana. C'est un homme, un peu plus âgé qu'Alexandru, mais de la même génération. Il l'aidera à comprendre. Depuis qu'elle travaille chez Bernstein et Grant et partage un bureau avec lui, elle l'a souvent écouté et conseillé : quand il a traversé une crise conjugale quatre ans plus tôt, quand leur nouveau-né qui hurlait tous les soirs entre six heures et minuit les a rendus presque fous, et quand le petit garçon de trois ans, l'automne dernier, a refusé catégoriquement d'aller se coucher, faisant chaque soir des scènes épouvantables. Helen a eu l'idée de créer un rituel du coucher pour son ours, afin de distraire l'enfant et de lui faire oublier sa confrontation avec ses parents. Le stratagème s'est révélé efficace, et Bill lui en a été reconnaissant.

Elle prend rendez-vous pour déjeuner avec lui.

« Bill, tu te rappelles ce que tu m'as dit quand mon fils et ma belle-fille ont emménagé chez nous l'été dernier? Tu avais raison. »

Elle énumère toutes les preuves qu'elle a accumulées contre sa belle-fille : les coups de fil quotidiens — attestés par leur facture de téléphone — à un certain « Frédéric » à New York; les mois que Marie a passés en France; le ton odieux sur lequel elle s'adressait à Alexandru. Certains qu'elle avait un amant et manipulait leur fils, ils ont décidé de parler à ce dernier pour l'inciter à se comporter en homme.

« Et depuis tu n'as pas de nouvelles de lui, c'est ça? »

Elle hoche la tête. Malgré la résolution qu'elle a prise de ne pas se laisser aller, elle pleure. Bill soupire et s'appuie contre le dossier de sa chaise.

« Tu n'as pas le choix, ma chère Helen. Tu dois faire amende honorable auprès de ta belle-fille. »

Helen pâlit.

« Qu'est-ce que tu veux dire? On ne pouvait pas regarder notre fils se laisser détruire! Cette femme est mauvaise. Tu devrais voir son visage quand elle lui crie après. Effrayant. C'est un monstre.

— Mais c'est la femme de ton fils. Si tu veux le revoir, tu n'as pas le choix. »

Il ne lui était jamais venu à l'idée qu'elle devrait faire ses excuses à la femme qui déchire son cœur et celui de Jacob. Même si elle comprend qu'il s'agit d'une pure stratégie aux yeux de Bill, elle se sent trahie. Comment pourrait-elle oublier sa dignité et descendre si bas ? Elle n'ajoute pas un mot ni ne mange une seule bouchée tandis que Bill termine son repas en lui racontant une conversation qu'il a eue avec leur patron. C'était une erreur de lui parler, se dit-elle : il est trop jeune pour comprendre l'angoisse d'une mère et d'un père.

Mais quand elle se réveille le lendemain matin, et tous les matins qui suivent, les paroles de Bill flottent dans son esprit. Elle ne rêve plus de la mort d'Alexandru. Elle réfléchit intensément, comme si elle cherchait la combinaison d'un coffre-fort. Peu à peu, le conseil de Bill lui semble contenir une vérité : il a ébranlé les murs qui l'enferment et laissé entrer une petite lumière qui indique, au loin, l'existence d'une sortie. Toute sa vie elle a réussi à obtenir ce qu'elle voulait quand les circonstances n'étaient pas favorables : elle a gagné l'affection de la vieille Mme Weinberg dont ses parents avaient envahi la maison et lui a emprunté ses livres français ; elle a épousé Jacob contre l'avis de ses parents ; elle a quitté la Roumanie avec lui, déjouant la tyrannie communiste ; elle a émigré aux États-Unis quand Jacob lui-même croyait la chose impossible. La situation présente n'a rien de différent. Le départ et le silence d'Alexandru ont blessé Jacob si profondément qu'il est muré dans sa fierté. C'est à elle d'agir. Elle ne doit pas rester passive comme une victime, mais exercer son intelligence et sa volonté. Ils n'ont pas émigré aux États-Unis pour en arriver là. Personne ne peut leur prendre leur fils.

Elle doit se battre. Sa feinte humilité, son humiliation même, ne seront qu'une manipulation visant à rendre un fils à Jacob. Elle doit simplement imaginer un plan qui aura le pouvoir d'entrouvrir à nouveau la porte qu'on lui a claquée au nez.

Le 20 mai, deux semaines après son déjeuner avec Bill, Helen quitte le bureau et marche jusqu'à une élégante boutique de fleurs sur la Cinquième Avenue dans Greenwich Village, qu'elle a repérée l'automne dernier quand elle est allée voir le psychiatre juste de l'autre côté de l'avenue. Elle hésite longtemps dans le magasin, et finit par choisir vingt-quatre roses blanches dont le vendeur lui assure qu'elles sont de qualité extraordinaire et dureront d'une semaine à quinze jours. Elles ont de longues tiges épaisses et chacune coûte dix dollars. Elle paie vingt dollars pour la livraison et encore vingt dollars pour un récipient en verre, car elle doute qu'Alexandru et Marie possèdent un vase. Avec les taxes, le bouquet de fleurs lui coûte trois cents dollars. Quand elle signe le reçu de sa carte de crédit, elle a le sentiment de faire le meilleur investissement de sa vie.

Elle connaît l'adresse d'Alexandru, qu'il a laissée à son père quand il a appelé en décembre avant de venir chercher le vélo, au cas où il y aurait du courrier à faire suivre. Sans le dire à Jacob, elle est un jour allée jusqu'à l'immeuble en brique rouge au coin de Lexington et de la 28e Rue, tremblant comme une adolescente amoureuse qui s'aventure près de la demeure de l'aimé. Le cœur battant à se rompre, elle s'est approchée de l'entrée de l'immeuble, terrifiée à l'idée de voir la porte s'ouvrir et de se retrouver face à sa belle-fille. Il n'y avait pas de gardien. Elle a regardé la liste des noms sous l'Interphone et sursauté en reconnaissant le sien : Tibb. Elle n'a pas vu celui de Marie, qui a gardé son patronyme après le mariage.

Le fleuriste attend qu'elle ait rempli le papier. Le stylo en l'air, elle explique son dilemme.

« Ma belle-fille a gardé son nom de famille, mais il n'est pas sur l'Interphone, alors...

— Vous pouvez mettre "chez" et, dessous, le nom inscrit sur l'Interphone.

— Oui, mais alors ce sera comme si elle habitait chez son mari, pas chez eux. Je risque de la vexer, vous ne croyez pas ?

— Je ne sais pas », répond le fleuriste qui, tout en se montrant poli avec une cliente qui vient de débourser trois cents dollars, ne comprend visiblement pas la nature du problème.

Helen se résout à écrire les deux noms en les reliant par un tiret. Ce n'est pas insultant.

Le vendeur l'invite à choisir une carte pour accompagner le bouquet. Elle prend celle qui dit « bon anniversaire » et rédige au-dessous, d'une écriture soignée, le texte qu'elle a passé la nuit à concocter : « Bon anniversaire, Marie. Affectueusement, Jacob et Helen. » Un message simple, sans fioritures inutiles. Elle ne sent guère cette affection, mais ça n'a pas d'importance. Il ne s'agit pas de la sentir mais de la créer. Ses mots construisent par-dessus l'abîme un pont sur lequel elle marche pour rejoindre son fils.

CHAPITRE 19

1962

IL EST NÉ LE DIVIN ENFANT

À travers les trois hautes fenêtres en ogive, Elena voyait le rideau de flocons qui blanchissaient la nuit. La neige tombait depuis le matin. Les branches des hêtres couvertes d'une fine couche blanche ressemblaient à un ouvrage de dentelle, et le tapis de neige dans le jardin était si profond qu'on se serait enfoncé jusqu'aux genoux en s'aventurant dehors. La neige paralysait la ville, assourdissant les bruits. De tout l'après-midi elle n'avait pas entendu passer une voiture. Allongée sur le lit dans le kimono de soie verte que lui avait donné sa mère en cadeau de mariage et qui couvrait à peine son énorme ventre, elle songea avec joie que le bébé était doublement bien au chaud à l'intérieur de son ventre à l'intérieur de la chambre, et qu'il était sage d'attendre la fin de la tempête pour sortir. Depuis que la date prévue pour la naissance était passée, trois jours auparavant, Elena vivait dans une sorte de non-temps auquel la soudaine paralysie de la ville faisait écho. Tout était en attente. Rien ne se produisait. Rien. Pas une contraction. Elle n'avait même pas encore perdu le bouchon muqueux. Elle ne sentait plus bouger le bébé, mais le docteur avait dit que c'était normal. Il était maintenant trop gros pour avoir la place de se mouvoir dans son ventre. La veille, un filet d'eau avait coulé le long de sa cuisse. Seule à la maison, elle avait fait de son mieux pour ne pas paniquer, et pris le tram jusqu'à la maternité. L'obstétricien s'était moqué d'elle.

« Quand vous perdrez les eaux, madame, vous le saurez. Inutile de vous précipiter à l'hôpital. Le premier accouchement prend des heures.

— Il va naître quand ?

— Je ne suis pas Dieu ! Mais ils finissent tous par sortir. Parfois ils restent un peu plus de neuf mois. C'est un malin, votre petiot. Il doit attendre que le temps se radoucisse. Il fait plus chaud là-dedans. »

Elle sourit en se rappelant ces mots. Malin, oui. Et déjà une vraie oreille musicale. À chaque concert où Jacob l'avait emmenée cet hiver, le bébé avait dansé dans son ventre.

Jacob revint de la cuisine où il était allé laver la vaisselle et jeta un coup d'œil à sa femme. Il eut l'air rassuré de la voir paisiblement allongée sur le lit, le visage détendu.

« Tout va bien, Lenoush ?

— Tout va bien.

— J'ai sorti les poubelles. La neige bloquait la porte d'entrée ! J'ai dû pousser fort. J'espère que ça va s'arrêter pour que je puisse balayer les marches avant de dormir. Ça risque de geler, cette nuit.

— Viens te coucher. »

Il s'allongea près d'elle. Elle était énorme et si lourde que le matelas penchait de son côté. Il l'avait accompagnée à chaque étape de la grossesse. Quel bon père il serait ! Chaleureux, attentif, tendre, raisonnable. Comme il avait de la chance, ce bébé ! Ils seraient heureux ensemble, même à trois dans une chambre. De par son travail à l'Institut, elle avait droit à un appartement plus grand.

Mais la loi stipulait que le mari devait signer la demande, même si c'était la femme qui travaillait pour une institution gouvernementale. Et la loi stipulait encore que quiconque avait des liens familiaux avec Israël ne pouvait bénéficier d'un appartement du gouvernement. Dans ce pays, les femmes étaient traitées comme des êtres inférieurs aux hommes. Avec un peu de chance, le bébé serait un garçon. *Mais si tu es une fille, tu te battras, j'en suis sûre. Et je serai là pour toi.* Jacob mit son bras autour de ses épaules et elle s'appuya sur lui en fermant les yeux. Derrière leurs têtes jointes, le berceau de fortune attendait son futur occupant.

« Ce petit lit est très bien fait, observa Jacob.

— C'est ce que j'étais en train de me dire ! »

La coïncidence ne la surprit guère : ils pensaient toujours à la même chose en même temps. Ils se tournèrent et regardèrent la tête de lit, qu'un menuisier avait transformée en berceau d'après une idée d'Elena. Il n'y avait pas assez de place dans la chambre pour un vrai berceau maintenant qu'ils avaient acheté tous ces meubles d'occasion avec les économies d'Elena, l'armoire en acajou, les deux fauteuils, la coiffeuse avec le miroir en forme de cœur (pas très utile, mais elle avait eu un coup de foudre), et surtout le grand lit « studio » avec sa tête de lit en acajou qui était en fait un coffre profond où l'on pouvait ranger les couvertures et les oreillers pendant la journée. Le menuisier avait cloué à l'intérieur du coffre une planche pour servir de sommier et deux barrières sur les côtés. Derrière il y avait le mur. La seule ouverture était du côté du lit : si le bébé tombait, ce serait sur leur nez, une idée qui faisait rire Elena. Bunica l'avait aidée à fabriquer un petit matelas très doux et avait cousu d'adorables draps en coton. C'était le berceau le plus mignon et le plus original qu'on pût imaginer.

« Aaaaaaah ! »

Son cri fut si aigu que Jacob la regarda avec terreur. Mais le visage d'Elena ne reflétait qu'une excitation intense.

« Lenoush, qu'est-ce qui se passe ? »

Sans répondre, elle roula sur le côté, posa ses pieds sur le plancher et se leva. Elle courut vers la porte tout en essayant de garder les jambes serrées.

« Je perds les eaux ! »

Elle était déjà dans le couloir. Jacob courut derrière elle. La porte de la salle de bains était fermée et il y avait de la lumière derrière le carreau. Jacob frappa un petit coup.

« Excusez-moi, Elena a besoin de la salle de bains ! Elle perd les eaux ! »

Après douze secondes qui leur semblèrent une éternité, le cousin de Jacob ouvrit la porte.

« C'est pas un hôpital, ici », grommela-t-il en sortant.

Sans lui prêter attention, Elena et Jacob se précipitèrent dans la salle de bains. Elena ôta son slip. Une quantité d'eau suffisante pour remplir une grande bassine se déversa sur les carreaux.

« Oh ! » s'exclama Jacob.

Elle rit.

« Maintenant, je comprends pourquoi le docteur m'a dit que quand je perdrais les eaux, je le saurais !

— Ça fait mal ?

— Pas du tout. Je ne sens rien de plus qu'avant.

— Attends-moi ici. Je vais chercher de quoi éponger. »

Il alla dans la cuisine et en revint deux minutes plus tard avec une serpillière. À genoux par terre, il nettoya les carreaux et essora la serpillière au-dessus de la baignoire. Elena s'assit sur le siège des toilettes en attendant qu'il ait fini. Puis ils retournèrent dans la chambre.

« Je vais appeler le taxi et ta mère, Lenoush.

— Pourquoi?

— Pour aller à l'hôpital.

— Avec cette neige ? Pas question !

— Mais Lenoush, le bébé arrive !

— Pas encore, Jacob. Je n'ai pas une seule contraction. Je ne sens rien. Le docteur a dit qu'une première naissance prenait des heures et des heures. Ce petit n'a pas l'air pressé. Pas question de sortir par un temps pareil. On attend demain matin.

— Tu es sûre?

— À cent pour cent. Viens te reposer. Demain, on aura une journée fatigante. »

Jacob ôta son pantalon mais garda le reste de ses habits. Elena enleva son kimono vert et changea sa chemise de nuit trempée. Ils s'allongèrent sur le lit, main dans la main. Elle entendit bientôt sa respiration régulière. Il était capable de s'endormir en toutes circonstances. Pas elle. Un tourbillon de pensées tournait dans son esprit. L'événement se produisait enfin après cette longue, longue attente. C'était réel. Demain, il y aurait un nouvel être dans le monde. Dans une semaine, il dormirait dans cette chambre, avec eux, et elle entendrait sa respiration. Elle ne pouvait même pas l'imaginer. Il était là, à l'intérieur de son ventre, déjà complet, achevé, prêt à sortir. Cette idée lui donnait le vertige, comme si elle était entrée dans une troisième dimension. Un être vivant fait de leurs chairs mélangées, à Jacob et à elle. À qui ressemblerait-il ? À Jacob, espérait-elle, surtout si c'était une fille. Comme elle serait belle avec ses cheveux noirs, ses grands yeux noirs et sa peau mate. Une Gitane !

dirait sa grand-mère. Une Gitane, peut-être, mais si bien habillée et si bien éduquée qu'elle aurait tout d'une princesse orientale. Alexandra. Elle avait d'abord pensé à « Ana », à cause d'Ana Pauker, avant de lui préférer « Alexandra ». Il y avait l'équivalent masculin au cas où le bébé serait un garçon : pas besoin de chercher d'autre nom. C'était celui de sa grand-mère, un nom simple et universel qui existait dans tous les pays occidentaux, le nom d'un grand conquérant, et surtout celui du compositeur russe Borodine, cher à son cœur depuis que Jacob l'avait emmenée voir *Le Prince Igor* lors de leur première sortie. Il lui avait raconté l'histoire fascinante du musicien, chimiste comme elle et fils illégitime d'un prince géorgien qui l'avait inscrit dans le registre des naissances sous le nom d'un de ses serfs.

Quelque chose d'étrange se produisait dans son ventre. Un mouvement comme une vague, une puissante vague qu'elle ne pouvait contrôler, comme si un courant étranger la traversait. La sensation était plus désagréable que vraiment douloureuse. C'était sans doute ce qu'on appelait une contraction. Elle songea que son utérus n'était rien d'autre qu'un grand muscle qui tirait et poussait pour faire sortir le bébé. Le travail avait donc enfin commencé. Elle nota la date et l'heure où sa vie allait basculer dans cette autre dimension : 20 février 1962, aux alentours de vingt et une heures.

Elle ouvrit les yeux. Maintenant qu'ils avaient éteint la lumière, elle voyait mieux la nuit, que blanchissait la neige tombant à gros flocons. Une autre vague secoua son ventre. Elle respira profondément, comme le lui avait appris la sage-femme, et regarda Jacob endormi près d'elle. Il avait un bras replié sous sa tête et la bouche entrouverte. Même dans le sommeil, il était beau. Elle se sentait en sécurité avec cet homme allongé à ses côtés, dans cette chambre où leur lit s'agrandissait pour inclure un berceau.

Au début, la grossesse n'avait pas été une partie de plaisir. Chaque matin elle avait des nausées si fortes qu'elle devait vomir avant de pouvoir avaler quoi que ce soit. Les changements hormonaux avaient affecté son humeur : elle était d'une extrême anxiété. Elle passait ses nuits à penser à l'accident du réacteur nucléaire qui s'était produit un an plus tôt. Les tests sanguins qu'elle faisait régulièrement depuis indiquaient que tout était normal, mais elle n'en était pas rassurée pour autant. Dès qu'elle avait annoncé à son supérieur hiérarchique qu'elle était enceinte, on l'avait transférée à la bibliothèque du laboratoire de recherche. Aucune femme enceinte ne travaillait au réacteur nucléaire. Pourquoi ? Parce que c'était dangereux, même si le corps était doublement protégé par la combinaison spéciale et la vitre résistant aux radiations. Son propre corps avait été exposé. Pendant les quatre premiers mois de sa grossesse, elle avait été obsédée par la peur d'avoir conçu un monstre. Elle avait vu des photos de fœtus mal formés dans des magazines scientifiques à la bibliothèque du laboratoire. Elle n'avait commencé à se détendre qu'à partir du cinquième mois, quand les tests sanguins avaient montré que tout était normal et surtout quand elle avait senti le bébé bouger dans son ventre. Son instinct lui disait maintenant que l'être qui s'apprêtait à sortir d'elle avait deux bras, deux jambes, dix petits doigts et dix petits orteils parfaitement formés.

Elle toucha le bois de la tête de lit. On ne pouvait rien savoir avant de voir. Elle verrait dès le lendemain ! Les vagues qui traversaient son ventre s'étaient rapprochées et devenaient plus fortes. À peu près toutes les cinq minutes, lui semblait-il. Quand vous avez des contractions toutes les cinq minutes, venez à l'hôpital, avait dit la sage-femme. Il fallait sans doute réveiller Jacob et appeler sa mère.

Elle se rappela soudain ce lundi, un an plus tôt, où elle était tombée sur une amie de sa mère rue Ion Campineanu, alors qu'elle était mariée et vivait avec Jacob depuis deux mois. « Elena, comment vas-tu ? lui avait dit Mme Petrescu. Tu n'es pas malade ? J'étais surprise de ne pas te voir hier !

— Hier ?

— À la cérémonie pour le vingt-cinquième anniversaire de mariage de tes parents ! C'était si émouvant ! J'ai pleuré, et toutes les dames autour de moi aussi. La fête était merveilleuse.

— Je n'ai pas pu y assister, avait répondu Elena avec un calme que démentait la rougeur subite de son visage. Il y a eu un problème au laboratoire.

— Rien de grave, j'espère ? »

L'amie de sa mère la regardait avec un mélange de pitié et de curiosité maligne prouvant qu'elle n'était pas dupe. Elle savait — ou venait de deviner — que les Tiberescu n'avaient pas invité leur propre fille. Elena avait poliment dit au revoir et repris sa marche vers la rue Shtirbei Voda, sans regarder où elle allait, aveuglée par les larmes. Elle n'arrivait pas à croire que ses parents lui avaient caché cet événement parce qu'ils ne voulaient pas y convier leur gendre juif. En cet instant elle les avait haïs de toute son âme.

Le temps et l'arrondissement progressif de son ventre avaient émoussé les pointes de son humiliation. Ses parents ne pouvaient plus lui faire de mal, quoi qu'ils dissent et quoi qu'ils fissent. Elle n'avait plus qu'une famille : Jacob et son bébé. Elle n'était pas en colère contre ses parents. Ils seraient sans doute de bons grands-parents pour cette petite-fille ou ce petit-fils demi-juif qu'ils attendaient avec impatience.

La contraction fut si forte qu'elle lui arracha un gémissement. Elle avait l'impression qu'on l'attaquait de l'intérieur avec une hache comme pour briser une porte. Jacob sursauta et ouvrit les yeux.

« Quoi ?

— Jacob, réveille-toi. Je pense qu'il faut aller à l'hôpital. »

En une seconde il fut debout. Il enfila son pantalon et alla dans le couloir appeler le chauffeur de taxi et la mère d'Elena. Ils s'étaient entendus à l'avance avec un chauffeur de taxi que connaissait un de leurs amis, parce qu'ils s'étaient rendu compte qu'il serait difficile de trouver un taxi s'il faisait mauvais temps et que le bébé naissait au milieu de la nuit. Il était onze heures du soir, et la tempête de neige persistait. Ils pouvaient se féliciter de leur prévoyance. Le chauffeur de taxi décrocha le téléphone et promit de venir le plus vite possible. Heureusement, il n'habitait pas loin. Jacob composa ensuite le numéro des Tiberescu. Quand il rentra dans la chambre, Elena avait mis une robe en laine et un pull-over de son mari. Jacob sortit du placard le sac qu'elle avait préparé une semaine plus tôt. Elena prit son bras tandis qu'ils marchaient lentement vers la porte. À chaque contraction, elle devait s'arrêter et respirer profondément. Parfois un son plaintif s'échappait d'elle. Les traits de son visage se contractaient en une grimace de douleur.

« On aurait dû partir pour l'hôpital plus tôt, Lenoush ! Tu es sûre que tu veux qu'on aille chercher ta mère ? C'est un si long détour ! On ferait mieux de filer à l'hôpital.

— Non. Elle ne me le pardonnerait jamais, Jacob. Et puis elle saura se rendre utile. Elle était infirmière, rappelle-toi. »

Elle s'appuya contre le mur du couloir et respira en haletant. Deux petits coups de klaxon résonnèrent dans le silence de la nuit. Jacob l'aida à enfiler son manteau, qu'elle ne pouvait plus fermer, et ses bottes fourrées. Il eut du mal à ouvrir la porte d'entrée bloquée par la neige qui s'était accumulée durant les deux dernières heures. Il aida Elena à descendre, marche après marche. La neige tourbillonnait dans leurs yeux et les aveuglait. Le taxi attendait juste au bas des marches. Jacob ouvrit la portière et soutint sa femme tandis qu'elle se pliait en deux et rentrait son ventre de baleine dans l'espace confiné de la voiture. Un grognement presque inhumain s'échappa de ses lèvres.

« Ouh là ! Je n'ai pas emporté mes ciseaux, je vous préviens », dit l'homme au volant de la voiture.

La plaisanterie ne fit pas rire Jacob, mais Elena sourit et rassura le conducteur. Maintenant qu'elle était assise bien au chaud à l'intérieur du véhicule qui devait l'emmener vers l'hôpital où un médecin la prendrait en charge, elle se détendit et la douleur s'apaisa. Elle prit la main de Jacob et la caressa du pouce. Le taxi démarra. Ses phares illuminaient deux triangles où virevoltaient des flocons de neige. Il n'y avait pas une seule voiture dans les rues. Le chauffeur roulait très lentement : il craignait de perdre le contrôle de son véhicule sur l'épaisse couche de neige. À chaque contraction, Elena serrait la main de Jacob et respirait profondément, mais la douleur ne déformait plus les traits de son visage. Jacob regardait sa montre et comptait. Les contractions étaient toujours espacées de cinq ou six minutes. Ils traversèrent à une vitesse d'escargot le centre-ville vide et silencieux comme si Bucarest tout entière avait été abandonnée, et mirent presque une demi-heure à atteindre la rue où vivaient les Tiberescu.

« C'est ici », dit Jacob.

Le chauffeur s'arrêta devant la maison grise dont la
façade était obscure à l'exception d'une fenêtre. Jacob
sortit de la voiture et referma vite la portière pour ne pas
refroidir sa femme. Elle le regarda traverser le petit jardin
dans la lumière projetée par les phares. Ses bottes s'enfonçaient dans la neige. En moins d'une minute ses cheveux
noirs et les épaules de son manteau se couvrirent d'une
écharpe de flocons blancs. Il grimpa les marches du perron.
Quelqu'un — sans doute Bunica — lui ouvrit. Il disparut
dans la maison. Une vague gonfla dans le corps d'Elena
et claqua brutalement contre son pelvis. Elle poussa un cri
étouffé. Le chauffeur tourna la clef de contact pour arrêter
le moteur. Quelques minutes suffirent à baisser la température à l'intérieur de la voiture. Elle frissonna et tenta de
rabattre sur elle les pans de son manteau. Peut-être était-ce
le froid qui rendait la douleur plus intense. Une autre
contraction vint se briser sur son pelvis comme une vague
contre la falaise un jour de tempête. Elle posa la main sur
son ventre et gémit. Cinq minutes avaient dû s'écouler
depuis la dernière et presque dix depuis que Jacob avait
quitté la voiture. Que faisait sa mère? Ils l'avaient appelée
avant de partir. Iulia avait eu une demi-heure pour se préparer. Sans doute voulait-elle se montrer au docteur élégante et pomponnée. Ne comprenait-elle pas que son appa-
rence physique, cette nuit, n'avait pas d'importance? Elena
avait les yeux fixés sur la porte d'entrée, qui restait fermée.
Demander au chauffeur de klaxonner? Ils risquaient de
réveiller les voisins, son père serait fâché. Elle sentit arriver
la contraction par-derrière, lentement, comme un fauve
qui cerne sa proie avant de bondir. Elle ralentit sa respira-

tion, ferma les yeux, fit tous ses efforts pour ne pas se crisper. La vague passa. Elle rouvrit les yeux. Elle imagina sa mère dans la salle de bains, en train de coiffer ses longs cheveux et de refaire son chignon pour la troisième fois en y fixant les épingles qu'elle prenait sur le bord du lavabo. Elle devait babiller comme d'habitude, tandis que Jacob, debout dans l'embrasure de la porte, affreusement inquiet, n'osait pas bousculer sa belle-mère de peur de l'offenser. Elena eut envie de pleurer. Le chauffeur redémarra le moteur et appuya sur la pédale. La voiture fit un petit bond qui coïncida avec une nouvelle contraction. Elle ne put retenir une plainte.

« Je vais faire mon demi-tour, dit le chauffeur. On gagnera du temps. »

La voiture s'éloigna lentement. Une contraction approchait, dont Elena pressentit qu'elle serait violente. Elle mit sa main sur sa bouche pour étouffer son cri. Elle eut l'impression qu'on lui déchirait le ventre avec une paire de tenailles. Elle n'avait jamais eu aussi mal. Elle se mordit un doigt jusqu'au sang. Ce n'était pas possible. Le bébé allait sortir d'elle à l'instant. Qui l'aiderait ? Le chauffeur ne saurait pas quoi faire. Jacob n'était pas là ! Pourquoi l'avait-il abandonnée pour aller chercher sa mère ? Comment avait-il pu commettre une telle erreur de jugement ! Il aurait suffi de klaxonner. Iulia pouvait bien traverser le jardin sans l'aide de son gendre. Il n'aurait jamais dû laisser sa femme seule en un moment pareil !

Le chauffeur essayait de tourner mais n'y parvint pas. La neige était trop épaisse. Le moteur crissa avec un son éraillé tandis qu'il appuyait sur l'accélérateur et que les pneus patinaient dans la neige. Il passa en marche arrière, retrouva

ses marques dans la neige et poursuivit son avancée le long
de la rue. Au carrefour suivant, il tourna lentement le
volant et réussit son demi-tour.

Elena ne sentait plus le froid. Elle transpirait à grosses
gouttes. La douleur était si atroce qu'elle était sûre qu'elle
allait mourir. Quelque chose en elle avait dû se déchirer.
Le chauffeur parvint devant le jardin de ses parents et s'arrêta sans couper le moteur. Jacob et sa mère n'étaient toujours pas sortis. Elle ferma les yeux, au bord de l'évanouis-
sement. Elle sut soudain, avec une clarté perçante, que Iulia
Tiberescu n'était pas sa vraie mère. Cette femme n'avait
pas mis de bébé au monde. Elle ne connaissait pas ce
supplice. Ou elle n'aurait jamais fait attendre sa fille.

CHAPITRE 20

1998-1999

LIEN DE SANG

À six heures, Helen se lève pour aller aux toilettes. À peine sortie de la chambre, elle fait trois pas dans le salon. Elle est soulagée d'apercevoir, dans la clarté de l'aube naissante, la forme enfouie sous la couette blanche. Elle n'a pas entendu Marie rentrer cette nuit. Il y a tant de fous à New York, surtout la nuit, qu'elle a toujours peur que sa belle-fille se fasse attaquer dans la rue, poignarder dans le métro, ou kidnapper par un chauffeur de taxi. Helen retourne se coucher près de Jacob et allume la télévision avec la télécommande en mettant le son au minimum.

Quand ils se lèvent, il est huit heures. Maintenant qu'elle ne travaille plus, Helen n'a plus besoin de se presser le matin. En traversant le salon, elle constate que Marie dort encore à poings fermés. Ses vêtements sont posés pêle-mêle sur un fauteuil gris, le collant couleur chair, le soutien-gorge et le slip par-dessus. Helen les retourne pour cacher les sous-vêtements et aperçoit, piqué sur un haut en coton noir, l'oiseau d'or et de rubis. Elle sourit et l'effleure du bout des doigts. Elle craignait que Marie ne l'ait perdu, entre tous ces voyages et ces déménagements. Dans la cuisine, elle pose doucement la bouilloire sur la gazinière, attentive à ne pas réveiller sa belle-fille. Elle prépare le plateau de Jacob, le bol de flocons d'avoine, le pain, la tasse de café et les médicaments. Elle l'apporte dans la salle à manger puis retourne à pas de loup dans la chambre prévenir Jacob que son petit déjeuner est prêt. Comme chaque matin, il porte une chemise propre et impeccablement repassée par ses soins. C'est à peu près la seule chose qu'il sache encore bien faire. Monter les meubles qu'ils ont achetés chez Ikea il y a six mois lui a pris des semaines, et il a fallu qu'elle l'aide à lire la brochure et à trouver les bons écrous. Il s'est beaucoup ralenti. Ce n'est pas la retraite. Elle aussi a pris sa retraite : avec l'appartement à installer, elle n'a jamais été aussi active.

Ils s'assoient ensemble à table. Elle le guette tandis qu'il porte à sa bouche la première cuillerée. Comme elle s'y attendait, son visage exprime la surprise. Elle a un sourire en coin.

« C'est bon ?

— Délicieux. Qu'est-ce que tu as fait ?

— J'ai ajouté des raisins secs, des petits bouts de pomme cuite et du sirop d'érable. Ça a toujours un goût de carton ?

— Tu as gagné. »

La réaction bon enfant de Jacob dissipe l'irritation qu'Helen ressent depuis leur dispute au supermarché la veille. Elle l'a sommé de choisir lui-même ses céréales puisqu'il n'aimait pas celles qu'elle achetait, et il a pris exactement les mêmes que d'habitude. Quand elle lui a reproché son manque d'initiative et d'imagination, il a rétorqué avec une mauvaise foi flagrante qu'elles avaient toutes un goût de carton.

Elle jette un coup d'œil au salon. La forme sous la couette blanche ne donne pas signe de vie. Même si le canapé-lit, ouvert, couvre tout le tapis, la pièce donne une impression d'espace grâce au mur de fenêtres de l'autre côté donnant sur l'Hudson. Elle aimerait se débarrasser des gros canapés et fauteuils en cuir marron, mais en acheter de nouveaux coûterait trop cher. Ils viennent déjà d'acquérir une grande bibliothèque chez Ethan Allan, sur laquelle ils ont mis la télévision, la stéréo, et juste quelques objets décoratifs : deux larges coupes en cristal de Bohême, trois vases en verre soufflé d'Israël, et deux photos encadrées du mariage d'Alexandru et de Marie, sur fond de mer et de rochers bretons. Rien ne ferait plus horreur à Helen qu'un appartement encombré de bibelots — un appartement de vieillard.

Pendant que Jacob finit de manger, elle se sert un verre de Pepsi, s'enveloppe d'un grand châle de laine et va sur la terrasse fumer sa première cigarette. Elle ne se lasse pas de la vue — l'eau et les falaises du New Jersey de l'autre côté. Un grondement permanent monte de la voie express vingt-neuf étages plus bas. La nuit, les voitures s'enroulent autour de Manhattan comme un long serpent lumineux. Une tour Trump à droite de leur immeuble est déjà achevée et une autre s'élève juste en face. Le samedi matin, les travaux s'interrompent. Pour une fois, on n'entend pas le bruit des marteaux piqueurs.

Bientôt ils n'auront plus qu'une vue partielle de l'Hudson. S'ils avaient pris l'appartement du sixième étage, un peu moins cher, comme le voulait Jacob, ils n'auraient plus aucune vue. Si elle avait écouté Jacob, ils n'habiteraient pas New York du tout. Il y a trois ans, quand Alexandru les a pressés de vendre la maison du New Jersey pour déménager à Manhattan tant que les prix de l'immobilier étaient encore raisonnables, elle a dû vaincre la résistance de Jacob. Il craignait qu'ils n'aient pas les moyens de vivre à Manhattan avec leur retraite. Combien de discussions ils ont eues sur l'argent, les impôts fonciers et les fonds de retraite ! Il a presque réussi à la convaincre. Elle a fini par l'emporter. Jacob aussi est beaucoup plus heureux. New York est bien mieux adapté aux retraités que le New Jersey. Ils peuvent se rendre à pied aux musées et aux salles de concert de Lincoln Center, où ils vont écouter des répétitions gratuites l'après-midi. Elle ne regrette qu'une chose : leurs excursions du week-end dans la campagne et les villes des États voisins. Ils ont dû vendre leur voiture. Se garer est impossible à Manhattan, et l'assurance était trop onéreuse.

Quand elle rentre dans le salon, Jacob a rincé la vaisselle de son petit-déjeuner. Elle rédige la liste des courses pendant qu'il s'habille, l'accompagne jusqu'à l'entrée et referme doucement la porte. Il est onze heures quand Marie se lève. Tandis qu'elle prend son petit déjeuner, Helen ôte les draps. Jacob ira cet après-midi à la laverie automatique de l'immeuble. C'est une de ses tâches, car elle n'aime pas descendre au sous-sol. Elle plie la couette, la rentre dans la housse en plastique et va la ranger dans le placard de sa chambre. Marie apparaît dans l'entrebâillement, en chemise de nuit, ses longs cheveux emmêlés.

« Helen, vous auriez dû me laisser faire ça !

— Ne t'inquiète pas. Ce n'est rien.

— Je n'arrive pas à croire qu'Alex sera là ce soir. Dans huit heures si son avion n'a pas de retard ! Vous n'êtes pas heureuse, Helen ? »

Les yeux brillants, elle rit et fait joyeusement quelques entrechats.

Heureuse ? se demande Helen sur la terrasse où elle est allée fumer une nouvelle cigarette. Il tombe une pluie fine, dont le toit de la terrasse la protège. Elle est contente de voir son fils, bien sûr. Mais vingt-cinq heures de voyage pour deux jours à New York ? Ce doit être épuisant. Que peut-elle dire à Marie ? La façon dont on vit aujourd'hui, dont le monde est fait, lui échappe. Son fils seul dans un pays éloigné et musulman. Sa femme seule dans une petite ville du Connecticut à des milliers de kilomètres. Tous deux malheureux. Comment Helen pourrait-elle être heureuse ? Alexandru ne pouvait-il retrouver du travail à New York quand il a perdu son poste il y a quatre ans parce que sa compagnie a été rachetée par une plus grande ? Marie ne pouvait-elle vivre en Turquie avec lui, s'il n'y avait pas le choix ? Quand elle a obtenu un an de congé et rejoint Alexandru en Turquie, deux ans plus tôt, Helen a cru qu'ils allaient enfin rester ensemble et fonder une famille. Mais au bout d'un an Marie est rentrée aux États-Unis.

« Je n'ai pas le droit de prendre deux ans de disponibilité, a-t-elle expliqué à ses beaux-parents. Je pourrais démissionner, mais ce n'est pas une bonne idée parce qu'on aura besoin de mon salaire et de mon assurance médicale le jour où Alex reviendra aux États-Unis chercher du travail — sans doute bientôt. »

C'était rationnel. Trop rationnel. Helen n'a pu s'empêcher de penser que Jacob et elle avaient traversé toutes sortes d'épreuves, mais toujours ensemble : n'est-ce pas le sens du mariage ? Comment un couple peut-il vivre sur deux continents ? Bien entendu, elle ne leur a pas dit ce qu'elle pensait. Elle avait trop peur de perdre à nouveau son fils. Trop peur de Marie, comme si sa belle-fille était une idole toute-puissante qu'elle devait pacifier par tous les moyens. Marie, et l'amour de son fils pour la Française, restaient un mystère qu'elle avait renoncé à élucider.

Jusqu'à ce coup de fil il y a un an, alors que Marie était déjà de retour aux États-Unis. Le téléphone a sonné un soir vers dix heures et demie. Helen et Jacob étaient au lit et s'endormaient devant la télévision. Helen a décroché. Quand elle a entendu sangloter sa belle-fille, elle a eu l'impression que son estomac se vidait de son sang. Elle a tout de suite pensé au pire : un accident, un attentat terroriste dans les locaux de l'organisation de Soros où travaille Alexandru. L'organisation aide les Kurdes : c'est une cible. Jacob s'est réveillé, a allumé la lumière et l'a regardée avec inquiétude. Helen n'arrivait pas à comprendre ce que Marie disait, parce que sa belle-fille sanglotait et n'articulait pas.

« Qu'est-ce qui s'est passé, Marie ? Qu'est-ce qui s'est passé ? »

« Rien » était la réponse qu'elle a fini par entendre. Marie pleurait parce que Alex lui manquait terriblement, qu'il était trop tard pour l'appeler à cause du décalage horaire, et qu'elle ne comprenait pas ce qu'elle faisait dans cette ville du Connecticut à des milliers de kilomètres de l'homme qu'elle aimait. Helen ne le comprenait pas non plus. Elle s'est rendu compte que Marie était une victime aussi, et qu'il y avait en elle de la douceur et de la vulnérabilité. Une phrase que son fils lui avait dite trois ans plus tôt dans un accès de colère lui est tout à coup revenue : « Tu ne lui as jamais ouvert un cœur de mère, maman ! »

« Pourquoi ne viens-tu pas à New York le week-end pour te sentir moins seule, Marie ? a-t-elle dit impulsivement. Tu es la femme de notre fils. Tu es notre fille. Chez nous, tu es chez toi. »

Marie l'a prise au mot. Depuis un an, elle passe chez ses beaux-parents tous les week-ends où elle n'est pas à

Istanbul. Le jeudi, Helen cuisine pour que Marie trouve
les plats qu'elle aime et puisse rapporter les restes dans
le Connecticut. Le vendredi matin, elle va acheter une
baguette fraîche à Fairway et le vendredi après-midi elle
pousse la lourde table basse en marbre pour ouvrir le
canapé-lit, parce que Marie n'aime pas dormir sur un
canapé replié. Elle doit se débrouiller seule depuis que
Jacob s'est fait un lumbago en l'aidant. Marie arrive, et en
cinq minutes la maison est sens dessus dessous. Elle laisse
son manteau sur un fauteuil, son bonnet et son écharpe sur
un autre, ses livres et ses papiers partout. Elle dîne rarement avec eux. Elle retrouve des amis ou des Français de
passage pour aller à des lectures, des vernissages, des cock-
tails ou des fêtes. Elle rentre rarement avant deux ou trois
heures du matin. Helen lui a donné une clef. Marie utilise
leur appartement comme un hôtel. Le matin, elle se
réveille tard puis passe quelques heures à lire et à corriger
des copies dans le salon. Helen et Jacob ne peuvent allumer
la grande télévision parce que le bruit et même l'image
la dérangent. Après son départ, Helen trouve souvent
un Kleenex coincé sous le téléphone ou du fil dentaire
abandonné sur le bord du lavabo.

Mais Helen attend les visites de Marie, ces tornades
qui bouleversent l'ordre de la maison et le rythme de
leurs jours. Quand elle entend sonner et lui ouvre la
porte, elle sait que Jacob et elle ne sont pas seuls au
monde. Ils ont un fils, une belle-fille : une famille. Et Helen
commence à comprendre Marie — ou plutôt à accepter
sa différence. Elle a vu Marie attendre Alexandru à New
York. Elle a vu Marie se préparer à partir en Turquie. Elle a
vu Marie de retour de Turquie. Elle a vu Marie le dimanche
soir, après le départ d'Alexandru pour l'aéroport. Il n'y a

aucun doute dans l'esprit et le cœur d'Helen : Marie aime
Alexandru et souhaite être avec lui plus que tout au monde.
Elle n'a pas d'amant — ou pourquoi choisirait-elle de
dormir chez ses beaux-parents ? Et pourtant elle est capable
de s'amuser avec ses amis à New York. Helen admire sa
belle-fille d'avoir une vie indépendante, pleine d'activités sociales et culturelles. C'est une vie qu'Helen aurait
aimée.

*

Allongée sur le dos, la tête appuyée sur l'épaule d'Alex,
Marie regarde la chambre, meublée d'étagères et d'une
commode Ikea blanches. La couette aussi est blanche, ainsi
que les rideaux qu'Helen a cousus cet automne. Tout ce
blanc, c'est joli. Elle respire l'odeur d'Alex, qui se mêle au
parfum de son après-rasage au vétiver. Aimer, c'est aimer
l'odeur de l'autre au creux de son aisselle : elle se rappelle
avoir lu ça quelque part. Elle caresse son ventre et sa poitrine puissante, couverte de fins poils noirs.

Il y a un certain paradoxe, songe-t-elle, à faire l'amour
avec Alex sur le lit de ses beaux-parents. A-t-elle déjà oublié
leur folie d'il y a cinq ans ? Pendant quatre ans, elle s'est
méfiée d'eux. Quand Alex a perdu son travail et que les
dettes ont commencé à s'accumuler, Helen et Jacob étaient
les dernières personnes à qui elle aurait parlé de leurs
difficultés financières et conjugales. Elle avait l'impression qu'ils attendaient, tapis dans le noir, l'effondrement
de son couple. Et ils sont aujourd'hui les deux êtres les
plus proches d'elle sur ce continent. Sa famille, sur qui
elle peut compter à cent pour cent. Les parents d'Alex. Les
seuls à qui il manque autant qu'à elle et qui peuvent la

comprendre. Ces deux personnes qui ont presque détruit sa vie sont aussi les plus gentilles, les plus chaleureuses, les plus hospitalières. Marie ne cherche pas à comprendre. Elle se contente de constater. Il y a un mois, juste après la dernière visite d'Alex, elle est allée faire du shopping avec Helen, qui l'a emmenée dans un magasin de vêtements de cuir. Marie a essayé une veste en cuir noir cintrée qui lui allait si bien qu'on l'aurait crue taillée sur mesure. Elle valait sept cents dollars. Marie ne s'était jamais acheté un vêtement si cher et n'avait pas une telle somme à dépenser. De plus, elle essayait d'être enceinte — elle espérait même l'être depuis la veille — et après un mois de grossesse elle ne pourrait plus fermer cette veste. Mais peut-être devait-elle justement dépenser ces sept cents dollars, faire ce sacrifice, pour être enceinte ? Elle se regardait dans le miroir en tirant sur le cuir pour voir s'il y avait un minimum de place pour un petit ventre quand Helen lui a dit : « S'il te plaît, Marie, laisse-moi te l'offrir. En avance sur tes étrennes. Elle te va si bien ! » Marie a senti instinctivement qu'Helen avait deviné sa pensée et voulait lui acheter la veste pour compenser l'absence de bébé.

Les rideaux sont tirés mais le tissu assez fin pour que Marie aperçoive en ombre chinoise la forme ronde de sa belle-mère sur la terrasse de l'autre côté de la fenêtre. Une subtile odeur de tabac pénètre dans la chambre par le climatiseur. Marie fronce les narines. La seule chose qui l'agace encore chez Helen, c'est cette permanente cigarette, au parfum si désagréable le matin. Alex pousse doucement sa tête.

« Oh, ne te lève pas déjà ! On est si bien. »

Il sourit. « Pardon, ma chérie, mais je dois faire pipi. »

Il se lève et elle le regarde enfiler son pantalon. Elle aime ses épaules musclées, sa peau plus sombre que la sienne. « Il y a l'expo Jackson Pollock qui vient d'ouvrir au MoMA. Tu veux y aller, Alex ? Ça fait longtemps qu'on n'a pas mis les pieds dans un musée.

— J'aimerais beaucoup, mais je dois partir.

— Maintenant ? Il n'est que midi.

— Mon avion est à seize heures dix.

— Tu ne prends pas celui de neuf heures du soir comme d'habitude ?

— J'ai un rendez-vous à Ankara demain matin.

— Quoi ? Je croyais qu'on avait tout l'après-midi devant nous, et tu t'en vas ?

— Je te l'avais dit.

— Non, tu ne me l'as pas dit ! C'est quelque chose que je me rappellerais ! »

Il jette son sac par terre et sort de la chambre. Marie sait où il va : fumer une cigarette, comme chaque fois qu'elle lui adresse un reproche. Elle enfile quelques vêtements et le rejoint sur la terrasse. Sa mère est là, assise sur sa chaise en plastique blanc. Helen parle roumain avec Alex, qui fume une des longues cigarettes de sa mère. Marie reste debout près de la porte vitrée et le regarde sans mot dire. Il se tourne vers elle, les sourcils froncés.

« Arrête, Marie. Ton attitude rend les choses plus difficiles. Ce n'est pas ma faute si je dois travailler.

— Mais pourquoi est-ce que tu n'as pas pensé à me dire que tu partais plus tôt ? »

Elle sait qu'Alex est furieux qu'elle lui fasse une scène devant sa mère, comme si elle n'avait pas retenu sa leçon. Elle sait aussi qu'il a accepté de passer vingt-cinq heures en avion pour lui livrer son sperme à la bonne date alors qu'il est débordé de travail, parce qu'elle désire désespérément un bébé. Mais elle est en colère qu'il n'ait pas pensé à lui communiquer son heure de départ, et triste qu'il s'en aille, que dans une demi-heure il ne soit plus là, que sa visite s'achève sur une dispute, qu'ils se quittent à nouveau pour six semaines.

« Ne parle pas à Marie sur ce ton, Alex, intervient soudain Helen. Tu ignores à quel point c'est dur pour elle. Tu lui manques énormément. Elle est très courageuse. »

Alex fait la moue comme un petit garçon grondé après une bêtise. Deux femmes contre lui, son épouse et sa mère : il peut se tenir coi. Marie regarde Helen et lui sourit, stupéfaite que sa belle-mère ait pris sa défense et se dresse, pour elle, contre son propre sang. C'est la première fois qu'il y a entre elles une solidarité féminine.

*

Le téléphone la réveille à sept heures du matin. Helen sursaute, tend le bras et décroche. En reconnaissant son fils, elle devine de quoi il s'agit. Les larmes lui montent aux yeux.

« *Mazel tov !* »

Jacob se redresse sur un coude et la regarde d'un air interrogatif.

« Une fille, dit-elle. Camille. Elle est née hier soir à onze heures et demie. »

Marie était sûre que ce serait un garçon. Une voyante le lui avait prédit, ainsi que toutes les personnes qui la croisaient, à cause de son ventre énorme qui pointait en avant. Ils avaient choisi un prénom roumain : Liviu. Helen est contente que ce soit une fille.

Une heure plus tard, Jacob et Helen sont à Grand Central, où ils prennent le train pour la petite ville du Connecticut. À la gare, un taxi les emmène directement à l'hôpital. Dix minutes après, elle est dans ses bras. Camille Elena Elvire Tibb. Helen avait oublié une telle légèreté. Elle tient délicatement contre sa grosse poitrine le minuscule nouveau-né emmailloté dans un lange d'hôpital et le berce. Elle est stupéfaite d'avoir une petite-fille au teint clair, aux cheveux blonds et aux yeux bleus.

« Elle a tes couleurs, Marie, dit-elle à sa belle-fille qui la suit du regard, épuisée par les vingt-trois heures d'accouchement. Et les traits si fins ! Elle est jolie. »

Marie sourit. Helen parle doucement au bébé en anglais.

« Vous ne lui parlez pas roumain ? demande Marie.

— Oh non. Je ne peux pas. Elle est américaine. »

Avant de repartir, Helen passe trois heures dans l'appartement qu'Alex et Marie sous-louent près de l'université. Elle astique la cuisine et la salle de bains, passe l'aspirateur, range les vêtements qui traînent, fait la lessive, et dépose dans le réfrigérateur tous les mets qu'elle a préparés à New York à l'avance.

Le téléphone sonne le cinquième matin, alors que Marie et Camille ont quitté l'hôpital depuis deux jours. Helen décroche et entend pleurer sa belle-fille. Son sang se fige.

« Marie ? murmure-t-elle d'une voix blanche.

— Pardon, Helen. Ce n'est pas Camille, elle va bien. Mais maman arrive demain et j'ai si peur ! Maman n'aime pas les bébés. Ils ne l'intéressent pas. Elle va s'ennuyer ici, j'en suis sûre. J'ai peur qu'elle me le fasse sentir. J'ai peur qu'elle dise quelque chose que je ne puisse jamais lui pardonner. Je n'ai pas envie de la voir. Je veux juste rester tranquille et idiote avec mon bébé ! Ce n'est pas la dépression postnatale, Helen. Si maman ne venait pas demain, tout irait bien ! »

Marie sanglote et hoquette. Helen pense à sa propre mère, à l'effet dévastateur d'un mot caustique ou juste indifférent. Elle voit la mère de Marie, si élégante, si parisienne, intellectuelle et mondaine, si déplacée dans la petite ville du Connecticut. Des mots de consolation se forment spontanément sur ses lèvres, comme si Marie, par Camille, était maintenant sa fille.

« Ne pleure pas, Marie, dit-elle d'une voix pleine d'affection. Je suis sûre que tout va bien se passer. C'est ta mère. Elle t'aime. Tu es son bébé. Elle vient pour te voir et pour voir ton bébé. Elle est probablement aussi effrayée que toi maintenant. Elle doit avoir peur de te décevoir. »

CHAPITRE 21

1968

DES BOTTINES DE PRINCE

Les quatre femmes s'arrêtèrent en même temps. Elles n'avaient jamais vu un tel étalage de chaussures et de bottes. Il y avait des sections entières pour les hommes, les femmes et les enfants.

« Quel dommage de ne pas pouvoir prendre de photo ! s'exclama Mme Tudor. Mais comment est-ce que les Parisiennes arrivent à choisir ?

— Regardez ces bottes bleu roi ! renchérit Mme Dragomir. Elles iraient parfaitement avec le manteau de Mme Tiberescu ! Elles sont collées. »

Les trois autres femmes regardèrent les bottes, puis Elena, qui se rengorgea une fois de plus de porter un manteau tel qu'on n'en trouvait pas en Roumanie. Dans la vitrine, elle aperçut sa silhouette, affinée par le long manteau moulant de cuir bleu roi que lui avait offert l'hiver précédent le père de Jacob, fabricant de peaux. Elle avait presque l'air parisienne. Depuis qu'il avait pardonné à son fils d'avoir épousé une shiksa et s'était réconcilié avec lui trois ans plus tôt, le père de Jacob venait les voir à Bucarest deux fois par an et leur apportait chaque fois de magnifiques cadeaux. Dans l'avion, Mme Tudor avait demandé à Elena d'où provenait son manteau. Elle cherchait visiblement à lui faire avouer qu'elle avait de la famille en Israël. Elena avait répondu tranquillement : « D'un magasin *consignata* de la rue Victoriei. » La réponse était crédible car de nombreux Juifs de Bucarest, pour améliorer leur ordinaire, vendaient dans ces magasins de biens consignés autorisés par le gouvernement les cadeaux qu'ils recevaient de leur famille israélienne.

Tandis que ses compagnes regardaient les bottes, elle examinait la section des enfants. Il y avait des chaussons en cuir rouge ou bleu si bien coupés qu'on aurait dit de vraies petites chaussures. Comme elle aurait aimé qu'Alexandru porte ces ravissants chaussons ! Leur prix était inouï : dix-huit francs. Son œil fut soudain attiré par une paire de chaussures au premier plan. C'était plus exactement des bottines, presque des bottes, le genre de chaussures qu'on appelle « *mocassins* » en Roumanie. Elles étaient grises, et le cuir semblait le plus souple qui soit. Elles étaient fourrées, et la fourrure gris pâle, sans doute du lapin, faisait une jolie bordure en haut de la bottine. C'étaient les chaussures d'enfant les plus élégantes qu'elle avait jamais vues. Un enfant portant ces bottines ne risquait pas d'avoir froid, même par l'hiver le plus rigoureux.

« Qu'est-ce que vous regardez ? » lui demanda Mme Dragomir.

Elle pointa du doigt les bottines.

« Les *mocassins*.

— Adorables ! Madame Tudor, vous avez vu les *mocassins* ?

— Où ? Les gris ? Très mignons. Oh ! Ils valent quarante francs !

— Quarante francs ! Non ! » répétèrent Mmes Dragomir et Barbaveanu.

Elena rougit, gênée comme si elle avait fabriqué les chaussures elle-même et osait les vendre à ce prix insensé.

« C'est presque la moitié de la somme qu'on a pour toute la semaine! reprit Mme Dragomir. Ce sont des bottines de prince!

— Quarante francs pour une paire de chaussures qu'un enfant portera juste un an? s'écria Mme Tudor. Je n'ai jamais rien vu d'aussi ridicule. Quel gâchis! L'Ouest doit être vraiment corrompu pour jeter comme ça l'argent par les fenêtres. Ça me dégoûte! »

Les quatre femmes continuèrent leur marche sur le boulevard, vers la Seine et la tour Eiffel, leur première visite touristique depuis qu'elles avaient atterri trois heures plus tôt. Mme Dragomir et Mme Tudor marchaient devant en bavardant. Elena suivait avec Mme Barbaveanu. Elle songea qu'elle avait de la chance de partager sa chambre avec cette dernière et pas avec une des deux autres femmes. Elle se demandait déjà comment elle échapperait le lendemain matin à la surveillance de ces deux harpies.

Leur présence ne suffisait pas à gâter son humeur. C'était une journée d'octobre presque trop douce pour porter le manteau de cuir. Elle se retourna et regarda le nom du magasin de chaussures derrière elles. BALLY s'étalait en grandes lettres au-dessus des vitrines. Elle était à Paris. Elle venait de voir le magasin de chaussures le plus extraordinaire qui soit et, dedans, des bottines de prince. Elle marchait sur un trottoir parisien, le long d'immeubles haussmanniens en pierre de taille aux balcons de fer forgé, et croisait des hommes et des femmes tous plus élégants les uns que les autres, comme si elle était entrée dans un des magazines de mode française de Vera. Les immeubles étaient un peu plus gris qu'elle ne s'y attendait — elle croyait que Paris serait jaune pâle comme les blés — mais elle voyait la ressemblance architecturale avec le centre de Bucarest, le petit Paris des Balkans. Sauf qu'ici c'était l'original. Le vrai Paris. Le seul. Elena sentait une exaltation qu'elle n'avait éprouvée que quatre fois dans sa vie : la nuit de mars 1958 où elle avait rencontré Jacob, l'après-midi d'août 1958 où elle était tombée sur lui au parc Cişmigiu, l'aube du 21 février 1962 quand la sage-femme avait posé sur son ventre le nouveau-né parfait avec sa grosse tête couverte de cheveux noirs, et ce vendredi de juin 1967, un an et demi plus tôt, quand Jacob l'avait appelée au laboratoire : « Lenoush, je viens de passer par la rue Magistrale et j'ai découvert que le gouvernement est en train de construire des immeubles avec des appartements à vendre.

— Appelle-les tout de suite !

— C'est fait, ma chérie. Il reste un trois-pièces au neuvième étage.

— Achète-le ! Vite ! »

Elle n'avait même pas demandé le prix. Elle n'avait pas vu l'immeuble. Peu importait. Il était rarissime que le gouvernement construisît des appartements pour les vendre — surtout dans un quartier central. C'était leur seule chance d'avoir leur propre appartement et de récupérer Alexandru qui vivait chez ses grands-parents depuis cinq ans. Six mois plus tard, ils avaient emménagé chez eux, au neuvième étage de l'immeuble tout neuf de la rue Magistrale.

Quatre miracles. Sa présence à Paris ce jour-là, le 11 octobre 1968, était le cinquième. Elle n'y avait pas cru avant que l'avion décolle. Jusqu'à la dernière minute elle s'attendait qu'un agent de la Securitate surgisse dans l'avion et crie d'une voix forte : « Tiberescu, Elena ! » Les trois autres femmes, qui prenaient aussi l'avion pour la première fois, étaient terrifiées à l'idée de voler. Elena ne voulait qu'une chose : quitter le sol roumain et s'élever dans le ciel.

Quand Ottilia, sa patronne, avait dit à Elena, en juin, qu'elle voulait l'envoyer à un colloque à Paris pour présenter les résultats de leurs recherches communes sur l'effet de l'aspirine mélangée avec du tritium sur les souris, Elena ne s'était pas emballée. Ottilia n'avait malheureusement qu'un pouvoir limité. Un voyage à l'étranger était quelque chose de si désirable qu'une femme dont le mari était juif, avait de la famille en Israël et n'appartenait pas au parti communiste aurait été folle d'y aspirer. Elle le savait d'expérience depuis son voyage avorté à Budapest en mars. La veille de son départ, alors que sa valise était prête, elle était allée chercher son passeport et avait appris que quelqu'un d'autre avait pris sa place à la dernière minute, un membre du Parti qui n'avait rien à voir avec leurs recherches mais souhaitait se rendre à Budapest. Si Budapest attisait la convoitise, qu'en serait-il de Paris ! De toute évidence, un aigle fondrait sur la proie pour la lui dérober au dernier moment. Elle avait quand même passé l'été à lire en français, à l'aide d'un dictionnaire, un guide Michelin de Paris qu'Ottilia lui avait prêté. Mi-août, le patron d'Ottilia avait dit qu'il voulait envoyer à Paris une jeune femme de son laboratoire, mais Ottilia avait réussi à le convaincre d'obtenir deux places. Quand, le 21 août, Ceauşescu avait dénoncé l'invasion de la Tchécoslovaquie par les troupes soviétiques la veille comme une grave erreur, et que, deux jours plus tard, la parade annuelle de la Libération à Bucarest s'était transformée en une immense manifestation de solidarité avec les Tchèques à laquelle Elena et Jacob

avaient participé aux côtés de milliers de compatriotes, elle
s'était laissé porter par ce mouvement national d'espoir et
avait commencé à croire qu'il y avait une justice en son
pays. Trois semaines plus tard, elle avait reçu son billet
d'avion de l'agence de voyages officielle et avait vraiment
cru à son voyage. Erreur. Le lendemain matin, elle était
arrivée au laboratoire, avait vu le visage d'Ottilia et compris.

« Annulé ?

— Balaban est forcé de donner ta place à deux femmes
d'un autre laboratoire. Leurs maris sont membres du parti
communiste.

— Et notre communication ?

— Elles la liront. Elles n'y comprendront rien, mais
qu'importe. Il n'y a rien à faire, Elena. »

Ce soir-là, à peine Jacob avait-il ouvert la porte de leur
appartement qu'Elena l'avait accueilli par ce cri : « Je ne
vais pas à Paris ! » Le visage de Jacob avait reflété à l'instant
toute la déception et la tristesse de sa femme.

« Tu iras à Paris, Lenoush. Je te le jure. Un jour je t'y
emmènerai. Paris ne va pas disparaître. »

Quand Alexandru avait bondi hors de sa chambre,
déguisé en chevalier, en brandissant une épée de plastique
sur le côté et en criant qu'il allait venger sa mère et tuer les
méchantes dames, Elena avait réussi à rire et à se raisonner.
Elle avait mis son malheur en perspective. Elle avait un
mari qu'elle aimait, un merveilleux petit garçon de six ans,
intelligent et en bonne santé, un magnifique appartement
dans un immeuble moderne du centre-ville, un travail intéressant et bien payé, une patronne qui lui faisait confiance
et qui avait l'honnêteté de cosigner avec Elena les articles
qu'elles écrivaient ensemble au lieu de s'attribuer toute la
gloire de leurs recherches. Chacun de ces différents aspects

de sa vie suffisait à susciter l'envie. Il fallait bien qu'elle paie un prix pour avoir épousé l'homme qu'elle aimait. Tant qu'elle n'était pas licenciée — une possibilité qui la terrorisait sans cesse —, tout allait bien.

Dans son dos, sa patronne s'activait. Elena ignorait quelles ficelles elle avait tirées mais le 8 octobre, trois jours avant le départ, Ottilia lui avait remis un passeport tout neuf et lui avait dit qu'elle allait à Paris. Elles étaient quatre chercheuses à partir ensemble : Elena, Mme Barbaveanu, la protégée de Balaban, et les deux épouses des membres du parti communiste, qui avaient obtenu grâce à leurs maris des postes confortables et bien payés à l'Institut de physique atomique. Le laboratoire d'Elena était le seul à produire de vrais résultats scientifiques. Elle était la seule des quatre à donner une communication au colloque de Saclay.

Les quatre femmes arrivaient sur le quai de la Seine. Elles poussèrent une exclamation en chœur en apercevant sur leur droite, grandeur nature, la tour Eiffel si souvent admirée en photo, qui dressait sa structure de métal contre le ciel bleu. Pour mieux la voir, elles franchirent le pont de Bir-Hakeim, longèrent la Seine où passaient des bateaux-mouches, puis traversèrent le pont d'Iéna afin d'accéder aux énormes pieds métalliques où se trouvait l'ascenseur. Le billet coûtait trop cher. Les escaliers étaient gratuits, mais seule Elena choisit d'y monter. Les trois autres s'assirent sur un banc pour l'attendre, peu désireuses de grimper des centaines de marches alors qu'elles s'étaient levées à quatre heures du matin pour prendre l'avion. Elena s'arrêta au premier étage, à bout de souffle. Elle s'accouda à la balustrade et contempla Paris à ses pieds. La Seine miroitait sous le soleil comme un ruban de satin mordoré.

Le lendemain matin, elle ouvrit les yeux dès que l'aube projeta sa lueur dans la chambre d'hôtel où Christina dormait encore. Elle se leva, fit une toilette rapide, s'habilla, avala trois tranches de salami hongrois et une tasse de Nescafé en poudre dissous dans de l'eau du robinet. Christina se réveilla au moment où Elena sortait de la chambre avec son sac à main.

« J'ai une course à faire », dit-elle à Christina, qui ne posa aucune question.

Il n'était pas sept heures. Paris était vide, en dehors de quelques jeunes hommes en chemise blanche et veston sombre qui avaient l'air de rentrer se coucher après une nuit passée à faire la fête. Elena leur jeta des coups d'œil circonspects, mais ils ne lui prêtaient aucune attention. Avant leur départ, on avait informé Elena et ses compagnes qu'il y avait eu une sorte de rébellion populaire à Paris au mois de mai, avec des batailles de rue et de nombreuses victimes. On leur avait recommandé d'être très prudentes, de n'aller seules nulle part, et surtout de ne jamais se promener la nuit. Paris lui semblait très paisible. Elle avait bien l'intention d'explorer la ville de nuit : elle avait lu dans son guide que Paris, la Ville lumière, n'était jamais aussi belle que la nuit, tout illuminée.

Elle s'arrêta fréquemment pour lire les explications de son guide, appuyée au muret de pierre bordant la Seine, flâna dans le jardin des Tuileries, et mit plusieurs heures à parvenir à l'adresse que lui avait donnée Jacob, 13, rue des Francs-Bourgeois. Elle poussa la porte cochère et monta l'escalier A, un escalier en bois aux marches irrégulières, mal éclairé, jusqu'au troisième étage. La sonnerie retentit dans le silence. Il y eut un bruit de talons sur le plancher, puis de verrou qu'on tirait. La porte s'ouvrit. Une femme d'une trentaine d'années encore en peignoir, ses cheveux noirs tombant sur ses épaules, dévisagea Elena avec surprise.

« Oui ? Qu'est-ce que vous voulez ?

— Bonjour, répondit Elena en français avec un sourire chaleureux. Je m'appelle Elena Tiberescu. Je viens de Roumanie. Je suis la femme de Jacob Steinovici. »

La femme fronça les sourcils. Un enfant de trois ans accourut dans l'entrée et se cacha derrière les jambes de sa mère tout en jetant des coups d'œil curieux à Elena.

« Désolée, répondit la jeune femme. Ça ne nous intéresse pas. »

Elle semblait croire qu'Elena voulait lui vendre quelque chose. Elle allait lui fermer la porte au nez quand celle-ci fit un pas en avant et dit à toute allure :

« Vous connaissez mon beau-père ! Voicu Steinovici ! »

La femme rouvrit la porte.

« Oui, absolument. C'était le meilleur ami de mon père à Iasi. Qu'est-ce que vous voulez ? »

Elena rougit, mais elle avait trop besoin d'argent pour écouter sa fierté.

« Mon beau-père m'a dit que vous auriez cent francs pour moi.

— Cent francs ? Je ne vois pas de quoi vous parlez. »

Un bébé se mit à pleurer dans une chambre.

« Sara ! Il a faim ! » cria un homme.

Elena rassembla tout son courage :

« Mon beau-père a sans doute essayé de vous joindre quand vous n'étiez pas chez vous. Ça vous dérange si je repasse demain, au cas où il appelle ?

— Comme vous voulez, dit la femme en haussant les épaules. J'arrive ! » cria-t-elle avant de refermer la porte.

À peine fut-elle redescendue qu'Elena oublia sa décon-
venue. Au bout de la rue se trouvait la place des Vosges. La
beauté des palais roses entourant un jardin à la française
lui arracha une exclamation. Une fontaine lui permit de se
désaltérer. Maintenant qu'elle ne pouvait plus compter sur
les cent francs supplémentaires, il n'était plus question de
dépenser un sou en nourriture ou en boisson. Elle chercha
la maison où Victor Hugo avait vécu puis se promena dans
le quartier. Dans une rue étroite, elle vit un étrange groupe
d'hommes qui portaient de larges chapeaux et de longs
manteaux noirs. Il y avait quelques femmes aussi, vêtues
d'élégantes robes descendant jusqu'aux chevilles, et une
ribambelle d'enfants bruyants, fillettes en robes à smocks
et garçons en chemise blanche et pantalon noir, le crâne
coiffé d'un petit bonnet noir avec, devant les oreilles, les
mêmes frisettes que leurs pères. Elena s'adressa poliment à
l'une des mères pour lui demander quelle était cette fête
folklorique que ne mentionnait pas son guide. La femme
rit et dit quelques mots à une autre plus âgée dans une
langue qui ressemblait à de l'allemand. Celle-ci se tourna
vers Elena et lui répondit d'un ton bienveillant que les
Juifs du quartier se retrouvaient dans la rue en sortant de
la synagogue le jour du sabbat. Elena ouvrit de grands
yeux.

« C'est le costume des Juifs ? » demanda-t-elle timidement.

La femme hocha la tête. Elena eut envie de l'embrasser.
Il y avait un monde, hors d'Israël, où les Juifs n'avaient pas
besoin de cacher leur identité ?

Elle passa l'après-midi entier au Louvre. Elle ne pouvait
pas se payer le billet une seconde fois et, de toute façon,
avait un programme trop chargé. Juste avant la fermeture,

elle alla au magasin du musée et acheta cinquante diapositives à cinquante centimes pièce. Le total se montait à vingt-cinq francs, le quart de la somme qui lui avait été allouée par le gouvernement pour la semaine. Une folie. Mais le père de Jacob avait rapporté d'Israël à son petit-fils un diaporama qui était le jouet favori d'Alexandru. Les cinquante diapositives permettraient à son fils et à son mari de voir la Joconde, les Rembrandt et les impressionnistes comme s'ils étaient allés à Paris avec elle. Elle sortit du musée à six heures et quart, étourdie de fatigue et de faim. Les trois tranches du saucisson hongrois apporté de Bucarest avaient été digérées depuis longtemps. L'odeur de pain chaud qu'elle sentit en passant devant une boulangerie ouverte rue du Bac lui donna le vertige. Elle s'arrêta devant l'étalage de brioches et de pâtisseries, aussi diversifié et impressionnant que la vitrine du magasin de chaussures Bally, et ne put résister. Elle entra et acheta, pour vingt centimes, un petit pain au lait. Puis elle se hâta vers l'hôtel. À peine avait-elle franchi la porte que les deux espionnes se précipitèrent.

« Où étiez-vous, madame Tiberescu ?

— Au musée.

— Nous ne devons pas nous quitter, vous le savez ! Nous serons obligées de signaler votre escapade dans notre rapport. »

Le lendemain, il fut plus difficile de leur échapper. Elena les traîna de musée en musée jusqu'à ce que Mmes Tudor et Dragomir déclarent forfait en sortant du musée Rodin. Elles avaient affreusement mal aux pieds.

« Et maintenant, la Sainte-Chapelle, dit Elena d'un air innocent.

— Demain ! »

— Demain, nous avons un autre programme. »

Elles se consultèrent et la laissèrent sous la garde de Mme Barbaveanu, qu'Elena emmena jusqu'à la rue des Francs-Bourgeois. Arrivée devant le numéro 13, elle pria Christina de l'attendre un moment, et disparut dans la sombre cage d'escalier. Elle monta au troisième étage et sonna. La femme de la veille ouvrit. Un sourire éclaira son visage dès qu'elle aperçut Elena.

« J'avais peur que vous ne reveniez pas ! Je n'avais même pas pensé à vous demander le nom de votre hôtel. Votre beau-père a appelé. Tenez, voici les cent francs. Je suis désolée pour hier. Je n'avais pas compris qui vous étiez ! Vous voulez une tasse de thé ? »

Elena déclina l'offre : Christina l'attendait dans la rue. Quand elle redescendit l'escalier, son cœur battait de joie. Elle avait cent soixante-quinze francs dans la petite pochette qu'elle avait cousue elle-même et portait autour du cou. Elle était riche.

Les cinq jours restants passèrent comme un tourbillon. Elle adorait le matin, quand Christina et elle s'asseyaient chacune à une fenêtre et mangeaient leur salami — le gouvernement roumain leur offrait un trois-étoiles confortable pour montrer qu'il logeait bien ses chercheurs, mais le petit déjeuner n'était pas inclus — tout en regardant Paris par la vitre comme si elles se trouvaient au balcon d'un théâtre. Des fillettes sautaient à la corde sur le chemin de l'école, de vieilles dames pomponnées promenaient leur chien, des hommes d'affaires partaient au bureau, des camionnettes déchargeaient des journaux. À huit heures et demie, un minibus privé venait les chercher pour les emmener à Saclay, où on les accueillait comme de vraies scientifiques, pas comme les pauvresses roumaines qu'elles étaient. Le premier matin, Elena fut présentée à un grand professeur de Lyon qui lui dit aussitôt :

« Tiberescu ? Ai-je l'honneur de parler à l'auteur de la bibliographie d'articles sur le tritium et le carbone ? Quel travail fantastique ! »

Elle ne pensait pas qu'un savant consulterait un jour la bibliographie qu'elle avait compilée du temps où elle travaillait à la bibliothèque quand elle était enceinte, sept ans plus tôt. L'idée que son œuvre avait franchi les frontières longtemps avant elle lui réchauffa le cœur. La cafétéria de l'université à l'heure du déjeuner ressemblait aux natures mortes flamandes qu'elle avait admirées au Louvre. La nourriture y était plus abondante et plus variée que dans les meilleurs restaurants de Bucarest, et l'on pouvait se servir autant qu'on le souhaitait. Les serveuses, toutes jeunes et jolies avec leur visage pointu si français et leur petite coiffe blanche, portaient des jupes si courtes qu'on voyait leur culotte dès qu'elles se baissaient. Contrairement à ses compagnes, Elena ne remplissait pas son sac à main de fruits et de petits pains pour son dîner. Ce n'était pas digne. Elle mangeait suffisamment au déjeuner, de toute façon, pour attendre jusqu'au petit déjeuner de salami et de Nescafé tiède le lendemain matin. Pendant le repas, elle s'efforçait de discuter en français avec ses collègues de l'Ouest et de répondre à leurs questions sur la Roumanie. La pauvreté de son vocabulaire et la proximité des espionnes limitaient la conversation, mais ce n'était pas le seul problème. Comment aurait-elle pu expliquer la réalité de son pays à des gens qui considéraient Ceauşescu comme un héros parce qu'il avait gardé une position indépendante et courageuse pendant la crise tchèque au mois d'août ?

La vie commençait vraiment quand elle retournait à Paris vers trois heures. Les autres femmes avaient renoncé à la suivre. Elle vit tout, des Champs-Élysées où un simple Orangina à la terrasse d'un café coûtait deux francs cinquante, à la place du Tertre où elle eut du mal à s'arracher à l'artiste qui voulait absolument la peindre, gratuitement. Sur les Grands Boulevards, les vitrines l'éblouirent : on aurait dit des tableaux. Elle alla même à Versailles en train un après-midi. Et tant de musées, tant d'églises, dans chaque pâté de maisons. Tant de parcs, tant de restaurants, de boulangeries-pâtisseries, de boucheries avec leurs tonnes de viande rouge et fraîche, d'épiceries-charcuteries où elle aurait voulu goûter chaque salade, chaque terrine et surtout les odorantes bouchées à la reine qu'on appelait à Bucarest *vol-au-vent*, tant de librairies pleines de livres, de cafés aux terrasses peuplées de gens qui riaient, qui buvaient, qui fumaient, qui avaient tous l'air de parler librement. Elle marcha jour et nuit, remplissant ses yeux de chaque spectacle. Remplissant son sac aussi. Elle trouva de la laine chez Tati pour faire des pulls à Jacob et Alexandru, et, pour elle, des soutiens-gorge et des bas. Au Prisunic, le seul grand magasin abordable, elle acheta de l'eau de Cologne et du savon pour sa mère et sa grand-mère, et des tablettes de chocolat pour soudoyer les employés de la douane à l'aéroport de Bucarest. Et elle acheta les chaussures. Les *mocassins*.

Elle entra dans le magasin le vendredi après-midi, la veille de leur départ. Elle y pensait depuis le moment où elle avait reçu les cent francs supplémentaires de la femme que connaissait son beau-père. Les yeux brillants, de sa voix la plus assurée, elle s'adressa en français à la jeune vendeuse qui s'avançait vers elle :

« Je voudrais acheter les *mocassins* dans la vitrine, en taille 32, s'il vous plaît.

— Quels mocassins, madame ? Vous pouvez me les montrer ? On en a dix paires différentes. »

Elena la suivit sans comprendre. Dix paires de *mocassins* ? Elle ne voyait qu'un modèle. Toutes les autres étaient des chaussures de ville. Elle reprit en montrant les bottines du doigt :

« Les *mocassins* fourrés, là, les gris, ceux qui coûtent quarante francs. »

Cette fois-ci, il n'y avait pas moyen de s'y tromper. La vendeuse la regarda d'un drôle d'air, mais pas avec l'admiration que, selon Elena, devait forcément susciter une femme entrant dans la boutique pour acheter en cinq minutes, comme si de rien n'était, les chaussures d'enfant les plus chères qui fussent. Non, la vendeuse la regardait par en dessous avec un demi-sourire ironique, comme si elle avait affaire à une idiote. Se moquait-elle de l'accent de sa cliente ? Elena sentit le feu lui monter aux joues. Il aurait fallu sortir du magasin à l'instant pour ne pas s'exposer une seconde de plus à cette humiliation. Mais elle voulait les chaussures pour son fils.

« Ah, les après-skis, dit la vendeuse. Je croyais que vous parliez des mocassins. »

Elena allait l'interrompre pour confirmer qu'il s'agissait en effet des mocassins, quand la jeune fille tendit le bras et attrapa la bonne paire. Elena rougit, déconcertée, trop timide pour approfondir la question.

« On n'a plus de 32, dit la vendeuse qui examinait une étiquette sur la semelle.

— Vous avez du 33 ? » demanda-t-elle aussitôt, pressée d'en finir.

Alexandru faisait à peine du 31. Le 33 serait beaucoup trop grand. Mais il suffisait de mettre des boules de papier à l'intérieur, et comme ça les bottines lui iraient au moins deux ou trois ans.

Un homme d'une cinquantaine d'années, tiré à quatre épingles, encaissa ses quarante francs.

« Vous serez très contente de cette chaussure, madame, lui dit-il d'une voix grave. Elle est d'excellente qualité. » Il était nettement plus poli que sa jeune employée, et lui proposa un cirage et une brosse qu'Elena fut désolée de devoir refuser. Elle n'avait plus un sou. Elle sortit fièrement du magasin en tenant le sac en plastique épais marqué du nom « Bally ».

À l'aéroport de Bucarest, le douanier ouvrit sa valise et en sortit la boîte. Il ôta le couvercle et prit entre deux gros doigts, qui n'avaient pas l'air très propres, la petite botte fourrée qu'il respira comme si c'était un lapin vivant.

« *Frumos !* »

Elena trembla. Il avait peut-être un fils à qui les jolies bottines iraient parfaitement ? Les deux espionnes ouvrirent de grands yeux. Elles n'étaient pas au courant de l'achat. Elena l'avait seulement dit à Christina, qui avait elle aussi son secret car elle s'était offert un beau coupon de laine marron pour se faire faire un nouveau manteau avec un col de renard qu'elle avait hérité de sa mère polonaise. Elena sortit de son sac une tablette de chocolat Suchard aux noisettes et la tendit à l'employé de la douane.

« Voudriez-vous goûter du chocolat français, monsieur ? » demanda-t-elle de sa voix la plus aimable.

Elle respira quand l'homme remit la chaussure dans la boîte et la referma. Il prit la tablette de chocolat. Elle le remercia.

« Vous devez éduquer votre fils comme un prince, madame Tiberescu », lui dit Mme Tudor, les narines pincées, en sortant du bureau de la douane.

CHAPITRE 22

2003

TOI AUSSI, DADA : DANSE !

La petite joue dans le salon, aux pieds de son grand-père, avec les Teletubbies qu'Helen lui a achetés à Toysaurus ce week-end. La vision de sa bouille ronde si mignonne, concentrée sur les drôles de créatures violette, verte, jaune et rouge (sa préférée, c'est Laa-Laa) dont elle presse le ventre pour entendre à l'infini l'unique phrase qui sort de chacune d'elles, ne suffit pas à réconforter sa grand-mère. Jacob a dû remarquer que sa femme était de mauvaise humeur : il ne dit pas un mot et ne la regarde même pas, attendant, à son habitude, que l'orage passe. Peut-être croit-il que c'est à cause du nouvel ordinateur arrivé trois jours plus tôt, qu'elle n'a toujours pas réussi à installer.

Depuis le matin, elle sent une douleur au creux du ventre, comme un vide qui l'aspire et lui donne mal au cœur. Elle a du mal à respirer. Elle essaie de ne pas montrer son humeur à l'enfant. Marie a dit qu'elle viendrait à quatre heures pour emmener la petite se promener au parc pendant qu'Helen préparerait le dîner, mais il est presque cinq heures et, bien sûr, sa belle-fille n'est pas là. Marie est toujours en retard. Elle a toujours une bonne excuse : le métro n'arrivait pas, on l'a appelée de France juste quand elle partait, elle ne trouvait plus ses clefs, etc. Quand Camille était bébé, ces retards étaient un cauchemar pour Helen et Jacob. Parfois une demi-heure, une heure. La petite hurlait, affamée. Pour la distraire, Helen a un jour eu l'idée de mettre le disque de *Hava Nagila* et de tournoyer dans le salon avec le bébé dans ses bras. Camille s'est calmée. Pour sa petite-fille, à soixante-trois ans Helen s'est remise à danser. Marie avait interdit de lui donner du lait : il fallait que Camille ait faim sinon elle ne tirerait pas sur les seins de sa mère, qui ne se videraient pas et ne fabriqueraient pas assez de lait en retour. Le jour où Helen a émis l'hypothèse, devant sa belle-fille, que le lait maternel ne suffisait peut-être pas à nourrir Camille, il y a eu de l'électricité dans l'air. « Tu t'es mêlée de ce qui ne te regarde pas, Lenoush », lui a ensuite reproché Jacob. « Mais la petite a faim ! » s'est défendue Helen.

Maintenant, le problème n'est plus Camille, ni même le retard de Marie. Ni l'ordinateur. Ni l'incident avec le voisin. Helen laisse Camille avec son grand-père, qui écoute une symphonie de Brahms et tapote des doigts le bras du fauteuil, pour fumer une cigarette sur la terrasse. Elle s'assied, boit quelques gorgées de Pepsi. La vue du soleil qui se couche sur l'Hudson et illumine de reflets roses et orange les parois de verre et d'acier ne suffit pas à l'apaiser. Elle aimerait pleurer, mais les larmes ne coulent pas. La vision l'obsède. Celle du moment où elle a tendu un verre d'eau à Jacob ce matin et où il lui a dit :

« Merci, madame. Vous vous occupez bien de moi. J'espère qu'on vous paie correctement. »

Elle a cru qu'il plaisantait. Mais les yeux noirs de son mari fixés sur elle ne contenaient aucun signe de reconnaissance.

« Jacob ? Jacob ! » a crié Helen, horrifiée.

Il n'a pas réagi. Son regard vide était si insupportable qu'Helen s'est levée brusquement et s'est éclipsée sur le balcon, où elle a allumé une cigarette. Quand elle est retournée dans le salon, Jacob s'est adressé à elle :

« Lenoush, tu n'as pas vu mes lunettes ? »

Il n'était pas conscient d'avoir eu un moment d'oubli, n'arrivait même pas à le croire et en a ri. Pas elle.

Cela fait un mois, maintenant, que le médecin de Jacob a prononcé le terrible diagnostic : Alzheimer. Ce mot met enfin un nom médical sur les nombreuses distractions de Jacob. D'une certaine manière, il les a soulagés. Jacob s'en est senti justifié. Ce n'est pas sa faute, donc, s'il oublie de ramasser le courrier dans la boîte aux lettres ou d'aller chercher le linge à la laverie automatique du sous-sol. Ce n'est pas une simple question de mauvaise volonté, comme Helen le lui reproche sans cesse. La confusion, la distraction et les trous de mémoire sont parmi les premiers symptômes de l'Alzheimer. Elle ne connaît personne atteint de la maladie et a fait des recherches sur Internet. Ce qu'elle a lu l'a épouvantée. Dans les derniers stades de la maladie, la personnalité du patient se détériore entièrement, et il n'a plus aucune capacité à contrôler les fonctions de son corps. La nuit suivante, elle n'a pu fermer l'œil. Au téléphone, Alexandru lui a rappelé de sa voix calme et rassurante que le médecin avait parlé d'un *début* d'Alzheimer : grâce aux progrès de la science, il était maintenant possible de ralentir, sinon d'enrayer complètement, l'avancée de la maladie. Jacob doit prendre encore plus de cachets : entre ses médicaments pour le cœur, ceux pour l'estomac et ceux pour l'Alzheimer, vingt-quatre pilules par jour. Huit au petit déjeuner, huit au déjeuner, huit au dîner. En dehors de l'effort supplémentaire pour les sortir de leur emballage argenté, leur vie n'en a pas été transformée. Helen a peu à peu accepté ce nouveau terme, « Alzheimer », comme elle s'était habituée à « cardiaque », « cholestérol », « tension élevée », « brûlure d'estomac » : un nouvel animal qu'on finit par connaître et apprivoiser.

Jusqu'à ce matin. Elle a soudain eu la vision claire, détaillée et précise de l'avenir suspendu telle une épée au-dessus de sa tête. Elle va vivre jusqu'à la fin de ses jours avec un invalide, un homme qui parlera et comprendra de moins en moins, un malade incontinent dont elle devra s'occuper du matin au soir et qui, un jour, ne la reconnaîtra plus. Car le jour viendra, peut-être pas si lointain, où elle ne sera plus Lenoush pour lui, mais juste une gentille infirmière sans identité. Elle n'aura plus personne avec qui communiquer. Mais ce n'est pas sa peur principale. Ce qui la terrifie le plus, ce qu'elle ne peut même pas envisager, c'est que Jacob meure. Elle a tellement peur de cette éventualité qu'elle sait qu'elle ne pourra plus le quitter au-delà de cinq minutes, de crainte qu'il n'ait une crise cardiaque pendant ces cinq minutes. Il n'y aura plus de longues marches à Central Park, plus de visites au Metropolitan l'après-midi pendant qu'il reste à la maison à écouter de la musique. Elle a perdu sa liberté. Elle est l'esclave, non d'un vieil homme malade, mais de l'épouvante qu'elle a de sa mort.

Du bruit dans le salon la tire de ses sombres rêveries. La porte d'entrée claque. Camille pousse des cris joyeux. Ses parents viennent d'arriver. Elle leur montre les Teletubbies. Helen quitte la terrasse pour les accueillir.

Pendant le dîner, Alexandru parle de son patron dont la position semble menacée — ce qui serait sans doute une bonne chose pour lui, car il y a des tensions entre eux. Helen l'écoute distraitement tout en posant les poivrons grillés, les tomates et le caviar d'aubergine sur la nappe blanche brodée d'oiseaux bleus que sa belle-fille lui a offerte à Noël.

« C'est toujours aussi bon, dit Marie. Vous n'en prenez pas, Helen ?

— Je n'ai pas faim. »

Marie, Alexandru et Jacob mangent avec appétit. Helen se lève pour laver l'assiette de Camille qui vient de finir ses macaronis et qui veut regarder la télévision.

« Comment vont vos voisins, Helen ? demande Marie.

— Je ne sais pas.

— Je croyais que vous vous voyiez tous les jours ?

— Plus maintenant, répond Helen d'un ton sec.

— Qu'est-ce qui s'est passé ?

— Hier matin, j'ai pris l'ascenseur avec le docteur. Je lui ai dit que je venais de recevoir un ordinateur et que j'essayais de l'installer. Tu veux savoir ce qu'il a répondu ?

— Quoi ?

— Il a dit : "Pauvre Jacob ! Dorénavant il va devoir venir dîner chez nous !" C'est fini. Je ne veux plus le voir. »

Sa main balaie l'espace pour exprimer sa décision radicale.

« Helen, c'était une plaisanterie ! dit Marie.

— Non. Je sais ce qu'il pense. Que je ne suis pas une bonne épouse. Il croit avoir la meilleure femme du monde parce qu'elle passe sa vie devant ses fourneaux. Elle n'a jamais travaillé. Dans l'esprit du docteur, la place des femmes est à la cuisine, pas devant un ordinateur. Il est très réactionnaire. Les Roumains sont tous comme ça. De toute façon, les plats qu'elle prépare sont beaucoup trop lourds pour Jacob. Quand elle nous en donne une portion, je dois la jeter. Je sais qu'ils n'aiment pas ce que je cuisine. Maintenant qu'on a acheté ce gril électrique, je cuis le poisson et la viande sans graisse. Ce n'est pas assez riche pour eux. Et quand je veux leur donner un morceau de gâteau, ils refusent. Mes gâteaux sont très légers, sans œufs ni farine, mais ils sont bons, hein, Jacob ? »

Son mari hoche la tête.

« Délicieux. »

Elle débarrasse les assiettes sales et rapporte de la cuisine les blancs de poulet cuits sur le gril électrique et des haricots verts surgelés, « *product of France* », qu'elle a trouvés hier à Fairway et qui sont plus fins que les autres.

« De toute façon, reprend-elle en se rasseyant, je suis contente que ça soit fini. Je n'aurai plus besoin d'aller sonner chez eux tous les jours et de chercher chaque fois ce que je pourrais bien leur apporter.

— Mais vous leur rendiez visite si souvent, Helen ! s'exclame Marie. Ce sont vos amis. Ils ne vont pas comprendre !

— Ça m'est égal. Et puis Jacob n'a rien à leur dire. »

Elle se tourne vers son mari, qui confirme avec un sourire :

« Ils ne parlent que de ce qu'ils mangent.

— Vous voyez ! s'exclame Helen. Jacob ne veut pas être ami avec eux. Alors pourquoi devrais-je faire tout l'effort ? »

Personne ne lui répond. Elle va sur la terrasse. Debout contre la balustrade face au ciel nocturne, elle tire sur sa cigarette. On dirait que Marie fait exprès de la contredire. Le docteur roumain et sa femme n'ont jamais été des amis : ils incarnent tous les préjugés roumains qu'elle a fuis — sauf l'antisémitisme, puisqu'ils sont juifs. Ils ne lui manqueront pas. Bill et Tatiana, ses collègues, étaient ses seuls amis aux États-Unis. Après son départ à la retraite, elle a essayé de garder le contact. Elle a déjeuné avec eux deux ou trois fois. Peu à peu la relation s'est défaite. C'est normal. Ils travaillent. À New York, personne n'a le temps.

Helen allume une autre cigarette et s'assied sur la chaise en plastique. Par la porte ouverte elle entend Alexandru parler à son père d'un livre qu'il vient de lire sur la montée de l'extrémisme religieux en Israël. Autrefois — il n'y a pas si longtemps — Jacob aurait exprimé son opinion sur un sujet qui lui tient à cœur. Il écoute maintenant en silence et se penche au-dessus de son assiette pour porter sa fourchette à sa bouche d'une main qui tremble légèrement. Il est malade, soit, mais elle ne peut s'empêcher de penser, à nouveau, qu'il ne montre aucune bonne volonté. Elle écrase sa cigarette, retourne dans la salle à manger et empile les assiettes sales.

« Ton père ne peut même pas lire une notice d'explications, dit-elle abruptement en se tournant vers Alexandru. C'est tout ce que je lui demande. De lire la notice et de m'aider à installer l'ordinateur. C'est si compliqué que ça ? Pourquoi est-ce que je dois tout faire moi-même ? Il ne prend jamais aucune initiative. Jamais. Quand on est à la retraite, on doit structurer sa journée et trouver des activités qui fassent travailler les neurones. Le cerveau est comme un muscle. Il faut l'exercer, sinon il s'atrophie. C'est pour ça que je fais des recherches sur les peintres qui m'intéressent. J'ai conseillé à ton père d'écrire quelque chose sur les concerts qui lui plaisent, mais il hausse les épaules et dit que ça ne sert à rien. Écouter de la musique, ça ne suffit pas ! C'est passif. J'ai composé une liste de différentes choses qu'il peut faire à la maison pour m'aider et je l'ai posée sur le bureau, bien en évidence. Il ne pense même pas à la regarder. C'est si compliqué que ça, de regarder une liste ? Ton père dépend de moi pour tout. J'en ai assez. Je suis fatiguée. »

Jacob rentre la tête entre les épaules. Helen surprend le regard de Marie sur lui, plein de compassion. Elle se sent si seule qu'elle a envie de pleurer.

« Je viendrai demain après-midi installer ton ordinateur, maman », dit Alexandru.

Il y a son fils, heureusement. Et sa merveilleuse petite-fille, qu'Helen trouve à moitié endormie devant la télévision dans la chambre où elle se précipite, inquiète du silence prolongé de Camille : sage comme une image, le pouce dans la bouche, Laa-Laa sous le bras.

*

« Qu'est-ce que ta mère est tendue ! Ton pauvre père ! » dit Marie dans le taxi qui les ramène chez eux à neuf heures du soir. Camille dort déjà, la tête sur les genoux de sa mère.

« Ma pauvre mère aussi. Ce n'est pas facile pour elle.

— Mais elle ne cesse de critiquer ton père. Elle ne lui laisse aucun espace.

— Elle est frustrée depuis qu'elle a pris sa retraite. Elle n'est pas vieille et elle est en bonne santé : elle a besoin d'activité. Elle aimait son travail.

— Pourquoi est-ce qu'elle a pris sa retraite, alors ?

— Pour être avec mon père qui le lui demandait.

— Je vois. » Marie hoche la tête. « Mais elle est bizarre, tout de même. Cette histoire avec les voisins ! Elle avait l'air presque contente d'avoir trouvé un prétexte pour rompre avec eux — comme si elle ne voulait surtout pas d'amis. On dirait que l'intimité lui fait peur.

— C'est bien possible. En Roumanie, elle a passé trente-cinq ans à être sur ses gardes. Il y avait de la trahison partout.

— D'accord. Mais elle est vraiment trop fière et trop susceptible. Non ?

— C'est ma mère, Marie. »

Le lendemain, Marie appelle Helen pour la remercier du dîner. Sa belle-mère est alitée avec la fièvre : elle qui n'est jamais malade a attrapé la grippe — sans doute celle qu'avait Camille quelques jours plus tôt. Helen reste au lit une semaine et se repose la semaine suivante, trop fatiguée pour s'occuper de sa petite-fille. Une troisième semaine s'écoule. Quand Marie téléphone, Helen ne pose aucune question sur Camille ou sur eux. Que Marie lui raconte un dîner avec des amis qu'Helen connaît bien, un nouveau mot drôle de Camille ou une fête organisée par l'école maternelle, sa belle-mère semble à peine l'écouter.

« J'ai l'impression que ta mère est déprimée, Alex.

— Elle est très inquiète à cause de mon père. Il a beaucoup diminué. Je suis inquiet aussi. »

Mai s'achève. Marie appelle Helen pour inviter ses beaux-parents à dîner.

« Merci, Marie. Pas maintenant. Je suis fatiguée.

— Camille et moi partons en France dans une semaine, Helen, et on ne reviendra pas avant la mi-septembre : vous aurez tout l'été pour vous reposer. Camille a envie de vous voir. Elle me demande sans cesse où sont Nounoush et Dada. Vous lui manquez !

— Je vais voir.

— Si vous ne voulez pas vous déplacer, je peux passer avec Camille ce week-end.

— Je ne sais pas, Marie. Je suis fatiguée.

— On ne restera pas longtemps, Helen. Juste pour vous dire au revoir ! »

Marie a beau sentir que son insistance ne fait que renforcer la résistance de sa belle-mère, elle n'arrive pas à renoncer.

« Je ne comprends pas ta mère, dit-elle à Alex. Rien ne la rend heureuse comme de voir Camille. Comment se fait-il qu'elle ne trouve pas l'énergie pour une petite visite avant notre départ ?

— Elle est fatiguée », répond Alex avec un haussement d'épaules que dément son regard soucieux.

Il est trop occupé par ailleurs pour approfondir la question. Marie aussi. Plongée dans ses préparatifs de départ, elle ne passe pas sa vie à se demander quel souci épuise sa belle-mère. La résistance obstinée d'Helen l'agace. Elle est désolée pour Jacob, que sa petite-fille a baptisé « Dada » quand elle a commencé à parler parce qu'elle l'entendait répondre sans cesse « *da... da...* » à sa femme. Du haut de ses trois ans et demi, Camille est la seule personne au monde qui puisse encore allumer des étincelles de vie et d'humour dans les yeux de Jacob. Elle doit lui manquer terriblement.

Mi-juin, Camille et Marie partent pour la France. Elles passent quelques semaines à Paris puis deux mois en Bretagne où Camille vit tout l'été dehors, pieds nus, à jouer dans le sable et à barboter dans les vagues, et se régale de crêpes et de crabe. Mi-août, Alex les rejoint, surpris de retrouver sa petite Américaine aussi bretonisée. Marie ne pense plus à ses beaux-parents, sinon pour leur envoyer une ou deux lettres au cours de l'été, décrivant les multiples progrès de leur petite-fille.

Mi-septembre, Camille et Marie sont de retour. Dès le

lendemain, elles vont rendre visite à Jacob et à Helen, qui les accueillent à bras ouverts. Camille a oublié l'anglais. Elle ne parle que français à ses grands-parents. Elle comprend à peine ce qu'ils lui disent. Mais elle est ravie de les revoir. Eux aussi. Ils regardent avec stupéfaction cette nouvelle Camille de quatre ans, bronzée, aux cheveux plus longs et plus bouclés, qui a grandi et perdu son ventre de bébé. Elle se dirige vers la chaîne stéréo.

« Musique, Nounoush ! »

Helen rentre un disque dans l'appareil. Une cavalcade de notes joyeuses résonne dans la pièce. Camille se met à sauter.

« C'est joli, dit Marie. Qu'est-ce que c'est ?

— *Hava Nagila.* La musique que je mettais pour Camille quand elle était bébé. »

Camille tournoie en tenant la main de sa grand-mère. Jacob les regarde, debout près du canapé marron. Il a beaucoup vieilli pendant l'été. Malgré la douceur de l'air, il porte un débardeur en laine beige sur sa chemise blanche. Ses cheveux sont devenus tout gris et son dos est si courbé qu'on dirait qu'il a une bosse. Un vieillard précoce. Mais ses yeux éteints brillent de tendresse quand ils se posent sur Camille. Comme il a dû l'attendre, songe Marie. À côté de lui, sa petite-fille est lumineuse avec sa peau dorée, ses yeux bleus et sa vitalité : un ange aux boucles blondes.

Un ange autoritaire. Elle se poste devant son grand-père, lève le bout de son nez, saisit la vieille main veinée et ordonne en français :

« Toi aussi, Dada : danse ! »

QUATRIÈME PARTIE

Veuve

Après la longue attente, le jour était enfin arrivé. 16 août 1974. Ils partaient aujourd'hui. Son sac à main jaune canari renfermait les trois billets d'avion et les trois passeports neufs. Cet après-midi ils seraient à bord du vol El Al 008 pour Tel-Aviv. Jacob et Alexandru prendraient l'avion pour la première fois. Les trois valises étaient prêtes dans l'entrée. Sur le plancher du salon vide se trouvaient la télévision allumée et les huit paquets que sa mère viendrait chercher tout à l'heure. Elena jeta un coup d'œil à l'écran. Une paysanne recevait la médaille de mère héroïque pour la naissance de son dixième enfant. Elle passa la médaille autour de son cou et rit. Il lui manquait une dent de devant. Elle remercia Nicolae Ceaușescu de lui avoir donné une voiture et trébucha sur le mot « bienfaiteur ». On avait évidemment rédigé son discours pour elle. Elena éteignit le poste.

Dans les chambres ne restaient plus que les matelas et les sommiers, dépouillés de leurs draps et de leurs couvertures. Les autres meubles, tous les livres et la plupart de leurs vêtements étaient partis par bateau quinze jours plus tôt et devraient arriver en Israël d'ici un ou deux mois. Elena se demanda si la table de salle à manger avec sa mosaïque de

petits carreaux de verre survivrait au transport. Elle alla sur
le balcon jeter un dernier coup d'œil à la rue Magistrale. Il
faisait chaud, au moins vingt-huit degrés. Elle entendait
Alexandru jouer dans sa chambre, pour la dernière fois,
avec ses maquettes d'avions trop fragiles pour qu'on les
emporte.

Elle était tendue par l'excitation du départ mais aussi
épuisée par l'anxiété qui l'avait précédé. Tout avait commencé un an plus tôt, quand le plus jeune frère de Jacob,
Doru, avait accompagné son père à Bucarest. C'était la
deuxième fois qu'Elena le voyait et elle était séduite par son
énergie, sa chaleur, son enthousiasme, la tendresse évidente qu'il portait à son frère, l'affection qu'il manifestait à
son neveu. Doru parlait très fort et n'avait jamais peur de
s'exprimer : Elena ne cessait de regarder autour d'elle,
inquiète, et Jacob devait rappeler à son frère de baisser la
voix, même dans la maison, de crainte que les voisins l'entendent. Sa visite avait fait à Elena l'impression d'une tor-
nade — ou plutôt d'une abondante pluie tropicale tombant en plein désert. Au bout de trois jours, Doru avait
déclaré : « Il faut qu'on vous sorte d'ici. On ne va pas vous
laisser moisir dans cette prison ! Tous les gouvernements
tyranniques sont corrompus. Il doit y avoir une faille. On va
la trouver. » Elena s'était rendu compte que c'étaient les
paroles qu'elle désirait entendre depuis des années.

Doru avait trouvé la faille. Il était possible aux ressortis-
sants d'Israël d'acheter au gouvernement de Ceauşescu des
visas de sortie du territoire pour les membres de leur
famille. Pour une somme conséquente, qui ressemblait à de
l'extorsion. Le prix dépendait de l'âge, de l'éducation, de
la profession. Les enfants étaient gratuits, mais une physicienne nucléaire et un ingénieur coûtaient cher : dix mille

dollars. Les frères et le père de Jacob n'avaient pas hésité : ils avaient rassemblé toutes leurs économies et emprunté de l'argent pour payer la liberté du dernier fils, de sa femme et du petit-fils. Elena n'aurait jamais cru possible une telle générosité.

Mais de l'autre côté du rideau de fer il y avait le mensonge, la mauvaise foi, le vol et l'antisémitisme. L'argent avait été versé. Il n'y avait ni reçu ni preuve, car le programme n'était pas officiel. Doru leur avait expliqué qu'un Israélien originaire de Bessarabie apportait des valises pleines de cash à un général roumain qu'il rencontrait à l'ambassade de Roumanie à Vienne. Elena avait passé sept mois à ne rien faire d'autre qu'attendre les passeports, dans la peur terrible que le gouvernement ait empoché les dix mille dollars et leur dénie le droit à partir. Que feraient-ils alors, sans travail, sans économies et sans appartement ? Elle avait dû démissionner juste avant qu'ils déposent leur demande de passeports afin de pouvoir écrire dans la case « métier » : « femme au foyer ». En tant qu'ingénieur nucléaire à l'Institut de physique atomique, elle n'aurait jamais été autorisée à quitter le pays. Les deux premiers mois, ils avaient vécu du salaire de Jacob, qui ne suffisait pas à payer l'emprunt bancaire, les factures et les dépenses de tous les jours. Puis Jacob avait été licencié. La nuit, l'angoisse la tenait éveillée. Pendant la journée, elle faisait comme si tout allait bien, pour préserver Alexandru. De son côté, au moins, rien n'avait transpiré. Personne à l'école ne savait que ses parents cherchaient à émigrer en Israël. On ignorait même qu'il était à moitié juif et qu'il avait de la famille là-bas. Ainsi ses maîtres n'exerçaient contre lui aucune discrimination ; il n'avait pas été exclu des Jeunes Pionniers. Mais quel secret le pauvre enfant avait dû porter ! Il ne pouvait partager sa peur et sa joie avec personne, pas même avec Razvan, son meilleur ami qui, jusqu'à la dernière minute, ignorait qu'Alexandru allait quitter le pays pour toujours. Il devait sans cesse mentir par omission.

Un coude appuyé sur la balustrade du balcon, elle alluma une Capsha. Il ne restait plus de cigarettes israéliennes. Elle en aurait dès ce soir. Elle s'était mise à fumer pendant ces sept mois où elle n'avait rien fait d'autre qu'écouter Radio Free Europe en essayant de se renseigner sur le monde extérieur. Si l'information n'était guère disponible en Roumanie, les cigarettes l'étaient, et permettaient de tromper l'attente. Elle regarda le jardin d'enfants, neuf étages plus bas, où Alexandru jouait quand il était petit, un carré d'herbe jaunie entre les tours modernes. Elle se rappela sa chute du toboggan quand il avait six ans, et la panique qui l'avait saisie lorsqu'elle avait vu le sang jaillir de la tête de son fils. Malgré ses chaussures à talons et le poids de l'enfant, elle avait couru plus vite qu'un champion olympique jusqu'à l'hôpital de la Piatsa Bucur à dix minutes de chez eux. Son chemisier était couvert de sang ; les gens s'écartaient sur son passage, horrifiés. Alexandru avait une cicatrice sur la tempe droite, petite trace d'un square de Bucarest qu'il garderait toute sa vie.

En se penchant, elle vit le toit de son école à gauche, dans la rue Oițelor. Un peu plus loin se trouvait le poste de police où elle était allée remplir la déclaration obligatoire chaque fois que le père et les frères de Jacob leur avaient rendu visite. Quel soulagement de ne plus jamais voir le visage soupçonneux des agents de police ! Quel bonheur de partir ! Elle haïssait la Roumanie. Ou plutôt, les communistes. Et surtout Ceaușescu.

Elle les haïssait du fond du cœur depuis que l'homme aux yeux de prédateur avait visité leur appartement six mois plus tôt. Un membre haut placé du Parti. Jacob et elle avaient prévu de vendre l'appartement qu'ils avaient acheté avec leurs économies. Cent mille lei, c'était une grosse somme. L'appartement était merveilleux, en plein centre, et ils n'auraient eu aucun mal à le vendre, étant donné la pénurie de logements. Ils auraient changé les lei sur le marché noir et reçu quelques milliers de dollars. Avec cet argent, ils auraient pu émigrer aux États-Unis. C'était leur plan. Mais juste après avoir déposé leur demande de passeports, ils avaient reçu un appel les informant qu'il leur faudrait donner leur appartement à un membre du Parti s'ils voulaient être autorisés à partir. « Bien sûr », avaient-ils répondu aimablement, sans protester, comme si on leur demandait juste un petit service. Le membre haut placé du Parti était venu visiter l'appartement quelques jours plus tard. Un homme de quarante ans avec des cheveux blonds et un petit nez en trompette entre deux yeux étroits. Il n'était guère plus grand qu'elle, vraiment petit pour un homme, mais quelque chose dans sa posture révélait l'homme de pouvoir. Elle était seule à la maison. Il avait fureté partout, ouvrant chaque placard, poussant le lit d'Alexandru pour voir l'état du mur derrière, soulevant les tapis, tournant les robinets, admirant la vue du balcon. « Merveilleux ! Vous avez de très beaux meubles ! » Elle avait frémi à l'idée qu'il pourrait aussi exiger les meubles modernes, uniques, qu'elle avait fait faire d'après des magazines de décoration français. Tout du long, elle n'avait cessé de lui sourire, comme si elle avait affaire à un acheteur. En sortant de l'appartement, il l'avait regardée dans les yeux et lui avait dit :

« Une gentille petite femme comme vous, une vraie Roumaine, ne va parler à personne de notre accord. N'est-ce pas ? »

Sous la voix aimable et confiante couvait la menace. Ses yeux noisette fixaient Elena avec un sadisme transparent. Il avait tendu le bras et lui avait touché la joue. Une petite tape, entre la caresse et le coup, par laquelle il testait tranquillement son pouvoir et la totale impuissance de la jeune femme debout face à lui. Figée par la peur, elle avait répondu sans cesser de sourire :

« Bien sûr que non ! »

Elle se détestait d'avoir souri à un homme qui la volait ouvertement. Elle se sentait comme violée par lui. « Une gentille petite femme comme vous, une vraie Roumaine... » De quel droit s'adressait-il à elle avec ce mépris ? Il savait qu'il pouvait lui faire ce qu'il voulait. Elle était son jouet. Bien sûr qu'elle ne dirait rien. Elle lui aurait donné les meubles aussi, et n'importe quoi d'autre. Elle voulait juste quitter ce pays avec sa famille. Quand la porte s'était refermée, elle s'était accroupie contre le mur et avait pleuré, dégoûtée par sa propre lâcheté et sa complicité passive avec le vol d'État. Une semaine plus tard, le contrat était arrivé, qui stipulait que M. et Mme Tiberescu vendaient leur appartement au membre du Parti ci-nommé pour la somme d'un leu. Adieu, le rêve américain.

Du balcon elle entendit sonner. Alexandru alla ouvrir. Sa mère entra. Elle parlait à son petit-fils. Elena retourna dans l'appartement et ferma la porte du balcon.

« Comme tu es élégante, Lenoush ! Et Alexandru a l'air d'un vrai petit homme ! »

Elle avait choisi de belles tenues pour le voyage, en l'honneur de leur nouveau pays. Alexandru portait le costume qu'elle lui avait fait faire pour la distribution des prix en juin, et une cravate de son père qu'elle avait raccourcie. Elle avait mis une jupe en lin jaune canari et un chemisier en nylon noir à imprimé jaune, ainsi que ses sandales jaunes à hauts talons. Les sandales étaient assorties au sac. L'ensemble était lumineux et très chic.

« Je regrette encore ce manteau en cuir, soupira sa mère. Mais pourquoi tu ne m'as pas dit que tu avais besoin d'argent !

— Je t'en enverrai un d'Israël, maman. »

Au cours des derniers mois, elle avait dû vendre petit à petit, pour survivre, tous les cadeaux que leur avait faits la famille de Jacob. Ses parents ne lui avaient jamais proposé d'argent.

« Papa et Jacob sont allés au garage faire un contrôle de routine, Lenoush. Ils passeront nous chercher dans une demi-heure. »

Elena hocha la tête. Sept mois plus tôt, quand ils croyaient qu'ils émigreraient aux États-Unis, Jacob avait acheté une petite Fiat. En Roumanie, seuls les propriétaires de voitures avaient le droit de passer leur permis. Il avait calculé qu'il reviendrait moins cher d'acquérir une voiture bon marché à Bucarest que de payer des leçons de conduite aux États-Unis. Vendre la voiture leur aurait permis de manger autre chose que de la semoule tous les soirs depuis un mois. Mais Elena avait tenu à la donner à son père, dont la vieille décapotable était tombée en panne deux ou trois ans plus tôt. Elle partait ainsi la conscience libre. Jacob l'avait comprise.

Sa mère la suivit dans le salon et vit les huit paquets sur le plancher.

« C'est pour moi ?

— Oui. »

Iulia se pencha et attrapa l'un des paquets, le tâtant pour deviner ce qu'il contenait.

« Qu'est-ce que c'est ?

— Les casseroles.

— Et celui-ci ?

— Les assiettes, maman.

— Et celui-là ?

— Les plats en porcelaine.

— Ceux qui viennent de Bessarabie ?

— Oui.

— Ah, je suis ravie. Je les adore. C'est dommage que tu n'aies pas la place de les emporter. »

Les plats de porcelaine évoquèrent soudain à Elena le voyage en Bessarabie qu'elle avait entrepris six ans plus tôt à la demande de sa mère, juste après son retour de Paris. C'est à cette occasion que ses parents adoptifs lui avaient révélé qu'elle avait deux frères et un père encore vivant. Elle avait emmené Alexandru avec elle. Elle avait peur, mais l'idée d'avoir, comme Jacob, deux frères dont la vie l'avait séparée et dont elle découvrait l'existence à trente-deux ans, lui procurait une émotion douce. Deux oncles pour Alexandru. Elle était prête à leur ouvrir son cœur. Dans un village à deux heures de Kichinev, elle avait rencontré les trois inconnus. Ils l'avaient accueillie chaleureusement, avaient pris Alexandru dans leurs bras, l'avaient complimenté sur sa bonne mine. Elle avait partagé avec eux un délicieux repas de pommes de terre cuites sous la braise et de poisson fumé. Mais après une heure de conversation, elle n'avait plus rien à leur dire. Elle n'entendait aucune voix du sang. C'étaient des Russes de Moldavie qui vivaient à la campagne, d'anciens paysans qui travaillaient mainte-

nant à l'usine. Alexandru et elle étaient infiniment mieux
vêtus qu'eux, leurs femmes et leurs enfants, qui regardaient
cette tante roumaine comme une dame de la ville, une
riche. Elle gardait de ce bref séjour un pénible sentiment
d'artifice.

« Lenoush, où sont les draps ?

— Là, maman. Le paquet bleu, l'avant-dernier, à droite.

— Dans le dernier tu as mis les serviettes ?

— Oui. »

Sa mère ne lui dirait-elle rien d'autre avant son départ ?
Se rendait-elle compte qu'elle ne reverrait peut-être jamais
sa fille et son petit-fils ? Une question impossible brûlait les
lèvres d'Elena : « Es-tu ma mère ? »

« Mais alors celui-là, c'est quoi ? Les rideaux ?

— Je ne sais plus, maman. Ça te dérange si je descends
cinq minutes au café du coin avec Alexandru ? Je lui ai promis un dernier *Joffre*.

— Mais non, vas-y, je t'en prie ! Je vais attendre papa et
Jacob pour leur ouvrir la porte. »

Elena appela son fils. Ils descendirent l'escalier. Elle
n'avait jamais promis un dernier *Joffre* à son fils qui était
assez grand, à douze ans, pour comprendre qu'il y avait des
choses plus importantes qu'un gâteau en un jour pareil,
mais elle avait besoin de prendre l'air. Elle ne pouvait plus
supporter sa mère. Ils traversèrent le boulevard et entrèrent
dans le salon de thé où elle avait bu un café chaque matin
depuis cinq ans. Elle commanda un café pour elle et un
Joffre pour Alexandru : le cône de mousse en chocolat était
son dessert préféré. La grande femme maigre derrière la
caisse lui sourit.

« Alors, c'est aujourd'hui le grand jour, madame
Tiberescu ?

— Oui. On part pour l'aéroport dans un quart d'heure.

— Oh mon Dieu ! Je n'arrive pas à croire que je ne vais plus vous voir, vous et le petit. Ça me fait quelque chose, là. » Elle mit sa main à l'endroit du cœur. « Vous allez me manquer, ça c'est sûr. Je peux vous embrasser ? »

Elle contourna le comptoir et prit dans ses bras sa cliente, dont la tête lui arrivait à peine à l'épaule. Elena éclata en sanglots. Les deux autres serveuses du café l'entourèrent aussitôt.

« Madame Tiberescu, il ne faut pas pleurer ! Vous allez faire peur au petit ! Vous avez bien de la chance de partir ! Vous ne nous oublierez pas, hein ? Vous nous enverrez une carte postale ? Vous nous raconterez comment c'est, là-bas ?

— Tout va bien se passer, maman, tu verras », murmura Alexandru en lui prenant la main, quand ils furent assis à la petite table devant le café et le dernier *Joffre*.

*

L'atterrissage était prévu d'ici une demi-heure. Elle avait le temps de fumer une dernière cigarette. Elle sortit son paquet du sac jaune qu'elle gardait sur ses genoux et alluma une Capsha.

Sur sa droite, Jacob déchiffrait patiemment un journal en anglais qu'il avait trouvé dans l'avion. Elle jeta un coup d'œil à Alexandru sur sa gauche et vérifia que sa ceinture était attachée. Il n'avait pas bougé pendant le vol et ne l'avait pas défaite. Le costume et la cravate lui donnaient l'air plus âgé : presque un jeune homme, mais avec des joues rondes et veloutées d'enfant. Elle admira son profil, le grand œil noir en amande aux longs cils, le nez un peu fort comme celui de son père, la bouche parfaitement dessinée. Absorbé par un jeu de mots croisés en anglais qui venait du même journal que lisait son père, il avait l'air de bien se débrouiller. Quelle bonne idée ils avaient eue de lui payer des cours particuliers d'anglais depuis qu'il avait cinq ans. Elle sourit en se rappelant le jour où elle était entrée dans sa chambre et avait vu son petit garçon, habillé de neuf, se pavaner devant le miroir de l'armoire en répétant « sexy sexy sexy sexy ! ». Alexandru ne regardait plus le ciel par le hublot comme au début du vol, quand il avait suivi seconde après seconde le décollage de l'avion, les mains crispées sur les accoudoirs. Ce mode de transport à travers les cieux lui semblait déjà naturel. Elle espéra qu'il s'habituerait aussi facilement à sa nouvelle vie.

Une musique éclata soudain dans l'avion, très forte, diffusée par les haut-parleurs. Elena sursauta et la reconnut aussitôt. Elle posa sa main sur le bras de Jacob.

« *Hava Nagila !* »

Ils se regardèrent et échangèrent un sourire. Elle se pencha vers lui et leurs lèvres s'effleurèrent. Puis elle se redressa et se tourna vers son fils.

« Alexandru, *Hava Nagila* !

— Je sais, maman », dit-il sans lever les yeux de ses mots croisés.

L'année précédente, le père de Jacob leur avait apporté le 45-tours et leur avait dit qu'on chantait cette chanson à chaque mariage, chaque bar-mitsva et chaque fête en Israël. À Bucarest, le jour où ils avaient finalement obtenu leurs passeports, Elena avait mis le disque et Jacob, Alexandru et elle avaient dansé comme des fous dans l'appartement en riant et en se donnant la main, prêts à embrasser l'esprit de leur nouveau pays. C'était une musique si joyeuse et si saccadée qu'on ne pouvait s'empêcher de bondir et de virevolter dès qu'on l'écoutait. Les passagers du vol El Al 008, tous immigrants comme eux, frappèrent dans leurs mains, chantèrent, sautèrent sur leur siège et se balancèrent en rythme. L'avion était plein. Quelques rangs devant Elena, deux hommes se levèrent malgré l'atterrissage proche et se mirent à danser et à se déhancher face à face dans l'allée, les bras écartés, les coudes pliés, les mains en l'air. Tout le monde les applaudit et les encouragea par des cris. Puis ces deux hommes mûrs, barbus, tombèrent dans les bras l'un de l'autre et s'embrassèrent. Elena vit leur visage. Ils pleuraient. Au même moment, la musique s'interrompit et la voix du pilote jaillit des haut-parleurs :

« Mesdames et messieurs, c'est votre capitaine qui vous parle : nous allons atterrir d'ici dix minutes. Merci de bien vouloir regagner vos sièges, éteindre vos cigarettes et attacher vos ceintures. Bienvenue en Israël, mes amis ! *Mazel tov !* »

Un cri unanime d'enthousiasme accueillit ses paroles. Elena prit soudain conscience qu'ils avaient quitté la Roumanie et qu'ils étaient libres.

Le pilote atterrit avec tant de douceur que tous les passagers l'applaudirent. Ils durent attendre plus d'un quart d'heure dans l'avion avant que la porte s'ouvre. Elena vérifia qu'ils n'oubliaient aucun de leurs bagages à main, et se glissa derrière Jacob et Alexandru dans la foule compacte qui s'avançait dans l'allée étroite vers la sortie. La porte ouvrait directement sur le ciel. Dès qu'elle posa le pied sur l'escalier métallique, la chaleur la frappa. Ils avaient quitté Bucarest par une chaude journée d'août, mais la chaleur israélienne n'avait rien à voir avec celle dont elle avait fait l'expérience jusque-là. Il aurait fallu inventer un nouveau mot roumain pour décrire une température extérieure

aussi élevée. Le tissu de son chemisier synthétique adhéra
à sa peau. Son corps se couvrit de sueur, alors qu'elle transpirait rarement. Ses tempes ruisselèrent presque instanta-
nément. Autour d'eux, on n'entendait qu'un mot : « Quelle
chaleur ! » Tous les hommes ôtaient leur veste. Alexandru
s'empressa de suivre le mouvement, ainsi qu'Elena. Jacob
garda la sienne.

« Jacob ! Alexandru ! Elena ! »

On les appelait. Ils baissèrent les yeux et virent au bas de
l'escalier métallique un homme de haute taille et de large
carrure en tenue militaire. Doru, qu'elle voyait en uniforme pour la première fois. Comme ils étaient les seuls
passagers à être attendus sur la piste d'atterrissage, cette
exception suscita autour d'eux une vague de curiosité et
une sorte de respect. Il devait sans doute ce privilège à son
rang d'officier. Quand ils furent parvenus sur l'asphalte,
Doru les étreignit l'un après l'autre et souleva même son
grand neveu dans ses bras. Il pleurait d'émotion. Puis il
recula, les regarda et éclata de rire.

« Vous allez à un enterrement, ou quoi ?

— Qu'est-ce que tu veux dire ? demanda Jacob.

— Comment vous êtes habillés ! Personne ne porte de
costume-cravate en Israël ! »

Elena haussa les sourcils et pensa aux dizaines de costumes et de tailleurs qu'elle avait fait faire en Roumanie
avant de partir. Que portaient donc les Israéliens pour
sortir le soir, pour aller au bureau et se promener en ville
leur jour de congé ?

Son beau-frère les escorta dans l'aéroport. À peine
avaient-ils franchi la porte vitrée qu'une délicieuse fraîcheur remplaça la fournaise. Il expliqua à son neveu comment fonctionnait la climatisation. Elena écoutait tout

en regardant autour d'elle. Le sol était propre, le hall moderne et bien entretenu. La présence de nombreux militaires avec des mitraillettes la frappa. Il y avait même des jeunes filles en uniforme. Dans ce pays, au moins, l'égalité des sexes n'était pas un vain mot. Le Premier ministre était une femme. Et elle n'allait pas se retrouver écartée du pouvoir parce qu'elle était juive! Golda Meir, quel beau nom!

Grâce au frère de Jacob, ils n'eurent pas besoin de faire la queue à la douane. Ils passèrent directement avec lui à un guichet réservé aux pilotes, aux hôtesses de l'air et aux militaires. À l'immigration, ils durent attendre un certain temps leur entretien, car le traducteur officiel n'était pas encore arrivé. L'officier d'une cinquantaine d'années qui les interrogea n'avait pas l'air soupçonneux et méprisant qu'Elena avait toujours associé aux agents du gouvernement. Après avoir tamponné les documents, il leur remit leurs papiers d'entrée en Israël.

« Merci. *Toda raba* », dit Elena avec un sourire chaleureux en prononçant son premier mot d'hébreu. L'officier lui sourit aimablement et répondit un mot qu'elle ne comprit pas. Ils sortirent du bureau.

« Alors? Vous allez où? Montre, Lenoush », lui demanda aussitôt son beau-frère.

Il parcourut le document des yeux et fronça les sourcils.

« Dimona... C'est dans le désert du Néguev, près de Beersheba, à l'autre bout du pays! Pourquoi est-ce qu'ils vous envoient là-bas alors qu'ils savent que vous avez de la famille à Haïfa? C'est absurde! Et vous devez partir maintenant?

— Oui, répondit-elle timidement. On doit prendre le car à la porte 8.

— Pas question. Toute la famille vous attend à Tivon. » Sans frapper et sans leur demander leur avis, il s'engouffra dans le bureau et interrompit l'officier qui commençait un autre entretien. Elena entendit les sons d'une discussion en hébreu. Il y eut des éclats de voix. Elle se crispa, affolée. Doru allait fâcher l'agent de l'immigration, on les renverrait en Roumanie ! Elle regarda Jacob, qui lui sourit en haussant les sourcils comme si l'incident était drôle. N'était-il pas conscient du danger ? Doru ressortit du bureau.

« Tout est arrangé.

— Quoi ? demanda Elena d'un ton inquiet.

— Je vous emmène à Tivon. Je vous ai obtenu deux jours de vacances. Après-demain, je vous amènerai à Beersheba en voiture. Et maintenant, je sais pourquoi on vous envoie là-bas. C'est ta faute, Elena. »

Elle pâlit. « Ma faute ? »

Il éclata de rire.

« Je blaguais ! Détends-toi ! On ne va pas vous manger, ici ! Il y a un réacteur nucléaire à Dimona et tu es physicienne nucléaire, voilà tout. »

Elle esquissa un sourire. Ils se dirigèrent vers la sortie. Alexandru poussait le chariot à bagages. Jacob et Doru marchaient à côté de lui et Doru parlait sans arrêt de sa grosse voix, s'adressant exclusivement à son frère comme si Elena n'existait pas. Elle l'avait déjà remarqué les trois fois où il leur avait rendu visite à Bucarest. C'était un homme chaleureux et énergique, toujours gentil avec elle, mais il ne parlait qu'à son frère et elle se sentait un peu seule quand elle était avec eux. Elle les suivit tout en regardant autour d'elle. Personne dans l'aéroport ne portait de costume en dehors des hommes d'affaires et des immigrants qui venaient d'arriver et qu'on reconnaissait précisément à leurs vêtements. Les Israéliens, tous bronzés, étaient en uniformes militaires ou en tenues de plage, shorts, chemises à manches courtes et sandales. Elle jeta un coup d'œil aux documents que Doru lui avait rendus, écrits en hébreu, et se demanda à quoi ressemblait son nom dans cet alphabet entièrement étranger qu'elle apprendrait bientôt. Elle s'approcha de son beau-frère et l'interrompit pour lui poser la question. Il posa son doigt sur la feuille :

« Là c'est ton nom, Tiberescu. Ton prénom, Elena. Ce mot veut dire "femme". Ta date de naissance. Ta religion : chrétienne. Ta nationalité : roumaine.

— Excuse-moi, qu'est-ce que tu viens de dire ? Ma religion ?

— Ici. "*Nosit*". Ça veut dire chrétien en hébreu.

— Mais je n'ai pas de religion. Comment savent-ils que je suis chrétienne ?

— Tu as dû le leur dire. »

Elena fronça les sourcils. Elle était baptisée, en effet, mais l'officier de l'immigration ne lui avait pas posé la question pendant l'entretien. Il le savait déjà, donc. Comment ? Elle avait dû noter ce détail sur un formulaire à l'ambassade d'Israël en Roumanie. De Bucarest, l'information avait voyagé jusqu'ici et se trouvait inscrite en hébreu sur son papier d'entrée en Israël : *Nosit*. Une peur froide posa ses griffes sur son cœur. À Bucarest elle était la femme d'un Juif. Elle avait cru commencer une nouvelle vie où il n'y aurait plus jamais de discrimination. Elle faisait ses premiers pas sur la terre d'Israël et découvrait qu'elle était ici la chrétienne.

Comme elle ne voulait pas gâter la joie de son mari et de son fils, elle rangea sans rien dire les documents dans son sac à main et s'avança pour rejoindre Alexandru, tandis que les deux frères reprenaient leur conversation dans son dos. Jacob passa soudain le bras autour de sa taille.

« Lenoush, tu as entendu ? C'est pour des raisons statistiques.

— Quoi ?

— Qu'ils ont écrit "chrétienne". Ils veulent juste montrer qu'ils accueillent en Israël toutes les races, tous les peuples, toutes les religions. C'est tout. »

Elle sourit. Comme d'habitude, Jacob avait deviné sa pensée et su la rassurer.

CHAPITRE 24

2003

DERRIÈRE LA VITRE UN VIEIL HOMME

Le téléphone sonne à trois heures du matin. Marie saute du lit, se cogne contre un fauteuil, attrape l'appareil dans le noir, réussit à appuyer sur le bon bouton. Elle entend la voix d'Helen, paniquée : « Alexandru ! Alexandru ! » Elle passe aussitôt le téléphone à Alex encore profondément endormi, qui grogne dans son sommeil.

« Ta mère. »

En une seconde il ouvre les yeux et prend l'appareil, complètement réveillé.

« Maman ? »

Marie allume la lumière. La joue d'Alex porte la marque de l'oreiller qu'il a l'habitude de plier en deux sous sa tête.

« Oui, monsieur », dit-il.

À travers l'écouteur les sons d'une voix masculine parviennent à Marie. « *Yes sir* », a dit Alex. C'est la façon dont on s'adresse à un agent de police. Jacob a été récemment victime d'hallucinations. Il s'est mis à voir des bêtes la nuit sur sa couverture qu'il a même accusé Helen de lui voler. Marie se demande ce que son beau-père a pu faire d'excentrique pour que la police se retrouve chez eux au milieu de la nuit. Alex raccroche, sort du lit et s'habille rapidement.

« Qu'est-ce qui se passe ? »

Il ne répond pas, comme s'il n'avait pas entendu. Il attache ses lacets. Elle le suit dans l'entrée. Il ouvre la porte et appelle l'ascenseur.

« Alex, qu'est-ce qui se passe ?

— C'est fini, répond-il du ton sec avec lequel il contrôle ses émotions les plus fortes.

— Qu'est-ce que tu veux dire ? Ton père...

— Il est mort. »

Elle n'a pas le temps de l'embrasser. L'ascenseur s'ouvre, il s'y engouffre.

Il est de retour à huit heures du matin. Camille dort encore. Marie lui sert un café.

« Marie, dit-il calmement en la regardant, ma mère a trouvé mon père avec un sac en plastique sur la tête.

— Quoi ?

— Un sac en plastique, tu m'as entendu. Un sac de supermarché. »

Elle a le même sentiment d'irréalité que le matin du 11 septembre, deux ans plus tôt, quand Alex l'a appelée à neuf heures et demie pour lui dire de ne pas sortir parce qu'un avion était rentré dans une tour du World Trade Center. Il parlait d'une voix très calme, comme s'il lui disait quelque chose de normal, et les mots avaient mis plus de temps à rentrer dans le cerveau de Marie que l'avion dans la tour. Maintenant, de même, Alex a beau répéter « un sac en plastique », elle ne comprend pas.

« Mais... ton père n'est pas mort d'une crise cardiaque ?

— Apparemment non. »

L'idée fait lentement son chemin. Les larmes lui montent aux yeux.

« Mais pourquoi ? Il avait pourtant l'air en forme,

dimanche. Plus qu'avant l'été. On venait de rentrer de France et il était tellement content de voir Camille ! Il a même dansé avec elle ! »

Alex hoche la tête.

« Je me demande s'il a attendu de revoir Camille », dit-il d'une voix pensive.

Marie frissonne. Une larme coule sur sa joue.

« Tu crois qu'il avait toute sa tête quand... il a fait ça ? »

Alex hausse les épaules et soupire.

« Je ne sais pas, Marie. »

Ni lui ni elle ne parviennent à prononcer le mot « suicide ».

Alex doit passer à son bureau puis s'occuper de toutes les démarches médico-légales pour la crémation. Marie lui propose d'aller voir sa mère après avoir conduit Camille à l'école maternelle. Il accepte avec reconnaissance. À dix heures, elle prend son vélo et longe l'Hudson jusqu'à l'Upper West Side. Elle a dû vaincre une réticence. La mort lui fait peur. Ses parents, ses proches, sont tous vivants. Elle ignore quels mots prononcer et comment se comporter en ces circonstances. Elle craint de n'être pas la personne qu'Helen a envie de voir en ce moment.

Le portier la reconnaît et lui fait un petit signe de tête. Il doit être au courant. Elle monte au vingt-neuvième étage par un des trois grands ascenseurs dorés. C'est dans un de ces ascenseurs que les policiers ont descendu cette nuit le corps de Jacob tandis que tout le monde dormait dans l'immeuble sauf Helen et le portier de nuit. Elle sonne à la porte. Sa belle-mère tourne les verrous, lui ouvre. Elles s'étreignent, dans un élan qui leur vient en même temps. Marie serre fort contre elle le petit corps rond à la grosse poitrine.

« Oh Marie, Marie ! » sanglote Helen.

Marie pleure aussi. Elle sent dans son propre corps, comme une douleur physique, le désarroi d'Helen. Ce n'est plus sa belle-mère. C'est une femme qui vient de perdre l'homme qu'elle aime.

Marie la suit jusqu'à la terrasse en traversant le salon propre et lumineux, encore plus spacieux depuis qu'Helen a donné au plombier de l'immeuble la moitié de ses canapés marron. Elle pense au meuble qui doit arriver dans quelques semaines, le fauteuil en cuir beige à trois positions pourvu d'un repose-pied qu'Helen était si fière d'avoir acheté pour Jacob. Dehors, le cendrier sur la petite table pliante en plastique blanc est plein de mégots à ras bord. Elles s'assoient de chaque côté de la table. Il fait beau. Le ciel d'un bleu pur, comme le matin du 11 septembre, affiche son indifférence sereine aux drames humains. La nuit dernière, de l'autre côté de cette vitre, un homme de soixante-douze ans a mis un sac en plastique sur sa tête, l'a noué sous son menton et s'est recouché. Marie allume une des longues cigarettes de sa belle-mère et fume pendant que celle-ci lui raconte dans le moindre détail les événements de la nuit. Helen lui décrit le moment où elle est entrée dans la chambre pour couvrir Jacob et a remarqué l'étrange pâleur de son visage. Elle n'arrive pas à se pardonner d'avoir décidé de dormir dans le salon. Elle explique qu'elle ne le fait jamais, que c'était seulement parce que Camille devait venir le lendemain soir et qu'elle avait peur d'être fatiguée.

« Si seulement j'avais couché dans la chambre comme d'habitude ! Hier soir, il était debout à l'entrée du salon. Il m'a regardée gonfler le matelas sans rien dire. Il avait l'air si triste ! Oh Marie, j'ai l'impression d'être une meurtrière !

— Helen, ce n'est pas votre faute. Bien sûr que vous avez le droit de bien dormir. Dès que mon père ronfle, ma mère va dans une autre chambre. C'est normal ! »

Mais Helen revient de façon obsessionnelle à ce moment où elle a décidé de coucher dans le salon, à cette erreur qu'elle a commise, irrémédiable, irréversible. Tout en l'écoutant, Marie se demande ce que sa belle-mère va devenir. Il n'y a plus rien dans sa vie sauf Camille et eux. Depuis qu'elle a pris sa retraite, Helen n'a rien fait d'autre que s'occuper de son mari. Elle n'a pas vécu un jour seule depuis qu'elle est née. Elle est passée de son statut de fille à celui d'épouse. Elle n'a plus d'activité professionnelle, pas d'amis, aucune appartenance. Aller voir une exposition de temps à autre ne suffit pas à remplir une existence.

« Je ne peux penser qu'une chose, Marie, dit Helen entre deux sanglots, il a fait cela pour moi, par amour.

— Bien sûr, Helen », répond doucement Marie.

Mais l'idée ne lui était pas venue. Impulsif ou prémédité, Marie voit l'acte de Jacob comme un refus légitime de laisser la maladie le déshumaniser. L'interprétation d'Helen ouvre une autre dimension.

« Que va devenir ta mère ? » demande Marie à Alex, le soir, chez eux.

Il tourne vers elle des yeux pensifs que les cernes rendent encore plus grands.

« Je me suis posé la question toute la journée, Marie. Il faut de toute urgence lui trouver une raison de sortir de chez elle.

— Oui. Qu'elle ne reste pas toute seule là-haut à ruminer sa culpabilité.

— J'ai pensé l'inscrire à un cours à l'Institut français.

— Un cours de français ? Tu crois que c'est une bonne idée ? »

Elle doute qu'Helen ait envie de s'aventurer sur son territoire.

« Oui, répond Alex d'un ton convaincu. Elle aime étudier. Elle a fait du français quand elle était petite et elle souhaitait s'y remettre, pour Camille.

— Les cours n'ont pas déjà commencé?

— J'ai appelé l'Institut ce matin. La prochaine session commence mardi prochain. Il y a un cours intensif pour débutants, deux fois trois heures par semaine. »

Elle hoche la tête.

« C'est parfait. Et cet été je l'emmènerai en France. Ça lui fera une perspective d'avenir. »

Jacob est mort cette nuit. La crémation a lieu demain après-midi. Marie n'a même pas dit à Camille qu'elle ne verrait plus son grand-père et ne sait pas encore comment l'annoncer à sa fille de quatre ans. Mais Alex a raison : le plus urgent, c'est Helen. Demain, ils seront auprès d'elle. Ensuite, Alex doit retourner au bureau. Marie a son travail aussi, et Camille dont elle doit s'occuper. La vie continue. Il faut qu'Helen traverse la journée d'après-demain, et la suivante, et toutes celles qui lui succéderont.

« Ma mère a vraiment apprécié ta visite, Marie. Elle t'aime, tu sais. »

CHAPITRE 25

1974-1975

LA MACHINE À BONBONS
AU MILIEU DU DÉSERT

Elena donnait le bras à Jacob et le soutenait pour qu'il marche à son rythme. Il traînait la patte. Sous le chapeau de paille à large bord, la sueur coulait sur ses tempes, et sa chemisette blanche était trempée au niveau des aisselles. Il avait l'air de souffrir. Elena sentait l'asphalte bouillant sous les semelles de cuir de ses sandales. L'école avait beau se trouver à quelques rues de chez eux, dix minutes de marche par une telle chaleur étaient pénibles, surtout pour Jacob. Il n'aspirait qu'à une chose après leurs six heures de cours d'hébreu : se retrouver dans leur rez-de-chaussée où les murs épais comme ceux d'une forteresse et les fenêtres si étroites qu'on pouvait à peine apercevoir l'extérieur ne laissaient pas pénétrer le soleil. Grâce à cette architecture intelligemment adaptée aux conditions climatiques extrêmes, il faisait aussi bon à l'intérieur du petit logis que dans l'aéroport climatisé de Tel-Aviv. À peine entré, Jacob se laissa tomber sur le canapé.

« Je suis mort.

— Va prendre une douche. »

Quand il sortit de la salle de bains, vêtu d'un short et d'un tee-shirt propres et secs, elle avait mis sur la table les restes de kebab, une tomate coupée en tranches et du concombre. Ils commentèrent les cours de la matinée, puis se firent réciter leurs verbes. Jacob, grâce à son oreille musicale, avait une excellente prononciation, et Elena une meilleure mémoire. Ils se corrigeaient l'un l'autre en riant. Elle aimait ce retour sur les bancs de l'école. Jacob lava leurs vêtements pendant qu'elle finissait un exercice. Il retourna dans le salon et la regarda en haussant un sourcil, avec un petit sourire.

« Une sieste ? »

Il n'était que trois heures vingt-cinq. Ils avaient le temps avant le retour d'Alexandru à quatre heures et demie. Depuis quinze jours, c'était le rituel. Elle prit une douche rapide pendant que Jacob ouvrait le canapé-lit. Ils s'allongèrent, nus, sur le matelas neuf mais un peu trop mou, et ses seins s'écrasèrent contre la poitrine de Jacob couverte de fins poils noirs.

« Ton dos est tout mouillé, Lenoush. Comme la rosée sur une fleur. »

Quand Alexandru rentra, elle lui prépara un grand verre de jus d'oranges fraîches et l'aida à faire ses devoirs. Jacob lisait des nouvelles de Tchekhov en roumain. Ils dînèrent d'une soupe froide de tomates, de concombres et de poivrons avec du pain pita, puis s'habillèrent.

La nuit tombait. C'était la meilleure heure. Il faisait encore si bon qu'un gilet n'était pas nécessaire, mais la chaleur douce les enveloppait comme un délicieux cocon. Ils marchaient à petits pas sur le trottoir bien goudronné. En entendant le mot « désert », Elena s'était attendue à un lieu pauvre et sauvage où ils côtoieraient des chèvres maigres, des chameaux et des gamins en haillons. Dimona, comme le reste d'Israël, avait un aspect propret et attirant avec ses maisons de pierre jaune et ses petits immeubles entourés de jardins arrosés des deux côtés de routes asphaltées. Son lieu préféré, c'était la vaste place où se retrouvaient le soir tous les immigrants, une vraie oasis avec ses palmiers, ses cactus aux larges feuilles rondes couvertes de piquants, ses fontaines en pierre de Jérusalem sculptée, ses bancs taillés dans la même pierre jaune et ses pavés rincés chaque matin. Quand ils y arrivèrent, il y avait encore peu de monde. Un gamin blond se précipita vers Alexandru, prononçant un mot dans une langue qu'Elena reconnut comme du russe. Il fut bientôt rejoint par trois autres enfants, deux garçons et une petite fille, qui regardaient Alexandru, plus grand qu'eux, avec un respect plein d'attente, comme s'il était le Père Noël. Alexandru se tourna vers sa mère.

« Tu as des sous, maman ? »

Elle sortit toute sa menue monnaie et la lui tendit. Suivi d'une cohorte d'enfants qui ne cessait de croître, il se dirigea vers l'angle nord-ouest de la place où se trouvait l'énorme bocal rempli de boules colorées sur un support métallique rouge. Alexandru remettait une pièce à chaque enfant pour qu'il la glisse dans la fente et reçoive son bonbon. Il avait un peu de mal à faire régner l'ordre autour de lui et parlait aux enfants à la fois en roumain, en russe, en anglais et en hébreu. Elena s'assit sur un banc près de Jacob et lui prit la main.

« C'est vraiment facile de rendre un enfant heureux.

— C'est ce que j'étais en train de penser, Lenoush ! Je me demande qui a eu la bonne idée d'installer une machine à bonbons au milieu du désert. »

Elle regarda le ciel devenir orangé puis d'un bleu clair si brillant qu'il n'avait pas l'air naturel et tranchait sur l'hori-

zon des collines ocre baignant dans la même lumière.
Dimona. La ville de l'usine nucléaire resterait à jamais le
nom du bonheur.

Quant il fit nuit, les Éthiopiens débarquèrent. Les
hommes étaient vêtus de longues robes d'un blanc imma-
culé et coiffés de petites toques blanches, et les femmes
portaient des boubous assortis à leurs robes colorées, un
vrai feu d'artifice de couleurs. Leurs nombreux enfants
s'éparpillèrent sur la place. Assis côte à côte sur deux bancs,
les six hommes tapèrent sur de grands tambours posés
par terre entre leurs genoux et chantèrent dans un dialecte
africain pendant que les femmes dansaient. Elena suivait
attentivement leurs mouvements, la danse à deux temps si
différente de celle qu'elle avait toujours pratiquée, les pieds
nus à plat sur le sol, les genoux qui montaient d'un côté
et de l'autre, en rythme, vers les mains aux doigts écartés,
le dos extrêmement cambré, et les vibrations des cuisses
musclées. Tout en écoutant les chants des hommes, les voix
graves reprenant les refrains en chœur, les cris rauques, les
couplets plus parlés que chantés dont sans en comprendre
un mot elle sentait la beauté, elle se rendit compte de la distance qu'elle avait franchie depuis qu'elle avait quitté la
Roumanie, et eut l'impression d'être devenue la spectatrice
de sa propre vie.

« On y va ? » suggéra Jacob.

Presque dix heures, déjà. Elle appela Alexandru, qui
jouait au foot avec les petits Africains. Jacob et elle marchaient bras dessus bras dessous. Alexandru les précédait
en sifflotant. À la maison, il s'endormit dès qu'il se fut
couché, épuisé par son heure de foot. Elle entra dans sa
chambre et regarda, dans la pénombre, le corps de son fils
en slip. Allongé sur le dos, les bras en arrière, la bouche

entrouverte, il avait une drôle de pose, les jambes pliées et croisées, et semblait parfaitement détendu. Elle sourit et referma la porte sans bruit. Jacob avait ouvert le canapé et lisait au lit. Elle se glissa près de lui, ôta sa chemise de nuit. La sieste de l'après-midi lui avait laissé le souvenir d'une telle douceur que son désir surgit comme si elle n'avait pas approché Jacob depuis des semaines. Il abandonna son livre et éteignit la lampe de chevet. Leurs corps s'aimantèrent dans le noir, se trouvèrent, s'épousèrent. Ils restaient conscients de la présence d'Alexandru endormi de l'autre côté du mur et se retenaient de gémir. Ils jouirent ensemble, et les cuisses d'Elena se refermèrent sur le dos de Jacob, sur sa peau lisse et chaude, moite de transpiration. Il s'abandonna entre ses seins et sembla s'endormir. Elle le repoussa doucement pour aller se laver. Deux fois dans la journée. Ils n'avaient pas connu cette ardeur depuis l'année qui avait suivi leur mariage et précédé la naissance d'Alexandru. Ou peut-être ne l'avaient-ils jamais connue, car ils n'avaient jamais été aussi jeunes et aussi légers. À trente-huit et quarante-trois ans, ils découvraient le plaisir. Ce n'était qu'une parenthèse, bien sûr. D'ici quelques mois, dès qu'ils sauraient l'hébreu, ils quitteraient le désert, chercheraient du travail et réintégreraient le monde réel.

Elle était en train de rêver que la Securitate cassait à coups de hache la porte de leur appartement de Bucarest quand elle se réveilla en sursaut. On frappait énergiquement à la porte. Jacob dormait nu près d'elle. Une pâle lueur éclairait la pièce. Il devait être entre cinq heures et demie et six heures. On frappa à nouveau.

« Jacob ! » s'exclama-t-elle.

Il sauta du lit et enfila vite un pantalon tandis qu'Elena remettait sa chemise de nuit. Il s'approcha de l'entrée.

« Qui est là ?

— Doru, ton frère ! »

Alexandru, réveillé lui aussi, émergea de sa chambre, en slip, les cheveux ébouriffés. Jacob ouvrit. Dans l'embrasure de la porte, Elena vit son beau-frère, habillé en civil, un large sourire aux lèvres.

« Faites vos valises. Je vous ramène à Haïfa. J'ai tout arrangé. Vous ne croyiez quand même pas que j'allais vous abandonner dans ce désert ! »

Il avait quitté Haïfa à trois heures du matin pour venir les surprendre avant six heures. Ils le remercièrent mais Elena souhaita, une seconde, qu'il n'eût pas décidé de prendre en main leur destin.

Ils habitèrent d'abord chez le père de Jacob dans la banlieue de Haïfa. Voicu, malade, souhaitait profiter de son fils et de son petit-fils le plus possible pour compenser les années sans eux. Il vivait avec sa femme, Nancy, une veuve canadienne qu'il avait rencontrée dix ans plus tôt par les services matrimoniaux de sa synagogue et qui avait émigré en Israël pour lui, dans une confortable maison de pierre jaune sur une colline plantée de cyprès et d'orangers et entourée d'autres collines vertes. Au réveil, Elena sortait fumer une cigarette sur la terrasse et n'avait qu'à tendre la main pour cueillir une orange. Le fruit parfumé, sucré et acide composait un exquis petit déjeuner. Pendant la journée, Jacob, Alexandru et elle allaient à Haïfa où ils continuaient d'apprendre l'hébreu, et le soir ils dînaient en famille, chez le père de Jacob, chez son autre frère, Joseph, qui n'habitait pas loin, ou chez Doru à Haïfa. Le plus jeune des trois frères, Doru était aussi celui qu'on entendait le plus. Sa voix forte remplissait la maison. Son père et ses frères ne le contredisaient jamais. Elena, parfois, s'en agaçait. Elle n'avait jamais remarqué jusque-là ce côté passif de Jacob. Elle était également gênée par la ressemblance physique entre Jacob et son père, qui lui renvoyait l'image de son mari en vieil homme. Mais dès qu'elle apercevait Alexandru et ses cinq cousins, Amit, Alona, Eyal, Ilan et Zeruya, trois filles et deux garçons dont les âges s'étalaient entre huit et quatorze ans, en train de jouer aux cartes ou au Monopoly assis en cercle sur les carreaux blancs du salon tout en parlant un mélange d'anglais et d'hébreu, son visage s'éclairait d'un sourire.

« Une famille, Lenoush : y a-t-il rien de plus merveilleux? » constata Doru un soir en captant son regard.

Elle ne pouvait pas dire le contraire.

Au retour de Haïfa, un après-midi, elle alla se promener dans Tivon avec la femme de Voicu, pendant que Jacob se reposait.

« Je fais sans cesse le même rêve, dit-elle à sa belle-mère. Un membre du Parti téléphone et me dit qu'on nous refuse nos passeports. Je raccroche et j'ai envie de hurler. Je me réveille chaque fois à ce moment-là avec un fort mal de tête. Et quand je me rends compte où je suis, en Israël, à Tivon, à côté de Jacob, quelle joie, Nancy! Je n'arrive pas à le croire. »

Sa belle-mère souriait distraitement. Elena se demandait si elle l'ennuyait, quand quelqu'un appela Nancy. Elles levèrent la tête. Un grand homme aux cheveux blancs, très bronzé, leur souriait depuis le perron de sa maison, près d'un rosier qu'il était en train d'arroser. Nancy lui présenta sa belle-fille et expliqua qu'elle venait d'émigrer de Roumanie avec son mari et son fils de douze ans.

« *Mazel tov*, dit l'homme avec un sourire chaleureux. Je vous souhaite bonne chance, madame. Nous avons besoin de sang neuf pour défendre et construire ce pays. »

Ils bavardèrent cinq minutes.

« Quel homme aimable ! s'exclama Elena dès qu'elles se furent éloignées.

— Oui, répondit Nancy en hochant la tête. Il n'a pas eu une vie facile. C'est un rescapé d'Auschwitz, et il a perdu son fils cadet en 67. »

Elena ouvrit de grands yeux.

« Quelle horreur ! Un accident ?

— La guerre des Six-Jours.

— Oh, pardon. »

Nancy désigna du doigt une maison qu'elles venaient de dépasser et murmura :

« Ils ont perdu leur fils l'an dernier, à la fin de la guerre du Kippour. Un fils unique. Une tragédie. Ils ont émigré de Russie il y a trois ans.

— L'an dernier ! Il avait quel âge ?

— Dix-huit ans ? Il allait entrer à l'université pour étudier les sciences politiques. Igor. Un garçon charmant, et un violoniste de talent. Quelle tristesse. »

Dix-huit ans. À peine plus âgé qu'Alexandru. Un enfant. Elena frissonna. Sa belle-mère désigna du menton une autre maison, devant laquelle avait été installée une rampe pour permettre l'accès d'une chaise roulante.

« Ici, leur fils a perdu ses deux jambes l'an dernier. À Kiryat Shmona. »

Elena ne dit rien. Elles rentrèrent sans parler. À l'heure du dîner, Elena avait une telle migraine qu'elle dut s'excuser. Quand Jacob la rejoignit dans la chambre, elle se mit à pleurer dès qu'il ferma la porte.

« Lenoush ? Qu'est-ce qui se passe ? Tu as mal ? »

Elle lui raconta sa promenade avec Nancy. Il la regarda gravement et hocha la tête.

« On va partir, Lenoush. On a toujours su qu'on ne res-

terait pas en Israël, de toute façon. C'est seulement tempo-
raire.

— Il faut qu'on s'en aille tout de suite, Jacob.

— Qu'est-ce que tu veux dire? À l'instant même? »

Il sourit, mais elle n'avait pas le cœur à rire.

« On ne peut pas attendre. Je ne peux pas rester ici. Je ne
peux pas.

— Lenoush, calme-toi. On n'a pas d'argent et je ne peux
rien demander de plus à mon père et à mes frères après
tout ce qu'ils ont fait pour nous. Alexandru a douze ans : il
ne va pas être envoyé à l'armée tout de suite. Il n'y a pas la
guerre en ce moment. Au printemps dernier, Israël a signé
un accord de paix avec l'Égypte et avec la Syrie, tu sais ça. On
va partir, mais il faut d'abord qu'on fasse des économies. »

Elle s'allongea sur le côté, aveuglée par les larmes. Elle
ne comprenait même pas ce que lui disait Jacob. Tout ce
qu'elle entendait, c'était non. Elle s'était dressée, pour
lui, contre son propre père. Il ne ferait pas la même chose
avec son jeune frère. Car c'était évidemment de Doru qu'il
avait peur. Il estimait maintenant devoir autant à son père
et à ses frères qu'à sa femme et à son fils. C'était la fin de
leur famille. Pire encore. Car il ne voyait pas ce qui sautait
aux yeux d'Elena. Pourquoi avaient-ils été si généreuse-
ment accueillis en Israël alors qu'elle n'était pas juive?
Parce qu'ils avaient un fils. Ils avaient acheté leur liberté
avec le sang d'Alexandru.

« Lenoush, pourquoi pleures-tu comme ça? demanda
Jacob d'une voix soucieuse. Qu'est-ce que j'ai dit? »

Il se pencha vers elle et mit la main sur sa hanche.

« Oh, tu ne comprends pas, Jacob. Tu ne comprends
pas! »

Il ne répondit pas. La sensation chaude de la main de
Jacob sur sa hanche disparut. Il quittait la chambre, l'abandonnait. Il ne lui avait jamais fait aussi mal. Quelques
minutes plus tard, il revint.

« Tiens. Bois ça. »

Il lui tendait un verre d'eau. Elle s'assit et le but, sans
regarder Jacob.

« Écoute-moi, Lenoush, je t'en prie. On est ensemble.
On partira dès qu'on pourra. Mais ce ne sera pas facile. Tu
dois nous accorder quelques mois. »

Fin septembre, ils emménagèrent chez eux, dans un
deux-pièces sur la colline de Carmel, à Haïfa, que Doru leur
avait trouvé. La terrasse donnait sur la mer et la vue était un
enchantement, mais quand Elena s'y asseyait le matin pour
boire son café, fumer et contempler la surface lisse et bleue
de l'eau scintillant sous le soleil, elle ne sentait plus la
sérénité et la légèreté qui avaient empli son cœur à Dimona
ou même à Tivon avant la promenade avec Nancy. La nouvelle école d'Alexandru était située si près de chez eux
qu'elle pouvait voir la cour de récréation depuis la terrasse.
Chaque fois qu'elle croyait identifier, de loin, la silhouette
aimée parmi ses camarades, elle pensait aux vingt et un éco-
liers tués lors d'une attaque terroriste palestinienne en mai
à Maalot.

Ils allaient partir. La difficulté ne l'effrayait pas. Quand
on avait un but et qu'on se battait pour l'atteindre, on y par-
venait. L'aide dont ils avaient besoin viendrait d'une de ces
organisations sponsorisant les Juifs qui souhaitaient émigrer aux États-Unis. Elle en parla autour d'elle au marché
ou à l'école, elle chercha dans l'annuaire, et elle trouva des
adresses à Jérusalem et à Tel-Aviv. Elle devait s'en occuper
toute seule car Jacob venait d'être embauché par une petite

usine électrique dans la banlieue de Haïfa, alors qu'elle
cherchait encore du travail. Lorsqu'elle se rendait à Tel-
Aviv ou à Jérusalem, elle en profitait pour s'arrêter dans
les bureaux d'une organisation sponsorisant les Juifs, y
rencontrer un employé et déposer une lettre. Les réponses
arrivaient par courrier, toutes les mêmes : « Nous sommes
désolés, mais nous ne sommes pas en mesure de vous
aider. » « Désolé. » Elle se mit à haïr ce mot. Elle avait
besoin d'aide, pas de regrets.

En décembre, on lui offrit un poste intéressant, comme
directrice d'un laboratoire de recherche qui serait créé
dans le plus grand hôpital de Haïfa en mars. Début
janvier, elle alla à Jérusalem passer plusieurs entretiens et
rencontrer les responsables, et prit rendez-vous avec la
plus importante des organisations d'aide aux immigrés
juifs, dont ils avaient déjà reçu une lettre de refus. Elle voulait à nouveau tenter sa chance en emmenant Jacob, afin
qu'ils plaident leur cause ensemble. Si le problème venait,
comme elle le pensait, du fait qu'elle n'était pas juive, elle
affirmerait qu'elle comptait se convertir. Bien qu'il ne crût
guère à cette deuxième tentative, Jacob prit un jour de
congé pour l'accompagner.

L'homme qui les reçut avait une trentaine d'années. Sa
chemise, à laquelle manquait un bouton, était ouverte sur
une poitrine velue. Des piles de papiers s'accumulaient sur
son bureau, près d'un cendrier qui ne devait pas être vidé
souvent et de deux verres sales. Sa poignée de main était
si ferme qu'Elena retint une grimace. Il les invita à s'asseoir
et leur demanda s'ils préféraient l'hébreu ou l'anglais.
Il avait l'air d'un être humain, pas d'une machine admi-
nistrative. Elena lui raconta en anglais l'histoire du vol de
leur appartement de Bucarest par la Securitate, qui avait

mis fin à leur rêve d'émigrer aux États-Unis. Il hochait la tête, ses yeux aux longs cils noirs pensivement fixés sur elle. La voix d'Elena tremblait vers la fin de son récit, et quand elle supplia l'homme de leur venir en aide, elle ne put se retenir et éclata en sanglots, malgré le regard intense de Jacob qui semblait la conjurer de se contrôler. L'homme lui tendit un mouchoir en papier — un geste dont il avait peut-être l'habitude. Il y eut un silence. Il jouait avec un coupe-papier qu'il faisait tourner dans sa main en attendant qu'elle se calme. Il se racla la gorge et sembla hésiter, puis dit en anglais, avec cet accent israélien chantant qu'elle aimait :

« Écoutez-moi. Vous m'avez l'air de braves gens. Vous venez de Roumanie, ma mère aussi est roumaine — de Braşov, vous connaissez? Je voudrais pouvoir vous aider. Vous savez pourquoi personne n'accepte de vous sponsoriser pour émigrer en Amérique?

— Non, répondit Jacob.

— Parce que vous êtes trop vieux. Trente-huit ans, quarante-trois ans? En Amérique, vous ne trouverez jamais de travail. C'est la crise, là-bas. Il y a plein de gens au chômage, même avec des diplômes. Vous allez vous retrouver à faire le service ou la plonge dans un restaurant. C'est ça que vous voulez? Vous aurez une vie abominable. Ce n'est pas drôle d'être pauvre en Amérique, croyez-moi. Le meilleur conseil que je peux vous donner, c'est de renoncer. »

Dans le minibus sur le chemin du retour, ils n'ouvrirent pas la bouche. Elena regardait le paysage aride dont la beauté l'enchantait jusque-là et éprouvait une sensation d'étouffement, comme si elle avait été enterrée jusqu'au cou dans le sable du désert. Ils étaient aussi prisonniers ici qu'à Bucarest. Ils pouvaient voyager et dire ce qu'ils pensaient, mais c'était une illusion de liberté, puisqu'ils n'avaient pas le pouvoir de partir.

« Tu sais, lui dit Jacob alors que le minibus entrait dans Haïfa, quand tu seras la directrice du laboratoire de recherche, je suis sûr que tu pourras poser ta candidature pour des postes aux États-Unis. Trente-huit ans, ce n'est vraiment pas vieux, surtout dans ton domaine. Et tu n'as certainement pas l'air vieille, ma chérie. »

Elle lui sourit, reconnaissante qu'il essaie de lui rendre un peu d'espoir. Après tout, Jacob, qui ne manquait ni de sagesse ni de prudence, avait peut-être raison quand il lui disait qu'ils devaient d'abord établir leur réputation professionnelle en Israël et gagner de l'argent. Leur vie n'était pas désagréable. En décembre, les meubles qu'ils avaient envoyés de Roumanie étaient arrivés et rendaient leur appartement aussi confortable et élégant que celui de Bucarest. La table de salle à manger avec sa mosaïque de petits carreaux de verre, intacte, leur permettait de recevoir à dîner la famille de Jacob, qui aimait se réunir chez eux le samedi soir parce que Elena cuisinait les plats roumains qu'ils n'avaient pas goûtés depuis longtemps. Doru la couvrait de compliments ; elle s'était habituée à son autorité joviale. Alexandru aussi s'était acclimaté à sa nouvelle vie. Lui qui, à la fin de son premier jour d'école en octobre, avait fondu en larmes comme un enfant de quatre ans dans le giron de sa mère parce qu'il n'avait pas compris un mot de toute la journée, parlait maintenant l'hébreu presque couramment et commençait même à se faire des amis. Il aimait ses cousins, surtout la fille de Doru, Zeruya, une belle grande fille aux longs cheveux noirs avec des taches de rousseur, qui commandait aux enfants mais veillait toujours à ce qu'on n'oublie pas son jeune admirateur. Peut-être qu'Alexandru aurait mal supporté un nouveau départ, si peu de temps après avoir émigré de Roumanie. Jacob n'était guère content de son poste, ennuyeux et technique, mais en chercherait un meilleur dès qu'Elena commencerait à travailler, en mars ou en avril. De son côté, elle appréciait le plaisir de prendre son café le matin sur une terrasse avec la vue de la mer ou de se promener en robe d'été au cours du mois de janvier.

Une semaine plus tard, ils reçurent une lettre de leur ami Dorin. Jacob ramassa le courrier en rentrant de l'usine et, à peine la porte franchie, dit à Elena que Dorin leur envoyait une lettre d'Amérique. Elle haussa les sourcils et s'empara de l'enveloppe. Le timbre, qui représentait un astronaute marchant sur la Lune, avait été en effet oblitéré en Amérique, et dans le coin gauche figurait, sous le nom de l'expéditeur, une adresse aux États-Unis. Les dernières nouvelles qu'ils avaient reçues de leur ami remontaient à fin septembre, quand Dorin, toujours à Bucarest, attendait avec inquiétude son passeport et ceux de sa femme et de sa fille. Elena déchira l'enveloppe et lut d'un trait la lettre manuscrite de six pages.

> Chers Lenoush et Jacob,
> C'est dimanche, et je suis assis à une table en bois de pin dans notre nouvel appartement dans une banlieue de Chicago. Demain, je commence à travailler comme gynécologue-obstétricien à l'hôpital de l'Université de Chicago. J'ai mille choses à faire, comme vous pouvez l'imaginer, mais j'ai décidé de les remettre à plus tard et de vous écrire cette lettre, avant que le temps ne me manque, à vous qui nous avez inspirés. Sans vous, sans votre détermination, nous n'aurions jamais trouvé le courage de partir.

Il racontait comment leurs passeports étaient finalement arrivés un mois après le départ d'Elena et de Jacob. Ils avaient pris l'avion pour Rome dès le lendemain, et étaient allés droit au Bureau d'aide aux immigrants israélites. Le Bureau avait accepté de les prendre en charge et les avait logés pendant qu'ils attendaient leurs visas, qu'ils avaient obtenus au bout de deux mois à peine, un temps remarquablement court, sans doute grâce à la profession de Dorin. Le jour de Noël, ils avaient débarqué à New York, où une employée de la NYANA, l'Association new-yorkaise pour les nouveaux Américains, les avait accueillis à l'aéroport et les avait emmenés dans un hôtel de Manhattan où les attendait une corbeille remplie de fruits, de vin et de chocolats comme s'ils étaient des stars. Ils avaient passé six jours à se promener dans la ville, bien plus humaine qu'ils ne l'auraient cru. Au cœur de Manhattan, il y avait un parc beaucoup plus grand que Cişmigiu, couvert de neige et rempli d'enfants qui faisaient de la luge. On aurait dit un tableau de Bruegel, sauf qu'on voyait les gratte-ciel par-delà les arbres. Dans les rues, des camions répandaient du sable sur les trottoirs pour que les gens ne glissent pas, et d'autres camions poussaient la neige le long des trottoirs. Il y avait des taxis jaunes partout que les gens arrêtaient en criant « Taxi ! », des calèches avec des chevaux autour de Central Park, d'immenses sapins de Noël illuminés, et il ne leur parlait pas des vitrines des magasins. Ils n'avaient jamais vu une telle richesse et une telle abondance. C'était un vrai conte de fées.

Au bout d'une semaine, on les avait transférés à Queens, un autre quartier de New York où vivaient beaucoup d'immigrants. Dans leur immeuble, on n'entendait pas un mot d'anglais : seulement du russe, du roumain et du polonais. Une odeur de pommes de terre et de chou bouilli montait dans les couloirs. Ana voulait en partir au plus vite. Mais ils devaient d'abord apprendre l'anglais. L'Association new-yorkaise pour les nouveaux Américains l'avait aidé à rédiger un CV et à chercher du travail. Là encore, il avait eu une chance extraordinaire : une offre presque tout de suite, d'un hôpital universitaire de Chicago. Ils s'étaient rendus tous les trois là-bas pour l'entretien, et la ville, construite au bord d'un lac, leur avait plu. Deux semaines plus tard, ils avaient déménagé à Chicago. Corina était inscrite dans une bonne école juive qui lui avait octroyé une bourse d'études. Le salaire de départ de Dorin était de treize mille dollars. Ils vivaient dans une résidence toute neuve avec de la moquette dans chaque pièce, si épaisse et si douce qu'Ana avait l'impression d'être une millionnaire rien qu'en marchant dessus.

Tout s'est passé si vite qu'on n'arrive pas encore à le croire. Un claquement de doigts et, hop ! c'était fait. La neige tombe derrière la vitre, le ciel est blanc comme à Bucarest pendant une tempête en hiver, et le froid si vif que l'air glacé mord nos joues dès qu'on met le nez dehors, mais ce n'est pas le même ciel qu'à Bucarest, ni la même neige — les flocons sont beaucoup plus gros, en fait — ni le même froid. Est-ce la liberté qui change la saveur de la vie ?

À la fin de sa lettre, Dorin conseillait à Jacob et à Lenoush d'émigrer en Amérique et leur donnait quelques adresses à Rome qui pourraient se révéler utiles s'ils suivaient le même chemin. Elena était pâle en finissant sa lecture. Elle tendit la lettre à Jacob sans un mot.

« Tant mieux pour eux », dit Jacob avec une moue appréciative après l'avoir lue.

C'était Jacob : un homme incapable d'envie, de jalousie, de sentiments mesquins. Ne voyait-il pas que Dorin avait réussi exactement là où ils avaient échoué ? Et pourtant, à l'origine c'était *leur* plan. C'étaient eux les premiers qui avaient parlé à Dorin et à Ana d'Amérique et de Rome. Pourquoi n'avaient-ils pas suivi leur projet initial et n'étaient-ils pas allés à Rome ? Ils n'avaient pas d'argent, et alors ? Ils auraient pu obtenir une prise en charge, comme Dorin. Mais ils étaient partis en Israël. Les frères et le père de Jacob les aidaient : ça semblait plus simple. Dorin, c'était sa chance, n'avait pas de famille en Israël.

Elle ne dit rien à Jacob. Elle était amère et se savait injuste. Ils allèrent se coucher en silence, lurent, et éteignirent sans un mot. Jacob avait la sagesse d'attendre et de la laisser tranquille quand l'atmosphère était orageuse. Elle dormit mal et se réveilla d'humeur exécrable avec une telle nausée qu'elle commença la journée en vomissant aux toilettes son dîner de la veille. Elle servit le petit déjeuner en silence. Jacob partit au travail et Alexandru à l'école. Elle s'assit sur la terrasse avec son paquet de cigarettes et sa tasse de café, et cligna des yeux à cause du soleil. Elle était fatiguée. Comme elle regardait l'école de son fils, elle vit les enfants courir dehors en deux lignes bien ordonnées. Aucune fumée ne s'élevait nulle part, et ils rentrèrent bientôt dans le bâtiment deux par deux : c'était juste un de ces exercices routiniers d'évacuation en cas d'incendie. Elle se pencha mais ne réussit pas à distinguer la silhouette d'Alexandru. Elle pensa au froid mordant et aux gros flocons de neige de Chicago. S'il y avait quelque chose qu'elle ne regrettait pas, c'était l'hiver.

Quand Alexandru rentra déjeuner, elle le complimenta
sur l'ordre parfait avec lequel ils avaient fait l'exercice
d'évacuation en cas d'incendie. Il la regarda sans comprendre.

« Je vous ai vus de la terrasse, ce matin.

— Ah, l'exercice militaire !

— Militaire ?

— Oui. Au cas où une bombe ou un missile tomberait
sur l'école. »

Les mots lui donnèrent un choc électrique. Elle réussit à
contrôler l'expression de son visage. Quand il retourna à
l'école après le déjeuner, elle partit se promener, montant
et descendant les collines de Haïfa. À chaque arrêt de bus
elle vit de jeunes hommes et de jeunes filles en uniforme
militaire. Elle vit aussi l'avenir avec une clarté perçante.
Depuis son établissement, Israël était en guerre. Elle avait
appris aux cours d'hébreu l'histoire du pays, une histoire
qui se conjuguait encore au présent comme en témoi-
gnaient tous les jeunes militaires armés de mitraillettes : la
guerre d'indépendance en 48, la campagne du Sinaï en 56,
la guerre des Six-Jours en 67, la guerre d'usure contre
l'Égypte en 69-70, la guerre du Kippour en 73. Les guerres
étaient de plus en plus rapprochées : tous les deux ou trois
ans. Et depuis que l'OLP, chassée de Jordanie, s'était installée au Liban, Israël ne cessait d'être attaqué sur sa frontière
nord. Quelle paix pouvait-il y avoir pour un État entouré
d'ennemis qui voulaient sa mort ?

Une fois qu'elle commencerait à travailler au laboratoire
de l'hôpital en avril, il serait trop tard. Ils s'installeraient, se
feraient des amis, une nouvelle vie. Il serait trop dur
de repartir, d'abandonner leur confort et de tout recommencer. Avant qu'ils aient eu le temps de s'en apercevoir,

Alexandru aurait dix-huit ans et recevrait sa convocation militaire. La suite, elle ne voulait pas l'imaginer. Un frisson parcourut sa colonne vertébrale. Il fallait convaincre Jacob de partir maintenant. Par tous les moyens. En pleurant, s'il le fallait jusqu'à ce qu'il cède.

Durant le dîner, elle resta silencieuse. Alexandru leur parla d'un contrôle d'arabe où il avait eu la meilleure note — en langue étrangère, il n'avait aucun désavantage par rapport à ses camarades. Son père le félicita. Le silence retomba. Elle débarrassa et fit la vaisselle. Quand Jacob lui proposa son aide, elle déclina son offre sans le regarder. Alexandru était à peine couché que Jacob la questionna, comme elle s'y attendait :

« Qu'est-ce qui te contrarie ? La lettre de Dorin ? »

Elle haussa les épaules sans répondre.

« Lenoush, tu n'es pas raisonnable. On a tout essayé. On ne peut pas partir maintenant, tu le sais. »

Elle lui raconta l'exercice militaire du matin à l'école d'Alexandru.

« Au cas où une bombe ou un missile tomberait sur l'école. »

Les épaules courbées, Jacob ressemblait encore plus à son père : un vieil homme. Elle se rendit compte qu'il n'était pas en son pouvoir de protéger son fils et sa femme. Il lui inspirait de la pitié, mais aussi de la colère et un ressentiment proche du mépris.

« Qu'est-ce que tu veux faire ? demanda-t-il.

— Aller à Rome. Maintenant.

— On n'a pas un sou.

— On a économisé cent dollars. Parle à ta famille. Demande-leur de l'argent, dit-elle d'un ton dur.

— Après tout ce qu'ils ont fait pour nous ? Pour qu'on puisse partir ?

— Oui. Tu es le père d'Alexandru. Ton premier devoir est envers ton fils, Jacob. Un jour nous les rembourserons.

— Mais pour aller à Rome, il faut un visa.

— On demandera un visa touristique.

— Il sera valide une semaine, Lenoush.

— Une fois là-bas, on ira au Bureau d'aide aux immigrants israélites. Ils nous prendront en charge. J'en suis sûre. Ils nous verront, trois pauvres réfugiés de Roumanie, un couple avec un enfant, et ils nous aideront. Ici, c'est impossible parce que je ne suis pas juive et que notre situation n'est pas désespérée. On a un salaire, un appartement, une famille. Et un fils qu'ils veulent garder, tu ne comprends pas, Jacob ? »

Il y eut un silence. Les épaules tombantes, Jacob avait cette attitude de résignation molle qu'elle ne pouvait pas supporter. Elle se demanda s'il fallait éclater en sanglots, s'agenouiller et le supplier, ou quitter la pièce. Il leva la tête et leurs yeux se rencontrèrent. Elle mit dans les siens toute sa volonté, avec une telle intensité qu'elle en eut mal aux tempes. Il poussa un soupir.

« D'accord. On va aller à Rome. Je vais parler à mon frère. »

La colère d'Elena fondit. Elle se sentit à nouveau entière. Ils étaient une famille, avec un esprit et un cœur.

La discussion avec les frères de Jacob eut lieu deux semaines plus tard pendant un dîner chez Doru. Chacun voulait donner son opinion. Doru et Joseph répétèrent tous les arguments auxquels Elena et Jacob avaient pensé au cours des derniers mois, leur conseillant de ne pas partir maintenant mais d'attendre que leur situation financière et professionnelle se fût améliorée. Le père de Jacob, dont la santé s'était récemment détériorée, écoutait en silence, l'air absent, mais Nancy, sa femme, intervint :

« Elena n'est pas juive. Il faut être juif pour comprendre ce pays. »

Elena eut l'intuition que sa belle-mère canadienne lui avait à dessein montré les maisons des familles qui avaient récemment perdu un fils à la guerre afin d'envoyer un avertissement à la jeune femme naïve et enthousiaste, mère d'un fils unique. Doru tenta un dernier argument.

« Vous ne savez pas que les émigrants vivent en communauté aux États-Unis ? C'est ça que vous voulez ? Quitter la Roumanie pour vous retrouver en "petite Roumanie" ? »

Il fut le seul à rire. Il haussa les épaules et conclut :

« Tout ce que je souhaite, c'est que mon frère soit heureux. S'il a émigré de Roumanie, c'est pour faire ce qu'il veut ! »

De toute façon, ce serait juste un essai. Si ça ne marchait pas, ils retourneraient à Haïfa et reprendraient la vie qu'ils avaient commencée ici. Trois semaines plus tard, ils obtinrent leurs visas touristiques, et Doru les conduisit un matin à l'aéroport de Tel-Aviv. Elena n'avait préparé qu'une petite valise afin de ne pas éveiller les soupçons. Ils laissaient derrière eux toutes leurs possessions. Doru offrit à son neveu un cadeau d'anniversaire en retard : un appareil photo qui enchanta Alexandru et qu'ils étrennèrent aussitôt pour égayer ce départ angoissant. Touchée, Elena remercia chaleureusement son beau-frère. En uniforme militaire, il les accompagna jusqu'au pied de l'escalier métallique de l'avion d'Alitalia. Parvenue sur la dernière marche, elle se retourna et vit Doru qui agitait la main et leur souriait. Les larmes lui montèrent aux yeux. En Israël, il avait pris leur destin en charge. Maintenant, c'était à elle de jouer.

CHAPITRE 26

2004-2006

RUE SAINT-ANDRÉ-DES-ARTS

« Vous avez dormi, Helen ? »

Helen se tourne vers sa belle-fille en évitant de heurter la tablette juste au-dessus de ses genoux, sur laquelle se trouve son plateau. Les sièges des avions sont de plus en plus petits. Marie vient d'ouvrir les yeux et porte encore autour du cou son oreiller gris. Hier soir, à l'aéroport de New York, elle a expliqué sa méthode à sa belle-mère : une fois à bord, elle avalerait une Nautamine, enfoncerait les boules Quies dans ses oreilles, mettrait le masque sur ses yeux et l'oreiller gonflable autour de son cou pour prévenir les torticolis, s'envelopperait d'une couverture et dormirait d'un trait jusqu'à l'atterrissage, sans toucher au dîner ni au petit déjeuner servis par Air France. Elle a conseillé à sa belle-mère de faire pareil. Elle regarde maintenant le plateau du petit déjeuner d'un tel air qu'Helen se sent coupable.

« J'ai essayé, Marie. Camille bougeait trop. Mais je me suis reposée. »

Sa petite-fille dort encore à poings fermés, la tête sur les genoux de sa mère et les pieds appuyés contre sa grand-mère. À quatre ans et demi, on voit qu'elle aussi a déjà l'habitude des voyages transatlantiques.

Marie ne réveille sa fille qu'après l'atterrissage. Camille a du mal à ouvrir les yeux — il est cinq heures du matin à New York — mais gambade dix minutes plus tard dans les couloirs, en parfaite forme. Dans la salle des bagages, elle explique à sa grand-mère tout ce qu'il faut savoir sur les aéroports :

« Les valises vont sortir de là, maman va les mettre sur le chariot, je vais m'asseoir dessus et tu dois appuyer là pour pousser, Nounoush. »

Son babillage étourdit sa grand-mère. Pas une seule valise ne s'est égarée. Marie suggère de prendre un café avant de quitter l'aéroport. Helen accepte avec reconnaissance.

« Vous pouvez fumer, Helen.

— Oh non, ça va, merci. De toute façon, on n'a pas le droit.

— C'est Paris, ici, pas New York ! Il y a une section fumeurs, là-derrière. Regardez. »

Helen se laisse convaincre. Elle sort le paquet de son sac à main, allume une cigarette et tire une longue bouffée. C'est, depuis hier, la première sensation familière. Cela fait sept ans qu'elle n'a pas voyagé — depuis son séjour en Turquie avec Jacob quand Alexandru et Marie vivaient à Istanbul. Lorsque Marie lui a proposé de l'emmener à Paris, elle a paniqué. Elle n'avait pas quitté sa maison depuis des années et tout lui semblait terriblement compliqué, même choisir les vêtements appropriés à mettre dans sa valise. Elle se sentait incapable d'aller à l'aéroport et de prendre l'avion seule. Marie lui a dit qu'elle n'avait qu'une semaine de vacances en février, donc Helen pourrait faire l'aller-retour avec elle, et elle a promis à sa belle-mère de s'occuper de tout. C'est la première fois depuis 1968 qu'Helen voyage sans Jacob ou Alexandru.

« Helen ? Vous êtes prête ? »

Elle éteint vite sa cigarette pour rejoindre Camille et Marie.

Il n'y a pas de queue aux taxis. Helen attache la ceinture de Camille pendant que Marie met les valises dans le coffre, et le taxi roule vers Paris. Helen regarde par les vitres se succéder les champs, les pavillons avec leurs jardinets, les entrepôts, les usines et les tours. Elle ne reconnaît rien. Camille s'endort contre elle, petite boule chaude. Elle caresse les cheveux soyeux de l'enfant. Ses paupières se ferment. Quand elle rouvre les yeux, le taxi atteint déjà le périphérique. Un grand panneau indique « Paris ».

« On est à Paris, Helen. À partir de maintenant, on parle français ! dit Marie.

— On verra, répond prudemment Helen.

— Je suis sûre que vous pouvez parler. C'est juste une question de confiance et de pratique. Il faut vous lancer ! »

Paris, avec ses avenues bordées d'immeubles haussmanniens, lui semble déjà plus familier. Le taxi tourne dans une petite rue dont elle n'a pas le temps de déchiffrer le nom sur la plaque bleue et s'arrête devant une porte cochère. Helen sait qu'elles se trouvent dans le XVᵉ arrondissement, près de La Motte-Picquet, pas loin de l'hôtel où elle a séjourné en 1968. Marie paie le chauffeur tandis qu'Helen réveille Camille. Elles tirent leurs valises dans un passage qui débouche sur une petite cour sombre au fond de laquelle se trouve un ancien atelier d'artisan transformé en maison. Marie se dirige vers le rebord de la fenêtre, cherche derrière une pierre, trouve la clef. Elle l'introduit dans la serrure, tourne, et pousse la porte.

La pièce où elles pénètrent est spacieuse, lumineuse, pleine de plantes vertes. Avec son haut plafond dans lequel sont percées des ouvertures créant des puits de lumière, on dirait presque un loft new-yorkais.

« C'est drôle d'arriver dans une maison inconnue dont les habitants sont partis le matin, dit Marie. On a l'impression d'être Boucle d'Or entrant dans la cabane des trois ours. »

Elle a organisé un échange avec des Parisiens qui vont habiter chez eux à New York cette semaine, pendant qu'Alexandru restera chez sa mère. Helen admire l'esprit d'entreprise de sa belle-fille mais l'idée que des inconnus vont occuper l'appartement de son fils lui cause une inquiétude qu'elle se retient d'exprimer.

« Maman! Nounoush! Regarde! Des poissons! Je veux leur donner à manger! »

Camille s'extasie devant un grand aquarium. Helen s'assied sur un des deux canapés de cuir noir au milieu du salon.

« C'est une jolie maison, dit-elle. Ce canapé est très confortable.

— Ça va, Helen? Pas trop fatiguée?

— Si, un peu. Je crois que je vais faire une sieste.

— Surtout pas. Si vous dormez maintenant, vous ne récupérerez pas du décalage horaire. Il vaut mieux se coucher tôt ce soir. »

Au premier étage, elles découvrent trois chambres et une salle de bains. Elles défont leurs valises, puis se rendent au supermarché. Helen est si fatiguée que l'aller-retour lui semble une expédition. Les sacs pleins de provisions sont lourds. Camille ne cesse de pleurnicher. Le ciel est plombé comme s'il allait pleuvoir. Quelques gouttes tombent juste comme elles atteignent la maison.

« C'est toujours dur, le premier jour, explique Marie. On est fatigué. Il n'y a rien d'autre à faire qu'attendre le lendemain. »

Le soir, elles prennent le métro pour aller dîner chez les

parents de Marie. Elvire et Jean-Pierre embrassent Helen avec émotion. Ils ne l'ont pas vue depuis plusieurs années. Quand Helen remercie Jean-Pierre pour la lettre qu'il lui a envoyée début octobre, sa voix se brise. Elvire change de sujet et complimente Camille sur sa robe. Ils parlent tous anglais. Vers dix heures, Jean-Pierre les raccompagne enfin. Étourdie de fatigue, Helen monte directement à sa chambre, laissant Marie s'occuper de Camille qui s'était endormie dans la voiture de son grand-père et qui pleure. Avec des gestes d'automate, elle enfile sa chemise de nuit, ôte son dentier, s'allonge, et sombre.

« Helen! »

Elle sursaute et ouvre les yeux. Au-dessus d'elle, il y a une femme à l'air énervé qui tient entre ses bras une pile de draps. Dans une autre pièce résonnent des pleurs d'enfant. Helen ne comprend pas où elle est. Une image surgit : celle de la maison de Kichinev le jour où elle courait pour rattraper Papusha avant qu'il salisse le salon avec ses pattes boueuses, et où la voix de sa tante l'avait stoppée net : « Elena! » La même voix. Le même ton. Les mêmes yeux méchants. Elle a six ans.

« Le lit n'est pas fait, Helen! Vous n'avez pas remarqué? C'est juste un couvre-lit. Ce n'est pas propre. Plein de gens ont pu l'utiliser. Et vous dormez à même le matelas! Maintenant je comprends pourquoi Alex arrive à s'endormir n'importe où! »

Helen s'assied avec difficulté. La mémoire lui revient lentement. Paris. La maison dans le XVe arrondissement. Le dîner chez les parents de Marie. La fatigue. La petite chambre. Elle se rappelle qu'elle a ôté son dentier — elle le voit dans le regard de Marie qui évite de se poser sur elle — et met la main devant sa bouche.

« Je ne savais pas, Marie, répond-elle d'un ton d'excuse. Je croyais que le lit était fait. Je suis si fatiguée ! Je me suis endormie dès que je me suis allongée.

— Tenez, voilà des draps, reprend Marie d'une voix radoucie. Pardon de vous avoir réveillée. Je mets Camille au lit et je reviens vous aider.

— Ne t'inquiète pas. Je vais me débrouiller. Merci, Marie.

— Bonne nuit, Helen. »

Quand elle se réveille, il est onze heures à Paris — mais seulement cinq heures à New York. Cela fait des mois qu'elle n'a pas dormi si longtemps ni si profondément. L'effet du décalage horaire, lui dit en riant Marie, qui est déjà en train de préparer le café dans la cuisine.

« Qu'est-ce que vous voudriez faire aujourd'hui, Helen ? J'ai prévu d'aller chez une amie qui a une fille de l'âge de Camille et qui part en vacances demain matin : on n'avait qu'aujourd'hui pour se voir. Vous pouvez venir avec nous si vous voulez, ou vous promener. Le musée Rodin n'est pas loin.

— Je vais aller au musée. »

Marie lui laisse des tickets de métro et un plan de Paris où elle marque d'une croix l'emplacement de la maison. Elle lui donne aussi un plan de métro, et lui dit quelle direction prendre, à quelle station descendre. À une heure, Marie et Camille partent. La maison est vide et silencieuse. Helen s'assied sur le canapé et regarde le plan de Paris.

Le bruit d'une clef qui tourne dans la serrure puis de la porte qui s'ouvre la fait tressaillir. Elle ne s'est pas endormie sur le canapé où elle vient de passer deux ou trois heures à ne rien faire, et ne s'est pas même assoupie, mais il lui semble que son esprit revient de très loin, d'un lieu sans nom. La nuit est tombée sans qu'elle s'en rende compte. Camille et Marie entrent dans le salon.

« Bonjour, Nounoush! dit Camille.

— Il fait sombre, ici! s'exclame Marie en appuyant sur l'interrupteur. Vous n'allumez pas la lumière, Helen? Comment était le musée?

— Je n'y suis pas allée, Marie. Je suis fatiguée. Je n'avais pas envie de prendre le métro toute seule.

— Mais pourquoi? C'est très simple! Je vous avais tout expliqué! Qu'est-ce que vous avez fait?

— J'ai marché jusqu'à La Motte-Picquet. J'ai cherché l'hôtel où je suis descendue quand j'étais à Paris en 1968, mais je ne l'ai pas retrouvé.

— Il n'existe peut-être plus. Paris a changé, en trente-cinq ans.

— Oui, sans doute. Ensuite je voulais aller jusqu'à la Seine pour voir la tour Eiffel, mais il faisait si froid!

— C'est vrai, il a fait froid, aujourd'hui. Mais pas plus qu'à New York.

— À New York, je ne sors pas par ce temps. Ça me fait mal aux os. »

Ce soir-là, les parents de Marie, ses frères et leurs femmes viennent dîner. Helen a trouvé une nappe dans une armoire du salon. Elle met la table. Jean-Pierre a apporté une bouteille de champagne. La maison se remplit de rires. Ils parlent tous français, si vite qu'Helen ne peut suivre la conversation. C'est sans importance. De temps en temps, Marie lui traduit une phrase et elle remercie sa belle-fille avec un sourire. Après le départ des invités, elle fait la vaisselle pendant que Marie monte coucher Camille. Il y a un lave-vaisselle, mais il a l'air si antique qu'il semble préférable de ne pas l'utiliser.

Le lendemain matin, Helen se réveille avant Marie et

Camille. Elle s'habille, descend doucement, et sort. Hier, elle a repéré une boulangerie au bout de la rue. Dehors elle allume sa première cigarette et marche jusqu'à la boulangerie en tirant de longues bouffées. Elle achète une baguette avec le billet de vingt euros que Marie lui a donné, puis entre dans l'épicerie à côté.

« Trois tranches de jambon, s'il vous plaît.

— Trois belles tranches ? demande l'employée.

— Oui, trois belles tranches », répond Helen en articulant bien les mots.

Elle éprouve du plaisir à utiliser comme des cubes ces mots de français et à se faire comprendre. De retour à la maison, elle raconte à Marie, en français, sa petite aventure linguistique.

« Jam-bon, Helen. Pas jame-bon. Il y a un "m" mais on ne le prononce pas. »

Marie se lève, pressée. Elle a plein de coups de fil à passer et de rendez-vous à prendre. À New York aussi, Marie est toujours pressée et toujours en retard. Elle en fait trop. À Paris, c'est encore pire : en une semaine, elle a l'intention de voir des dizaines d'amis, de films et d'expositions.

Ce jour-là, Marie emmène Helen et Camille au Quartier latin. Elles vont voir Notre-Dame, à moitié cachée sous les échafaudages, et se promènent sur les quais de la Seine. Au bord de l'eau, le froid est encore plus pénétrant. Elles franchissent un pont, traversent une place et remontent une rue étroite. Helen a une étrange sensation. Sa poitrine se contracte.

« Comment s'appelle cette rue ? demande-t-elle à Marie.

— Rue Saint-André-des-Arts. »

Elle se rappelle soudain. Elle voit Jacob, devant ce restaurant à l'enseigne bleu canard, en train de regarder le plan pour retrouver le chemin de leur hôtel rue de la Huchette. Juillet 90. Ils avaient passé une semaine à Paris après le mariage d'Alexandru et de Marie. La rue maintenant grise et vide était alors remplie de gens en vêtements d'été colorés. Mais c'est la même rue, le même restaurant, le même coin où se tenait Jacob dans sa chemise blanche, l'air sérieux, absorbé par la lecture du plan, tandis qu'elle tirait sur sa cigarette avec insouciance en contemplant les jolies Parisiennes. Le souvenir a une telle acuité qu'elle a l'impression qu'elle pourrait toucher Jacob en tendant la main. Une larme coule de son œil. Elle serre la main de Camille.

« Oh, mais il est presque quatre heures ! » s'exclame Marie en regardant sa montre. Elle s'arrête et se tourne vers Helen : « J'ai un rendez-vous professionnel à quatre heures et demie et je ne peux pas emmener Camille. Vous pouvez la ramener à la maison ?

— À la maison ? Comment ?

— En métro.

— En métro ? Je ne sais pas, Marie...

— C'est très simple, Helen, dit Marie avec une pointe d'impatience. C'est direct, vous ne pouvez pas vous tromper. »

Helen n'ose pas exprimer sa peur. Elle craint de fâcher sa belle-fille en lui avouant que descendre sous terre la terrorise. À New York non plus elle ne prend jamais le métro. Mais Marie ne connaît pas les bus parisiens qui, dit-elle, sont moins fréquents et moins fiables. Elles remontent rapidement vers le boulevard Saint-Michel et Marie lui montre l'entrée du métro à cinquante mètres, en lui indiquant la direction à prendre et la station où descendre. Elle embrasse sa fille et s'éloigne. Helen tient fermement la main de sa petite-fille et marche vers le métro. Camille insiste pour descendre l'escalier toute seule.

« Non, Camille. Tu me donnes la main. »

Elle craint que la petite ne trébuche ou qu'un pervers ne surgisse de nulle part et ne l'enlève. Camille résiste et essaie de libérer sa main.

« Arrête! dit-elle en anglais à Camille d'une voix que la peur rend plus autoritaire qu'elle n'a jamais été. Tu ne descends pas toute seule. Tu m'obéis.

— Je comprends pas qu'est-ce que tu dis. En France, tu dois parler français! » répond sa petite-fille en français, avec une effronterie qui ferait rire Helen en d'autres circonstances.

Tandis que sa grand-mère s'arrête au portillon pour chercher les tickets dans son sac, Camille s'échappe et court vers la sortie. Elle a déjà monté cinq marches quand Helen la rattrape en la saisissant par le bras. Le regard qu'elle jette à sa petite-fille ne contient pas une once de tendresse. Elle passe le portillon en la tenant par le poignet et la tire dans le couloir, de force. Camille crie et se démène. Elle n'a pas fait une telle scène depuis ses deux ans.

« *Camille, please, please, be nice! We have to go home!* » supplie Helen en anglais tandis que Camille sanglote et hurle en français : « Maman! Maman! Je veux maman! »

Les gens se retournent sur elles. Certains froncent les sourcils. Helen a le cœur qui bat la chamade. Elle imagine les pensées des passants : qui est cette femme âgée qui parle anglais avec un accent à cette enfant française et l'emmène de force, alors que la petite réclame sa mère? Faut-il intervenir? Elle voit déjà la police l'arrêter pour kidnapping. Elle a envie de s'asseoir par terre et d'éclater en sanglots. Elle hait Marie de l'avoir soumise à une telle épreuve. Elle n'aurait jamais cru possible de détester sa petite-fille qu'elle aime plus que tout au monde. Et pourtant, en cet instant, elle déteste Camille. Ce n'est plus la petite fille qui, il y a trois mois, à la fin de la cérémonie de crémation à laquelle elle a assisté si sagement, s'est levée de sa propre initiative pour aller prendre la main de sa grand-mère et ne l'a plus lâchée jusqu'à ce qu'elles arrivent chez Helen. En France, Camille est différente. La fille de sa mère. Une étrangère.

« Qu'est-ce qui s'est passé, Helen ? demande Marie quand elle rentre à sept heures et voit le visage crispé de sa belle-mère assise sur le canapé.

— Oh, répond-elle en jetant un regard noir à sa petite-fille qui joue à l'autre bout du salon, le plus loin possible de sa grand-mère, et qui ne lève pas le nez à l'entrée de sa mère. Ne me demande plus de rentrer en métro avec Camille, Marie, ou d'aller où que ce soit dans Paris avec elle. Jamais. »

D'un geste de la main, elle exprime sa détermination. Elle raconte la scène à Marie, qui ouvre de grands yeux.

« Pauvre Helen ! Je suis désolée ! »

Marie s'approche de sa fille et la gronde. Camille se sent si coupable qu'elle ne pleure même pas. Mais ce n'est pas la faute de Camille, songe Helen : Camille n'est qu'une petite fille.

Dorénavant, Helen refuse de prendre le métro ou le bus, même sans Camille. Quand sa belle-fille ne l'emmène pas visiter des sites touristiques, elle reste à la maison toute seule. En entendant Marie l'exhorter à sortir et à profiter davantage de son séjour à Paris, Helen pense à Jacob et comprend enfin sa résistance passive. Ne rien faire. Voilà tout ce qu'elle souhaite. Rester sur ce canapé, dans ce salon bien chauffé, où les ouvertures percées dans le toit ne permettent pas de voir les immeubles d'une rue parisienne. Attendre que les jours passent et que le séjour s'achève.

*

La veille de leur départ, Marie emmène Helen, Camille et ses parents dîner à La Coupole. Quand ils entrent dans la salle élégante, spacieuse et lumineuse du restaurant, elle est de bonne humeur. Pour la première fois depuis leur arrivée, il a fait aujourd'hui un froid sec et ensoleillé sous un ciel d'un bleu pur, et sa belle-mère a enfin consenti à l'écouter. Helen a pris le bus et passé la journée au Louvre, sur les quais de la Seine et dans le Marais. Elle est rentrée enchantée. Marie est certaine que l'effet positif de ce voyage l'emporte en fin de compte sur les moments difficiles. Ils lèvent leurs verres à Helen et à son séjour parisien.

« Alors, Helen, quelles sont vos impressions ? demande en anglais Marie qui a renoncé à faire s'exprimer sa belle-mère en français.

— Oh, tu sais... »

Helen pousse un soupir et semble sur le point de se mettre à pleurer. Elle ne regarde pas sa belle-fille. Il y a du désespoir dans sa voix, mais aussi une telle agressivité que Marie rougit en se rappelant subitement la paume tendue dans la cuisine du New Jersey, l'air terrifié d'Helen. « *Non.* » Pourquoi la mère d'Alex lui en veut-elle autant ? Ce ressentiment lui semble injuste. Même si leur séjour parisien n'a pas été aussi harmonieux qu'elle l'aurait souhaité, elle n'avait d'autre but en emmenant Helen que de lui faire plaisir.

« Vous voulez dire que... vous n'avez pas aimé ce voyage, Helen ?

— Marie, que puis-je dire ?... Sans Jacob... »

La voix d'Helen se brise. Elle lève la main et esquisse un geste. Marie rougit encore plus — cette fois-ci, de son égocentrisme. Ce n'est pas d'elle qu'il s'agit, bien sûr. La tristesse de sa belle-mère n'a rien à voir avec elle. Toute la semaine Marie a évité le sujet. Elle n'a pas prononcé le nom de Jacob une seule fois. Elle espérait distraire Helen des événements de l'automne — comme si une telle distraction était possible.

Autour de la table règne un embarras extrême. La mère de Marie, qui n'est jamais à court de mots, n'ouvre pas la bouche. Son père regarde Helen avec compassion. Camille, qui se plaignait à l'instant d'avoir faim, se tait. Helen est au bord des larmes. Marie aussi. Elle n'a pas les épaules d'Alex. Elle se demande soudain si ce voyage n'était pas la pire idée qui soit. En emmenant Helen loin de chez elle, dans un pays dont elle ne parle pas la langue, parmi une famille qui est la sienne par alliance et se soucie peu d'elle, n'a-t-elle réussi qu'à accroître la solitude de sa belle-mère? L'enfer est-il vraiment pavé de bonnes intentions? Peut-être la mère d'Alex n'a-t-elle jamais été aussi déprimée qu'à Paris, dans cette maison sans fenêtres où même sa petite-fille adorée s'adresse à elle sur un ton hautain.

Helen lève les yeux et voit le visage défait de Marie. Au lieu de s'effondrer, elle semble faire un immense effort sur elle-même et sourit.

« Ce n'est pas facile pour moi de voyager sans Jacob, Marie. Mais c'était une semaine merveilleuse. Merci d'avoir organisé ce voyage. J'étais contente que la maison soit près de La Motte-Picquet, parce que c'est le quartier où j'ai habité quand je suis venue à Paris en 1968. »

Ses paroles sauvent le dîner du désastre. Maintenant, la conversation peut reprendre. Les parents de Marie s'adressent à Helen en anglais avec attention, chaleur et sympathie.

De retour à New York, Helen et Marie ne parlent jamais du voyage à Paris. Marie n'a pas pensé à prendre de photos : il n'en reste aucune trace visible. Elle sait qu'Helen ne voyagera plus, avec ou sans elle. Elle trouve des raisons à l'échec de cette expérience : le voyage a eu lieu trop tôt après la mort de Jacob, et Helen n'était pas prête, n'avait pas assez d'énergie. Il a fait exceptionnellement froid en ce mois de février à Paris, or sa belle-mère déteste le froid. Il devait être frustrant pour elle de se retrouver parmi des Parisiens parlant français beaucoup trop vite pour qu'elle puisse comprendre un seul mot. Le résultat positif de ce voyage, c'est qu'Helen sait maintenant qu'elle se sent mieux chez elle. Ce bref arrachement à son univers lui a permis de prendre conscience de ses repères. Alex rassure Marie. D'après lui, ce voyage était, à tous points de vue, une excellente expérience pour sa mère : il lui a donné la force d'affronter sa solitude.

Deux ans passent avant que Marie découvre ce qui s'est vraiment passé à Paris — pourquoi Helen y a été si profondément malheureuse. Elle est au téléphone avec sa belle-mère. Elles parlent du nouvel appartement où Alex, Camille et Marie vont bientôt emménager. Au cours de la conversation, la voix d'Helen change subitement. Elle a l'air inquiète. Marie devine immédiatement qu'elle a dû dire quelque chose qui a heurté sa belle-mère. Quoi ? Elle n'en a aucune idée. Pour détendre Helen et la faire parler, elle lui demande conseil sur les fenêtres du salon : rideaux ou stores ?

« Oh, je ne sais pas, Marie. Ce que tu veux. »

Ce ton fait surgir de mauvais souvenirs.

« Il y a quelque chose qui ne va pas, Helen ?

— Non. Je suis juste fatiguée. »

C'est encore pire. Marie sent qu'Helen est en train de se retirer dans ce coin silencieux où il n'y aura plus moyen de l'atteindre pendant des jours ou des mois, ce coin d'où sortiront seulement trois mots exprimant son blocage : « *Je suis fatiguée.* » Elle a peur d'en arriver là. Elle veut croire au progrès. Helen s'est transformée pendant ces deux années. Elle dévore les livres et assouvit enfin une curiosité que la vie ne lui avait jamais permis de satisfaire. Elle semble davantage faire confiance aux gens et aux mots. Récemment, quand sa voisine âgée n'a pas répondu à son bonjour, Helen a été capable de lui demander pourquoi quelques jours plus tard au lieu de couper simplement la relation, et elle a cru la vieille femme quand celle-ci lui a assuré ne pas l'avoir vue. Helen est-elle encore si fragile qu'une parole malencontreuse puisse la faire tomber dans ce silence d'où il sera si difficile de la ramener parmi eux ? Pour la première fois, Marie lui dit ce qu'elle n'a jamais osé exprimer de peur de provoquer une confrontation violente.

« Helen, qu'est-ce que j'ai fait ? J'ai dit quelque chose qui vous a blessée ? Je sens que vous êtes en colère contre moi, mais je ne sais pas pourquoi. Si vous ne me dites pas de quoi il s'agit, Helen, si vous ne me donnez pas la possibilité de corriger mon erreur, vous m'offensez. »

Était-ce la bonne question, ou le ton approprié ? Les mots jaillissent d'Helen :

« Tu as raison, Marie. Je devrais parler quand je me sens mal. C'est parce que tu as dit que tu te réjouissais d'avoir enfin assez de place pour recevoir ta famille.

— Et ?

— Quand tu dis ta famille, tu veux dire tes parents et tes frères et sœurs en France.

— Oui, pourquoi ?

— Ta famille, c'est Alexandru et Camille. C'est à eux que tu devrais penser en premier. »

Marie est consternée que sa France natale, seize ans après, représente encore une telle menace pour Helen.

« Mais, Helen, bien sûr que je pense à eux en premier ! Mais ça n'empêche pas mes parents d'être ma famille ! Et vous aussi ! »

Il y a un silence. Quand Helen reprend la parole, c'est avec une voix plus confiante, comme soulagée.

« Je suis contente de te l'entendre dire. Parfois j'ai l'impression... que tu oublies qu'ils sont ta priorité. Puisque je te parle à cœur ouvert, Marie, il y a autre chose que je devrais t'avouer.

— Quoi ?

— À Paris, il y a deux ans...

— Qu'est-ce que j'ai fait ?

— Je ne sais pas si je devrais, Marie.

— Bien sûr que si, Helen. Il faut libérer votre esprit ! S'il vous plaît. »

Helen a réussi à piquer sa curiosité.

« C'était le jour de notre arrivée, après avoir dîné avec tes parents. Ton père nous a raccompagnées en voiture. Il était tard. Je n'avais pas dormi dans l'avion et j'étais épuisée. Je me suis écroulée sur mon lit et me suis endormie tout de suite. Tu es entrée dans la chambre pour me donner une paire de draps. »

Marie l'écoute attentivement. L'image de la maison émerge lentement.

« Oui, je me rappelle.

— Et c'est alors que tu as dit... Marie, s'il te plaît, pardonne-moi, mais je sens maintenant que je peux te parler franchement.

— Absolument, Helen! Vous n'avez pas besoin de vous excuser, au contraire! Qu'est-ce que j'ai dit?

— Que je n'avais pas fait mon lit, que je dormais directement sur le matelas, que ce n'était pas propre. Je ne m'étais même pas rendu compte que le lit n'était pas fait, Marie. J'étais si fatiguée. Je voulais juste dormir. Mais ensuite tu as ajouté cette chose...

— Quoi, Helen?

— Tu as dit: "Maintenant je comprends pourquoi votre fils peut s'endormir n'importe où!" Parler ainsi de mon fils parce que je n'avais pas vu que mon lit n'était pas fait, le soir de notre arrivée à Paris. Je me suis sentie si insultée, Marie. À partir de là, c'était fini. Tu m'as perdue. »

Marie avait oublié cette phrase, dont le souvenir lui revient au moment où Helen la prononce. Elle ne sait ce qu'elle attendait, mais quelque chose de pire. Elle ne peut s'empêcher de rire.

« C'est ce que j'ai dit, vraiment? Je vous ai accusée d'élever votre fils comme un Gitan? Pauvre Helen! Je suis désolée!

— Tu ris, Marie, et moi je pleure.

— Helen, vous me connaissez! Vous savez comment je parle, parfois! Je suis impatiente, pas gentille! Il ne faut pas prendre tout ce que je dis à la lettre! À l'avenir, s'il vous plaît, arrêtez-moi tout de suite quand je dirai quelque chose qui vous choque. N'attendez pas deux ans! Vous promettez?

— J'essaierai, Marie. »

Après avoir raccroché, Marie reste tristement songeuse. C'est donc elle, en fin de compte, qui a gâché le séjour d'Helen à Paris. Juste une seconde d'énervement: le temps de frapper la mère d'Alex à l'endroit le plus sensible au moment où elle était le plus vulnérable.

CHAPITRE 27

1975

L'ENVELOPPE BLANCHE

Ils récupérèrent leur valise et passèrent la douane. À peine étaient-ils sortis de l'aéroport qu'Elena s'adressa avec détermination à des Italiens pour leur demander, dans un mélange de roumain et d'italien de son invention, où se trouvait l'arrêt de bus pour le centre-ville. Quand ils descendirent du bus une heure et demie plus tard, elle consulta le plan qu'elle avait apporté de Haïfa et guida Jacob et Alexandru à travers les rues du centre. Ils parvinrent au Bureau d'aide aux immigrants israélites dont Dorin leur avait indiqué l'adresse et donnèrent leur nom à une réceptionniste qui les fit entrer dans une salle décorée de plantes en pot et de gravures anciennes représentant des monuments romains, et meublée de canapés modernes autour d'une table basse jonchée de magazines à la couverture brillante. Il était deux heures. Ils entendirent des gens sortir, des portes claquer, et de bruyants « *Ciao!* *A presto!* » résonner dans les pièces au plafond haut. Alexandru avait faim. Elena avait heureusement préparé des sandwiches de pain pita au houmous et pris quelques oranges avant de partir le matin. Elle-même ne pouvait rien avaler, mais elle nourrit son mari et son fils.

Au bout de trois quarts d'heure, on les convoqua dans un bureau. Elena fut heureuse de voir une femme : elle saurait mieux comprendre l'angoisse d'une mère. La femme aux courts cheveux blonds et aux lunettes rondes, qui avait l'air plus allemande qu'italienne, leur posa en anglais les questions attendues. Pourquoi ils avaient émigré en Israël. Pourquoi ils voulaient maintenant émigrer aux États-Unis. S'ils avaient un contact aux États-Unis.

« Votre femme n'est pas juive, n'est-ce pas ? » demanda-t-elle à Jacob.

C'était la seule question épineuse. La réponse était simple : ils quittaient Israël parce que Elena n'était pas juive. Mieux valait ne pas insister sur ce point, puisqu'ils s'adressaient au Bureau d'aide aux immigrants israélites. La femme leur demanda de retourner dans la salle d'attente pendant qu'on examinait leur cas. Elena sortit fumer une cigarette. Elle en alluma une nouvelle avec le mégot encore brûlant de la première, puis une troisième. Une heure plus tard, on les convoqua dans un autre bureau, où les reçut un jeune homme aux cheveux noirs portant une cravate aux tons raffinés, qui ne leur proposa pas de s'asseoir.

« Désolé, dit-il en anglais avec un fort accent italien. On ne peut rien pour vous. »

Elena et Jacob le fixèrent du regard sans rien dire. Il jeta un coup d'œil à sa montre comme s'il avait un rendez-vous important.

« Qu'allons-nous faire ? demanda Jacob.

— Vous pouvez essayer le Comité de secours international. Leur bureau n'est pas loin d'ici. Vous avez un plan ? Tenez, c'est là. »

Il fit une croix sur le plan d'Elena et les congédia en les raccompagnant à la porte.

Dehors, ils ne dirent pas un mot. Elena avait la bouche sèche. Un pli s'était creusé entre ses yeux. Elle frissonna. Il faisait beaucoup plus froid qu'à Haïfa. Son énergie était tombée d'un coup. Jacob regarda le plan et les guida jusqu'au Comité de secours international, à dix minutes de marche. Alexandru suivait. Ils entrèrent dans une salle où plusieurs personnes attendaient. Un homme et une femme tournèrent la tête vers eux avant de reprendre leur conversation à voix basse en russe. Trois fillettes noires aux cheveux nattés, assises près de leur père sur un vieux canapé, levèrent la tête. Elena s'assit sur une chaise en bois entre Jacob et Alexandru. Le petit frère des trois fillettes, assis sur les genoux de sa mère, la regardait fixement sans lui rendre son sourire. Une quinte de toux secoua le corps frêle du bébé. Il avait l'air fiévreux. Sa place aurait été dans la salle d'attente d'un hôpital. On appela le père, qui sortit de la pièce et y rentra bientôt avec un papier en main. Toute la famille partit, le père, les trois petites filles, la mère et l'enfant malade. Puis ce fut le tour des Russes, et enfin le leur.

« Désolé, mais on ne peut pas vous prendre en charge, leur dit l'Italien chauve en costume de lin blanc froissé, dès qu'ils furent assis devant son bureau.

— Pourquoi ? s'écria Elena.

— On est débordé avec les familles d'Ougandais en ce moment. Vous venez d'Israël. Vous avez de la famille et du travail là-bas. Vous ne représentez pas une urgence. Pourquoi ne pas vous adresser au Bureau d'aide aux immigrants israélites ? Ce n'est pas loin d'ici.

— On en vient, répondit Jacob. Ce sont eux qui nous ont envoyés chez vous. »

L'homme fronça les sourcils. « Je vois.

— Je ne suis pas juive, expliqua Elena. Je vous en prie, aidez-nous ! »

Sa voix se cassa. L'homme jeta un coup d'œil à Alexandru, qui se tenait silencieusement derrière sa mère. Il poussa un soupir.

« Je vais voir si je peux faire quelque chose. Je ne vous promets rien. En attendant, vous pouvez aller là. » Il leur tendit une feuille de papier sur laquelle était imprimée une adresse. « C'est une organisation catholique qui vous logera pendant que vous serez à Rome. »

Après une heure de transport public, ils parvinrent à l'adresse que leur avait indiquée l'Italien. La nuit était tombée. Malgré l'obscurité, Elena se rendit compte qu'ils étaient passés dans un quartier plus pauvre. Les immeubles aux façades noircies avaient l'air vieux et mal entretenus, et quand ils descendirent du bus, la puanteur les fit grimacer : des sacs-poubelle crevés répandaient leurs ordures sur le trottoir. L'Italien avait parlé d'un « *palazzo* » mais l'immeuble du Secours catholique lui parut aussi décrépit que les autres. Ils donnèrent leurs noms, remplirent un formulaire, montrèrent leurs passeports et pénétrèrent dans un hall immense rempli de dizaines de rangées de lits superposés en métal, tous reliés les uns aux autres. Il y avait tant de gens parlant des langues différentes et même jouant de la musique, tant d'enfants qui hurlaient, qu'on ne pouvait s'entendre dans cette cacophonie. Elena n'avait jamais vu d'endroit plus misérable. Elle conseilla à Alexandru et à Jacob de ne pas utiliser les couvertures de laine grise qu'on leur avait remises et qui ne devaient pas être lavées très souvent. Mais il faisait froid et ils n'avaient emporté que des vestes légères, croyant trouver le printemps à Rome. Alexandru s'allongea et s'endormit tout de suite. Jacob aussi sombra bientôt dans le sommeil. Toute la nuit Elena se retourna sur son matelas mince en écoutant le cliquetis métallique des lits, le grincement des ressorts, les toux, les rires, les pleurs et les chuchotements de tous ces pauvres gens qui avaient les mêmes espoirs qu'eux.

Elle se réveilla avec une terrible migraine. Un jeune couple russe — un professeur de maths et une dentiste qui avaient dormi au-dessus d'eux et donnèrent à Alexandru un morceau de leur pain gris — leur parla d'une maison près de la Stazione Termini où l'on pouvait louer une chambre pour pas cher. Ils sortirent avec leur valise et prirent le bus. Aux alentours de la gare, des individus à l'allure louche les abordèrent et leur demandèrent s'ils cherchaient un hôtel. Elena pressa le pas, certaine d'avoir affaire à des Gitans qui voulaient leur voler leur valise. Jacob eut l'idée de répondre qu'ils venaient de Roumanie, et les hommes disparurent. Alexandru et Jacob en rirent, mais Elena ne trouvait pas comique que le simple nom de Roumanie suffît à faire s'enfuir les voleurs. Après plusieurs nuits sans dormir, elle se sentait extrêmement fatiguée. Ils parvinrent enfin devant l'immeuble qu'ils cherchaient, où une plaque sur le mur indiquait : « *Pensione Belvedere. Quarto piano.* » Du linge et des vêtements séchaient sur des fils suspendus entre les balcons au-dessus de leur tête, cachant la vue du ciel. Ils montèrent au quatrième étage par un escalier de pierre grise, et sonnèrent. Une vieille femme excessivement maquillée leur ouvrit la porte.

« *Una camera per tre ?* », dit-elle.

Elle les conduisit dans une chambre où il y avait juste la place pour trois lits, deux de chaque côté d'une table de chevet et le troisième perpendiculaire. La pièce puait le tabac froid, et la fenêtre donnait sur un mur. Il n'y avait ni armoire ni commode. Ils avaient de la chance, leur dit la logeuse : c'était sa dernière chambre. Ils la louèrent immédiatement en payant le loyer pour une semaine. La vieille femme leur montra la salle de bains et la cuisine qu'ils partageraient avec sept autres familles, et leur indiqua l'emplacement d'un marché à quelques rues de là. Ils laissèrent la valise dans leur chambre et s'y rendirent, se sentant déjà mieux maintenant que le sac d'Elena contenait la clef d'une pièce à eux. Le trottoir était si étroit qu'ils marchaient en file indienne en rasant un mur gris orangé. Il était onze heures du matin et la ville débordait de vie et de bruits. Les vélomoteurs fonçaient en pétaradant. Les automobilistes s'insultaient par leurs vitres ouvertes. Une Vespa frôla Alexandru qui s'amusait à marcher en équilibre au bord du trottoir. Elena poussa un cri et le tira vers le mur.

Au marché, ils achetèrent du pain et du foie de veau, la viande la moins chère, qu'Elena prépara à la poêle dès qu'ils furent rentrés. Alexandru fit la grimace en avalant la première bouchée. Sa mère fronça les sourcils. « Le foie de veau est une source importante de fer et de protéines, Alexandru. Dis-le-lui, Jacob ! »

Au lieu d'écouter son mari qui la suppliait de s'allonger après le déjeuner, elle passa plusieurs heures à laver et à frotter chaque casserole, chaque assiette, chaque couvert et chaque comptoir en Formica de cette cuisine où tout ce qu'elle touchait était poisseux. Puis elle s'effondra et sombra tout de suite. Quand elle se réveilla, il faisait nuit. Jacob et Alexandru dormaient. Elle avait la nausée et un violent mal de tête. Elle finit par se rendormir.

Une crampe au ventre la réveilla au milieu de la nuit. Elle courut aux toilettes. La salle de bains était occupée. Pliée en deux, elle attendit devant la porte fermée. La douleur

était si forte que son corps et son visage se couvraient de
sueur. Elle grelottait de fièvre. Avaient-ils mangé une viande
avariée? On pouvait en mourir. Mais Jacob et Alexandru
dormaient paisiblement et ils en avaient pris une plus
grande portion. Elle sentit quelque chose de chaud couler
le long de sa jambe. Du sang. Elle écarquilla les yeux. Elle
n'avait pas eu ses règles depuis plus de trois mois et attri-
buait ce dérèglement à une ménopause précoce. Elle avait
bien choisi son moment : elle n'avait rien prévu et ne pouvait se permettre de salir le matelas. Cette nuit, il lui faudrait utiliser une serviette de toilette. Debout dans le couloir, elle serra les cuisses pour que le sang ne coule pas sur
le plancher, sans oser frapper pour avertir l'occupant de sa
présence. Elle se rappela soudain son attente devant la salle
de bains de la rue Ion Prokopiu, treize ans plus tôt, alors
qu'elle perdait les eaux. La porte finit par s'ouvrir et apparut un grand gaillard torse nu, qui sursauta en la voyant et
maugréa quelque chose en russe. Elle se précipita et s'assit
sur le siège des toilettes. Un flot de sang inonda la cuvette.
Elle n'avait jamais eu de règles si abondantes et si doulou-
reuses. On aurait dit une hémorragie.

Le mot produisit un déclic. Pas ses règles! Tous les symptômes défilèrent soudain devant ses yeux comme des pièces
de puzzle trouvant enfin leur place : l'aménorrhée de trois
mois, la fatigue, les nausées, l'humeur changeante, les seins
gonflés. Elle était enceinte. Enceinte à trente-neuf ans,
treize ans après Alexandru! Qu'auraient-ils fait d'un bébé
maintenant? Quelle chance que son corps l'éjecte! Son vertige était si fort que, même assise, elle se sentait basculer
vers l'arrière. Elle ferma les yeux.

Quand elle les rouvrit, elle ne comprit pas où elle se trouvait. Elle était allongée par terre sur des carreaux froids

dans une salle de bains, devant une cuvette de W.-C. Elle vit du sang sur le sol, et se rappela. Elle s'était évanouie. Combien de temps ? Elle paniqua en songeant qu'un des occupants de la maison aurait pu la trouver allongée par terre dans sa chemise de nuit ensanglantée. Si la logeuse appelait une ambulance pour la faire hospitaliser, ils ne pourraient plus échapper aux mailles du filet administratif : il faudrait repartir pour Tel-Aviv dans cinq jours. Jetant un coup d'œil autour d'elle, elle vit une serpillière derrière la cuvette. Elle tendit le bras, l'attrapa, tourna le robinet de la baignoire et, agenouillée, nettoya les carreaux. Elle saignait moins mais claquait des dents, la tête prise dans un étau. Elle tira la chasse d'eau, rinça et essora la serpillière à grand renfort d'eau froide. Des filets rouges, puis roses, puis de plus en plus pâles, strièrent les parois de la baignoire. Elle retourna titubante dans la chambre où Alexandru et Jacob dormaient toujours, ôta sa chemise souillée qu'elle cacha sous son lit, enfila un tee-shirt de son fils et se recoucha.

Au matin, elle délirait. Elle avait les joues écarlates, et le tee-shirt imbibé d'eau fraîche que Jacob lui posait sur le front l'apaisait à peine. La peau de ses lèvres desséchées craquait. Elle parlait et gémissait dans son sommeil. À six heures du soir, elle s'assit dans son lit, regarda Jacob, l'appela Bunica et lui réclama des *koltunach*. Elle ne se rappelait plus qu'elle avait un fils. Elle ne vit pas la doctoresse qui l'examina à dix heures du soir et lui fit une piqûre — Jacob avait appelé le médecin après qu'Alexandru eut sorti du sac à main de sa mère la lettre de Dorin contenant le numéro d'une jeune Roumaine de Bucarest qui avait épousé un Italien et travaillait dans un hôpital à Rome. Ce fut elle qui révéla à Jacob l'état de sa femme en lui demandant à quand remontait la grossesse. La fièvre, lui dit-elle, était causée par un virus lié à

l'épuisement d'Elena, sans rapport direct avec la fausse
couche, qui semblait s'être bien passée. Quand Elena
ouvrit les yeux deux jours plus tard, Jacob était assis à son chevet. La fièvre était tombée, mais elle n'avait jamais été aussi
faible. Il envoya son fils acheter du pain. À peine furent-
ils seuls dans la chambre qu'elle fondit en larmes. Il lui prit
la main.

« Tu voulais ce bébé, Lenoush ? demanda-t-il d'une voix
tendre.

— Oh non ! On est trop vieux ! Mais il faut que tu me
pardonnes, Jacob.

— Te pardonner quoi ?

— On n'aurait jamais dû partir !

— Ne t'inquiète pas. On peut retourner en Israël quand
on veut. Et je voulais voir l'Italie, ajouta-t-il avec un sourire.

— Non, on n'aurait jamais dû quitter la Roumanie !

— Lenoush ! Ce n'est pas ce que tu penses ! »

Mais elle le pensait. Il n'y avait pas plus de place en ce
monde pour son fils, pour son mari et pour elle que pour
l'avorton qu'elle avait éjecté cette nuit-là dans une cuvette
de W.-C.

Le lendemain, elle fut capable de sortir. Ils retournèrent
au Comité de secours international. « Rien de nouveau »,
leur dit le réceptionniste après un rapide coup de fil à
l'étage supérieur.

Le lendemain du jour où expiraient leurs visas, on frappa
à la porte de leur chambre. Elena ouvrit et vit un policier.
Son cœur fit un bond.

« Je pourrais voir vos papiers, *signora* ? »

Elle se dépêcha de sortir les trois passeports de son sac à
main. Le *carabiniere*, évidemment averti par la propriétaire,
leur demanda pourquoi ils étaient encore à Rome.

« Nous sommes des réfugiés politiques », dit Elena en transpirant, même si l'homme lui parlait poliment et n'avait pas l'air méchant. Il leur dit qu'ils devaient apporter au poste de police un papier du Comité de secours international grâce auquel ils pourraient obtenir une extension de visa. Elena pensait avoir menti au *carabiniere*, mais au Comité, une heure plus tard, ils découvrirent qu'ils étaient inscrits sur une liste et avaient droit à ce papier. Munis du document, ils allèrent au poste de police près de Roma Termini et leurs passeports furent tamponnés. Ils étaient maintenant officiellement des réfugiés politiques.

Alors qu'ils se promenaient sur la Via Veneto un jour où les élégants magasins avaient installé des tables dehors et offraient aux passants du champagne et des chocolats pour célébrer Pâques, un homme en costume croisé gris foncé à fines rayures gris clair sourit à Elena et lui tendit une rose, avec un compliment en italien où elle comprit les mots « *bella donna* » et « *primavera* ». Elle rougit et le remercia. Elle portait une robe blousante en nylon bleu, à la jupe évasée, qui venait de Bucarest, propre car elle la lavait tous les deux jours ; mais la mode à Rome, elle l'avait remarqué, était aux petites robes droites, courtes et sans manches. Les chemises de Jacob et d'Alexandru, qui n'étaient même pas repassées, avaient l'air fatigué. Elle se vit, elle, son mari et son fils, par les yeux de cet Italien d'une élégance raffinée. De pauvres gens qui tenaient un sac en papier rempli de petits pains ronds, des réfugiés politiques dont l'origine d'Europe de l'Est était trahie par leurs chaussures, leurs vêtements et leurs coupes de cheveux. Cet homme lui avait tendu la rose parce qu'elle lui faisait pitié.

Quand ils rentrèrent dans leur chambre ce soir-là, ils la

trouvèrent sens dessus dessous, les matelas retournés, leur valise lacérée au couteau, et toutes leurs maigres possessions étalées par terre, ses culottes et ses soutiens-gorge indiscrètement exposés.

« Pourquoi ? Pourquoi ? » cria Elena.

Elle ne pouvait rien dire d'autre. L'appareil photo d'Alexandru avait disparu : il n'y avait guère autre chose à voler. Le cambrioleur était apparemment entré par la fenêtre qu'ils avaient laissée entrouverte. La propriétaire leur dit nonchalamment que ce genre d'incident se produisait souvent car Rome était pleine de « *ladri* », et qu'on les avait sans doute pris pour des Russes juifs qui émigraient avec de l'or et des bijoux. Ils n'appelèrent pas la police. Pourquoi attirer l'attention sur eux ? Et qui se souciait de réfugiés roumains ?

Quelques jours plus tard, au retour d'une longue excursion à la basilique Saint-Pierre et à la chapelle Sixtine, ils trouvèrent une lettre de Doru les informant de la mort de Voicu. Le vieil homme était très malade quand ils étaient partis mais la nouvelle, sans les surprendre complètement, leur donna un choc. Il était mort dans son sommeil, leur écrivait Doru : quelle meilleure mort pouvait-on souhaiter ? La lettre ne contenait aucune critique voilée à Jacob pour son absence en un tel moment. Doru se contentait de dire que Jacob, Elena et Alexandru leur manquaient. Zeruya demandait souvent des nouvelles de son petit cousin, et son poste au laboratoire de l'hôpital attendait toujours Elena s'ils décidaient de revenir. L'un après l'autre, ils lurent silencieusement la lettre. Alexandru s'approcha de son père et lui prit la main. Elena leva la tête et croisa le regard de Jacob. Elle pensa à ce jour d'août 1958 où ils s'étaient retrouvés dans le parc Cişmigiu. Il n'enterrerait ni sa mère

ni son père. Elle pensa à sa grand-mère dont elle avait
étreint le petit corps rond et compact le jour de son départ,
qu'elle avait promis de faire venir en Amérique dès qu'elle
serait installée là-bas, et dont elle apprendrait sans doute la
mort dans une lettre pareille sans l'avoir revue. Elle pensa
à la boule de sang sortie d'elle trois semaines plus tôt, qui
semblait concentrer leurs espoirs avortés.

« Tu crois qu'on devrait renoncer, Jacob ? » demanda-
t-elle doucement.

Il sursauta.

« On a encore assez pour tenir une semaine, Lenoush.
De toute façon, c'est trop tard pour les funérailles de mon
père. »

Le matin suivant, elle se réveilla calme et forte, comme si
la nuit avait balayé ses doutes. Jacob avait raison. Elle n'avait
pas le droit de se laisser aller. S'ils devaient repartir en
Israël, ils le feraient la tête haute. Et ils réessaieraient plus
tard. En attendant, ils devaient explorer Rome où ils ne
reviendraient peut-être pas.

Sur le chemin de la villa Borghèse, ils s'arrêtèrent au
Comité de secours international, où le réceptionniste leur
sourit aimablement et passa le coup de fil habituel. À leur
surprise, il leur demanda de patienter. Ils s'assirent dans la
salle d'attente, effrayés de se laisser gagner par l'espoir. On
les appela bientôt et ils entrèrent dans le bureau de l'Italien
chauve, qui ne portait pas son costume de lin blanc mais un
autre jaune clair, et qui les accueillit avec un sourire. Sur
son bureau, il y avait une grande enveloppe blanche. Il s'en
empara.

« J'ai un service à vous demander, dit-il à Jacob. Prenez
cette lettre et apportez-la au Bureau d'aide aux immigrants
israélites. »

Jacob tendit la main.

« Il y a un mois, j'ai écrit de votre part à l'Association new-yorkaise pour les nouveaux Américains, continua l'Italien. J'ai reçu leur réponse hier. Comme leur correspondant à Rome est le Bureau d'aide aux immigrants israélites, c'est leur responsabilité d'ouvrir cette lettre et de vous en révéler le contenu. Je vous souhaite bonne chance. »

L'avait-il lue ? Trouvait-il trop cruel de leur annoncer un refus définitif, et préférait-il déléguer cette tâche ? Ils n'osèrent pas poser la question. Ils le remercièrent, se levèrent et lui serrèrent la main, puis sortirent de l'immeuble en silence. Alexandru non plus ne disait rien. Elena tenait l'enveloppe blanche dans laquelle était scellé leur destin. Un bureaucrate inconnu dans une ville inconnue d'Amérique, pour qui ils n'étaient rien d'autre qu'un cas parmi des milliers, avait tapé ici les mots selon lesquels ils retourneraient en Israël ou s'envoleraient pour l'Amérique. Et sa réponse dépendait de facteurs qui n'avaient rien à voir avec eux : son humeur et le temps ce jour-là, ce qu'il avait mangé pour le déjeuner, son rapport avec son patron, sa vie familiale, le cas dont il s'était occupé juste avant. C'était si arbitraire qu'Elena se vit soudain sous la forme d'un pantin dont les ficelles étaient tirées par un enfant capricieux aux doigts gourds.

Jacob les conduisit au Bureau d'aide aux immigrants israélites, retraçant en sens inverse le chemin qu'ils avaient fait le jour de leur arrivée à Rome, un mois plus tôt. Ils entrèrent dans l'immeuble. La réceptionniste leur demanda l'enveloppe, mais Elena refusa de la donner.

« On doit la remettre en mains propres. »

Ils attendirent une heure en silence. Alexandru lisait un roman de Jules Verne en roumain. La réceptionniste apparut à la porte de la salle d'attente et demanda à Jacob de la suivre. Jacob seul, comme si l'on voulait montrer à Elena, peut-être pour se venger de son refus de donner l'enveloppe, que c'étaient les hommes qui comptaient, pas les femmes. Jacob disparut, l'enveloppe en main. Un quart d'heure plus tard, la même employée vint chercher Elena et Alexandru. Ils la suivirent dans une pièce au premier étage où Jacob était assis dans un fauteuil : il se tourna vers eux avec un sourire. L'homme derrière le bureau, un employé qu'ils n'avaient jamais rencontré, serra la main d'Elena.

« Félicitations, *signora*. L'Association new-yorkaise pour les nouveaux Américains Nyana accepte de vous prendre en charge. »

Alexandru sourit à sa mère joyeusement. Elle s'assit près de Jacob et écouta l'Italien leur expliquer que son organisation les aiderait maintenant à obtenir des visas pour les États-Unis, ce qui prendrait plusieurs mois. En attendant, ils toucheraient une allocation hebdomadaire. En entendant le chiffre, beaucoup plus élevé que ce qu'ils avaient dépensé jusque-là par semaine, Elena songea qu'ils pourraient enfin trouver un logement moins sordide que la petite chambre sombre où elle ne se sentait plus en sécurité, et manger autre chose que du foie de veau, qu'Alexandru détestait. Mais c'était une pensée comme abstraite et détachée d'elle. Une fois qu'ils auraient leurs visas, ils partiraient pour New York avec des billets d'avion que leur achèterait le Bureau, continuait l'homme. Un membre de l'Association new-yorkaise pour les nouveaux Américains les attendrait à l'aéroport de New York et s'occuperait d'eux.

Ils le remercièrent. Avant de quitter l'immeuble, ils passèrent voir un caissier qui leur remit une liasse de lires.

Elena les rangea dans une poche intérieure de son sac à main, qu'elle portait en bandoulière sous sa veste. Une fois dehors, Jacob embrassa sa femme et son fils.

« Ça y est. On y est arrivés. Lenoush, tu avais raison d'insister ! »

Un sourire absent flottait sur les lèvres de sa femme.

« Lenoush, tu n'es pas heureuse ?

— Bien sûr que si, Jacob. Je suis follement heureuse. Mais je ne le sens pas. Je ne sens plus rien. J'ai l'impression d'être un bout d'élastique sur lequel on tire. C'est peut-être l'idée de tout recommencer, un nouveau pays, un nouvel appartement, une nouvelle école, une nouvelle langue, un nouveau travail... Je suis fatiguée. »

Il passa un bras autour de ses épaules.

« Tu as raison. Ça ne fait que commencer. Mais on va y arriver. »

C'était une belle journée de printemps et le soleil les fit cligner des yeux alors qu'ils se dirigeaient vers la villa Borghèse. Elle ne remarquait rien autour d'elle, ni les Fiat fonçant à coups de klaxon, ni les vitrines des magasins qui vendaient seulement des pâtes fraîches de toutes les formes et de toutes les couleurs. Elle voyait devant elle un immense continent à escalader, comme une montagne. Elle avait envie de s'allonger et de dormir, mais elle savait qu'elle grimperait pas à pas en examinant attentivement l'endroit où planter ses crampons, et parviendrait au sommet.

CHAPITRE 28

2006

DEMAIN, CAMILLE

Ce n'est plus la peine d'attendre. Il est trois heures. Il n'appellera plus. L'an dernier elle a dîné chez eux à la même date ; l'année précédente aussi. Cette année, Alexandru est trop occupé pour se rappeler le jour précis, c'est tout. Ça ne veut rien dire. Bien sûr qu'il n'a pas oublié. Comment le pourrait-il ? Il est juste surmené. Elle ne l'a même pas vu dimanche après-midi quand elle a raccompagné Camille. « Alex est au bureau », lui a dit Marie. Mais il aime son travail et il a un bon poste : c'est l'essentiel. Et il a finalement emménagé dans un appartement où Marie et lui ont leur propre chambre, après avoir dormi pendant six ans sur un canapé dans le salon pour laisser l'unique chambre à Camille. Chaque fois qu'Helen leur rendait visite, elle ne pouvait s'empêcher de penser qu'ils avaient quitté la Roumanie où personne n'avait de chambre à soi pour l'Amérique où son fils n'avait même pas de lit.

Helen éteint sa énième cigarette, quitte la terrasse, va dans la salle de bains mettre son dentier, ôte son tee-shirt pour un autre plus élégant, et enfile ses sandales de marche. Alors qu'elle prend son sac à main, ses yeux s'arrêtent sur le dessin de Camille à côté de l'ordinateur — sur le petit bonhomme marron avec une grosse tête au-dessus du cœur aux couleurs d'arc-en-ciel. Elle frissonne. Elle sort de l'appartement et ferme la porte à clef.

« Bonjour, Helen. Comment allez-vous ? »

Elle se retourne. Elle n'a pas entendu sa voisine sortir de chez elle. Ruth tient à la main un sac-poubelle. Elle a encore un pansement épais sur le crâne. Le chirurgien a dû raser ses cheveux blancs frisés en haut de la tête pour l'opération il y a trois semaines. Mais même avec son pansement et ses chaussons, elle a l'air élégante et raffinée. Elle rappelle à Helen Mme Weinberg.

« Bien, merci. Et vous, Ruth ?

— Mieux. Je devrais pouvoir sortir bientôt. Vous allez où ?

— Au Met. Voir l'exposition Vollard.

— Quelle chance ! Vous voulez sonner chez moi tout à l'heure pour me raconter ? Il paraît qu'elle est excellente.

— Je n'y manquerai pas. Vous avez besoin de quelque chose, Ruth ?

— Vous êtes gentille. Mais Martha vient cet après-midi, merci. »

L'ascenseur de droite s'ouvre avec une sonnerie qui signale son arrivée. Helen y entre tandis que sa voisine se dirige vers le local à poubelles situé au milieu du couloir tapissé de moquette saumon. L'ascenseur glisse silencieusement le long des vingt-neuf étages. Helen se sent déjà mieux. Ruth est une femme si charmante. Elle était musicienne, joueuse de viole. Elle est arrivée dans l'immeuble quand le médecin roumain est parti en maison de retraite après la mort de sa femme il y a cinq ans. Ruth est veuve aussi. Elle a soixante-dix-neuf ans et peur de rien, ni de la solitude, ni même de ces terribles mots, « tumeur au cerveau ». Elle est une source d'inspiration pour Helen.

Parvenue au rez-de-chaussée, Helen salue le portier derrière son comptoir en marbre et pousse la porte vitrée. L'air est chaud mais une brise lui rafraîchit le visage. Elle est contente de s'être forcée à sortir. Elle est fatiguée, bien sûr, après avoir passé la nuit sur la terrasse à fumer. Impossible de mettre un pied dans la chambre la nuit dernière, même si le lit et le matelas ne sont plus les mêmes — elle les a changés il y a trois ans. La date réveille les fantômes. Elle a fini par s'assoupir sur la chaise en plastique au lever du jour. Son corps est tout courbaturé.

D'un pas vif elle traverse Broadway, Amsterdam et Columbus, et entre dans Central Park, laissant derrière elle les voitures et les bruits de la ville. Elle a mis son sac en bandoulière sous sa veste pour qu'on ne puisse pas le lui arracher, même si les nombreux passants qui flânent dans la vaste allée au niveau de la 72e Rue rendent le risque d'agression minimal. On ne sait jamais. Il y a quelques mois, en plein jour, dans Central Park, un clochard a saisi un bambin de deux ans qui marchait à côté de sa poussette et a braqué un revolver sur sa tempe. La mère lui a donné tout ce qu'elle avait de précieux sur elle en le suppliant de ne pas tirer. L'homme n'a pas tiré. Après avoir entendu l'histoire aux informations, Helen a tout de suite appelé Marie pour lui dire de ne plus emmener Camille seule à Central Park. Elle a senti l'agacement de sa belle-fille.

En passant devant les escaliers de pierre qui descendent vers le lac où voguent des barques, elle entrevoit une mariée chinoise qui se fait photographier devant la fontaine au bas des marches. Elle tourne à gauche après le bassin de pierre et suit le sentier parallèle à la Cinquième Avenue. Juste avant d'atteindre le bâtiment en pierre blanche et en verre du Metropolitan, elle s'arrête au kiosque tenu par un Marocain. À peine Omar l'a-t-il aperçue qu'il sort un Pepsi light de sa glacière et le lui tend sans qu'elle ait besoin de le lui demander. Elle lui sourit et lui donne la somme exacte. Puis elle allume une cigarette et s'appuie contre un arbre entre les vendeurs de peintures kitsch, de photos représentant les gratte-ciel de Manhattan avec les tours jumelles au coucher du soleil, et d'autres souvenirs de New York.

Elle se voit, à l'ombre de cet arbre, en train de fumer une cigarette et de boire un Pepsi par un beau jour d'automne avant d'entrer au Metropolitan pour y admirer les œuvres des impressionnistes. C'étaient aussi ses peintres préférés. Elle a beau ne pas croire en Dieu ni à la survie de l'âme après la mort, elle est certaine qu'il la voit, de là-haut, et qu'il est fier d'elle. Elle avait tant de peurs ! C'est pour ça qu'elle était si dure avec lui. Maintenant elle le comprend mieux. Elle comprend le pouvoir de la peur. Après sa première crise cardiaque en 89, il a dû être terrifié de mourir.

Demain matin, elle ira chez Fairway acheter un morceau de poisson pour sa petite-fille, du saumon ou du bar. Demain soir, Camille dormira chez elle, comme tous les samedis. Elles prépareront du bouillon de poulet, organiseront une fête où seront conviées les peluches, découperont des magazines pour fabriquer des collages, regarderont *Little Einstein* à la télévision, joueront sur l'ordinateur, et dimanche matin se régaleront de crêpes au sirop d'érable — tout ce que Camille ne fait pas chez ses parents. Ce serait bien si Alexandru amenait lui-même sa fille samedi après-midi, comme autrefois. Ils auraient le temps de bavarder. Elle pourrait lui montrer le dessin de Camille et s'étonner avec lui de sa sensibilité si extraordinaire. Mais il devra sans doute passer la journée au bureau. Alors ce sera Marie qui accompagnera sa fille, et elle repartira tout de suite, pressée comme d'habitude. Dimanche, Helen n'a pas eu le temps de lui parler du dessin ; Marie l'a interrompue :

« Camille a fait son violon, Helen ?

— Non. Elle était fatiguée.

— Elle doit jouer du violon tous les jours ! C'est important. »

Camille gardait les yeux baissés. Helen n'a pas répondu. À sept ans, la fillette a un emploi du temps de ministre. Elle n'a même pas le loisir de rêver et de jouer. Tant pis si Marie se fâche. Helen ne forcera jamais sa petite-fille à quoi que ce soit. Elle est là pour la protéger et pour la gâter. C'est le rôle des grands-mères. Camille ne sera jamais trop choyée. C'est une enfant si gentille, si tendre, si sage ! Et joyeuse aussi. Quelles parties de fou rire elles ont ! Depuis qu'Helen a entendu à la télévision que le rire était bon pour la santé et augmentait même l'espérance de vie, elle saisit toutes les occasions de faire rire sa petite-fille. L'autre jour, Camille lui a dit qu'elle avait lu un livre sur la lune. « Sur la lune, mon ange ? Comment tu as fait pour y aller ? » Camille a froncé les sourcils, déconcertée, avant d'éclater de rire : « Pas *sur* la lune, Nounoush, que t'es bête ! *À propos* de la lune ! » Quand elle rit, son visage radieux illumine le cœur d'Helen. De son père elle a hérité les pommettes écartées, les longs cils et les lèvres pleines, de sa mère les yeux bleus et les cheveux clairs. Un visage parfait. Le simple souvenir de son rire fait maintenant sourire Helen.

Elle jette son mégot sur les pavés et l'écrase sous son talon, puis se débarrasse de la canette dans une poubelle avant de monter l'escalier monumental et de pénétrer dans le hall en marbre aux piliers symétriques et aux comptoirs dorés. Elle va droit au bureau réservé aux membres et montre sa carte. La vieille dame assise derrière la table lui tend un jeton bleu clair qu'Helen épingle au revers de sa veste avant de se diriger vers le passage entre les deux guichets. Le gardien, un grand Noir, lui sourit. Elle lui dit bonjour.

Elle monte l'escalier lentement, en traînant la jambe. Ses genoux fatiguent après toutes ces marches. Quand elle parvient en haut et voit le panneau doré avec le portrait d'un homme barbu en veste de velours marron, le souvenir du dessin que Camille a fait dimanche la frappe de plein fouet. Il y avait toute la famille : papa, maman, Camille, Nounoush, et dans le coin gauche, flottant au-dessus d'un cœur aux couleurs d'arc-en-ciel, un bébé dans une sorte de pyjama marron avec une grosse tête et un corps minuscule.

« C'est Agathe ? a demandé Helen, certaine qu'il s'agissait de la nouvelle cousine parisienne née un mois plus tôt, dont Camille avait fait la connaissance à la fin de l'été, juste avant de rentrer aux États-Unis.

— Non. C'est Dada, mon grand-père », a tranquillement répondu Camille sans lever les yeux de son dessin.

Les mots ont percuté Helen comme un coup de poing dans le ventre. Camille n'avait pas parlé de lui depuis deux ans. On aurait dit que, par une sorte de mémoire instinctive ou de perception intuitive de la tristesse de sa grand-mère, elle savait que la date approchait.

« C'est très joli », a réussi à dire Helen avant de sortir sur la terrasse fumer une cigarette, bouleversée par le dessin de sa petite-fille et par l'idée qu'elle porterait à jamais en elle cette blessure. Elle n'avait pourtant que quatre ans quand c'était arrivé, et l'on dit que les enfants n'ont pas de souvenirs avant cinq ans.

Elle marche d'un pas vif dans le couloir et tourne à gauche, puis à droite, en suivant les flèches. Elle ne laissera pas la tristesse la submerger. Pas ici, en ce lieu de beauté et de dignité où elle a toujours réussi à s'oublier. Elle arrive à l'entrée de l'exposition. « De Cézanne à Picasso. Ambroise Vollard, mécène de l'avant-garde. » Le public est déjà nombreux. Ce week-end il y aura foule. Elle s'approche d'une pancarte sur le mur et sort de son sac ses lunettes de lecture : « Ambroise Vollard (1866-1939) est sans aucun doute le marchand d'art parisien qui a exercé la plus grande influence au tournant du xxᵉ siècle. Son exposition des œuvres de Cézanne en 1895... »

L'exposition comprend tous ses peintres préférés. Elle laisse échapper une exclamation en entrant dans une salle pleine de Van Gogh, dont certains tableaux qu'elle n'a jamais vus. Elle est surprise d'apprendre que l'œuvre de Van Gogh n'a attiré aucun intérêt pendant sa vie. Vollard a organisé deux expositions juste après sa mort, qui ont abouti à deux échecs critiques et commerciaux. Après avoir vendu seulement neuf tableaux pour soixante-dix francs chacun, il a renoncé. Helen ouvre de grands yeux. Soixante-dix francs ? Elle regrette de ne pas avoir été à Paris en 1895 pour acquérir une toile. Penchée en avant, elle examine les tournesols aux jaunes riches et lumineux, au coup de pinceau énergique et au dessin si raffiné — de près, on voit se croiser des dizaines de petites lignes au cœur de la fleur — dont l'évidente beauté a toujours apaisé quelque chose en elle.

Quand elle se redresse, deux vieilles dames en tailleur Chanel et à la mise en plis parfaite la regardent d'un drôle d'air. S'est-elle approchée trop près de la toile ? Leur visage exprime une nette désapprobation. Tout en s'éloignant vite vers l'autre côté de la salle, Helen s'aperçoit qu'une musique la suit, qu'elle identifie au même moment : la sonnerie de son téléphone portable. Son fils lui a donné deux semaines plus tôt l'appareil qui a sonné trois fois en tout et pour tout. Elle se bat contre la fermeture Éclair de son sac. Ses doigts de moins en moins agiles ont du mal à localiser le tout petit appareil au fond du sac, à le sortir et à appuyer sur le minuscule bouton. De nombreuses personnes se tournent maintenant vers elle en fronçant les sourcils. Elle anticipe le moment où un gardien va l'humilier en lui demandant publiquement d'éteindre son téléphone ou de quitter le musée. Elle se hâte vers la sortie en portant l'appareil à son oreille.

« Allô ? »

Ce n'est pas Alexandru comme elle l'espérait, mais Marie. Quand sa belle-fille l'appelle au milieu de la journée, elle a en général besoin d'aide à l'improviste pour garder Camille.

« Bonjour, Helen. Vous allez bien ?

— Oui, merci. Je suis au Metropolitan. Je ne peux pas parler.

— Juste une minute ?

— Oui... »

De loin elle voit un gardien qui se tourne vers elle. Elle recule pour se cacher derrière un pilier. Dès qu'elle a Marie au bout du fil, elle est tendue. Sa main crispée sur le minuscule appareil est moite.

« Camille n'est pas malade ? demande-t-elle impulsivement.

— Non. Elle est à l'école, elle va très bien. Vous voulez venir dîner ce soir, Helen ? »

La question la prend par surprise.

« Ce n'est pas la peine, Marie, dit-elle d'une voix émue. Je ne veux pas vous déranger.

— Vous ne nous dérangez pas du tout. Alex aimerait qu'on soit ensemble ce soir. À sept heures ? »

Helen avale sa salive avec difficulté.

« Oui, murmure-t-elle. Merci. »

Elle raccroche et ferme les yeux quelques secondes. Quand elle les rouvre, le gardien est presque en face d'elle. Un homme d'une soixantaine d'années, grand, aux lèvres minces, qui fronce les sourcils d'un air rébarbatif. Le pilier derrière elle la bloque. Au moment où il prononce les premiers mots de sa réprimande, « Madame, vous... », elle bondit comme un diable jaillissant de sa boîte et le bouscule. Il reste la bouche ouverte, les yeux écarquillés. Elle court vers la sortie. Les larmes ruissellent sur ses joues. Elle a besoin d'une cigarette. Tandis que ses semelles de crêpe résonnent sur la dalle du couloir, elle entend une petite voix claire : « Tu as promis de ne plus fumer, Nounoush. — C'est vrai, ma chérie, mais tu sais je suis vieille, pour moi ça n'a plus d'importance. — Non. Si tu ne fumes plus, tu pourras vivre un peu plus longtemps. »

REMERCIEMENTS

Merci à Ann Jenkins, la conteuse ; merci à Catherine Texier, la première lectrice de chacune des trois mille versions ; merci à Mylène Abribat et Thierry Ollivier qui ont lu le manuscrit entre deux biberons ; merci à Josette Pacaly et Jacqueline Letzter, si encourageantes, et à Jean-Pierre Pacaly et Jean Coten, si honnêtes et quelque peu abrupts ; merci aux membres du groupe Filipacchi, Amanda Filipacchi, Richard Hine, Jennifer Cohen, Alessandro Ricciarelli, Ben Neihart, Randall Dwengler et Shelly Griffin, qui ont aimé Elena et m'ont incitée à me méfier de Marie ; merci à Carmen Firan et Adrian San Georgean, qui m'ont donné sur la Roumanie de très utiles documents ; merci à Luciana Floris et à son œil avisé ; merci à ma gentille Claire pour son oreille attentive et ses sages conseils ; merci à Vlad Jenkins d'avoir accepté ce livre ; merci à Yves et Jean-Claude Cusset ; merci à Myriam Akoun et Rosine Cusset pour leurs terres promises ; et merci pour sa patience et sa confiance à Jean-Marie Laclavetine, qui a failli y perdre son latin. Merci, enfin, pour son appui chaleureux, à toute l'équipe Gallimard, et en particulier à Sylvie Sellier et Isabelle Cochet, qui ont eu la tâche ardue de transformer mon franglais en français.

TROISIÈME PARTIE. ÉPOUSE ET MÈRE

QUATRIÈME PARTIE. VEUVE

Photocomposition CMB Graphic
Achevé d'imprimer
sur Roto-Page
par l'Imprimerie Floch
à Mayenne, le 13 novembre 2008.
Dépôt légal : novembre 2008.
1ᵉʳ dépôt légal : juin 2008.
Numéro d'imprimeur : 72500.

ISBN : 978-2-07-012198-4 / Imprimé en France.

166040